Willy Purucker

Die Grandauers

Willy Purucker

Die Grandauers

Roman

Langen*Müller*

Besuchen Sie uns im Internet unter
http://www.langen-mueller-verlag.de

Umschlaggestaltung: Wolfgang Heinzel
Umschlagmotiv: imagno, Berlin
Herstellung und Satz: VerlagsService Dr. Helmut Neuberger
& Karl Schaumann GmbH, Heimstetten
Gesetzt aus der 10,7/13 Punkt Sabon
Druck und Binden: GGP Media GmbH, Pößneck
Printed in Germany
ISBN 978-3-7844-3081-2

1.

Februar 1920. Ein Personenzug aus Ulm war kurz nach vier Uhr nachmittags fahrplanmäßig im Augsburger Bahnhof eingelaufen und stand wenig später bereit zur Weiterfahrt nach München. Auf dem Bahnsteig das gewohnte Bild: Die Angekommenen drängten zur Peronsperre, jeder schleppte sich mit irgendetwas ab: Koffer, Körbe, Pappschachteln voller Kostbarkeiten vielleicht Kartoffeln, Mehl, Eier. Hamsterer, jeder zweite von ihnen, das konnte man gleich erkennen. Und alle waren sie dick vermummt, die Köpfe eingezogen in Schals und hochgestellten Krägen, Mützen, Hüte, Kopftücher tief in den Gesichtern, denn seit ein paar Tagen war es noch einmal empfindlich kalt geworden.

Die Reisenden im Personenzug nach München schauten eher gelangweilt aus den Abteilfenstern heraus. Man hatte sich nun über ein Jahr lang an diesen Anblick gewöhnen können und daran, dass nicht mehr Soldaten, Krankenschwestern, Feldküchen und diese ganze pathetische Hektik und Bitterkeit des Krieges das Bild der Bahnhöfe bestimmte. Es war wieder Frieden. Ein armseliger zwar, blass und noch auf dünnen Beinen. Aber wenigstens ein Frieden gemessen am Krieg.

Der Fahrdienstleiter war gerade im Begriff, das Abfahrtssignal zu geben, als ein älterer, etwas beleibter Herr heftig prustend durch die Sperre hastete und dann quer über die Gleise, um diesen Zug noch zu erwischen. Das sorgte für einiges Aufsehen, zumal der Herr lautstark nach der zweiten Wagenklasse verlangte, sie aber nicht mehr erreichen konnte und auf Geheiß des Fahrdienstleiters mit der Holzklasse vorliebnehmen musste. Dort mit letzter Kraft angelangt, ließ er sich, noch mit Mantel und Hut, erschöpft auf dem einzigen noch freien Sitzplatz nieder, murmelte einen Gruß und kramte ein Taschentuch heraus, nahm kurz den Zwicker von der Nase und wischte sich den Schweiß von der Stirne. Dann, noch immer außer Atem, sagte er an die anderen Fahrgäste gewandt: »Um Viertel nach hat's geheißen! Um Viertel! Punkt vierzehn war ich am Bahnsteig. Da hat er schon seine Fliegenpatsche hochgehoben, der Gimpel!«

Die Leute im Abteil zeigten wenig Resonanz auf seine Erklärung. Kaum ein Lächeln, geschweige denn Zustimmung. Der Herr lag ihnen offenbar nicht. Er gehörte nicht in die Holzklasse. Die war für Menschen gedacht, die anders aussahen, die fast alle noch in den gleichen groben, feldgrauen Stoffen steckten, wie sie ursprünglich für die Vaterlandsverteidigung bestimmt waren oder ihr schon gedient hatten. Der ältere Herr hingegen hatte etwas von einem gehobenen Beamten, einem, von dem man nicht unbedingt wissen konnte, ob er nicht plötzlich nach diesem oder jenem fragen würde. Zum Beispiel, ob sie vielleicht vom Hamstern kämen und was sie in ihren Rucksäcken und Taschen hätten.

Von all dem unberührt schien nur der junge Mann, der dem Nachzügler gegenübersaß. Er sah auch nicht aus wie die andern. Unüblich. Eher wie ein Kanarienvogel unter Spatzen. Alles an ihm war farbiger: sein bunt kariertes Hemd, der grasgrüne Sweater, blassblau und windig der Anzug. Und alles war viel zu dünn für die Jahreszeit. Auch die leichten Schuhe waren denkbar ungeeignet für den Schneematsch draußen.

Der ältere Herr hatte es sich inzwischen auf der harten Holzbank, so gut es ging, bequem gemacht, Hut und Mantel abgelegt, die »Münchner Neusten Nachrichten« pro forma in den Händen. Das Jackett ließ er über seiner goldenen Uhrkette lieber zugeknöpft, weil diese hier mehr

Neid und Missfallen als Bewunderung hätte hervorrufen können. Anstatt jedoch zu lesen, gab er sich seiner Lieblingsbeschäftigung hin, fremde, unbekannte Menschen zu beobachten, um sie mittels scheinbar unwichtiger Details zu enträtseln. Der Kanarienvogel gegenüber war dafür zweifellos ein interessantes Objekt. Er beobachtete ihn eine Weile, abwechselnd über den Zeitungsrand blickend und im Spiegel des Coupéfensters. So fiel ihm schon gleich zu Anfang auf, wie der junge Mann beim Rauchen seine Zigarette in den Mundwinkel klemmte. Wie die Franzosen. Aber die Franzosen hatten vor gerade einmal eineinhalb Jahren den Weltkrieg gegen Deutschland gewonnen und folglich würden sie hierzulande kaum in der Holzklasse fahren. Auch war die Zeitung, die der Mann bei der Abfahrt gelesen hatte, eine deutsche. Dagegen sah seine Mütze, die im Gepäcknetz über ihm lag, ungewöhnlich aus. Schriftsteller trugen sie oder Kunstmaler, um auf sich aufmerksam zu machen: Baskenmützen hießen sie hierzulande. Wenig aufschlussreich war auch sein bartloses, leicht sonnengerötetes Gesicht. Außer dass es den Beobachter an irgendjemanden erinnerte, den er gut kannte. Mehr gefühlsmäßig. Aber an wen? Natürlich hätte er sein Gegenüber einfach fragen können. Aber das war nicht sein Stil. Solche Herausforderungen schienen ihm gerade recht, um sein altes Hirn in Übung zu halten. Nach einer Weile holte er sein Zigarrenetui heraus, entnahm diesem einen schwarzen Zehnerlstumpen und hielt das Etui anschließend wortlos seinem Gegenüber hin. Der winkte verlegen ab: »Dankschön, aber ... ich rauch eigentlich, wenn überhaupt, bloß Zigaretten.« Dabei setzte der junge Mann ein ungelenkes, etwas hölzernes Lächeln auf, das sein Gesicht um Mund und Nase herum fältelte. Kein besonders heiterer Mensch, registrierte der Beobachter. Eher schwerblütig. Und kein Phantasist. Das schon überhaupt nicht. Bieder, bäurisch. Aber wie passte das alles zusammen mit seinem unsoliden, fast bohemienhaften Aufzug? Der Fall ließ ihn nicht mehr los und so fragte er beiläufig: »Fahren'S auch nach München?«

Der junge Mann bejahte und man konnte heraushören, dass er die Reise dorthin mit etwas gemischten Gefühlen unternahm.

»Ohne Mantel? Und mit den Schuhen da?«

Der junge Mann deutete zum Gepäcknetz hinauf: »Einen Regenmantel hab ich wenigstens.«

»Ham'S vergessen, dass bei uns noch Winter ist?«

»Da, wo ich herkomm, hab ich keinen Wintermantel gebraucht.«

Für die nächste Frage bedurfte es keiner besonderen Kombinationsgabe: »Frankreich?«

»Südfrankreich. Vaucluse. Nicht weit von Avignon.«

»Aha, sind'S dort in Gefangenschaft g'wesen?«

Und noch während der junge Mann bejahte, durchfuhr seinen Beobachter ein Gedankenblitz: »Jetzt muss ich Sie doch was fragen. Sie erinnern mich nämlich irgendwie an einen alten Kollegen. Der ist leider schon gestorben, aber ... vielleicht sind'S ja mit ihm verwandt. Grandauer?«

Beinahe so, als ob der junge Mann mit dieser Frage gerechnet hatte, antwortete er überraschend: »Und Sie sind der Herr Oberkommissär Grüner?«

Der ältere Herr versuchte gar nicht, seine herzliche Freude über diesen Zufall zu verbergen, dass er ganz unvermutet dem Sohn seines langjährigen Mitarbeiters gegenübersaß: »Also, so was! Siebzehn Jahre ist Ihr Vater bei mir in der Abteilung gewesen! In der Polizeidirektion Und ich schau Sie an ... die Augenpartie! Und wie Sie auf einmal den Mund aufgemacht haben: Wie der Vater! Sie sind der Ältere, der Karli, gell?«

Karl Grandauer hatte in seiner Gefangenschaft viel Zeit, seine Erinnerungen zu pflegen. Und da sah er sich an der

Hand seines Vaters wieder, bei sonntäglichen Platzkonzerten vor der Feldherrnhalle oder vor dem Polizeipräsidium. Dort hatten sie auch oft den Herrn Kommissär getroffen. Und woran sich der Karl noch besonders lebhaft erinnerte: »Einmal, bei der Grundsteinlegung vom Deutschen Museum ... da haben Sie mich mit hinauf auf die Tribüne genommen. Damit ich den Kaiser Wilhelm sehen kann.«

Herr Grüner beugte sich kurz nach vorne und fasste den Karl gerührt an der Hand: »Das weiß er alles noch, mein Gott, ja. Damals sind'S noch ein kleines Bürscherl gewesen mit dem Gesicht voller Wimmerl. Und jetzt ist er ein Trumm Mannsbild und kommt aus Frankreich!«

»Aber der deutsche Kaiser ist heute auch nicht mehr der, der er war.« Wenn der Karl etwas verschmitzt meinte, sah es wie bei seinem Vater eher verkniffen aus.

»Nein, da ham'S Recht, Herr Grandauer. Bei dem ist es eher umgekehrt gegangen. Der ist kleiner geworden.« Eigentlich ließ der Oberkommissär gelungene Bemerkungen gerne etwas länger nachwirken, aber in diesem Fall sagte er gleich hinterher: »Das, wenn er halt noch gewusst hätt, der Vater ..., dass sein Bub lebt! Er ist ja so ein Mensch gewesen, der alles stillschweigend in sich hineingefressen hat. Und zuvor schon der Tod von Ihrer Mutter ...« Herr Grüner stockte einen Moment, dann fragte er behutsam nach: »Das wissen'S doch ..., dass Ihr Vater inzwischen auch nimmer lebt?«

»Von der Schwester, ja. Jetzt im Januar hab ich ihren Brief gekriegt. Auf Irrwegen. Voriges Jahr im Sommer hat sie ihn abgeschickt.«

»Dass Sie vermisst wären, hat er mir gesagt, Ihr Vater. Er hat mir auch den Brief gezeigt mit dem Vermerk drauf.«

Der Karl machte einen tiefen Atemzug und dann eine Handbewegung, als wolle er das ganze elende Durcheinander der letzten Jahre wegwischen: »Ich versteh das auch nicht ..., die müssen alle verloren gegangen sein, meine Briefe. Ich bin ewig lang im Lazarett gelegen ... bei den Franzosen. Und danach war ich dann im Ernteeinsatz ... in Südfrankreich ...«

Als altem Kriminaler war es Herrn Grüner nicht entgangen, dass der junge Grandauer einige seiner Erlebnisse in Frankreich lieber im Dunklen ließ. Und im Privaten war Herr Grüner rücksichtsvoll genug, dem anderen aufdringliche Fragen zu ersparen. Oder er verpackte sie etwas scheinheilig in unverbindliche Zitate: »Ich hab nämlich amal gelesen, dass die Franzosen ihre Kriegsgefangenen im letzten Jahr schon alle freigelassen haben. Aber, mein Gott, das kennen wir ja: Geschrieben wird viel.«

Der Karl kaute eine Weile auf seiner Antwort herum, bevor er sie herausbrachte: »Das is schon richtig. Aber es gibt natürlich immer ... wie soll ich sagen ... verschiedene Gründe und ... Verhältnisse ...«

Diese Verhältnisse lieferten Herrn Grüner dann das Stichwort, an das er mit sanfter Ironie anknüpfen konnte: »Gell, das hab ich auch schon gehört ... vor den verschiedenen Verhältnissen.«

Dann wartete er ab, welche Wirkung seine Anspielung haben würde. Und nachdem der Karl keine Betroffenheit zu erkennen gab, vielmehr wieder sein hölzernes Lächeln aufsetzte, legte der alte Fuchs nach: »Soll ja auch durchaus erträgliche Arten von Gefangennahmen geben. Heißt es. Durch so eine hübsche, kleine Französin zum Beispiel? Könnte ja auch eine große sein. Sie sind ja auch groß, net?«

Der junge Karl Grandauer war seinem Wesen nach und auch als Erscheinung nicht gerade der berufene Liebhaber gewesen. Deshalb schmeichelte ihm dieser Verdacht irgendwie, war ihm aber aus verschwommenen Gründen auch peinlich. Also versuchte er mit einer salomonischen Bemerkung das Thema abzuschließen: »Aber alles geht halt nicht immer so ... wie man vielleicht ... und dann ist es auch richtig so.«

Herr Grüner spürte, dass ihm mehr darüber nicht zu entlocken war und er lenkte die Unterhaltung auf Zukünftiges: »Jetzt freu'n Sie sich erstamal, dass'S wieder daheim sind! Gesund und wohlbehalten ... so wie's ausschaut.«

»Ja, ja, schon. Einigermaßen. Aber es ist irgendwie ein komisches Gefühl: wenn man heimkommt ... und kommt doch nicht heim. Weil halt nichts mehr so ist, wie's amal war.«

»Ich glaub's Ihnen. Aber ich sag Ihnen was: sind'S froh, Herr Grandauer, dass'S erst jetzt und nicht voriges Jahr heimgekommen sind!«

»Da muss allerhand los gewesen sein. In französischen Zeitungen hab ich was drüber gelesen. Soweit ich es halt mit meinem bissl Französisch verstanden hab.«

»Mein lieber Freund! Ein Tohuwabohu! Mord und Totschlag! Willst du nicht mein Bruder sein, dann schlag ich dir den Schädel ein! So ist da Politik gemacht worden. Und a jeder kleine Gauner hat gedacht, er könnte sich auf seine politische Überzeugung nausreden, wenn er dem andern sei Radl gestohlen hat.«

»Und mein Vater? Der hat uns ja schon zusammengestaucht, wenn wir fünf Minuten zu spät von der Schule heimgekommen sind.«

So hatte Herr Grüner ihn ja auch oft erlebt und bei allem Respekt vor den Tugenden seines altväterlichen Mitarbeiters konnte er sich den leise ironischen Unterton nicht verkneifen: »Ihr Vater. Oh mei. Ein Mensch wie der, penibel, korrekt bis auf die Knochen! Und immer nur ... sein Leben lang auf Ruhe und Ordnung bedacht! Der kam mit der heutigen Zeit nimmer zurecht. Da können'S froh sein, wenn'S mehr von der Mutter geerbt haben. Die war ein wunderbarer, ein ausgleichender Mensch, Ihre Mama. Und nicht immer bloß auf Ruhe und Ordnung bedacht. Er hat halt g'meint, er könnt's erzwingen. Das hat ihm den Rest gegeben. Und da hat ihm dann sein doppelkohlensaures Natrium, was er immer eingenommen hat, auch nix mehr geholfen! Ins Krankenhaus – Magenkrebs – und aus war's ... Ja, ja ...«

Der Karl hatte sich zum Coupéfenster hingedreht und schaute unverwandt hinaus auf die öde Winterlandschaft. Es sollte ja auch keiner sehen, dass ihm die Augen feucht wurden. Und Herrn Grüner fiel in diesem Moment nichts Besseres ein, als sein Taschentuch herauszukramen und sich lautstark zu schnäuzen. Dann legte er das Tuch wieder sorgfältig zusammen, schob es ein und sagte: »Ja, ja, Grandauer, ... das war ein Jahr! Unseren neuen Ministerpräsidenten ham's auch erschossen. Den Eisner. Zwei Monat hat er regiert. Die einen ham g'sagt, a jüdischer Saupreiß, die andern, a Bolschewik. Gibt aber auch Leut, die ihn sehr geschätzt ham. Die mehreren ham ihn allerdings nicht mögen. Schon rein äußerlich nicht. Was der Bauer nicht kennt, frisst er nicht. Ein hochintelligenter Mann, wenn Sie mich fragen. Und gar so schlecht, wie sie ihn jetzt machen, war er auch nicht. Man darf's nur schon bald nimmer laut sagen, sonst wird man widerlegt. Auf demokratisch. Und das ist auch nicht immer sehr angenehm.«

*

Als der Zug, schon in der Abenddämmerung, den Vorort Pasing hinter sich gelassen hatte und allmählich in den Stadtkern von München fuhr – vorbei an den altbekannten, rußgrauen Häuserfassaden, den Schloten und Türmen und Brauereigebäuden und dann gemächlich über das weite von Signallampen und Laternen funkelnde Rangierfeld zockelte –, da packte den Grandauer Karl eine seltsame Unruhe. Jetzt ging es ihm auf einmal nicht mehr schnell genug und er wäre dem Zug am liebsten ein Stück voraus gelaufen.

Herr Grüner hatte genügend Mitgefühl, um sich vorstellen zu können, was in einem jungen Menschen vorgehen musste, der nach so langer Zeit wieder nach Hause kam. Und er verstand es gut, dass es ihm jetzt nicht mehr nach einer Unterhaltung zumute war.

Danach gingen sie schweigend nebeneinanderher durch den Münchner Hauptbahnhof und der Karl spürte weder den Pappkoffer, den er trug, noch den schneidend kalten Wind, der durch die Halle zog. Er hatte schon von so vielem innerlich Abschied genommen, was ihn einmal mit dieser Stadt verbunden hatte, hatte sie in seiner Vorstellung eher elend und leer erwartet. Aber das, was ihn hier draußen vor dem Bahnhof empfing, war eine Menge Leben. Die Stadt war noch dieselbe, auch das Pflaster, auf dem er stand und über das er tausende Male als Bub gelaufen war. Drüben, das Kaufhaus, war wie damals hell erleuchtet und das Klingeln der Straßenbahnen hörte sich noch genauso an. Die vorbeieilenden Passanten hatten die gleichen mürrischen Gesichter und sie alle hatten überlebt und liefen herum, als ob nichts gewesen wäre. Herr Grüner schien die Gedanken des Heimkehrers erraten zu haben, als er sagte: »So eine Stadt ist wie a Katz. Die hat mehrere Leben. Aber lassen Sie sich nicht täuschen, Herr Grandauer. Das, was Sie jetzt sehen, ist bloß außen, innen drin schaut's anders aus.«

Am Stachus dann hatte der Karl auf einmal ein starkes Verlangen, in die öffentliche Bedürfnisanstalt zu gehen, vielleicht auch, weil das der Ort war, wo ihm sein Vater früher oft bei sonntäglichen Stadtspaziergängen in gleicher Verrichtung so angenehm würdelos zur Seite stand.

Auch Herr Grüner erinnerte sich an ein Zusammentreffen mit ihm: »Da sind wir amal gestanden, Ihr Vater und ich, und dann hat er gesagt: Nach Ihnen, Herr Oberkommissär!«

Viertel nach sechs Uhr. Die Innenstadt war üppig beleuchtet. Alle Fahrzeuge fuhren mit Licht. Die Schaufenster zeigten sich anbiedernd hell.

In der Neuhauserstraße, hinter Sankt Michael, blieb Herr Grüner dann steh'n und verabschiedete sich: »So ... ich hab's. Und Sie werden jetzt heim wollen. Sonst hätt ich g'sagt, mir essen noch a Paar Würschtl mitanander in der Polizeikantine.«

»Normalerweise gern, aber ... ich bin natürlich jetzt ... nach der langen Zeit ... sind'S mir bitte nicht bös, Herr Kommissär.«

»Na, na, versteht sich doch von selber. Weiß Ihr Schwester, dass Sie heut kommen?«

»Es ist plötzlich alles ganz schnell gegangen. Darum hab ich nicht mehr schreiben können. Aber ich hab ihre Adresse. Die kleine Bäckerei, nicht weit von unserer alten Wohnung. In die hat sie eingeheiratet.«

Herr Grüner packte ihn noch einmal aufmunternd am Arm und schüttelte ihm dabei die Hand: »Also dann ... ich wünsch Ihnen alles Gute. Lassen Sie sich nicht unterkriegen! Und wie gesagt: Wenn ich was für Sie tun kann ... Jederzeit gern. Schon Ihrem Vater zulieb.«

*

Unter dem Brief, den Karl Grandauer von seiner Schwester bekommen hatte, waren auch ein paar Zeilen von seinem jüngeren Bruder Adolf. Er teilte ihm darin mit, dass er jetzt studieren würde: Jura. Und dass er sich für die Erneuerung des Vaterlandes interessierte. Der Karl konnte sich darunter nicht viel vorstellen. Und schon gar nicht, was sein kleiner Bruder dazu hätte beitragen können. Als er ihn zum letzten Mal gesehen hatte, war er noch ein Gymnasiast – klein und kurzsichtig und immer so eifrig, so beflissen. Vor dem Krieg, als die Familie noch beisammen war, hatte sich der Karl nie sehr stark mit ihm verbunden gefühlt. Draußen im Feld musste er manchmal an ihn denken. Aber eigentlich nie mit der gleichen Sehnsucht und Wärme wie an die anderen, die Mutter, die Schwester, den Vater. Und auch jetzt auf dem Weg durch die Stadt war es eigentlich weniger der Gedanke an den kleinen Bruder, der ihn anheimelte und heimzog.

Es eilte ihm nicht. Er nahm auch nicht den kürzesten Weg in die östliche Vorstadt, nach Haidhausen. Vielleicht würde es sogar besser sein, erst nach Ladenschluss in der Bäckerei anzukommen. Es störte ihn auch nicht, dass es zu schneien begann. Seine Füße in den dünnen Schuhen waren schon den ganzen Weg lang kalt. Er spürte sie kaum noch.

Das Nationaltheater war festlich beleuchtet. Kandelaber spiegelten sich im Lack der Limousinen, die über die Auffahrt zum Portal fuhren. Eine an der anderen! Pelze, elegante Garderoben, Fracks und Zylinder hatten ihren Auftritt. Oper draußen und Oper drinnen. Was hatte der Karl nur gelesen in den französischen Zeitungen: von der gerechten Strafe, der verdienten Not und dem Elend der Besiegten?

Theater auch auf der anderen Straßenseite und Limousinen und vergnügte Leute. War denn an ihnen alles spurlos vorübergegangen? So wie die Menschen im Zug, so hatte er sie alle gesehen, wenn er an Deutschland dachte, an sein Vaterland, für das er vier Jahre im Dreck lag. Aber vielleicht lagen die Herren in den dunklen Ulstermänteln damals auch im Dreck und hatten nur ein Jahr Vorsprung, sich wieder zu säubern. Er hätte ja nicht unbedingt so lange in Südfrankreich bleiben müssen. Es war ja auch wegen eines treuherzigen Bauernmädchens, dem er so viele Annehmlichkeiten zu verdanken hatte und die er sich dafür in seinen Vorstellungen und Träumen verschönte.

Ein Stück weiter, auf der anderen Straßenseite, stand noch immer der alte Zwinger für zur höheren Bildung verurteilte Knaben: das Wilhelmsgymnasium. Drei leidvolle Jahre mussten vergehen, bis Eltern und Lehrer ein Einsehen hatten, dass die Talente des Knaben Karl Grandauer dort nicht zur Entfaltung kommen würden. Und erst die Qualen des Krieges haben ihn mit den Qualen seiner Schulzeit ausgesöhnt.

In den Isaranlagen zum Deutschen Museum hin ergab sich dann ein kleiner Zwischenfall, in den sich der Heimkehrer durch sein geschicktes Zugreifen verwickeln ließ: Ein Autoreifen war in nächster Nähe mit lautem Knall geplatzt. Passanten und Hunde erwiesen sich als schussfest, wozu vermutlich auch das vergangene Revolutionsjahr beigetragen haben mochte. Nur ein Spaniel war so erschrocken, dass er sich mitsamt Leine von seiner Besitzerin losriss. Sein Fluchtweg führte direkt an Karl Grandauer vorbei, so dass es dem ein Leichtes war, die Leine vom Boden aufzufischen und den kleinen Ausreißer festzuhalten. Von der Sache her war die Angelegenheit viel zu unbedeutend, um jemanden zu beeindrucken, der nach langer Abwesenheit zum ersten Mal die Heimat wiedersah. Aber die Sache hatte auch eine persönliche Seite in Gestalt eines Fräuleins, zu dem der Spaniel gehörte. Anfangs, aus noch größerer Entfernung, nahm er nicht mehr wahr als ihre Rufe nach dem Hund mit Namen: Bürschi. Dann gingen sie aufeinander zu und aus dem Halbdunkel kam ihm ein hübsches, junges, weibliches Wesen entgegen, im knöchellangen Wintermantel mit Pelzbesatz, Muff und Pelzhütchen. Ein Wesen wie aus einem russischen Märchen, das der Karl noch aus »Hasemanns Kinderkalender« in Erinnerung hatte. Er hätte zu gerne mit einer möglichst schlagfertigen Bemerkung Eindruck auf sie gemacht, wollte etwa an den Hund gewandt sagen: Wie kann man bloß so einem so hübschen Fräulein davonlaufen? Oder so ähnlich. Aber das fand er dann selber blöd. Und als er vor ihr stand und sie auf den Hund einredete, war er so geblendet von ihr, dass er bloß noch stammeln konnte: »Das war ja weiter nicht schwierig für mich …« Und er versank für einen Moment in ihren großen, dunklen Augen. Als er dann wieder auftauchte, war sie schon wieder aus seinem Leben verschwunden und ihm blieb der Zweifel, ob er sie wohl ebenso beeindruckt haben könnte wie sie ihn.

Doch schon auf dem Weg über die Isarbrücke nach Haidhausen waren die Zweifel verblasst und das mulmige Gefühl kehrte zurück, das ihn in den letzten Jahren jedes Mal überkam, wenn er an sein verlorenes Zuhause dachte. Wozu jetzt noch dorthin gehen, wo keiner mehr war von seinen Leuten, wo ihn vielleicht gar niemand mehr kannte?

Aber wie von einem übermächtigen Magneten gezogen, fand er sich wenig später in der vertrauten, schlecht beleuchteten Straße wieder, wo gleich am Anfang, im Haus Nummer eins, der kleine Mann mit der Nickelbrille und dem runden Gesicht gewohnt hatte – der Musiker, von dem die Mutter ehrfürchtig sagte: »Gell, Karli, den musst du fei immer schön grüßen! Der ist nämlich der Orgelspieler von der Johanneskirche!« Also hatte der Karli halt auch vor dem Herrn Max Reger die Mütze gezogen, obwohl seine natürliche Hochachtung mehr Leuten gegolten hatte, die ein Motorrad besaßen. Und dann, nur ein paar Minuten später, stand er auf einmal vor derselben schweren, eichenen Haustüre, die von außen immer, und auch jetzt wieder, so herausfordernd blank gewachst war, dass man sie als Bub gar nicht ertragen konnte, ohne wenigstens mit dem Fingernagel daran zu kratzen. Er stand da wie vor einer Kirchentüre, hinter der das Hochamt begonnen hatte, und es wurde ihm feierlich zumute, obwohl sein katholischer Glauben die Schlachten von Verdun und Langmark nicht unbeschadet überdauert hatte. Auf dem Klingelschild fehlten etliche Namen und die vorhandenen waren ihm fremd. Bis auf den Namen der Hausmeisterin. Das war nicht verwunderlich, die Hausmeisterin war ihm als bissiger alter Drachen in Erinnerung, um den herum selbst der Tod einen großen Bogen machte.

Drinnen im Stiegenhaus flackerten wie damals ein paar müde altersschwache Glühbirnen und es roch auch noch wie früher nach ranzigem Bodenöl, Sauerkraut und den Aborten, die sich auf den Treppenabsätzen zwischen den Stockwerken befanden. Außen an den Aborttüren hatten – für jedermann greifbar – die Abortschlüssel zu hängen, um den Hausbewohnern, die es eilig hatten, raschen Zutritt zu ermöglichen. Und weil die Schlüssel alle verschieden waren, gehörte es für die ansässigen Lausbuben zu den einfacheren Mutproben, sie untereinander zu vertauschen. An diesem verlebten, muffelnden Stiegenhaus hingen viele Erinnerungen. Solche, die dem Karl ein Lächeln ins Gesicht zauberten und andere, die noch jetzt, nach so vielen Jahren auf sein Herz drückten. Er sah seine Eltern wieder vor sich ... wie sie ihm einmal treppab entgegenkamen und die Mutter war so schrecklich blass im Gesicht und wackelig und schwach auf den Beinen. Er sollte es nicht merken, dass der Vater sie fast tragen musste. Und sie lächelte ihren Karli von ganz weit her an, wie der Schutzengel auf dem Bild über ihrem Bett. Aber ihre Stimme war noch ganz fest und nah: »Tust dich halt du auch a bissl um alles kümmern, Karli. Bis ich wieder daheim bin. Wird schon nicht ewig lang dauern.«

Dass es dann doch auf ewig sein würde, das ging ihm lange nicht in den Kopf. An die sieben Jahre waren inzwischen vergangen seit dem Tod der Mutter. Und da stand er nun ans hölzerne Stiegengeländer gelehnt, das immer noch wackelig wie früher war und er überlegte, ob er es noch einmal wagen sollte, sich auf den plattgeriebenen Handlauf zu schwingen und bäuchlings darauf herunterzurutschen. Ein Türgeräusch im Stockwerk darüber hatte ihm dann die Entscheidung abgenommen. Ein kleiner Hund kläffte und zwei Frauen wechselten ein paar Worte, die nicht zu verstehen waren. Aber die Stimme der einen, die kannte der Karl in allen Tonlagen. Sie konnte schrill klingen und kratzig wie der Griffel auf der Schiefertafel oder süß und weich wie das »Ave-Maria«. Es war die Stimme der alten Hausmeisterin.

Bevor sie zu ihm herunterkam und ihn sehen konnte, blieb sie noch kurz im Zwischenstock stehen, wo sich an der Wand der eiserne Ausguss mit dem Messinghahn befand, von dem sich die Mieter aus den anliegenden Stockwerken ihr Wasser holen mussten. Und weil dabei meistens etwas auf den Fußboden schwappte, entstand für die Hausmeisterin ein dauerhaftes Ärgernis, auf das sie jedes Mal mit starken Worten einging. Der Karl konnte sie alle noch auswendig und er sprach sie leise mit. Dann sah sie ihn am Treppenabsatz stehen und fragte unerfreut und lauernd: »Suchen Sie wen?«

»Na, na, i schau bloß. N'Abend, Frau Gschmeißner.«

Überrascht, dass dieser fremde Herr ihren Namen kannte, pirschte sie sich blinzelnd näher. »Ma sieht immer nix bei dera Düsternis! Kennen mir uns?«

Der Karl nahm seine Baskenmütze vom Kopf und sagte mit seinem hölzernen Lächeln: »Ich hab Ihnen amal auf Ihren Fußabstreifer gebieselt.«

»Jessas na! Der Karli! Der Grandauer Karli! Ja, du Lausbua, du elendiger! Ich hab ja gar net g'wusst, dass du noch lebst!«

»Ich auch nicht immer, die letzten Jahre.«

»Gell, mein Gott, ja, ... den hama braucht, den Himmelherrgottssakramentskriag! Und jetzt stehst du da ... und alle sind's fort.«

Viel hatte nicht gefehlt und sie hätte ihn umarmt. Aber der Karl war auch ohne das in Gefahr geraten, ein liebgewonnenes Vorurteil zu verlieren. Der alte Hausdrachen! Unverändert! Als hätte sich die Zeit an ihr den Zahn ausgebissen. Immer noch das gleiche, womöglich sogar dasselbe Kopftuch, vorne an der Stirn verknotet, und ein paar jämmerliche Löckchen, rechts und links daraus hervorquellend.

Doch was war denn das? Rollten da nicht ein paar Tränchen über ihre Backen? Für den Karli war es an der Zeit, zu gehen, bevor er sich von ihrer unerwarteten Herzlichkeit anstecken ließ.

*

Zehn Minuten von der damaligen Wohnung der Grandauers entfernt war die Bäckerei Kreitmeier, in die Karls Schwester eingeheiratet hatte. Das schmucklose zweistöckige Haus war schon zu Lebzeiten der alten Kreitmeiers in deren Eigentum übergegangen, ganz im Sinne ihrer Zunft, dass ein Bäckermeister, der nach zehn Jahren noch in Pacht arbeitet, den falschen Beruf gewählt hat. Der Laden lag in einem Stadtviertel, in dem fast nur Arbeiter und Kleinbürger wohnten, die ihr mageres Einkommen am liebsten – wie man so sagte – verfraßen. Sparen, hieß es, das ist was für die Reichen, weil es sich für die wenigsten lohnt. Wenn die Luise um sieben Uhr abends endlich ihren Laden zusperren konnte, war sie schon zwölf Stunden auf den Beinen gewesen. Aber damit war ihre Arbeit noch lange nicht zu Ende. Und es gab auch Kunden, die mit Vorliebe eine Minute vor Ladenschluss kamen, noch unentschlossen, was sie eigentlich wollten, lange hin und her rätselnd, für welche von den beiden letzten Semmeln sie sich entscheiden sollten, um anschließend auch noch eine Debatte über die steigenden Brotpreise einzufädeln. Da konnte es dann passieren, dass auch die Luise mit ihrer Engelsgeduld am Ende war:

»... den Brotpreis, den machen ja nicht mir allein! Wenn's Mehl immer teurer und teurer wird. Da werden'S Ihnen wundern, was da noch auf uns zukommt! Sechs Pfenning krieg ich. Die zweite Semmel is geschenkt.«

Als Bub war der Karl oft vor dem Schaufenster der kleinen Bäckerei gestanden, wo die alte Frau Kreitmeier meistens ein Backblech mit weißüberzuckerten Warschauern ausgestellt hatte. Und sie war auch für die reellen Stücke bekannt, die es bei ihr für ein Fünferl gegeben hatte. Ein Geheimtipp war ihr Waffelbruch, weil dieser auch große Brocken mit Füllung beinhaltet hatte.

An dem Abend, als der Spätheimkehrer von der alten Wohnung herüberkam, war die Schaufensterdekoration weniger verführerisch: ein Korb mit Brezn- und Semmelattrappen, ein Blumentopf, ein paar Schaupackungen und eine Tafel mit dem neuen Brotpreis »Mischbrot, das Pfund zu 59 Pfenning«.

Es war Luises Handschrift. Der Karl erkannte es gleich an den verschnörkelten Buchstaben, für die sie früher in Schönschrift immer einen Einser bekommen hatte. Der Laden schien schon geschlossen zu sein. Es brannte nur noch eine Lampe. Aber von drinnen hörte man es rumpeln.

Ganz leicht fiel ihm der Auftritt in der neuen Welt seiner Schwester nicht. Auch den Schwager kannte er ja noch nicht. Er musste ungefähr in seinem Alter sein. Und er hatte nur noch ein Bein, schrieb die Luise. Dazu die Plagerei in der Backstube und, weiß Gott, was sonst noch alles an ihm hing. Da wäre es kein Wunder gewesen, wenn er am Abend die Schnauze voll haben würde und keinen mehr sehen wollte. So hatte es der Karl eigentlich immer gehalten, das war seine Natur: »Bloß keine großen Erwartungen aus Furcht vor Enttäuschungen.« Aber nachdem er nun schon einmal da war, konnte er ja nicht einfach draußen vor der Tür stehen bleiben. Er musste sich wenigstens irgendwie bemerkbar machen. Gerne hätte er gesehen, wer da noch im Laden herumwerkelte. Aber das Rollo an der Eingangstür war heruntergelassen. Also klopfte er an. Dezent erst, dann etwas fester. Eine Frauenstimme keifte entnervt heraus: »Schluss für heut! Feierabend! Morgen wieder!«

Die Luise? Die liebe, mütterliche mit der Eselsgeduld? Das war sie nicht. Unmöglich. Der Karl stellte sich etwas eingeschüchtert vor: »Ich bin der Bruder von der Frau Kreitmeier. Der Ältere, der Karl. Und ich bin jetzt heimgekehrt. Wenn Sie ihr das bitte sagen, meiner Schwester.«

Es dauerte eine Weile, ohne dass er eine Antwort bekam. Derweil stand ihm die Luise vor Augen, so wie er sie in Erinnerung hatte, mit dem hochgesteckten Zopf, dem schmalen verschlossenen Gesicht, ihrem kleinen, vermotzten Mund, der plötzlich aufplatzen konnte, wenn sie lachte, wie eine Kastanienschale. Als dann die Tür aufging, stand eine blasse, abgeschaffte Frau vor ihm, der man ansehen konnte, dass sie eben noch den Fußboden herausgewischt hatte. Und keiner von beiden rührte sich. Wie angewurzelt standen sie da, bis die Luise ihm mit einem Satz in die Arme flog:

»Karli, Karli ... dass'd nur wieder da bist!«

Da war es ihm wieder so, wie früher, wenn ihn die Mutter in die Arme nahm und alles war vergessen, was ihm Angst gemacht hatte.

Der Kreitmeier Max werkelte derweil noch immer drunten in der Backstube. Die Luise hatte ihn kurz verständigt, dass ihr Bruder gekommen war, aber bevor er zur Begrüßung hinaufging, musste er erst noch seinen Backofen aufheizen, damit er über Nacht nicht kalt wurde. Sein Altgeselle, der Schöpf Toni, hatte seinen freien Abend und bevor er wegging, schaute er noch einmal kurz herein:

»Also ... dann geh ich jetzt, Max.«

»Ja, ja, schleich dich. Sonst bist vielleicht nicht rechtzeitig da, wenn's wieder eine Saalschlacht gibt.«

Der Toni hatte es nicht ungern gehabt, wenn man ihn für einen Draufgänger hielt, einen, der für seine politische Überzeugung auch, wenn es einmal hart auf hart ging, eintrat. Deshalb widersprach er nicht und grinste nur hintersinnig. Aber wer ihn, wie der Max, gut kannte, der wusste, dass er nicht nur äußerlich das Gegenteil von einem Schläger war. Das hatte ihm allerdings nicht erspart, dass er ein paar Mal schon in recht dumme Situationen gekommen war.

»Übrigens, der grad gekommen is … dein neuer Schwager … is er der, wo auf Fotograf gelernt hat?«

»Irgend so was, ja.«

»Gibt's halt demnächst noch einen Arbeitslosen mehr! Bei der Scheißregierung!« Das musste er schnell noch anbringen.

Und der Max wäre vielleicht auch daran erstickt, wenn er seine Antwort nicht losgeworden wäre: »Müsst's halt dazu tun, dass eurer Arbeiterparadies endlich bezugsfertig wird!«

Der Toni stubste mit dem Zeigefinger an seine Schiebermütze, in der Überzeugung, dass die folgende Andeutung dadurch noch vielsagender wirkte: »Kommt schon noch, Max. Aber zuvor wird aufgeräumt!«

»Da hab ich nix dagegen. Kannst gleich morgen in der Früh daherin anfangen in der Backstube! Und jetzt schau, dass'd weiterkommst!«

Ihr Wohnzimmer hatten die Kreitmeiers oben im ersten Stock. Dort war es gemütlich warm, nachdem vom Heizmaterial für die Backstube immer genügend abfiel für den häuslichen Gebrauch. Der Karl war allein im Zimmer. Die Luise hatte noch irgendetwas zu erledigen. Und ihm war es ganz recht, so konnte er sich in aller Ruhe umschauen. Er saß auf dem großgeblümten, verschossenen Plüschsofa, das die Schwester aus der elterlichen Wohnung mit herübergebracht hatte. Auf dem Sofa war die Mutter tagsüber immer gelegen in ihrem letzten Lebensjahr. Und die Türe musste offen bleiben, denn von dort aus hatte sie alles dirigiert. In der Wohnung etwas zu tun, was sie nicht unter Kontrolle hatte, das war schier unmöglich.

Dass er hier, in dem fremden Haus, überall Dinge wiederentdeckte, die er von daheim kannte, das hatte ihn ganz seltsam berührt. Und am meisten war er irritiert, als sich plötzlich an der Wand hinter ihm ihr alter Regulator mit seinem heiseren, scheppernden Schlag bemerkbar machte. Als Bub hatte er ihn nicht ausstehen können. Und es fiel ihm wieder ein, wie der Vater damals zu Weihnachten die ganze Familie damit beschert hatte. Dafür war dann sein eigener Wunsch – eine Karbidlampe für sein Fahrrad – unerfüllt geblieben. Aber inzwischen hatten die Dinge für den Karl längst einen anderen Wert bekommen, sogar solche wie seines Vaters Spucknapf. Auch den hatte die Luise mit herüber genommen und in die Ecke neben das Vertiko gestellt. Aus Pietät. Und weil er aus schönem Wurzelholz herausgedrechselt war mit einem geschnitzten Pferdekopf auf dem Deckel. Aber falls es dem Max jemals einfallen sollte, ihn zu benützen, dann würde sie den Spucknapf eigenhändig im Backofen verheizen! Das hätte die Mutter früher nicht gewagt, ihren Mann mit solchen Konsequenzen zu bedrohen. Die Frauen waren schon irgendwie anders geworden. Sogar die Luise. Vielleicht renkt sich das ja eines Tages wieder ein, dachte der Karl. Wenn der Krieg erst vergessen sein würde und es könnte ein normales Leben beginnen.

Ob sich dieses Fräulein mit dem Hund zum Beispiel auch für so ein normales Leben eignen würde? Eher zweifelhaft. Sie hatte auch, genau genommen, nicht mehr viel von dieser reizenden Schüchternheit, bei der man sich als Mann entfalten konnte und interessant machen. Andererseits hatten solche Frauen natürlich auch ihren Reiz. Aber vielleicht weniger für ihn. Oder warum eigentlich nicht? So unmodern wie die Menschen früher sah er sich nämlich auch nicht, der Karl.

Das Wurstbrot, das ihm die Luise einstweilen auf den Tisch gestellt hatte, war noch unberührt. Nur das Glas Bier hatte er ausgetrunken. Und nun rauchte er schon die zweite Zigarette. Aber nicht mehr nach Art der Franzosen. Hier hätte er das komisch gefunden.

Auf der gerahmten Fotografie über dem schwarzen, sargartigen Büfett ... das könnten die alten Kreitmeiers gewesen sein. Im Sonntagsstaat vor ihrem Laden stehend, er eine

Stufe höher, damit ihn die magere hochgeschossene Gattin nicht überragt. Dass, Gott behüte, die Kirche nicht höher war als der Turm.

»Gleich kommt er, der Max. Das Wetter setzt ihm heut wieder so zu. Im Bein. Und grad da, wo er keins mehr hat. Hast ja gar nichts gegessen, Karli?«

Jetzt wäre er beinahe aufgestanden, als seine Schwester hereinkam. Aber sie sah auch ganz anders aus. Sie hatte sich zurechtgemacht, ein nettes Kleid angezogen und steckte nicht mehr in der nassen Kittelschürze.

»Jetzt siehst aber anders aus, Luise!«, sagte er und sie konnte das Kompliment am Ton erkennen. Das zarte Rot in ihrem Gesicht war nicht nur Verlegenheit, sie hatte sich auch ein wenig mit Rouge angemalt.

»Nur so halt, a bissl ... zur Feier des Tages. Essen ist auch bald fertig, magst noch a Glaserl Bier?«

Der Karl schüttelte den Kopf und ließ sich wieder auf dem Sofa nieder: »Und unser kleiner Bruder ... auf Jurist studiert er, hast' mir geschrieben.«

»Wenn er dazu kommt, ja. Aber die mehrere Zeit hat er ja bloß sein politisches Zeug im Kopf. Da geht's oft zu bei uns! Weilst' mit ihm bald kein normales Wort mehr reden kannst!«

»Und wo ist er heut?«, fragte der Karl.

»Auch wieder auf irgend so einer Veranstaltung. Im Hofbräuhaus, glaub ich.«

»Da bin ich zuvor vorbeigegangen. Ein Haufen Leut! Kommt er aber danach schon heim?«

Die Luise schnaufte tief durch, dann antwortete sie schicksalsergeben: »Wo soll er denn hin? Umsonst kriegt er nirgends was. Außer bei uns.«

Sie hatte offenbar vergessen, wie empfindlich ihr älterer Bruder sein konnte und was er dann gerne mit empfindsam und rücksichtsvoll verwechselte:

»Aber bitte, Luise, gell … ich hab nicht die Absicht … dass das klar ist … Nicht, dass ihr denkt, ich hock mich jetzt auch noch bei euch rein und lieg euch auf der Tasche!«

»Also Karli! Bittschön! Spinnst du?«

»Weil ich das nämlich sehr gut verstehen könnte. Und ich mache auch jede Arbeit. Gerne! Kannst du auch deinem Mann sagen. So lang halt, bis ich wieder irgendwo was verdienen kann.«

Die Luise hatte zwar versucht ihn zu bremsen. Aber wenn es um die Lauterkeit seiner Absichten ging, war er unbeirrbar.

Währenddessen hörte man den Max die Stiege heraufhumpeln und die Luise war ganz froh über die Ablenkung.

»So, das ist jetzt der, wo wir uns eigentlich für unsere erste Kindstaufe aufgehoben haben!«, sagte der Max bei seinem Eintreten und präsentierte eine Flasche Rotwein.

Der Karl wehrte bescheiden ab: »Aber nicht eigens wegen mir, gell!«

»Wegen was sonst? Bis zur Kindstaufe is er uns vielleicht schon sauer geworden, der Wein. Oder sie haben ihn verboten!« Dabei reichte er seiner Frau die Flasche zum Aufmachen hin und sie fragte ihn etwas verwundert: »Wieso verboten?«

»Weil er ein Roter ist. Denk dir nix, Weiberl. Is alles nur Schmarrn, was ich sag. Und jetzt bittschön hock ma uns hin. Ich kann nimmer stehn.«

Dabei klopfte er sich auf sein Bein und es klang nach Holz. Dann fragte er, an den Karl gewandt: »Bei Ihnen alles noch vorhanden? Im Original?«

»Die sichtbaren Teile schon. Im Gegensatz zu Ihnen.«

Die Luise kam mit der offenen Flasche und Gläsern an den Tisch und mischte sich kopfschüttelnd in die Unterhaltung: »Jetzt glaub ich's gleich! Ihr werdet doch nicht ›Sie‹ zueinander sagen!«

Aber der Max beharrte darauf und sagte: »Erst wird angestoßen! Hama uns so lang nicht gekannt. Gell! Kommt's auf die paar Minuten auch nicht mehr an.«

Und während die Luise die Gläser füllte, sagte sie: »Wär er daheim geblieben, der Adi, dann könnt er jetzt auch mit uns anstoßen. Aber er hat's ja wieder so wichtig gehabt. Wegen dem ... wie heißt er? Hiller oder ... Ich kann mir immer den Namen nie merken.« Der Max verzog das Gesicht und sagte: »Lass, Weiberl, es lohnt sich nicht. Hitler heißt der. Auch ein Adolf.«

Und die Luise erhob sodann ihr Glas:

»Also Karli ... dass'd dich bei uns wohlfühlst! Prost!«

Auch der Max stieß mit dem Karl an und sagte: »Mir freun uns, dass'd da bist! Prost, Schwager!«

Doch sie kamen nicht zum Trinken, weil plötzlich die Türe aufging und eine hagere alte Frau stand da im knöchellangen Leinennachthemd, mit nackten Füßen, dünnen, wirren Haaren und großen, blicklosen Kinderaugen. Und sie redete auch wie ein kleines eigensinniges Kind: »Lasst's ihr mich heut verhungern? Ich bin fei noch immer da! Wenn ihr vielleicht meint's, dass ich schon nimmer da bin.«

Die Luise ging zu ihr hin, legte den Arm um sie und versuchte sie mit sanfter Gewalt wieder hinaus zu dirigieren: »Ja, ja, is scho gut, Mama. Geh nur wieder in dein Bett.«

Aber die alte Frau stemmte sich störrisch dagegen: »Ich will auch was von dem Wein da haben! Von dem Wein da ...«

Und um sie zu beruhigen, sagte der Max: »Kriegst dann schon was, Mama. Mir heben dir was auf.«

Als sie die Luise dann endlich draußen gehabt hatte, sagte der Max mit einem tiefen Seufzer zu seinem Schwager: »Meine Mutter. Sie is halt nimmer ganz richtig im Kopf. Alte Leut. Aber die Luise, die is da wie ein Engel. Was die Frau schafft ... den Laden, das ganze Hauswesen und kochen kann die!«

Jetzt hatte der Karl wieder sein hölzernes Lächeln aufgesetzt, weil der Max anscheinend dachte, er müsste ihm seine Schwester vorstellen. Die kannte er ja schließlich um einiges länger. Und dass sie kochen konnte und einen Haushalt führen, das hatte er selber erlebt, damals nach dem Tod seiner Mutter. Es waren noch keine fünf Minuten vergangen, da stand die Luise an der Wohnzimmertüre, mit einem Bettlaken über dem Arm, und sagte gereizt:

»Das ganze Bett patschnass! Und ihr Abendessen hat's wieder ins Klo geschüttet. Also trinkt's derweil, bei mir dauert's länger.«

Für den Max waren solche Unterbrechungen nichts Ungewöhnliches. Eher hatte der Karl damit Schwierigkeiten, weil er im Zweifel war, ob es nicht angebracht gewesen wäre, seine Hilfe anzubieten. In der Gefangenschaft hatte es auch nicht nur angenehme Aufgaben gegeben. Aber bei der Vorstellung, eine nasse alte Frau trocken zu legen, fühlte er sich überfordert.

Nachdem die Luise schon so gut wie draußen war, zeigte sich der Karl noch rasch von seiner gutwilligen Seite:

»Aber bittschön, ihr müsst fei schon sagen, wenn ich euch was helfen kann, gell.«

Darauf antwortete der Max bedächtig und mehr allgemein:

»Ja, ja, Schwager ... so ist das Leben.«

Dann redeten sie eine Zeit lang alle beide nichts. Bis der Karl den Gesprächsfaden wiederaufnahm: »Im Garnisonslazarett habt ihr euch kennengelernt, gell? Du und die Luise.«

»Wo sie Schwester war. Hilfsschwester. Ein halbes Jahr bin ich da drin gelegen. Dann hab ich mit denen getauscht: Die haben mein Bein behalten und ich die Luise. Und dich ... haben die Franzosen geschnappt, sagt die Luise.«

»In Flandern ... bei Armantiere. Aus'm Granattrichter rausgezogen. Oberarmdurchschuss. Ich hätt vielleicht noch abhauen können vorher. Aber es war kein Wille mehr in mir.

Aus! Finis! A Tank wenn gekommen wär ... ich hätt mich von ihm überrollen lassen.«

»Da kommst dir dann vor wie a kloaner Bua, der sich in die Hosen macht. Solang hat er zugezwickt ... und auf einmal ist ihm alles wurscht.«

»Genau so«, sagte der Karl: »Ich bin in dem Loch dringelegen ... auf'm Bauch ... im Schlamm ... da wird's einem dann direkt ganz warm und man mag sich gar nimmer rührn.«

»Zum Denken wennst' anfängst ... kannst dir bloß noch ans Hirn langen. In dem Abschnitt, wo's mich erwischt hat, ham mir die Franzosen fünfmal aus derselben Stellung rausgeschmissen. Und jedes Mal kurz danach die uns. Auf am Stückl Land so groß wie die Oktoberwiesn. Zum Schluss san halt grad noch so viel übrig blieben drüben und herüben, dass ihre Toten und Verwundeten einsammeln ham können.«

»Waren ja bloß Material, Max. Keine Menschen. Und die hohen Herrschaften haben ihre Versuche damit gemacht, wem dass sein Material länger durchhält. Nana, Max, hör ma auf! Es könnt einem schlecht werden! Mir wissen's. Und die, die's wissen sollten, woll'n nicht wissen!«

»Dein Bruder zum Beispiel. Der Adi. Der sieht das alles ganz anders.«

Der Karl schüttelte nur den Kopf und nach einer Weile sagte er: »Ich weiß auch nicht, von wem er das hat. Von uns daheim hat er es nicht.«

Viel war nicht mehr in der Weinflasche, als dann die Luise wieder hereinkam mit einer Suppenschüssel, Tellern und Löffeln:

»So, Männer, jetzt gibt's endlich was. Zeit wird's, macht amal Platz da!«

Und während sie eilig aufdeckte, fragte sie die beiden im Tonfall einer besorgten Mutter, die ihre Buben länger alleine gelassen hat: »Seid's gut ausgekommen miteinander ... und habt's euch nett unterhalten?«

»Ganz gut, gell, Schwager? Über die Strategie vom letzten Krieg. Wo man gar nicht leicht dahinter kommt. Und ich wollt ihm grad die schöne G'schicht erzählen von den zwei Bauern ...«

Die Luise fuhr ihm augenrollend dazwischen:

»Max, bittschön, den Schmarrn hast scho hundert Mal erzählt!«

»Aber ihm noch nicht, Weiberl. Ich mach's auch ganz kurz. Also: zwei Bauern auf'm Heimweg vom Wirtshaus. Hüpft ihnen ein Frosch übern Weg. Sagt der eine zum andern: Den wennst frisst, kriegst eine Mark von mir. Abgemacht, sagt der andere, fängt'n und beißt zu. Schafft's aber nicht ganz, weil's ihn so graust. Danach sagt er zum Ersten: Wennst'n du ganz auffrisst, kannst dein Markstückl behalten. Und der sparsam, wie er ist, frisst'n auf. Am Schluss wird's alle zwei sauschlecht und der Schlaue, mit der Idee, bleibt auf einmal stehn und sagt: Für was ham jetzt mir den Frosch eigentlich g'fressen?! Weißt du das, Karl? Ich nicht.«

Der Karl konnte es ihm auch nicht sagen und es war ihm auch nicht zum Lachen.

Bei den Kreitmeiers, die unter der Woche um vier Uhr in der Früh aufstehen mussten, war gewöhnlich um neun Uhr abends das Licht aus. An dem Abend war es anders. Man wollte ja auch dem Karl nicht gleich das Gefühl geben, dass er in ihrem Haus nicht willkommen wäre. Deshalb trat die Luise ihrem Mann jedes Mal vorsichtig gegen das Holzbein, wenn er so abwesend mit dem Kopf wackelte. Der Regulator schlug schon elf Uhr und die Luise beruhigte ihren Bruder:

»Der geht doch, wie er mag. Das weißt doch noch.«

Es ist ja auch Luises Wunsch gewesen, wenigstens so lange noch aufzubleiben, bis ihr jüngerer Bruder heimkommt; denn Karl und er sollten sich einstweilen die Kammer teilen, in der man den Adolf schon untergebracht hatte. Max war inzwischen auf seinem Stuhl fest eingeschlafen und es hätte niemanden genützt, ihn aufzuwecken, weil er sofort wieder eingeschlafen wäre. Er hatte auch nichts versäumt, denn die Geschichte um den Tod seines Schwiegervaters, des alten Grandauer, hatte er ja selbst miterlebt. Im vergangenen Jahr war das, als sie ihn, kurz bevor er starb, allesamt in der chirurgischen Klinik besuchen wollten und zwischen den Fronten der roten und weißen Garden geraten waren. Der Luise stand die Angst noch im Gesicht, als sie versuchte dem Karl das wilde Durcheinander von damals zu beschreiben:

»... und auf einmal ist überall geschossen worden, mit Maschinengewehren ... in der Schillerstraße ... und die Landwehrstraße hinauf ... überall ham's geschossen wie die Verrückten!«

Der Karl fragte dazwischen: »Auf die Zivilisten auch?«

»Auf alles! Hat sich ja kein Mensch mehr ausgekannt. Die ham halt einfach losgeballert. War'n ja selber keine Soldaten, die einen, die wo die Räterepublik gemacht ham. Und die anderen haben auch geballert. Genauso: Die vom Freicorps. Und unser Adi natürlich, der wollte da durch! Dann ist er an der Hauswand entlang ... auf einmal hat's halt wieder das Rattern angefangen. Und er rennt und rennt und fällt über einen Schneehaufen! Weil's doch schon seit Wochen keine Straßenreinigung nimmer gegeben hat. Und bei der Gelegenheit verliert er auch noch seine Brille. Ohne die is er doch blind wie ein Maulwurf! Dann hat ihn einer in einen Hausgang reingezogen und hintenrum durch den Hof wieder zurückgeschickt. Und das war ausgerechnet einer von den Roten! Unsern Adi! Ich hab direkt lachen müssen. Obwohl's ja eigentlich gar nicht zum Lachen war.«

Währenddessen hörte man Schritte die Stiege heraufkommen und es konnte eigentlich nur der Adolf sein.

»Dem Gang nach der Adi«, bemerkte die Luise und weckte ihren Mann: »Ich glaub, der Adi kommt! Jetzt bin ich gespannt. Er weiß ja noch gar nicht, dass unser Bruder da is.«

»Nanu? Was ist denn heut los?! Die ham ja noch Licht!«, hörte man auf dem Hausflur. An der Stimme hatte ihn der Karl gleich erkannt. Sie hatte früher schon so was Geschäftiges, ein wenig Großspuriges. Und dann stand er im Türrahmen, der kleine Bruder. Sehr gewachsen war er nicht. Innerlich vielleicht. Er stand irgendwie anders da. Selbstbewusster, breitbeiniger. Und auch nicht mehr das Milchgesicht. Die Brille wie immer. Aber was war mit dem Auge? Blau angelaufen.

Der Adolf erkannte im ersten Moment tatsächlich nicht, wen er vor sich hatte. Wenn er an den großen Bruder dachte, sah er ihn lieber in der Uniform vor sich, mit dem eisernen Kreuz zweiter Klasse, um das er ihn so beneidete. Allenfalls mochte er sich ihn noch als kampfunfähigen Unteroffizier vorstellen, der dem Feind in die Hände gefallen war. Aber der da, ihm gegenüber, im Unterhemd, mit Hosenträgern wie ein Kleinbürger, wie der Vater am Abend oft auf dem Kanapee ... das konnte doch unmöglich ... Aber hatte er nicht das gleiche hölzerne Grinsen wie der Vater?

»Mensch, Karli! Altes Haus! Ich werd verrückt!«

Und mit einem Mal waren sie wie weggeblasen, die kleinen brüderlichen Vorurteile und die beiden nahmen sich glücklich in die Arme:

»Mein großer Bruder! Jetzt simma wieder beisammen, Gott sei Dank! Wir drei wenigstens.«

Der Max hielt sich gerade so lange zurück, bis die Brüder sich aus ihrer Umarmung gelöst hatten, weil er sich das Feixen nicht verkneifen konnte bei seinem Verdacht:

»Hast eine aufs Auge gekriegt? Für deinen Herrn Namensvetter!«

»Das schaut fei bös aus! Ganz blau!«, sagte die Luise besorgt. »Ich mach dir eine essigsaure Tonerde, dass' nicht noch mehr anschwillt.«

»Alles halb so wild, Schwesterlein. Die Brille hab ich zum Glück vorher runtergetan.«

An der Tür drehte sich die Luise noch einmal in wachsender Wut um:

»Geschieht dir ja recht! Mit deinem politischen Krampf immer! Vernünftige Leut gehn doch zu so was gar nicht hin! Wo's bloß saufen und grölen und aufeinander eindreschen!«

»Die üblichen Vorurteile, liebe Schwester. Wir saufen nicht und grölen nicht und dreschen auch auf niemanden ein! Wenn man uns in Ruhe lässt! Wir wehren uns bloß, wenn die Linken ihre Schläger schicken und machen dann in Ermangelung von Argumenten aus einer friedlichen Versammlung eine Saalschlacht.«

Die Erklärungen hatte sich seine Schwester gar nicht mehr bis zum Ende angehört. Sie kannte sie ohnehin. Und der Max war auch nicht überrascht von dem, was ihm der Adolf anschließend noch hinzureiben versuchte:

»Übrigens! Dein Geselle, der Schöpf Toni, war auch wieder dabei! Auf der Gegenseite, versteht sich!«

»Ich hab ihn nicht hingeschickt. In seiner Freizeit kann er machen, was er mag«, entgegnete der Max ruhig und drehte sich zu seinem Schwager Karl hin, weil der so dastand, als ob er nicht dazugehörte: »Die zwei! Der Adi und mein Geselle, der Toni! Da is einer g'scheiter als der andere. Und jeder weiß den richtigen Weg. Der sagt links rum, der andere sagt rechts rum. Und am End treffen sie immer wieder z'amm und haun sich die Schädel ein. Zum Glück! Auf die Weise werden's vielleicht weniger.«

Der Adi pflegte als angehender Jurist schon jetzt eine gewisse Unempfindlichkeit, mit der sich Kränkungen oder Spott ertragen ließen, ohne sofort nach Konsequenzen zu verlangen und sagte heiter: »Aber ich will auf gar keinen Fall, dass du so lange warten musst, bis es mich nicht mehr gibt, lieber Max. Ich hoffe doch, das klappt in Bälde mit der Bude und dann bin ich weg.«

»Ja, aber bis dahin möchte ich, dass' euch vertragt's, Streithansel, elendige!«, wetterte die Luise von draußen herein und den Adi zitierte sie barsch zu sich: »Und du kommst mit in die Küch! Da hab ich dir deine essigsaure Tonerde hingestellt. Jetzt mach ma sowieso Schluss! Also, Marsch jetzt, ins Bett. Jetzt!«

Widerspruchslos gab der Adi darauf den artigen kleinen Buben, der sich das blaue Auge nicht im Hofbräuhaus eingefangen hatte bei einer Saalschlacht – er war eben wieder einmal vom Schaukelpferd gefallen. Und er sagte, ein wenig stolz sogar: »Unser Luiserl ... wie unser Mama! Gell, Karl.«

In diesem Winter 1920 hatten die Lebensverhältnisse in der Bayerischen Landeshauptstadt manchen Kompromiss erzwungen – so zum Beispiel auch den, dass der Jurastudent Adolf sein Kammerl direkt neben dem des Bäckergesellen Toni Schöpf hatte. Und weil die beiden Schlafplätze gut warm waren und von der Hausfrau überdies mit frischer Wäsche und etlichen anderen notwendigen und angenehmen Dingen versorgt wurden, endeten dort wie von selbst alle noch so dringlichen Richtungskämpfe. Der Karl war also einstweilen bei seinem Bruder einquartiert worden – und da lagen sie nun in der ersten Nacht so, wie sie das schon von früher her kannten, als sie auch einmal vorübergehend ein Bett miteinander teilen mussten – sozusagen versetzt, mit den Köpfen einander gegenüber, wie die Ölsardinen.

Die Turmuhr von der Johanneskirche schlug dreiviertel. Der blecherne Wecker auf dem Nachtkastl war schon weiter und zeigte ein Uhr. Durchs Fenster fiel ein wenig Licht herein von der Gaslaterne vor dem Haus. Der Adi hatte ein Handtuch unter seinen Kopf gelegt und einen feuchten Lappen auf sein geschwollenes Auge. Das andere Auge aber war weit offen und blickte mit pennälerhafter Verzauberung zur Zimmerdecke hinauf:

»... der ist einfach faszinierend, der Mann! Faszinierend!«

Karl hatte die Augen zu, weil ihm etwas anderes vorschwebte, etwas, das er mit geschlossenen Augen besser sehen konnte. Und hie und da gab er unbestimmte Töne von sich, um seinem Bruder das Gefühl zu geben, dass er ihm zuhörte.

»Der Mann spricht das nämlich aus, was jeder anständige Deutsche als Schmach empfindet: Versailler Vertrag! Ausbeutung! Knechtschaft! Was woll'n die denn? Aus Deutschland einen Balkanstaat machen! Das woll'n die!«

Die ganze Zeit hoffte der Karl, dass sein kleiner Bruder irgendwann das Stichwort liefern würde, das sich gedanklich besser mit seinen eigenen Vorstellungen vertrüge. Denn es war eben leider unmöglich, das bildhübsche junge Hundefräulein mit der bolschewistischen Weltrevolution in Verbindung zu bringen. Oder mit dem Zusammenbruch der Heimat. Und er hätte so gerne von ihren Augen gesprochen, in denen man richtiggehend versinken konnte. Aber in diesem Moment war der Adolf gerade dabei, ihn und alle anderen deutschen Soldaten von dem Vorwurf freizusprechen, sie hätten den Krieg verloren. Nicht sie hatten ihn verloren, es war die Heimat, die ihn verloren hatte. Wer auch immer, der Freispruch hatte den Karl an diesem Abend nicht mehr beglückt. Er war zutiefst zufrieden, dass er wieder daheim war. Annähernd daheim. Und dass er in einem frischbezogenen Bett lag, wo ihn die vaterländischen Ideen und Ideale des kleinen Bruders nur von ganz weit her erreichten, wie das Plätschern eines Bächleins.

»Wir haben uns ja alle freiwillig gemeldet ... unsere ganze Abiturklasse. Ich war Bremskanonier: Feldkanone 98. Batterie Freiherr von Malaise. Gegen die Roten. Gemeinsam mit der Einwohnerwehr. Da hast du auf einmal gespürt, was in dem deutschen Volk noch alles drinsteckt! Fabelhaft! Und wenn es nicht wegen meinem Studium gewesen wäre ... die

Idioten verlangen ja Seminarscheine … ich wär auch jetzt noch mal mit. Ins Ruhrgebiet! Du wirst dich vielleicht wundern, aber ich bin nicht mehr bloß der kleine Streber, für den ihr mich immer gehalten habt. Das ist meine innerste Überzeugung, Karl! Deutschland darf nicht untergehn! Könntest du das ertragen? Sag ehrlich?«

Und weil die Antwort auf sich warten ließ und stattdessen ruhige Atemzüge zu hören waren, erhob sich der Adi kurz von seinem Kopfkissen und ließ sich gleich wieder bitter enttäuscht zurückfallen:

»Der schläft … der große Bruder!«

2.

Der Winter 1920 war allmählich vorüber, aber die schmetterlingshafte Garderobe, mit der Karl Grandauer vor einem Monat hier angekommen war, passte auch nicht so recht in den wetterwendischen Münchner Frühling. Die Luise hatte ihm deshalb einen Anzug aus der Hinterlassenschaft des Vaters angepasst, mit dem er in der schlichten Haidhauser Welt wenigstens nicht mehr so auffiel. Die altväterlichen Kleidungsstücke schienen ohnehin für mehrere Generationen geschaffen zu sein und sie trotzten jedem modischen Wandel. Auch was die Einquartierung betraf, hatte man für Verbesserung gesorgt. Inzwischen kam eine zweite Bettstatt in die Kammer, so dass die Brüder einander nicht mehr mit den Füßen ins Gesicht treten konnten, wenn ihre Träume allzu lebendig wurden.

Karls Träume waren weniger groß und heftig als die seines Bruders, und sie handelten, so weit entwirrbar, fast immer nur von Vergeblichkeit. Zum Beispiel und in sein Leben übertragen Vergeblichkeit, wo immer er sich um eine Arbeit bewarb. Vor allem in seinem erlernten Beruf, dem eines Fotografen. Dafür gab es ja auch gegenwärtig kaum Möglichkeiten. Außerdem fehlte es ihm an Praxis. Und viel konnte vom Erlernten nicht mehr vorhanden sein, nachdem er vor bald sieben Jahren den reputierlichen Laden des Hoffotografen Andreas Gassner verlassen musste, weil ihn der König zu den Waffen rief. Hinzu kam, dass ihn schon damals weder Talent noch Neigung in dieses geheimnisumwitterte Kunstgewerbe gezogen hatte.

Es war auch mehr seine Mutter, die für ihren abgebrochenen Lateinschüler Karli eine Verwendung suchte und zufällig bei einer ehemaligen Kollegin fündig wurde. Die beiden Frauen kannten sich aus der Zeit, als sie noch ledig und Kellnerinnen im selben Landgasthof waren. Die eine suchte ihr Glück anschließend an der Seite des Dorfgendarmen und späteren Kriminalers Grandauer, die andere nahm ihren gesellschaftlichen Aufstieg über einen betagten Privatier, der sie beizeiten zur wohlhabenden Witwe machte. Aber auch als solche blieben ihre gut erhaltenen weiblichen Werte nicht lange unbemerkt. Das Rennen machte nun besagter Inhaber der fotografischen Anstalt Andreas Gassner.

Das königliche Privileg eines Hoflieferanten, das ihn einmal nicht wenig Geld gekostet hatte, verlor er dann allerdings, wie alle Hoflieferanten, im vergangenen Revolutionsjahr. Aber der Schmerz darüber blieb ihm erspart. Er starb kurz davor an der spanischen Grippe. Ein Fahrradhändler, hieß es, hätte nun den Laden übernommen.

Wenn der Karli an seine Lehrjahre zurückdachte, fiel ihm immer eine fotografische Glanzleistung ein, mit der er sich schon früh auf ein Gebiet mit großer Zukunft vorgewagt hatte. Freilich war die Idee nicht auf seinem Mist gewachsen. Sie stammte von einem gleichaltrigen Spezi, bei dem Geschäftssinn und eine strapazierfähige Moral bereits eine vielversprechende Verbindung eingegangen waren. Willibald Leitner war sein bürgerlicher Name, Lehrling in einer Großmetzgerei, und im Freundeskreis allgemein nur Metzger Willi genannt.

Willis Idee beruhte auf dem ebenso einfachen wie uralten Prinzip, wonach sich ein nicht geringer Teil der männlichen Bevölkerung den Anblick unbedeckter Weiblichkeit immer schon gerne etwas kosten ließ. Und weil eine lebendige Anschauung ohne Komplikationen nicht immer zu haben ist, die Produkte der bildenden Kunst für solche Zwecke aber meist zu erhaben oder ungenau sind, war es Aufgabe der künstlerischen Fotografie geworden, den Bedarf zu dekken.. Oder zu wecken.

Dafür war jetzt der Karli gefragt, der, wie man wusste, das blinde Vertrauen seines Lehrherrn besaß und damit auch den Zugriff auf die nötige Apparatur. Für das Anschauungsmaterial oder besser das Objekt der Begierde wollte der Willi persönlich sorgen, er hatte auch schon eines im Auge. Das Fräulein war noch keine Verkäuferin, nur eine Einwicklerin im Metzgerladen seines Chefs: eine gewisse Lisbeth. Etwas unterbelichtet, aber mit einer starken Brust. Und sie war bereit, dieselbe und noch mehr zur Schau zu stellen.

»Barfuß bis zum Hals«, wie der Willi es ausdrückte.

Mit ihm waren sie zu fünft bei der Vorbesprechung und obwohl daran gewöhnt, sich voreinander immer sehr lebenserfahren und abgebrüht zu geben, wollte bei den vier anderen keine rechte Begeisterung aufkommen. Die Idee war ihnen vielleicht doch zu abwegig – aber dann auch wieder zu verführerisch, um sie gleich ganz abzutun. Auch konnte nur einer von ihnen glaubhaft machen, dass er schon einmal eine Weibsperson dergestalt gesehen hatte: »Barfuß bis zum Hals.« Und zwar war das nach seiner Aussage im Ungererbad, durch ein Astloch in der Wechselkabine. Die Abstimmung über das Projekt erbrachte vier Stimmenthaltungen und eine Stimme dafür: die vom Metzger Willi.

Die Isar war nach dem letzten Hochwasser auf beiden Uferauen noch immer mit Schlamm und Treibgut bedeckt. Deshalb musste sich die Regie etwas anderes einfallen lassen. Der Willi hätte es freilich am liebsten gesehen, wenn die Einwicklerin ganz natürlich und so wie Gott sie schuf dem Flusse entstiegen wäre. Das wäre ihr auch leichter begreiflich zu machen gewesen als irgendetwas auf Gras darzustellen oder vor einem Baum.

Der Karli verkroch sich derweil hinter dem riesigen Kamerakasten und verwandte kein Auge für die Darstellerin. Auch nicht, als diese begann sich hinter einem lichten Busch zu entkleiden. Er war ja nur der Fotograf und alles andere ging ihn nichts an. Mit dieser Einstellung gelang es ihm schon ein paar Mal in seinem jungen Leben, das Gewissen zu betäuben. Die drei anderen Burschen hampelten inzwischen sinnlos herum, aber nicht ohne immer wieder schnelle Blicke auf die Enthüllung der Einwicklerin zu riskieren. Doch die blieb zu ihrer Enttäuschung weit hinter den Erwartungen zurück. Und auch als sich der Willi mächtig ins Zeug legte und sie an ihr Versprechen erinnerte, war sie nicht bereit, auch noch den Bereich freizulegen, der sich in einer knielangen, leinernen Unterhose verbarg. Da wurde der Willi rüpelhaft und bedrohlich und den anderen wurde himmelangst.

Das Unternehmen ließ sich dann aber nach einigem Hin und Her durch einen Kompromiss retten, indem man einfach die Unterhose in die Handlung mit einbaute. Lisbeth sollte, als Susanna vor dem Bade und noch in der Unterhose, von einer Diebesbande ihrer abgelegten Kleider beraubt werden und hinterher lange und verzweifelt herumhüpfen. Wobei das optische Gewicht jetzt mehr auf ihren starken Brüsten zu liegen kommen sollte. Als Diebesbande fiel den drei anderen Mittätern nun endlich auch eine reizvolle Aufgabe zu, bei der sich vielleicht sogar die eine oder andere Berührung mit dem ewig Weiblichen ergeben könnte.

Dass dann am Ende die ganze Veranstaltung tatsächlich auf einem der neuartigen Rollfilme zu sehen war, und zwar so gestochen scharf, dass man sogar die Gesichter der Räuber erkennen konnte, das hätte eine nachhaltigere Bewunderung verdient. Stattdessen führte gerade dieser Umstand ins Unglück.

Es war am Tag von Peter und Paul, als der Königlich Bayerische Hoflieferant Gassner seine Geschäfte ruhen ließ und gemeinsam mit seiner Gattin einem Drang nach dem Süden folgte. Man war diesem Drang, da er unter den Münchnern immer sehr stark gewesen war, auch städtischerseits entgegengekommen, indem man die Trambahnschienen nun endlich über Großhesselohe hinaus bis in das geschichtsträchtige Dorf Grünwald verlegt hatte. Während der Fahrt kam Gassner immer wieder auf seinen Lehrling Karl zu sprechen, der ihn so oft mit seinem Eifer erfreute. Auch an diesem Feiertag hatte er sich freiwillig angeboten, im Geschäft zu bleiben, um das Warenlager zu ordnen. Indessen aber hatte der Lehrling die Abwesenheit des Prinzipals nur dazu ausgenützt, seine fotografischen Naturstudien zu entwickeln. Und als er sie dann unter dem Vergrößerungsapparat hervortreten sah – die Natur in ihrer zugkräftigsten Erscheinung, mit der sie für sein ungeübtes Auge selbst noch in Gestalt der Einwicklerin das Ihre tat –, da vergaß der Karl Zeit und Raum und ließ seine Spezl länger als ausgemacht vor der Ladentüre warten. War es nun deren Erscheinungsbild oder ihre mühsam verhaltene Unruhe, mit der die vier vor dem Laden herumlungerten – sie waren, wodurch auch immer, einem Kollegen von Karlis Vater aufgefallen, einem Wachtmeister, der auf der gegenüberliegenden Straßenseite unterwegs war. Um die Spitzbuben nicht gleich zu verscheuchen, blieb er in einiger Entfernung stehen und beobachtete sie im Spiegelbild einer Schaufensterscheibe. Und sein Verdacht schien sich zu bestätigen.

Ein fünfter Spitzbube kam bald darauf aus dem Laden und wurde sogleich von den anderen umringt. Scheinbar, um die Beute zu besichtigen oder irgend so etwas. Was sie dem Karli in Wirklichkeit aus den Händen rissen, waren natürlich die ersten Abbildungen vom Kleiderraub in den Isarauen. Beim Anblick der Bilder überkam den Metzger Willi ein geradezu imperialer Stolz und er geriet hemmungslos ins Schwärmen: »Jede Menge bring ich los von denen! Jede Menge! Und die zahl'n auch jeden Preis für so was. Weil, grad unter die Leute mit Geld sind oft die größten Saubär'n!«

Ihre Begeisterung hatte die Burschen derartig geblendet, dass sie den Schutzmann erst wahrnahmen, als er unmittelbar vor ihnen stand. Und es war auch zu spät, die Beweisstücke verschwinden zu lassen. Dem aufmerksamen Schutzmann war nicht ein einziges entgangen. Inzwischen hatten sich auch etliche neugierige Passanten hinzugesellt, sodass an Flucht nicht mehr zu denken war und der Hüter der öffentlichen Ordnung eine eingehendere Besichtigung der inquirierten Fotografien vornehmen konnte. Und sein wachsames Auge zielte genau auf die Sittenwidrigkeit und es verweilte lange auf Lisbeths starken Brüsten.

Währenddessen hatte sich der Willi eine elegante Erklärung ausgedacht, in dem Sinne, dass man den Rollfilm bloß gefunden hätte und gar nicht gewusst habe, was da drauf sein könnte. »Und er« – womit er den Karli meinte – »er hat gesagt, er weiß schon, wie man das macht, dass man was sieht. Eigentlich nur so aus Interesse.« Und jetzt wie sie das gesehen hätten, um was für ein schmutziges Zeug es sich dabei handelte, wollten sie die Bilder sowieso wegwerfen.

»Soso, wollten Sie's wegwerfen?«, wiederholte der Schutzmann und schaute dabei messerscharf von einem zum anderen. »Und wie kommt das dann, dass ihr drei da drauf seid auf den Fotografien?!«

Die Kleiderdiebe zogen schuldbewusst die Köpfe ein. Nur einer versuchte zaghaft ihr Ansehen zu retten: »Bittschön, das ist ja gar nicht in echt gewesen, Herr Wachtmeister, das mit die Kleider. Das war ja bloß so gespielt.«

Der Schutzmann durchdachte den Einwand und sagte darauf amtlich und ohne in seiner Abscheu nachzulassen: »Das kann gewesen sein, wie es will. Eine Sauerei bleibt eine Sauerei! Und diese Beweisstücke sind hiermit konfisziert!«

Dann zog er sein Dienstbuch heraus und notierte sich mit schwerer Hand ihre Personalien: »Und Name und Adresse von dieser schamlosen Person? Die sich da oben herum ... und so weiter und so weiter.«

Und er nahm das Stichwort zum Anlass, noch einmal einen verächtlichen Blick auf die entsprechende Ablichtung zu werfen.

Währenddessen antwortete der Willi ohne Zögern und bevor vielleicht einer von den Komplizen etwas Verkehrtes hätte sagen können, weil die ja alle von der Ganovenehre noch nicht genügend wussten: »Leider unbekannt.«

Und den anderen flüsterte er zu: »Das tät dem so passen.«

Der Schutzmann brachte sodann, zufrieden, etwas Schlimmeres vereitelt zu haben, die corpora delicti im Ärmelaufschlag unter und sagte abschließend: »Ja, ja, meine Herren Ganoven, tun'S Ihnen nur recht sicher fühlen. Aber das Gericht wird Ihnen schon zum Reden bringen!«

Bei dem Wort Gericht griff sich der Karli an die Kehle und sagte mit Grabesstimme: »Mei Vater! Ich häng mich auf!«

Der Metzger Willi hingegen, im Umgang mit der Polizei schon erfahren, zeigte sich völlig ungerührt: »Da lach ich ja. Wisst's, was ich euch sag? Da kommt gar nix. Weil sich der unsre Fotos selber untern Nagel reißt! Wetten?«

Die Wette hätte er gewonnen. Aber bis Karl Grandauer darüber lachen konnte, musste viel Zeit vergehen. Und auch Lisbeths starke Brust wurde ihm lange zum Hindernis. Irgendwie.

*

»Ob die noch lebt? Die Frau Gassner. Von meinem Lehrherrn damals die Frau«, fragte der Karl seine Schwester.

»Die Tante Franzi … hama doch als Kinder immer g'sagt zu ihr. Ich glaub schon. Irgendwo hab ich sogar ihre Adresse g'habt. Warum?«

»Ich hab mir nämlich gedacht … die kennt doch tausend Leut … vielleicht weiß sie was für mich. Beruflich.«

Die Luise hat sich nun mittlerweile für ihren Bruder auch nicht mehr eigens umgezogen, wenn sie abends in der

Schürze vom Laden heraufkam. Das war halt nur am Anfang so. Und der Karli hatte sich daran gewöhnt, dass er ruhig auf dem alten Kanapee hocken bleiben durfte, wenn sie ins Zimmer trat und dass er nicht mehr, wenigstens anstandshalber, fragen musste, ob er ihr bei irgendetwas helfen konnte. Das erwartete sie sowieso nicht von ihren Mannsbildern.

»Mei … fragen kannst sie ja. Aber mach dir doch nicht andauernd Gedanken wegen der Arbeit. Jetzt bist gerade amal a paar Wochen daheim. Du findst schon noch was, Karli. Und derweil bist bei uns gut aufgehoben.«

»Das weiß ich, Luise. Und für das bin ich euch auch sehr dankbar. Aber ich bin halt leider nicht der Mensch, der sich … wie der Adi. Der hat da ein glücklicheres Naturell!«

Die Luise kannte ja ihren älteren Bruder und wusste, dass er einem mit seiner Ehrpusselichkeit ganz schön auf die Nerven gehen konnte. Und sie fuhr ihm im Vorbeigehen mit der Hand durch seinen schütteren Haarschopf und sagte: »Alter Spinnergockel! Na ja … machst halt amal einen Besuch bei ihr. Die freut sich bestimmt. Vielleicht ist sie auch schon wieder verheiratet. Der letzte, der Gassner, ist ihr doch schon vor zwei Jahren eingegangen. Und so lang hält die das allein gar nicht aus.«

Dann fing sie an, den Tisch fürs Abendessen zu decken, und der Karl geriet ins Grübeln, wie hoch man den Nutzen eines solchen Besuches zu bewerten habe, bevor man wissen konnte, ob es überhaupt einen Nutzen geben würde: »… also, mit ganz leere Händ kann ich unmöglich hingeh'n, Luise. Wie schaut'n das aus. Und die Gassners haben mir immerhin im ersten Kriegsjahr ein Feldpostpackl geschickt auf Weihnachten.«

»Nimmst halt einen Hefezopf mit von uns oder irgendein Gebäck.«

»Is vielleicht eher a bissl einfallslos. Aber wenn sie zum Beispiel eine Liebhaberei hätte … Weißt du da was?«

»Außer Männer wüsst ich nichts. Müsstest halt du dich selber a bissl dafür anbieten.«

»Jetzt sag halt g'scheit, Luise! Vielleicht liest sie gern oder … was gäb's denn noch?«

»Musik, glaub ich, mag's. Mit so einem Grammophon. Wo man Schallplatten drauf spielen kann. Bringst ihr a Schallplatte mit. Das freut's bestimmt.«

»Und wo kriegt ma sowas? Keine Ahnung.«

»Gehst in eine Musikalienhandlung. Nach'm Isartor is eine. Soleder, glaub ich.«

»Die ham doch wahrscheinlich hundert oder mehr solche Platten. Woher weiß ich, was ihr gefällt?«

»Sagst, es ist für eine ältere Dame und wenn sie ihr nicht gefällt, soll'n sie's ihr umtauschen.«

Man hörte den Schwager Max langsam und schwerfällig die Stiegen heraufhumpeln und die Luise beeilte sich, das Abendessen auf den Tisch zu bringen. Dann kam ihr Mann mit einem unterdrückten Seufzer in die Stube, griff nach seinem Holzbein und brummte: »Heut piesackt er mich wieder … mein Dank des Vaterlands!«

Die Luise schob ihm einen Stuhl hin und beruhigte ihn wie sooft: »Komm, dann tu ihn halt runter. Brauchst'n doch heut nimmer.«

Der Max knöpfte sich die Hose auf, bevor er sich auf den Stuhl plumpsen ließ, um die Halterung von seiner Prothese zu lösen.

»Sixt, das kannst jetzt du wieder nicht, Schwager. Der meine, wenn mich ärgert, schnall ich ihn ab und hau ihn ins Eck.« Und der Luise rief er in die Küche nach: »Für'n Toni brauchst nix machen. Der is schon fort. Zum Plakate abreißen. Die schönen neuen vom Hitler, wo sie grad überall hingepappt haben.«

Dass es im Bäckerhaus ab vier Uhr früh und manches Mal noch früher unruhig werden konnte, daran war nun auch der Karl schon gewöhnt. Manchmal war das sogar ein wohliger Nebeneffekt, wenn man sich dann noch einmal umdrehen konnte und auf dem anderen Ohr weiterschlafen. Am darauffolgenden Morgen aber war die Unruhe direkt vor der Kammerltüre und das Ganglicht schimmerte beunruhigend durch die Milchglasscheibe herein.

»Der ist gar nicht da, der Toni! Im Bett ist er auch nicht gewesen!«, rief die Luise nach unten.

Und von dort hörte man den Max heraufrufen: »Himmel, Arsch und Zwirn! Ham's 'n wieder kassiert! Den damischen Uhu! Und der Lehrbua kommt auch später heut!«

»Ich helf dir gleich, bis ich den Laden aufsperr!«

Anders als sein großer Bruder war der angehende Jurist Adolf durchaus dazu fähig, solchen versteckten Aufforderungen zu widerstehen. Er nuschelte nur etwas von Semesterprüfungen und verkroch sich unter seinem Plumeau. Karl dagegen stand wenig später in der Backstube und rackerte sich mit beiden Armen im Teigtrog ab. Die Illusion, dass sich aus der Bäckerarbeit vielleicht auch für ihn ein Beruf ergeben könnte, hatte er allerdings schon lange verloren.

»Gibt natürlich inzwischen auch elektrische Knetmaschinen«, sagte der Max und grinste hintersinnig, »aber die tu ich mir extra wegen dem Toni nicht her. Damit er nicht nachlässt in seinem Kampf gegen die Ausbeutung!«

Die Luise schüttelte den Kopf und meinte lachend zu ihrem Bruder: »Ein Zeug redet der manchmal daher, der Mann! Und in der Früh ist es besonders schlimm mit ihm.«

»Aber nur bis ich einen Kaffee krieg, Weiberl! Dann wird es schlagartig besser.«

»Da schau nauf!«, sagte die Luise und deutete auf das Oberlicht, hinter dem man im Morgengrauen lange Röcke und Hosenbeine sehen konnte von den ersten Kunden, die sich vor dem Laden angestellt hatten.

»Nix mehr Kaffee! Ich muss aufsperr'n.«

Auf der Treppe nach oben drehte sie sich noch einmal um: »Und was ist, wenn sie ihn wieder eingesperrt haben, den Toni? Dann brauchen wir doch wen, der für ihn einspringt. Und könnt nicht der Karl amal fragen in der Polizeidirektion ... dass er vielleicht zu dem netten Herrn Oberkommissär geht, der unsern Vater schon gekannt hat. Der weiß das vielleicht, was mit'm Toni los is und wie lang das dauert.«

Die alten Leute kamen schon aus der Johanneskirche gegenüber, von ihrer Morgenandacht, als Karl Grandauer das Bäckerhaus verließ. Er war nicht ungern Luises Bitte gefolgt, weil ihm ein Stadtspaziergang allemal lieber gewesen ist als die anstrengende Knochenarbeit in der Backstube. Überdies schien es ein schöner, sonniger Tag zu werden; einer, an dem sich die Schattenseiten in den Straßen der Vorstadt noch ganz ansehnlich gaben. Und auch in der Innenstadt, hinterm Isartor, vergoldete die Morgensonne manche schadhaften Stellen. Von den schweren Störungen der öffentlichen Ruhe und Ordnung, die polizeilicherseits beklagt wurden, war sowieso kaum noch etwas zu bemerken. Streiks und Demonstrationen sollen hier stattgefunden haben in den vergangenen Tagen. Und sie richteten sich wie immer gegen die miserablen Lebensbedingungen.

Unwahrscheinlich allerdings, dass sich daran in absehbarer Zeit etwas zum Guten hin ändern konnte. Erfolge hatte lediglich die Gegenseite anzumelden, indem sie mit Stolz und Genugtuung das gelungene Zusammenwirken von Polizei und Einwohnerwehr hervorhob. Doch das alles berührte Karl wenig. Er war viel zu sehr mit sich selber beschäftigt. Auch das Verschwinden des Bäckergesellen Anton Schöpf beunruhigte ihn eigentlich nur, solange man ihn als Ersatz für die Knetmaschine heranziehen konnte.

*

An der solederschen Musikalienhandlung, auf die ihn seine Schwester tags zuvor hingewiesen hatte, wäre er beinahe vorbeigegangen. Nicht, weil sie so unscheinbar war, im Gegenteil. Der noble Laden hatte drei große Schaufenster mit Musikinstrumenten bestückt und musikalischem Zubehör, Dingen, zu denen der Karli von Haus aus wenig bis keinen Zugang hatte. Das Geschäft war auch noch geschlossen. Vielleicht, dachte der Karl, weil Leute, die mit Musik zu tun haben, lieber am Abend und in der Nacht leben und am Morgen länger schlafen. Seine Angelegenheit mit der Schallplatte hatte ja auch Zeit und ließ sich ebenso auf dem Rückweg erledigen. Und wie er so weiter stiefelte durch die Stadt, ertappte er sich plötzlich dabei, dass er ganz leise vor sich hin pfiff. Das war bei ihm eher selten der Fall und er hatte auch kein großes Repertoire. Es waren meistens unkenntliche Variationen von Märschen, die sich ihm in seiner Kindheit bei den sonntäglichen Platzkonzerten eingeprägt hatten.

Irgendwie kam ihm jetzt auch wieder das Hundefräulein in den Sinn, die ihn am Tag seiner Heimkehr so beeindruckt hatte. Ob er sie überhaupt noch wieder erkennen würde? An den dunklen Augen vielleicht. Aber was war das eigentlich, was hatte ihn da so verhext? Er hatte sie doch keine fünf Minuten gesehen. Und das bei Dunkelheit. Wäre ihm das damals nicht mit jedem anderen einigermaßen passablen Frauenzimmer genauso ergangen?

Noch ein paar Straßen weiter, vorbei an der Frauenkirche, dann stand er vor dieser ernsten, breit hingestellten Amtsburg, dem Polizeipräsidium, in dem sein Vater vier Jahre lang ein und aus gegangen war. Der Gedanke daran hatte ihn seltsam berührt. Er selber hatte das Gebäude bis dahin noch nie betreten. Denn als es einige Monate vor Kriegsanbruch fertig geworden war und bezogen wurde, erfuhr der Rekrut Karl Grandauer gerade seinen militärischen Schliff, von dem gerne gesagt wurde, dass er noch keinem geschadet hätte. Aber diese Ansicht war seit dem letzten Krieg stark ins Wanken geraten. Die wenigen Passanten, die wie der Karl an den beiden Säulenlöwen vorbei zum Haupteingang liefen, zeigten sich im Gegensatz zu ihm eher unbefangen und hatten auch keinen Blick für das Freskogemälde oberhalb des Portals mit dem goethischen Leitsatz: *Nach seinem Sinne leben ist gemein, der Edle strebt nach Ordnung und Gesetz.*

Irgendwie ging dem Karli dabei durch den Kopf, dass er in den vergangenen Jahren eigentlich eher zu wenig nach seinem Sinne gelebt hatte.

Drinnen ließ er dann erst einmal anderen, die zielstrebiger waren und weniger sentimental, den Vortritt zur Portierloge. Und wie er da so stand und das ganze Drumherum in sich aufnahm und sich vorstellte, dass plötzlich sein Vater daherkommen würde, mit seiner schäbigen Aktentasche, in die ihm die Luise frühmorgens immer einen Apfel und ein Käsebrot gepackt hatte, hörte er eine bekannte Stimme.

Oberkommissär Grüner hatte gerade den Rapportsaal verlassen und sich lautstark von einem Kollegen verabschiedet, als er den Karl am Eingang sah: »Jetzt glaub ich's gleich! Das muss direkt Gedankenübertragung gewesen sein! Grad red ma drüber, über'n Nachwuchs. Weil ma wieder lauter Nachtwächter ham, die sich bei uns bewerben. Und jetzt kommen Sie daher! Recht so, Grandauer! Gratuliere!«

Der Karl wusste nicht gleich, was er sagen sollte, und Herr Grüner half ihm schmunzelnd aus der Verlegenheit: »Oder sind'S am End wegen was anderm da?«

»Eigentlich schon, Herr Oberkommissär.«

»Ich hab mir's fast gedacht«, sagte Herr Grüner mit gespieltem Bedauern. »Aber das wär halt jetzt die große Chance! Oder ham'S schon was anderes gefunden, beruflich?«

»Noch nicht, nein. Leider.«

»Werden Sie sich auch schwertun, mein Lieber, bei unserer Wirtschaftslage. Und ich könnt Sie halt jetzt vielleicht grad noch reinschmuggeln. Als Zivilbewerber. Wie alt sind'S?«

»Sechsundzwanzig … werd ich.«

»Geht noch. Und was waren'S zuletzt beim Militär?«

»Feldwebel.«

»Werden'S als Wachtmeister übernommen. Machen'S die Polizeischule. Grundkurs. In Eichstätt. Drei Monate. Und dann die Sonderlehrgänge bei uns herin: Kriminaltechnik, Gerichtsmedizin und so weiter und so fort. Ab Herbst hol ich Sie dann zu mir in die Abteilung. Als Kriminalassistent. Ham'S wenigstens eine Zukunft. Wenn auch nicht immer eine rosige.«

Nach diesem Überfall brachte der Karl zunächst keine andere Reaktion zustande als sein ungelenkes, hölzernes Lächeln, sodass ihn Herr Grüner an der Schulter packte, um ihn ein wenig zu rütteln. Dazu sagte er mit einem wohlmeinenden Blick durch seinen Beamtenzwicker: »Das ist fei mein Ernst, gell! Und Ihr Vater tät sich auch freuen, wenn er uns grad sehen sollte.«

Es gab eine Zeit, da hätte der Karli alles andere lieber getan, als dem Vater auf seinem Berufsweg nachzufolgen. So verbissen sah er das jetzt nicht mehr. Aber von alleine wäre ihm die Idee, sich für den Polizeidienst zu bewerben, nicht gekommen. Er mochte die Idee auch jetzt noch nicht so recht. Eigentlich mochte er sie gar nicht. Nur, auf Dauer den Hilfslehrling in der Bäckerei abzugeben, das mochte er noch weniger. Vielleicht würde er ja sogar seine fotografischen Grundkenntnisse irgendwie beim Erkennungsdienst anwenden können. Der Herr Oberkommissär hatte das durchaus für möglich gehalten. Und von daher gesehen war der Gedanke gar nicht so abwegig.

Herr Grüner hatte noch eine Besprechung. Der Karl musste ohne ihn in den 2. Stock, wo die Abteilung für Kapitalverbrechen war, für Raub, Mord und Totschlag. Dass seinerzeit auch der alte Grandauer mit solchen schlimmen

Ereignissen umgehen musste, das wurde daheim in der Familie nie erwähnt. Jedenfalls nicht, wenn die Kinder dabei waren. Und die wussten auch lange nicht, warum ihre Mutter dem Vater manches Mal, wenn er abends heimkam, ein Stück Packpapier vor die Wohnungstüre legte, auf dem er seine Stiefel ausziehen sollte und nicht selten auch seine Hosen. Und warum es dann so ekelhaft süßlich gerochen hatte in der ganzen Wohnung.

Zu den populären Besonderheiten des Münchner Polizeipräsidiums gehörte ein Paternoster-Aufzug, an dem sich Charakterunterschiede seiner Benutzer beobachten ließen: Neben den lässig routinierten Vielfahrern gab es die Zögerlichen, die notfalls lieber ein Stockwerk weiter rauf- oder runterfuhren; die Wildentschlossenen, denen man ansehen konnte, dass sie auch aus einem fahrenden D-Zug springen würden; die Ungeschickten, die beim Ein- und Aussteigen jedes Mal ein wenig ins Stolpern gerieten und solche, die das »Paternoster …« wörtlich nahmen und auf Gottes Hilfe bauten.

Auch für Karl Grandauer war die erste Fahrt im Paternoster ein kleines Abenteuer, weil er infolge überhöhter Konzentration beinahe den Ausstieg versäumt hätte. Die beiden Kommissäre Lederer und Holzinger, an die er sich auf Grüners Geheiß wenden sollte, teilten sich das Dienstzimmer vor dem des Chefs. Ihre Namen glaubte der Karl schon öfter gehört zu haben, in früheren Jahren, als die Kriminalabteilung noch in der alten Schutzmannkaserne untergebracht war. Nachdem ihm an diesem Morgen schon so vieles und vielerlei durch den Kopf gegangen war, aber am wenigsten der eigentliche Grund, dessentwegen er hier gewesen ist, sammelte er sich vor der Türe einen Moment, klopfte dann an und trat ein.

»… grad kommt er rein! Also, wie der Vater! Sie haben vollkommen Recht. Mach ma gleich, jawohl, Herr Oberkommissär.«

Herr Lederer hängte den Telefonhörer ein und kam zur Begrüßung hinter seinem Schreibtisch hervor. Ein gemütlicher Bayer, den man sich leichter im Gefolge der Fronleichnamsprozession denken konnte als in der Abteilung für Kapitalverbrechen.

Herrn Holzinger dagegen hätte man bei frommen Umzügen weniger vermutet. Aber auch nicht unbedingt bei der Polizei. Zwischen den beiden Kollegen bestand, wie in einer guten Ehe, ein zwar unauflöslicher, aber liebevoll ertragener Naturkonflikt. Der Karl spürte das bereits, als Herr Holzinger ein paar schwarze Ärmelschoner aus seiner Schreibtischlade zog und sie ihm mit leisem Spott überreichte: »Die sind noch von Ihrem Vater. Und vielleicht haben Sie ja eine Verwendung dafür. Weil, rechtlich gehören's Ihnen.«

Der Karl nahm sie mehr amüsiert, aber ein wenig auch aus Pietät. Und Herr Holzinger nützte dann gleich die Gelegenheit für einen Hinweis auf seinen Kollegen: »Und glauben Sie bloß nicht, Herr Grandauer, die Ärmelschoner sind heutzutag nicht mehr en vogue. Schaun'S hin: Der Herr Lederer, zum Beispiel, der trägt die seinen schon wegen dem, weil sie schwarz sind! Schwarz ist nämlich seine Farbe!«

Der Herr Lederer versuchte seinerseits mit einem Witz zu kontern: »Ja, ja … ist sie auch! Ist sie auch! Und rote, wenn's gäb … rote Ärmelschoner! Die täte dann er tragen, der Herr Holzinger! Die roten!«

Der Karl konnte sich nur mit seinem verklemmten Lächeln am selbstzufriedenen Gelächter der beiden Kriminaler beteiligen, zumal er die politischen Anspielungen gar nicht so recht mitbekommen hatte. Und bevor sie ihn vielleicht nach seiner Farbe fragen würden, kam er ganz schnell auf den Anlass seines Besuches zu sprechen.

Herr Lederer wusste schon einigermaßen Bescheid, nach dem kurzen Telefonat mit seinem Chef und die Angelegenheit war anschließend rasch geklärt.

Der Bäckergeselle Anton Schöpf, so hieß es, war aus dem Polizeiarrest bereits entlassen worden, nachdem man ihn in der vorhergehenden Nacht wegen Sachbeschädigung vorübergehend festgenommen hatte.

»Plakate ham'S abgerissen«, sagte Herr Lederer und ließ seinen Kopf ein paar Mal nachdenklich hin- und herwackeln: »Ich meine, so was darf halt nicht sein. Auch wenn man denjenigen nicht mag. Den Hitler, net. Ich weiß ja nicht, was Sie von ihm halten?«

Der Karl wusste es eigentlich auch nicht und zitierte nur seinen Bruder Adolf: »... dass er sich eben sehr für die Erneuerung des Vaterlandes einsetzen soll, der Hitler. Und sehr viele Reden hält.«

»Was mich halt am meisten an ihm stört, das ist seine Einstellung gegen die Kirche. Wie die Kommunisten! Da dreh ich die Hand nicht um.«

Der Karl floh ins Unverbindliche und sagte: »Man weiß halt leider immer nicht genügend.«

»Der Holzinger ist ja vollkommen gegen ihn«, klärte Herr Lederer auf. »Gut, dass er gerade hinausgegangen ist. Sonst würde er uns ganz verrückt machen mit seiner Ablehnung.«

Hinunter zum Ausgang nahm der Karl die Stiegen. Er hatte ja Zeit und vieles zu bedenken. Wie das Leben plötzlich überall von der Politik befallen wurde. »Das«, so hatte sein Vater immer gesagt, »das wenn so weitergeht und jeder glaubt, er weiß alles besser ... Und braucht sich bloß nicht mit anderen zusammenrotten ... dann: Gut Nacht, du mein liebes Heimatland!« Er war ganz froh, als er wieder aus dem Präsidium hinaus an die frische Luft kam. Der Kopf war ihm schwer geworden und jetzt wär es ihm am liebsten gewesen, jemand hätte zu ihm gesagt: Grandauer, wir haben entschieden! Du nimmst das Angebot an! Das ist ein Befehl! Der verdammte Barras hatte schon auch seine Bequemlichkeiten. Selber, wenn der Karl etwas entscheiden musste, ergriff sein

Körper gerne die Flucht in den Hunger. Er überprüfte also kurz seine Barschaft. Das Taschengeld reichte mühelos für ein Paar Würschtl und ein Glas Bier. Als Angestellter und erst recht als Beamter hätte man natürlich immer so viel Geld in der Tasche, dass man sich so etwas und noch manches mehr leisten könnte. Man könnte dann auch ohne weiteres ins Kino gehen oder in ein Lustspieltheater. Eine gesicherte Existenz hätte zweifellos große Vorteile. Nachdem er nun den Schwager Max in der Backstube entlastet wusste, eilte es ihm überhaupt nicht mehr. Erst die Musikalienhandlung, dann die Würschtl? Lieber umgekehrt.

Der Tag nahm sich plötzlich aus wie ein Feiertag. Und wozu eigentlich überhaupt noch die Musikalienhandlung, wenn er sich für die Polizeilaufbahn entscheiden sollte? Aber noch hatte er sich ja nicht entschieden. Noch längst nicht. Zunächst entschied er sich für ein Paar Weißwürste. Dazu ein Helles. Das Gasthaus war übrigens genau vis-a-vis von der solederschen Musikalienhandlung. Von seinem Fensterplatz aus konnte der Karl sogar erkennen, dass sie früher einmal eine Königlich Bayerische Musikalienhandlung war. Weißwürste hatte er lange keine mehr gegessen. Zum letzten Mal vor ungefähr sieben Jahren, als er Abschied nahm von seiner Jugend; der Knaben- und Jünglingsjugend. Das war im Herbst 1913.

Sie kamen vom Ostfriedhof, wohin sie die Mutter ein paar Monate vorher gebracht hatten zu ihrer ewigen Ruhe. Der Vater und die Luise und der Adolf waren dabei. Und plötzlich sagte der Vater etwas vollkommen Ungewohntes: »Also dann, Kinder, in Gottes Namen ... und es ist auch unsrer Mutter zuliebe. Nachdem unser Karli morgen einrücken muss zur Fußartillerie ... gehma jetzt alle mitanander nochmal zum Donisl nüber auf Weißwürscht.«

Und das ist auch das letzte Mal gewesen, dass er mit seinem Vater und seinen Geschwistern in einem Lokal beim Essen war.

Mit dem letzten Bissen Brot wischte der Karl den restlichen süßen Senf vom Teller, dann winkte er die Kellnerin herbei. Und als es ans Zahlen ging, stand er mit einem Ruck wieder in der Gegenwart und es war ihm, als müsste man sich derzeit mit jeder Wurst an der Abzahlung der Kriegsschulden beteiligen.

Danach überquerte er die Straße und schaute noch einmal unentschlossen in die Auslagen der Musikalienhandlung. Drinnen saß gerade ein kleines, herausgeputztes Mädchen an einem Pianoforte und klimperte etwas, das die Erwachsenen um sie herum in Entzücken versetzte. Und alle machten sie diese feinsinnigen Gesichter dabei, durch die sich der Karl immer ein wenig deplatziert fühlte. Er war schon im Begriff zu gehen und auf diese möglicherweise überflüssige Schallplattensache ganz zu verzichten. Kaufen hätte er sie jetzt sowieso nicht mehr können, nach der saftigen Zeche.

Aber dann geschah etwas, das den Karl wie ein Blitz traf. Dieses Fräulein im braunen Baumwollkittel, das von drinnen ganz kurz nur ans Auslagenfenster huschte, um dort ein Preisschild auszuwechseln ... hatte dieses dunkelhaarige, etwas mollige Fräulein nicht eine aberwitzige Ähnlichkeit mit dem Hundefräulein, das ihm am Abend seiner Heimkehr begegnet war? Es ging alles viel zu schnell und sie hatte ihn, so wie es aussah, nicht einmal bemerkt und leider machte sie sich danach in einer Ecke des Ladens zu schaffen, in die man von außen wenig Einblick hatte.

Der Karl war ja, wie gesagt, kein Mensch rascher Entschlüsse. Aber was sollte besser daran sein, ein anderes Mal hierherzukommen, um sich Klarheit zu verschaffen? Besäße er etwas Eleganteres zum Anziehen oder einen attraktiven Hut, dann hätte das vielleicht einen Sinn gehabt. Außerdem, er musste sich ja gar nicht zu erkennen geben. Er könnte ja als irgendein x-beliebiger Kunde einfach nur nach einer Schallplatte fragen ... und wenn er sich geirrt haben sollte, wieder gehen. Was sollte sein? Er machte ein Gesicht wie vor einem Sturmangriff und betrat den Laden, grüßte nicht übertrieben höflich und verkniff sich mannhaft, sogleich nach dem Fräulein Ausschau zu halten.

Ein gepflegter älterer Herr mit grauem Spitzbart verließ kurz die verzückten Herrschaften am Pianoforte und fragte den Karl nach seinen Wünschen, freundlich, aber abgestuft. Der Inhaber offensichtlich, der zu unterscheiden wusste zwischen den feinen und den kleinen Kunden und der das Königlich Bayerische Privileg nur über dem Laden, nicht aber aus dem Herzen entfernt hatte. Karl bekundete sein allgemeines Interesse an einer Schallplatte, die er eventuell ein anderes Mal auch kaufen würde. Der Inhaber rief daraufhin etwas barsch nach einer Traudl und wandte sich wieder dem klimpernden Mädchen zu. Jetzt reichten Karls Kräfte nicht mehr aus, um seinen Blick ganz leger in eine andere Richtung zu lenken als dorthin, von wo besagte Traudl zu erwarten war. Und dann stand sie plötzlich vor ihm in ihrem Ladenkittel und es entglitt ihm für einen Augenblick sein Gesicht.

»Der Herr interessiert sich für eine Schallplatte, die er eventuell auch irgendwann kaufen würde«, hörte er den Inhaber sagen. Und es klang spöttisch. Ohne von ihm wirklich Notiz zu nehmen, führte sie Karl zu ihrer Schallplattenabteilung und brachte ihn dann mit der Frage in Verlegenheit, an welche Kategorie er denn dachte.

»Es ist für eine ältere Dame, die sehr gerne Musik hört«, sagte er.

»Das ist alles Musik, was wir hier haben. Ernste Musik und Unterhaltungsmusik. Es gibt Oper, Operette, Schlager und Volksmusik. Sie müssen mir schon sagen … ungefähr … was Sie wollen.«

Er hatte ja eigentlich gehofft, sie würde sich nun auch an ihn erinnern, dann hätte sich die Frage, was genau er wollte, vielleicht erübrigt. Denn auf eine Debatte über die verschiedenen Arten von Musik war er nicht vorbereitet. Also versuchte er es damit: »Sie ist Witwe ... die Dame.«

Die Verkäuferin sah ihn an mit ihren dunklen Augen und lächelte. Es war aber mehr ein ironisches Lächeln. Der Karl dagegen sah darin ein erstes kleines Entgegenkommen.

»Dann werden Sie ihr ja vermutlich nicht gerade was Lustiges schenken wollen. Vielleicht eine Opernplatte?«

»Ja, so was Ähnliches habe ich mir auch gedacht«, sagte der Karl und lächelte hoffnungsvoll zurück. Aber sein Lächeln ging ins Leere. Die Verkäuferin hatte sich schon abgewandt, um ihm einen Stoß Schallplatten zur Auswahl auf den Ladentisch zu legen.

»So, das sind jetzt alles Opernplatten. Schau'n Sie sie einfach mal durch. Wir haben auch noch mehr davon.«

Und es war wieder einmal so, dass er gerne etwas Originelles darauf gesagt hätte, aber ihm fiel nur ein: »Danke vielmals, Fräulein ... sehr freundlich.«

»Rufen Sie mich, wenn Sie was gefunden haben«, sagte sie und ließ ihn allein, um etwas anderes zu erledigen. Der Karl nahm die oberste Platte und tat so, als würde sie ihn interessieren, schielte dabei aber heimlich hinter der Verkäuferin her, die ihm nun erstmals bei Tageslicht den Anblick ihrer Rückseite bot. Und der hatte eine so starke Wirkung auf ihn, dass ihm die Schallplatte unbemerkt aus der Hülle rutschte und mit lautem Batsch zu Boden fiel.

Das Mädchen hörte auf zu klimpern, alle sahen auf den Karl mit der leeren Hülle in der Hand. Und so stand er eine Zeit lang da wie gefroren und hoffte wie früher als Bub: Wenn er sich nicht rührte, würde man ihn nicht sehen.

Die Verkäuferin gab sich locker und lächelte über seine Zerknirschung.

»Entschuldigen Sie, aber ... ich dachte ... weil, ich hab nicht geseh'n, dass die da plötzlich aus der Hülle fällt ...«

Währenddessen hatte sich das Fräulein schon zu den Scherben hinunter gebückt und weil der Kavalier im Karl nicht zulassen konnte, dass sich die Dame nach seinen Scherben bückte, stürzte er sich selber hinterher. Dabei kam es dann am Boden zu einer kleinen Karambolage, die sein Ansehen auch nicht verbesserte.

Die Herrschaften am Pianoforte hatten sich inzwischen wieder dem klimpernden Mädchen zugewandt, die Verkäuferin hatte die Scherben in den Mülleimer befördert und nur der Karl wollte das Thema nicht erkalten lassen: »Und dass man sie ... also, die Einzelteile von der Schallplatte ... wieder irgendwie ... zusammenfügt?«

»Wollen Sie's kleben?«, fragte die Verkäuferin und verbiss sich das Lachen.

Der Karl war ein groß gewachsenes Mannsbild, in seiner Verlegenheit aber sackte er anrührend in sich zusammen: »Ich weiß schon ... das is a Schmarrn ...«

Das Fräulein schien zu ihrer eigenen Verwunderung plötzlich Sympathie zu empfinden für diesen ungeschickten Menschen. Und der Karl sah jetzt den richtigen Moment gekommen, sie an ihre gemeinsame Vergangenheit zu erinnern: »Sie war'n das, gell ... wo Ihnen der Hund ausgekommen ist. Heuer im Februar. In den Isaranlagen. Weil grad ein Autoreifen geplatzt ist. Und ich hab ihn an der Leine erwischt! Ihren Bürschi.«

»Stimmt! Sie waren das! So ein Zufall.«

»Ich hab auch erst gedacht, das gibt's doch gar nicht. Aber dann hab ich Sie gleich wieder erkannt.«

»Obwohl's damals eigentlich schon dunkel gewesen ist, gell?«

Der Karl würgte das Folgende ein wenig wie ein Geständnis hervor: »Schon ... ich hab Sie aber sehr gut geseh'n. Ihre Augen und ... Sie haben so einen langen Mantel angehabt. Grau. Und eine Pelzmütze. Auch grau.«

Natürlich war ihr das nicht zum ersten Mal passiert, dass sie auf jemanden Eindruck gemacht hatte. Und sie wusste das auch so hinzunehmen, dass sich der Bewunderer dafür nichts erwarten durfte. Nichts, jedenfalls, was sie nicht wollte. Nur, was war von diesem unsicheren, verklemmten jungen Mann zu halten, bei dem man nicht erkennen konnte, was sich da alles in seinem Inneren zusammengebraut hatte? Also stellte sie ihr Verhalten von persönlich lieber wieder auf geschäftsmäßig um und sagte: »Woll'n Sie sich die andern Platten noch anseh'n, oder … kann ich sie wegräumen?«

»Ich wollte mich eigentlich heute nur so umschau'n. Ganz allgemein. Aber die Zerbrochene bezahle ich. Selbstverständlich.«

Das fand sie anständig, angesichts seiner bescheidenen Aufmachung, und winkte freundlich ab: »Ist schon erledigt.«

Was sie nicht vorhersah, war sein unbeugsamer Stolz, der aus dem alten grandauerschen Bauerngeschlecht über seinen Vater an ihn weiter vererbt worden war.

»Na, na, das kommt gar nicht in Frage, Fräulein!«

»Für's Hundfangen. Nachträglich.«

»Das war ja was ganz was anderes«, sagte er und sein Ton wurde unversehens trotzig.

»Ich nehm Ihr Geld nicht und jetzt hörn'S auf damit«, sagte sie, nun ebenfalls gereizt. Dabei packte sie den Stoß Schallplatten und trug ihn ins Regal zurück.

Der Karl hatte währenddessen schon seinen Geldbeutel gezückt, als ihm plötzlich siedendheiß einfiel, dass seine Barschaft nach der Wurstzeche gar nicht mehr ausreichen könnte. Und die Vorstellung, etwas schuldig zu bleiben, den Mund erst voll zu nehmen und dann nicht bezahlen zu können, war ihm furchtbar unangenehm. Die Verkäuferin sah ihm an, dass ihn etwas bedrückte und versuchte ihn mit einem Vorschlag zur Güte wieder aufzuheitern: »Oder wir machen's so: Sie bezahlen die zerbrochene Platte und kriegen dafür eine ganze von uns umsonst. Dann haben alle was davon.«

Er erkannte erst an ihrem lachenden Gesicht, dass der Vorschlag nicht wirklich ernst gemeint war. Und weil ihn die

Natur nicht mit Humor gesegnet hatte, reagierte er besser mit seiner Treuherzigkeit: »Sie müssen das schon richtig versteh'n, Fräulein ... aber für mich ist das unheimlich wichtig, dass man für was geradesteht, wenn man, sag'n ma, etwas verschuldet hat. Oder so was wie mit der Schallplatte ...«

Das Fräulein schien beeindruckt von dieser Gesinnung, die gegenwärtig nicht mehr sehr hoch im Kurs stand, jedenfalls schenkte sie ihm dafür einen dankbaren Blick. Dieser Blick konnte aber auch mehr bedeuten, für jemanden im Zustand erhöhter Entflammbarkeit. In einem Menschen wie Karl Grandauer zum Beispiel. In ihm weckte der Blick eine Stimme, die ihm sagte: Jetzt oder nie! Frag sie! Sichtbar wurde sein Entschluss, indem er erst wieder sein hölzernes Lächeln aufsetzte, als eine Art Rückversicherung, falls er mit seinem Vorschlag abblitzen sollte. Er hatte ja schon als kleiner Bub immer die Angst, sich zu blamieren.

»Oder ... oder ich hol Sie irgendwann ab, wenn Sie da herin frei haben. Am Nachmittag. Und ich lad Sie dann ein ... in ein Café. Für die kaputte Schallplatte. Das wär vielleicht die beste Lösung. Für mich ...«

Und so, wie sie darauf reagierte, mit einem verschmitzten Augenzwinkern, das heißen konnte: Na ja, mal seh'n. Oder: Mut haben Sie ja. Sah das nicht aus, als hätte er schon halb gewonnen? Allerdings für eine letzte Klarheit war nun leider keine Gelegenheit mehr. Denn auch der Ladenbesitzer hatte den schäbigen Kunden in der Plattenabteilung schon eine Weile im Auge. Und ausgerechnet jetzt raunzte er seine Verkäuferin an: »Also bitte, beende das! Ich brauch dich hier dringender!«

Das Fräulein hob Schultern und Augenbrauen, als wolle sie dem Karl andeuten, dass es ihr leid täte. Dann sagte sie noch halblaut: »Vielleicht sieht man sich ja ein anderes Mal ... Wenn Sie wieder mal eine Schallplatte brauchen.«

Darauf brachte Karl nur noch ein »ganz bestimmt« hervor, dann verließ er ziemlich eilig den Laden, um sich draußen über sich selbst zu ärgern. Warum hatte er diesem hochnäsigen alten Spitzbart nicht was erzählt, von der neuen Zeit, in der auch eine Verkäuferin ihr Recht auf ein Privatleben hat? Er malte sich aus, wie es auf das Mädchen hätte wirken müssen, wenn er sich auf den Satz »Also bitte, beende das!« völlig unbeeindruckt vor sie hingestellt und gesagt hätte: »Im Gegenteil, Spitzbart, wir beenden gar nichts! Wir fangen ja gerade erst an!« Nein, so eine Gelegenheit wollte er sich nicht wieder entgehen lassen. Auf dem Heimweg feilte er noch in Gedanken an dieser und ähnlichen Szenen herum, bis er beinahe in ein Auto gelaufen wäre.

Mag sein, dass ihn der kleine Schock so weit ernüchtert hatte, dass sich eine andere, nicht weniger wichtige offene Frage zurückmelden konnte. Und standen diese beiden Existenzfragen nicht in einem direkten Zusammenhang? Denn, gesetzt den Fall, mit der hübschen Verkäuferin – Traudl war doch ihr Name – mit Traudl also bandelte sich im Ernst etwas an, etwas mit Zukunft, dann wäre es doch verrückt, diesen schönsten aller Zustände aufs Spiel zu setzen, nur um sich dafür monatelang in einer auswärtigen Polizeischule kasernieren zu lassen.

Wer den Karl frühmorgens in die Stadt gehen sah und begegnete ihm auf seinem Heimweg wieder – so leichtfüßig und verklärt vor sich hin lächelnd, der ahnte in ihm das Wirken des Frühlings.

Auch die Luise bemerkte etwas an ihm, als er zu ihr in den Laden kam: »Karli! Ja, sag amal, was is'n mit dir los?«

»Was soll mit mir los sein? Ich bin halt ... ganz normal, Luiserl. Der Toni schon da?«

»Seit in der Früh schon. Hast was machen können beim Herrn Oberkommissär?«

»Ja, ja, die hätten mich am liebsten gleich da behalten!«

»Na, sag? Dass Arbeit ham für dich?! Ja und wär das nix?«

»Das muss man gut bedenken, so was. Ja g'sagt is schnell. Und danach kommt die Chance meines Lebens daher ... und ich bin dann weiß Gott wo.«

Näheres über diese Chance seines Lebens wollte er den andern gegenüber noch nicht preisgeben. Schon aus Angst nicht, er könnte es damit verreden.

Auch beim Schwager unten in der Backstube kam die Rede auf Karls berufliche Zukunft und der Max wollte ihn ganz vorsichtig bestärken. Nicht aus Vorliebe für die Polizei. Es war eher so, dass er sich diesen spröden Menschen als etwas anderes noch weniger vorstellen konnte. Und nur vorsichtig bestärken wollte er ihn deshalb, weil er inzwischen seine Empfindlichkeit kennen gelernt hatte, und der Karl sollte halt nicht denken, dass sie ihn loswerden wollten. Währenddessen stand der Toni am Ofen und schob die letzte Lage Mischbrot ein, wobei er die Unterhaltung nicht ganz mitbekam. Aber auf das Stichwort Polizei drehte er sich zu den anderen um und fragte: »Warum, möchte er vielleicht zur Polizei?«

»Da is doch noch überhaupt nichts entschieden«, gab der Karl auch etwas patzig zurück. Und der Max frotzelte genüsslich hinterher: »Ja, ja, Toni, das stimmt schon. Weil's nämlich jetzt extra einen für dich aufstellen wollen bei der Polizei, der wo dich immer gleich am Schlawittl hat, wennst wieder zum Plakatabreißen gehst!«

»Wär vielleicht gar nicht schlecht«, sagte drauf der Toni und grinste: »Wenn jeder seinen eigenen Polizisten hätt, könnt ich den meinen gleich amal fragen, warum sie sich immer umdrehen und wegschauen, wenn einer von die Unsern z'ammg'schlagen wird. Und von die Hitler, wenn einer Prügel kriegt, dann sind's da, wie die Feuerwehr!«

Der Karl mochte es nicht, wenn sich die zwei, der Max und der Toni, über Politik in die Haare gerieten. Auch wenn es manchmal so aussah, als ob es nur im Spaß gewesen wäre. Er stand auch jetzt wieder nur dumm dabei, darum verzog er sich lieber und hörte gerade noch, wie der Max sagte: »Also dann, Toni … musst halt du auch zu die Braunen geh'n, wenn's die Roten nicht mögen. Das bissl Unterschied hast gleich g'lernt.«

Normalerweise hatte der Karl keine Probleme damit, ganze Tage im Bäckerhaus zu verbringen und dabei mal der Schwester im Laden zu helfen und mal dem Schwager in der Backstube, die Zeitung zu lesen oder einfach nur in aller Ruhe über die eigene Zukunft nachzudenken. Er war kein umtriebiger Mensch, nicht hungrig nach Anregung oder Abwechslung. Normalerweise. Aber seit diesem Vormittag in der Stadt war nichts mehr normal. Er hatte nicht das Bedürfnis, seine beruflichen Angelegenheiten immer und immer wieder mit anderen durchzukauen. Und seine Herzensangelegenheiten schon gar nicht. Die wollte er bis zum Tag der Entscheidung ganz alleine für sich behalten.

Also verließ er, nachdem er einen passablen Vorwand gefunden hatte, am Nachmittag erneut das Haus. Er wollte nach den Eltern schau'n, die wiedervereint auf dem Ostfriedhof lagen. Dorthin war er schon einige Male gegangen seit seiner Heimkehr. Und wenn niemand in der Nähe war und ihn sehen konnte, redete er auch laut mit ihnen und erzählte ihnen, was ihm wichtig war. Dann fühlte er sich jedes Mal, wenn er wieder wegging, ein klein wenig gescheiter.

Jetzt war es die Traudl, mit der er die Eltern bekannt machen wollte. Und er tat das dann auch mit so viel Überzeugungskraft, dass nicht einmal sein misstrauischer Vater Bedenken hätte vorbringen können. Quasi zum Dank für den elterlichen Segen versprach der Karl, die reichlich verwilderte und vom Schnee verdrückte Grababdeckung bei nächster Gelegenheit zu erneuern. Und vielleicht würde ihn ja dann schon die Traudl hierher begleiten. Warum auch nicht. Mit diesen Bildern im Kopf verließ er den weitläufigen Friedhof und war noch vor Ladenschluss wieder daheim.

Das Abendessen verlief angenehm friedlich, nachdem die gegnerischen Missionare, der Adi und der Toni, noch aushäusig waren. Und dem Max fielen vor Müdigkeit immer wieder die Augen zu, sodass er die seltsame Verklärung in Karls Gesichtsausdruck gar nicht richtig wahrnehmen konnte. Nur die Luise hatte sie bemerkt und forschte behutsam nach der Ursache: »Und was hast jetzt mit der Schallplatte unternommen? Für die Tante Franzi. Warst in dem Laden?«

Karl fühlte sich wieder stark an seine Mutter erinnert, die auch manches Mal ganz plötzlich etwas wusste, was sie gar nicht wissen konnte. Und bei ihr war es ihm nicht oft gelungen, sie von der richtigen Fährte abzubringen. Das lag sicher auch an seinem mäßigen schauspielerischen Talent. Die Luise arbeitete anscheinend mit der gleichen Technik. Sie ließ den Bruder so lange nicht aus den Augen, bis ihm sein Gesichtsausdruck nicht mehr gehorchte.

»Was is, was schaust mich so an?«

»Weilst mir so anders vorkommst.«

»Ich wüsste nicht, warum«, sagte er und konnte nicht verhindern, dass es um seinen Mund herum verräterisch zuckte.

»Hast wen kennengelernt?«

Als Mann ging er davon aus, dass sich Erkenntnisse an konkreten Anhaltspunkten zu orientieren haben. Alles andere war für ihn Hellseherei und weiblich. Allerdings viel hätte nicht gefehlt und er wäre umgefallen und hätte sein Schweigegelübde gebrochen.

Es ist zwar schwer vorstellbar, ob und wie sich so ein Wortbruch auf das Verhalten der Traudl hätte auswirken können. Aber ganz ohne Mysterien kam auch der Karl nicht aus.

»Es ist nix, Luiserl. Ich bin einfach bloß müd. Und drum geh ich jetzt in mei Bett. Bevor der Adi kommt und erzählt mir wieder stundenlang von seinem Hitler.«

Lang hatte er noch nicht gelegen und war mit seinen Wachträumen erst am Anfang. Gerade musste er an die Szene denken, in der er es dem Spitzbart gegeben hatte und er spürte die Hand der Verkäuferin, wie sie dankbar nach der seinen griff – da ging im Gang draußen das Licht an und er hörte jemanden die Treppe heraufkommen. Es war nicht der Toni, das erkannte er am Auftreten, bei dem sich der angehende Jurist weniger zurückhielt. Der Karl nahm vorläufig Abschied von der Traudl und schnaufte tief durch. Die Türe ging auf und die Ruhe dahin.

»Bin bereits informiert, großer Bruder! Vom Max. Der war noch auf. Und ich find's großartig! Fabelhaft! Das musst du machen, Karli! Unbedingt! Unser Vater wär stolz auf seine Buam. Morgen gehst hin und sagst zu.«

Das war es genau, was der Karl in dem Moment überhaupt nicht hören wollte. Schon gar nicht von ihm.

»Ja, ja, ich weiß selber, was ich mach. Das kannst schon mir überlassen.«

»Überlasse ich dir. Gerne, großer Bruder. Es ist ja nur ... vielleicht hätte ich deine Bewerbung a bissl unterstützen können. Falls das nicht unter deiner Würde ist, dass dir der kleine Bruder hilft.«

Der Karl fand nicht gleich die passende Antwort und sagte nur leise und ohne damit die Türe für eine Fortsetzung des Gesprächs zuzustoßen: »Depp!«

Das war für den Adolf keine Kränkung, nachdem er schon von Kindheit an dank scheinbar höher entwickelter Geistesgaben Schutz im sicheren Gefühl seiner Überlegenheit gefunden hatte. Er begann, sich langsam und mit einem mokanten Lächeln auszuziehen und musste nicht lange warten, bis sein großer Bruder auf das Thema zurückkam: »Was heißt übrigens, du hättest mich unterstützen können? Du hast doch nichts mit der Polizei zu tun, oder?«

»Nicht direkt, nein. Aber ich kenne Leute. Wichtige Leute! Die haben mit sehr vielem zu tun. Auch mit der Polizei.«

»Von deiner Universität?«

»Kaum ...« Das klang geringschätzig und sollte es auch.

Ausgezogen bis auf die Unterwäsche nahm der Adolf Handtuch, Seife und Zahnbürste von der Waschkommode und sagte: »Ich wasch mich drüben in der Luise ihrem Bad.«

Wahrscheinlich hatte das auch etwas mit der grandauerschen Prüderie zu tun, die man allgemein jedoch für durchaus natürlich halten durfte. Bestimmt hatte es aber mit dem Wunsch zu tun, dem großen Bruder eins auszuwischen für sein zur Schau gestelltes Desinteresse.

»Also, Moment amal, Adi ... vielleicht sagst du mir vorher noch freundlicherweise, was das für geheimnisvolle Leute sind, die du da angeblich kennst.«

»Erstens kenne ich die nicht nur angeblich, sondern tatsächlich. Zweitens sind das durchaus keine geheimnisvollen Leute, sondern Männer aus hohen und höchsten Kreisen – auch solche in der Polizei – Unternehmer, Geschäftsleute, Patrioten, denen das Wohlergehen unseres Vaterlandes am Herzen liegt. Und die sich in ihrem Engagement nicht nur auf Lippenbekenntnisse beschränken!«

Der Karl hatte einige Mühe, sich den kleinen Bruder in solcher Gesellschaft vorzustellen, noch dazu, wo er gerade in seinem lappigen Leiberl und in der ausgebeulten Unterhose vor ihm stand, und er hakelte nach: »Und wie kommt man als Studenterl in solche Kreise, tät mich noch interessieren.«

»Über die Einwohnerwehr. Wo ich mir mit Referatsarbeiten mein Studium verdiene. Kann ich mich jetzt waschen, großer Bruder?«

Irgendwie war dem Karl nun doch zumute, als wäre der gewohnte, lieb gewonnene Größenunterschied zwischen den beiden Brüdern verloren gegangen, momentan wenigstens. Und als der Adi dann draußen war in Luises Badezimmer, ergriff der Karl lieber wieder die Flucht ins Paradies, wo ihn schon die Traudl erwartete.

*

Der folgende Tag gehörte zu den längsten in seinem Leben, und das, obwohl er im Krieg viele schier endlose Tage erlebt hatte. Aber das war meistens in der Gemeinschaft mit anderen und dieses Mal war er mutterseelenallein und niemand war da, mit dem er sein Schicksal hätte teilen können – oder wollen.

Natürlich hätte er anderntags schon hingehen können, um sie wieder zu sehen und sich mit ihr zu verabreden. Nur, wie hätte das ausgesehen? Nichts wäre jetzt schädlicher als diese pennälerhafte Ungeduld. Glaubhaft wollte er sein und gediegen. Und natürlich auch ein wenig zukunftsorientiert. Viele Möglichkeiten, seine innere Einstellung durch sein Äußeres darzustellen, hatte er nicht. Unter den drei Krawatten seines Vaters war leider keine einzige zukunftsorientiert.

Der Max besaß einen Hut, den irgendwann vor langer Zeit jemand bei ihm vergessen hatte. Und die Luise war ganz begeistert, als der Karl ihn einmal aufgesetzt hatte. Wie der Harry Liedtke würde er damit aussehen. Das war einer vom Kino. Von solchen Dingen hatte der Karl nur wenig Ahnung. Aber die Luise verdrehte ihre Augen bei dem Namen. Nicht unbedingt gediegen, der Hut, dafür sehr zukunftsorientiert. Und kess. Was leider manchmal mehr geschätzt wird als gediegen. Man konnte das sogar an Luises rollenden Augen erkennen.

Und wieder begann ein heiterer Frühlingstag, die Morgensonne impfte so manchen Zauderer mit Zuversicht – auch den Karl. Er trug den Hut von Harry Liedtke und je öfter er auf dem Weg in die Stadt sein Spiegelbild in den Schaufensterscheiben betrachtete, umso zukunftsorientierter empfand er sich selber. Es gibt eben so Augenblicke, wo man weiß: Alles wird gut. Er kannte das auch vom Krieg: Heute passiert mir nichts. Wenn er dennoch zögernd an die soledersche Musikalienhandlung herantrat, war es nur, um sich abzusichern, dass er nicht gleich dem Spitzbart in die

Hände fiel. Im Laden war niemand zu sehen. Kein Kunde, keine Verkäuferin. Nun hatte er ja genügend Zeit und konnte warten, bis die Traudl zum Vorschein kam. Im Idealfall alleine.

Vielleicht sollte er sich vorher noch eine Leberkässemmel kaufen, in der kleinen Metzgerei ein paar Häuser weiter. Geld hatte er diesmal genug bei sich, auch für seine Kaffeeeinladung, sollte sie wider Erwarten heute schon erfolgen. Der Metzger meinte es gut mit dem Karl und packte ihm ein besonders ausladendes Stück Leberkäse in die Semmel. Und er sparte auch nicht mit Senf. Eine gute Leberkässemmel konnte erfahrungsgemäß viel zum Wohlbehagen beitragen. Vorausgesetzt man isst sie im Sitzen oder allenfalls in Ruhe stehend. Eigentlich wollte sie der Karl ja in der Tüte lassen, bis er eine Position nahe der Musikalienhandlung eingenommen hatte, von der aus er das Innere des Ladens beobachten konnte. Aber der Duft, der von der Tüte ausging, ließ ihn von seinem Plan abweichen.

Er begann die Leberkässemmel schon unterwegs anzubeißen. Und er hatte Glück. Es war aber leider dieses teuflische Glück, das nur eintritt, um ein Unglück vorzubereiten. Denn alles Gute verlangt nach mehr. Beim nächsten Bissen gelang es dem Karl schon nicht mehr, den Senf, der aus der Semmel troff, an sich vorbei zu lenken. Er traf ihn vorne am Revers. Die Beseitigung gestaltete sich schwieriger, als er dachte. Früher war es die Mutter, die ihm oft nachrief: »… und hast du ein Taschentuch dabei, Karli?« Aber im Krieg war dann auch dieses Kulturgut verloren gegangen. Und nun besaß er gar kein Taschentuch mehr.

Dass er in seiner Verstörtheit auch etwas Senf an den kessen Harry-Liedtke-Hut gebracht hatte – wahrscheinlich als er ihn einmal zurechtrücken musste –, das hatte er noch gar nicht bemerkt. Es war ihm auch ohne das peinlich genug. Um ihn herum die grinsenden Passanten, die ihn offensichtlich für einen Trottel hielten. Das war genau die Rolle, mit der er ganz schlecht zurechtkam. Darum suchte er irgendwo Schutz vor ihren hämischen Blicken und entdeckte ein offenes Haustor, gleich neben der solederschen Musikalienhandlung. Dort fand er dann schnell wieder zu sich, konnte sogar, wo es niemand sah, über sich lächeln und bekam auch wieder Appetit auf die Leberkässemmel. Wie er gerade ein saftiges Stück abgebissen hatte, hörte er jemanden die Stiegen im Haus herunterkommen. Und plötzlich, er hatte noch die Backen voll, stand der Spitzbart vor ihm, Traudls arroganter Chef.

»Suchen Sie jemand?«, fragte er nicht eben freundlich und fixierte den Karl durch seinen Zwicker. Der versuchte den Leberkäsbissen auf einmal hinunterzuwürgen, was ihm sichtlich Mühe machte. Entsprechend unbefriedigend fiel seine Antwort aus: »Ich wollte nur ... weil ich vorgestern ... wegen der Schallplatte ... bei dem Fräulein ...«

Jetzt erinnerte sich Herr Soleder wieder an den Kunden, der die Schallplatte zerbrochen hatte und ihm auch darüber hinaus ein Dorn im Auge gewesen war. »Wenn Sie noch etwas Geschäftliches mit uns zu erledigen haben, gehen Sie bitte vorne in den Laden. Hier sind unsere Privaträume.«

»Und dass ich schnell nur mit Ihrer Verkäuferin ... weil ich mit ihr ausgemacht habe ... wegen der Bezahlung ...«

»Sie meinen meine Tochter. Verkäuferin habe ich keine.«

»Ihre ... Tochter ... ach so ...«, stammelte der Karl und es war ihm in dem Moment, als hätte man ihn aus einem schönen Traum gerissen.

Der Spitzbart spürte die Wirkung seiner Worte und wiederholte noch einmal: »Meine Tochter, ja!«

Der Karl machte noch einen zaghaften Versuch, etwas zu retten: »Und die wird auch nicht zufällig da sein ... wahrscheinlich?«

»Nein, die ist nicht da«, sagte der Spitzbart. Dann holte er aus zum Todesstoß: »Und außerdem, das sag ich Ihnen gleich ... ist meine Tochter verlobt!«

Es war ja jetzt sowieso schon alles verloren, sodass sich der Karl dann wenigstens noch um einen souveränen Abgang bemühen wollte: »Ja, bitte ... das is ja was ... ganz was Normales.«

»Ja, ja, ich sag's Ihnen auch nur.«

Dann ließ ihn Herr Soleder noch mit einer arroganten Handbewegung wissen, dass er sich hinaus auf die Straße begeben möchte und er selber kam hinterher und ging vermutlich zu einem Gabelfrühstück Richtung Marienplatz.

Was nahm dieser Tag, der so hoffnungsvoll begonnen hatte, für eine schmerzhafte Wendung! Der Karl stand da mit dem Rest seiner Leberkässemmel und wusste nicht, wohin. Heim zur Schwester? Das würde unweigerlich Fragen aufwerfen: Warum er so traurig dreinschaute? Ob ihm eine Laus über die Leber gelaufen wäre? Oder wie der Vater früher immer gesagt hatte: Vögel, die morgens pfeifen, frisst am Abend die Katz.

Aus der Musikalienhandlung hörte man jemanden sehr gut Klavier spielen. Der Karl wollte eigentlich gar nicht mehr hineinschauen. Aber dann tat er es doch und sah einen jungen Mann am Flügel sitzen. Traudls Verlobter, ganz offensichtlich. Ein Herrensohn. Fescher Sportanzug, dichtes, lockiges Haar. Karls Haare waren schon im Begriff, dünn und schütter zu werden. Gegen so eine Konkurrenz fühlte er sich völlig machtlos. Das waren diese jungen Menschen, die Klavier spielen konnten und blendend tanzten und gut aussahen und andere an die Wand redeten mit allen möglichen Fremdworten. Ein Mensch wie er, das wusste der Karl schon lange und er bekam es ja soeben wieder schmerzhaft zu spüren, der konnte sich nur mit Anstand und Leistung Respekt verschaffen. Und mit einem Mal, ohne es geplant zu haben, beinahe wie von selber, drehte er um und lief durch die Innenstadt in Richtung Polizeipräsidium.

Noch zwei Tage zuvor konnte er dem Sinnspruch über dem Portal des Präsidiums keine große Bedeutung für sich abgewinnen. Da war das halt so ein geschwollenes Dichterwort, allenfalls geeignet, um Schüler mit Auswendiglernen zu quälen.

Jetzt fühlte sich der Karl plötzlich persönlich davon angesprochen, vor allem wo es so schön hieß: »... der Edle strebt nach Ordnung und Gesetz«.

Und wie er dann den Paternoster hinauf in den zweiten Stock nehmen wollte, hoppelte nebendran sein Mentor, Oberkommissär Grüner heraus und sprach ihn sofort an: »Und? Was hat er mir zu berichten?«

»Ich habe nachgedacht, Herr Oberkommissär.«

»Ist immer gut. Ergebnis?«

»Ich würde gerne zusagen ... wenn's ging.«

»Und warum erst heut? Gestern wär's einfacher gewesen.«

»Da waren halt noch so verschiedene Sachen. Aber das ist jetzt alles ... erledigt.«

Herr Grüner musterte ihn daraufhin mit halb zugekniffenen Augen und bemerkte vielsagend: »Ja, ja, Grandauer ... Sachen gibt's. Und was ham'S da Gelbes an Ihrem Hut?«

»Ich glaube, Senf, Herr Oberkommissär.«

3.

Der Sommer 1920 hatte den Kreitmeiers eine überraschende Einsicht beschert. Nachdem ihre beiden Zimmerherren, der Karl und der Adolf, das Haus verlassen hatten, war darin zeitweise mehr Ruhe eingekehrt, als ihnen lieb gewesen ist. Insofern waren sie nicht unglücklich, dass sie nun, zu Herbstbeginn, mit der Rückkehr des angehenden Polizisten rechnen konnten. Und auch der angehende Jurist hinterließ keinen Zweifel, dass er auf die Annehmlichkeiten im Haus seiner Schwester ungern verzichten möchte. Am letzten Tag des September stand er wieder einmal mit einem Bündel Schmutzwäsche vor ihrer Ladentüre. Es war Mittagszeit und die Luise wollte gerade zusperren. Viel zu verkaufen gab es sowieso nicht mehr. Die Lebensmittel waren zwar nicht mehr rationiert, aber teuer und knapp. An der Art, wie der Adi seine Schwester begrüßte, konnte sie immer schon den Umfang seiner Wünsche erkennen. Und wenn sie über das Übliche hinausgingen, küsste er sie, wie dieses Mal, immer auf die Wange und kam erst allmählich vom Allgemeinen zum Eigentlichen: »Und unser großer Bruder … noch nicht zurück?«

»Heut Abend, hat er uns geschrieben. Zuvor müssen's, glaub ich, noch ins Präsidium, alle.«

»Na ja … kann man nur hoffen, die haben ihm bei seiner Ausbildung auch etwas die Augen geöffnet für politische Fragen. Da is er nämlich grauenhaft naiv.«

Die Luise reagierte unwillig und sagte spitz: »Wegen dem bist aber nicht da, oder?«

Jetzt war der hilflose kleine Bruder gefragt mit seiner

Schmutzwäsche: »Du sagst es, Schwesterherz. Da hätt ich wieder amal a bissl was zum Waschen. Pressiert aber nicht. Bis auf das weiße Hemd vielleicht. Wo man den Kragen stärken müsste. Is aber nicht so wichtig. Bloß, es is mein einziges Ausgehhemd, verstehst?«

Sie übernahm das Bündel mit leichtem Stirnrunzeln und sagt, hörbar atmend: »Also, gib schon her.«

Auch das Folgende gehörte zum Ritual; denn der Adi hatte inzwischen im Regal ein einsames Nusshörndl ausgemacht und dafür stieg er in die Rolle des ewigen Lausbuben, dem man nichts abschlagen konnte: »Hat das Hörndl schon wen, der sich seiner annimmt? Sonst tät ich mich opfern. Gegen Bezahlung versteht sich.«

»Schmarrer! Und? Was is jetzt? Gehst wieder ... oder bleibst da?«

»Das Problem is, Luiserl: Ich müsste sogar etwas länger bleiben. Eine Woche. Oder zwei. Weil der Kamerad, mit dem ich die Bude hab, der kriegt Besuch von seiner Mutter. Und für die brauchen's mein Bett.«

Wenn die Luise auf das hin ihr Gesicht verzog, hatte das nicht viel zu bedeuten. Und wenn sie dann noch mit einem Seufzer sagte: »Wär'n ma ja wieder amal vollzählig!«, konnte der Adi getrost davon ausgehen, dass es sie insgeheim freute.

Es war spät geworden. Der Omnibus, der die Polizeianwärter nach München brachte, hatte eine Panne. Dafür wurde das Begrüßungszeremoniell, im Vorhof des Polizeipräsidiums, stark abgekürzt – was kaum einer so recht bedauert hatte. Auch Karl Grandauer kostete alles, was ihn an seine Militärzeit erinnerte, Überwindung. Und davon hatte es im letzten Vierteljahr einiges gegeben. Aber das schien ja jetzt vorbei zu sein. Er freute sich auch schon auf daheim, auf das Bäckerhaus mit seinem Wohlgeruch und auf die Luise, die immer mehr wie die Mutter geworden war und auf ihren gutmütigen, grundgescheiten Max.

Herr Grüner war nicht mehr im Haus, sonst hätte sich der Karl noch schnell bei ihm zurückgemeldet. Aber er würde ihn ja sicher morgen Früh antreffen bei seinem Dienstantritt. Ein kleines Pappköfferchen war alles, was er zu tragen hatte und so beschloss er, wie bei seiner Heimkehr Anfang des Jahres, den Weg nach Haidhausen zu Fuß anzutreten. Vielleicht sogar vorbei an der Musikalienhandlung, was er, seit dem ernüchternden Zusammenstoß mit dem Spitzbart, immer vermieden hatte. Mittlerweile war es dunkel geworden, als er an das soledersche Haustor gelangte, das damals – vor einem halben Jahr – offen stand und hinter das er sich verkriechen wollte mit seiner Leberkässemmel. Der Laden selbst war unbeleuchtet und vor den Schaufenstern waren die Rollgitter heruntergelassen. Aber oben, im ersten Stock, erstrahlten mehrere Fenster in Festbeleuchtung und von dort hörte man auch jemanden Klavier spielen – sehr gut sogar, sofern der Karl das beurteilen konnte und so weit der Neid es ihm ließ. Denn er hatte den Pianisten ja noch in Erinnerung: Traudls Verlobten, aus besseren Kreisen. Nein, ganz war die Geschichte noch nicht verdaut. Und das wäre ihm wahrscheinlich auch gar nicht passiert, wenn er von Anfang an gewusst hätte, dass sie die Tochter war, nicht die Verkäuferin. Dann hätte er sich solche Illusionen nicht gemacht. Was sucht schon ein Unteroffizier im Offizierscasino?

Er hatte das Haus schon hinter sich gelassen und wollte sich auch nicht mehr danach umdrehen, als er von dort das Haustor zuschlagen hörte und Schritte, die eilends näher kamen. Er blieb einen Moment stehen, gab sich den Anschein, als hätte er etwas an seinen Schuhen zu richten und ließ sich von der Person überholen, die offenbar aus dem Haus gekommen war: ein kleines, unscheinbares Ding, noch jung, ein Hausmädel oder Kocherl vermutlich. Und allem Anschein nach das von den Soleders. Könnte interessant werden, wenn sie das wäre und man würde sie ein bisschen aushorchen. Über den Herrn Bräutigam zum Beispiel. Das Kocherl bog aber schon bald in eine Seitenstraße ab, dann in eine schmuddelige Gasse und von dort in einen schäbigen Hinterhof. Der Polizeianwärter Grandauer dagegen lief geradeaus weiter und war in Gedanken ganz in sein Verhör verstrickt, bei dem er alles aus dem Mädchen herauslockte, was er hören wollte.

»Bittschön gell, wennst fei müd bist, Karli, erzählst uns halt morgen weiter oder a anderes Mal«, sagte die Luise und schaute besorgt auf ihren Max, dem schon wieder die Augen zugefallen waren.

Dem Karl war es ganz recht so, er wollte auch lieber früher ins Bett, bevor der Adolf heimkommen würde und ihn mit seinem politischen Kram traktierte. Spinner wie ihn hatte er auch auf seinem Lehrgang erlebt – die halbe Nächte lang über Politik quatschten. Die gingen ihm ebenso gegen den Strich wie andere mit ihren ewigen Weibergeschichten. Der Karl hatte schon tief geschlafen und auch den Bruder nicht gehört, als der gegen halb elf Uhr nicht gerade rücksichtsvoll und leise eintrudelte.

Das war ungefähr auch die Zeit, in der die kleine, schmale Frauensperson – das vermeintliche Kocherl – aus dem Hinterhof in die Gasse und von dort wieder auf die Hauptstraße hinauskam, um dann nicht zum Laden zurück, sondern entgegengesetzt Richtung Isartor zu laufen. Rasch und mit etwas eingezogenem Kopf, so als ob ihr daran läge, nicht erkannt zu werden. Nahe dem Tor schien sie ihr Ziel erreicht zu haben, ihre Schritte wurden langsam, zögerlich. Einen Augenblick blieb sie sogar stehen, bevor sie auf ein Auto zuging, das dort am Straßenrand unbeleuchtet geparkt war. Die Stelle war um diese Zeit fast menschenleer und auch auf der Straße war kaum Verkehr. Wer dennoch gesehen haben sollte, wie das Mädchen nach kurzem Hin und Her ins Auto stieg, konnte annehmen, dass es dabei um eine lustbetonte Kontaktaufnahme ging, obwohl die Gegend für diese Art von Straßenhandel nicht bekannt war.

*

Anderntags, frühzeitig, noch vor dem allgemeinen Dienstbeginn, hatte sich der Hausdiener Dirscherl ins Büro von Herrn Grüner begeben, um in dessen Abwesenheit eine Glühbirne auszuwechseln. Bei so einer Gelegenheit zog er auch gerne mal die grünersche Schreibtischschublade auf, um einen Blick auf die imponierende Ordnung zu werfen, die darin herrschte. Aber auch auf die Fotografien von Frau Grüner und ihrem kleinen Töchterchen Maria. Und dann erinnerte sich der Hausdiener jedes Mal an das Jahr 1913, als man den kranken König Otto von Bayern abgesetzt hatte und der dritte Ludwig unrechtmäßig auf den Thron stieg. Das hatte vielen Bayern nicht gefallen. Auch Herrn Dirscherl nicht. Und als er damals, am Tag der Bekanntgabe, den Kommissär Grüner nach seiner Meinung dazu fragte, gab ihm der zur Antwort: »Ach, Dirscherl, das ist mir im Moment so was von scheißegal! Gestern is unser Kleine gestorben, unser Maria!«

Nachdem Herr Grüner ein starker Raucher war und sein morgendliches Erscheinen immer durch heftiges Husten angekündigt hat, blieb dem Hausdiener jedes Mal genügend Zeit, die Schublade wieder zu schließen.

»Sie schon wieder!«, sagte Herr Grüner kurz darauf zur Begrüßung, aber das klang nicht abwertend oder unfreundlich, es umschrieb vielmehr ihr besonderes Vertrauensverhältnis.

»Und? Ham'S mir jetzt endlich amal was für den Fleck da an der Wand mitgebracht?«

Gemeint war jene Stelle, an der noch bis vor kurzem das obligate Bildnis des Monarchen hing und wo die Wand noch nicht, wie drum herum, vom Aktenstaub und Zigarrenqualm ergraut war.

»Ich habe es weitergegeben an die Hausverwaltung. Aber Sie wissen ja, wie das bei uns herinnen funktioniert. Bevor die keine ministeriellen Richtlinien ham, wen dass ma von die neuen Persönlichkeiten aufhängen soll ... als etwas Erhebendes ...«

»Also Dirscherl, dann sagen'S denen, ich häng mir jetzt selber was an die Wand. Was Erhebendes! Einen Hirschen! Der hat nämlich auch einen Bezug zu da herin.«

»Ich werd's ausrichten«, antwortete der Hausdiener, klappte schmunzelnd seine Staffelei zusammen, nahm den Werkzeugkasten – alles etwas pomadig, für den Fall, dass ihm Herr Grüner noch einen seiner schwarzen Zehnerlstumpen zustecken wollte. Aber dazu kam es dieses Mal nicht mehr, zuvor hatte es geklopft und es meldete sich der frischgebackene Kriminalassistent Grandauer zum Dienstantritt.

»Also, jetzt fangen'S halt amal bei uns an«, begrüßte ihn Herr Grüner. »Das hat mich zwar einige Überredung gekostet ... aber dadurch, dass grad eine Stelle vakant ist ... und weil die sich vielleicht gedacht haben, unsre Herren Oberen: Der Grüner, der ist schon so alt, der kann sich keine neuen Namen mehr merken ... und Grandauer, den Namen kennt er, den hat er intus ... so wird das halt gegangen sein.«

Der Karl hatte währenddessen schon ein paar Mal Luft geholt für seine Dankesworte, die er sich auf dem Herweg zurechtgelegt hatte. Aber er konnte sie einfach nicht anbringen.

»Ja, ja, Grandauer, ich weiß schon ... das sagen'S mir alles nach a paar Wochen, wenn'S dann immer noch das Bedürfnis haben sollten, sich zu bedanken. Und jetzt gehn ma amal zu die andern nüber. Der Lederer hat Ihnen schon einen Schreibtisch freigemacht; denselben, meint er, an dem schon Ihr Vater seinerzeit gesessen ist. Aber das wird Ihnen den Papierkrieg da herin auch nicht versüßen. Weil ma immer meint, unsereiner kämpft nur gegen das Verbrechen!

Dass ich nicht lach! Die Hälfte seines Lebens kämpft der Polizist gegen die Bürokratie!«

Zur selben Zeit war die Hebamme Emmerenz Lindner auf ihrem Fahrrad unterwegs durch den Forstenrieder Park, um im Münchner Vorort Solln Besuch bei einer Wöchnerin zu machen. Und obwohl auf der Landstraße allem Anschein nach noch niemand unterwegs war, benützte sie aus Gewohnheit lieber den Fußweg neben der Straße. Sie hatte es schon nicht mehr sehr weit, als sie es vorzog, doch noch rasch einem natürlichen Bedürfnis nachzugeben und dafür suchte sie sich am Waldrand eine Stelle mit schützendem Unterholz. Dort hinein ging sie etliche Meter, lehnte ihr Fahrrad an einen Baum und schaute sich, bevor sie ihre Röcke hob, noch einmal gewissenhaft nach allen Seiten um. Plötzlich sah sie etwas in zehn, fünfzehn Metern Entfernung, was ihr vor Schreck die Luft zum Atmen nahm. Das war doch ein Mensch, der da lag, halb aufgerichtet an eine der jungen Fichten gelehnt?

Als Hebamme war sie zwar einiges gewöhnt, aber in dem Augenblick war sie unfähig, näher hinzugehen. Sie rief nur ein paar Mal: »Hallo! Is da wer?« Und dann schoss ihr durch den Kopf, dass vielleicht gleich einer aus dem Unterholz hervortreten würde, der sie als gefährliche Zeugin auch beseitigen könnte. Da packte sie ihr Rad und rannte hinaus auf die Straße. Jetzt hatte sie nur noch ein Bedürfnis: Irgendjemanden aufzutreiben, der Klarheit schafft.

Oberkommissär Grüner griff automatisch nach seiner Taschenuhr, als er die Stundenschläge von der nahen Frauenkirche hörte: exakt neun. Und das war es auch auf der Taschenuhr. Er drehte ein paar Mal an ihrer Krone und ließ die Uhr dann wieder in die Westentasche gleiten. Die Türe zum Büro seiner Mitarbeiter stand halb offen. Dort wurde eifrig telefoniert. Dann erschien Kommissär Lederer im

Türrahmen: »Erkennungsdienst ist benachrichtigt. Staatsanwalt und Amtsarzt auch. Was is mit'm Holzinger?«

»Soll derweil die Stellung halten«, entschied Herr Grüner und ging eher gemächlich zum Kleiderschrank: »Regnen wird's ja nicht ...« Dann kramte er ein Paar Gummiüberschuhe heraus und sagte: »Aber ich nehm mir vielleicht doch lieber meine Galoschen mit. Wenn's da draußen an rechten Dreck hat. Heut in der Früh hat's ja amal genieselt.«

»Und unser Lehrling ... woll'n wir den noch schonen an seinem ersten Tag?«

»Nix, der soll nur mit, dass er nicht denkt, wir hocken da herin bloß unsere Zeit ab.«

Gegen zehn Uhr vormittags war der Kraftwagen mit den Herren der Münchner Kriminalpolizei dort angelangt, wo die Hebamme als Erste die grauenvolle Entdeckung gemacht hatte. Für sie war der Oberwachtmeister Heldwein von der Polizeiinspektion Forstenried am Tatort verblieben, nachdem er den Aufmarsch der Sicherheitskräfte telefonisch in Gang gesetzt hatte. Initiator eines Unternehmens in dieser Größenordnung gewesen zu sein, war in seiner Umgebung noch keinem anderen Kollegen zuteil geworden. Herrn Heldwein – auch Weinheld genannt – war seine Wichtigkeit anzusehen. Und er brachte sie zum Einsatz, wo es galt, neugierige Passanten zu vertreiben, bevor sie wichtige Spuren zertrampelten und eigene hinterließen. Den Beamten der Spurensicherung war er allerdings ein Dorn im Auge, weil er in seinem Eifer auf die eigenen Spuren vergaß. Im Zentrum des Sperrgürtels, wohin sich die Hebamme nicht gewagt hatte, standen mehrere Herren vor einem Rätsel. Ein junger Staatsanwalt, ein alter Amtsarzt, der leitende Kriminalbeamte Grüner, Kommissär Lederer und Polizeinovize Grandauer. Letzterer zurückhaltend, mit einem Ausdruck von Mitgefühl – oder war es mehr Abscheu – oder hatte ihn der Anblick an irgendetwas erinnert und er kam nicht drauf, was und woran?

Auf dem Waldboden vor ihnen lag, rücklings, den Oberkörper ein wenig aufgerichtet an einen Fichtenstamm gelehnt und mit einem Strick um den Hals daran festgebunden, eine junge weibliche Person. Die Zunge hing ihr aus dem offenen Mund und ihre Lippen waren blau. Ein kleingewachsenes, mageres Wesen mit wirr herabhängenden bräunlichen Haaren, die Arme verrenkt, die Finger verkrampft eingezogen. Bekleidet war sie mit einer dunklen, farblosen Jacke aus billigem Wollstoff, einer hell und dunkelgrau gestreiften Bluse und einem schwarzen wadenlangen Rock. Ihre Unterwäsche, soweit sichtbar, war sehr einfach und bieder, die langen Wollstrümpfe schwarz und ebenso ihre Schnürstiefel.

»Armes Luder«, war das erste, was Herr Grüner bei ihrem Anblick vor sich hin murmelte. Während die Aufmerksamkeit des Staatsanwaltes mehr dem Stück graubraunen Papier galt, das über dem Kopf der Leiche an den Baumstamm gebunden war. Darauf stand mit schwarzer Tinte in Druckbuchstaben: *Du hast verraten dein Vaterland! Du wurdest gerichtet von schwarzer Hand!*

»Offensichtlich politisch motiviert«, sagte der Staatsanwalt.

Herr Grüner mochte ihn nicht. Er hatte den jungen Mann schon öfter erlebt, wie er die Situation jedes Mal auf den ersten Blick durchschaute. Schon deshalb musste er ihm widersprechen: »Möglich. Kann aber grad so gut ein Psychopath gewesen sein oder ein eifersüchtiger Liebhaber, der sich das Sprücherl bloß ausgedacht hat, damit wir hinterher dasteh'n und sagen: Aha, schon was Besseres! Was Politisches! Kein Mörder – ein Überzeugungstäter!«

Der Staatsanwalt hielt sich fortan lieber an den anderen Akademiker, der als Arzt und Leichenbeschauer für eine erste oberflächliche Untersuchung der Toten anwesend war. Er konnte auch schon mit einiger Sicherheit sagen, dass der Tod des Mädchens vor acht bis zehn Stunden eingetreten war. Und dass sie, nach den Druckstellen am Hals, erwürgt wurde. Nicht erst hier an der Fundstelle, höchstwahrscheinlich. Dafür gab es auch eindeutige Hinweise, die der Erkennungsdienst gesichert hatte. Schleifspuren von der Straße herein. Und ebensolche Spuren fand Kommissär Lederer an Schuhen und Kleidungsstücken der Ermordeten. Er hatte auch ihre Taschen durchsucht nach irgendwelchen Hinweisen auf ihre Identität. Aber da war nichts außer einem Blechdöschen mit Veilchenpastillen und zwei Schlüsseln, der Größe nach für Haustore. Kein Geld, keine Papiere, nicht einmal ein Taschentuch.

»Hoffentlich gibt's überhaupt jemand, der sie vermisst«, sagte Herr Grüner und beugte sich zu ihr hinunter: »Sonst brauch ma ja schon ewig und drei Tag, bis ma's identifiziert ham.« Dann bog er ihr behutsam die eingezogenen Finger auf. »Vom Couponschneiden hat sie nicht gelebt. Die hat schon hinlangen müssen. A Hausmädel wahrscheinlich.«

Karls seltsam abwesender Gesichtsausdruck fiel in dem Moment niemandem auf. Es war das Stichwort »Hausmädel«, das ihm durch den Kopf ging. Irgend so einen diffusen Gedankenblitz hatte er ja schon gleich zu Anfang gehabt, als er vor der Mädchenleiche stand: Sollte es wirklich einen Zusammenhang geben zwischen der Toten und dem vermeintlichen Hausmädchen, dem Kocherl, das ihm gestern am späten Abend vor der Musikalienhandlung begegnet war? Das wäre ja fast unglaublich. Und könnte man von ihm erwarten, dass er so eine mehr als vage Vermutung schon jetzt preisgeben sollte? Um sich womöglich damit einem Rattenschwanz von unangenehmen Fragen auszusetzen: Wo, weshalb, wieso? Der Gedanke an einen Zusammenhang hätte ihm ja auch erst später gekommen sein können, falls die Identität des Opfers dann noch immer nicht bekannt sein sollte.

Der Amtsarzt hatte noch den Abtransport der Leiche

in die Gerichtsmedizin verfügt. Dann verließ er den Tatort. Der Staatsanwalt schloss sich ihm an. Aber zuvor gab er Herrn Grüner noch zu bedenken, dass auch scheinbar harmlose Menschenkinder in ihrer Dummheit großen Schaden anrichten können. In einem höheren Sinne! Herr Grüner bedankte sich überschwänglich für den guten Rat, bedauerte nur, dass er die Höhe der Sinne weder zu bewerten noch zu berücksichtigen habe. Ihn gingen lediglich die Fakten etwas an: War es ein Mord? Wer ist das Opfer? Und wer ist der oder sind die Täter? Mit darüber hinausgehenden Einsichten, wie sie einem Herrn Staatsanwalt anstünden, wären Beamte wie er überfordert. Dann verabschiedeten sich die Herren freundlich und kehrten in die Stadt zurück.

Auch später, als die Kriminaler wieder hinter ihren Schreibtischen saßen, war von fieberhafter Tätigkeit kaum etwas zu bemerken. Assistent Grandauer tippte erst einmal seine Notizen auf der Schreibmaschine ab, mit zwei Fingern, und Kommissär Lederer erinnerte sich dabei an die Zeit vor dem Krieg: »Wie das aufgekommen is da herin … mit die Schreibmaschinen! Ihr Vater, der alte Grandauer, der hat sich dermaßen dagegen aufgelehnt. Das, wenn kommt, hat er immer g'sagt … das! Wird eine Papierflut! Wenn das Schreiben schneller geht wie das Denken!«

Herr Grüner liebte es, auch ohne Anlass, mit Schwung aufzutreten. »Hab ich die Herren aufgeweckt?« Aber Lederer kannte das Spiel und ließ sich davon nicht mehr beeindrucken. Nur, der Karl fühlte sich, warum auch immer, ertappt.

»Der Ölfleck«, sagte Herr Grüner, »auf der Landstraße vor dem Tatort … der ist laut Erkennungsdienst von einem Kraftfahrzeug – aber von keinem der unseren. Der Fleck war schon vor uns da. Mehrere Stunden. Und angenommen, der Wagen stand nur 15 bis 20 Minuten dort an der Stelle … dann müsste er, nach dem Ölverlust, einen schweren Defekt gehabt haben. Und warum interessiert uns das, Herr Grandauer?«

Herr Grüner hatte manches Mal eine Art, die nicht jeder mochte. Der alte Grandauer hatte damit anfangs auch seine Schwierigkeiten, bis er erkannte, dass es nicht immer Überheblichkeit war, wenn er den unfehlbaren Chef heraushängen ließ. Er spielte einfach gerne diese Rolle. Der Karl ließ sich davon ebenfalls verunsichern und suchte erst einen tieferen Sinn in Grüners simplen Fragen, bevor er zögernd antwortete: »Vielleicht, dass der das Hausmädel mit dem Wagen dorthin gebracht hat, der Täter.«

»Wieso der? Woher wissen Sie, dass es nur einer war? Und woher wissen Sie, dass es ein Hausmädel war?«

Kollege Lederer erbarmte sich und sagte: »Das Hausmädel weiß er von Ihnen, Herr Oberkommissär. Entschuldigung, Herr Inspektor muss man ja jetzt sagen.«

Kommissär Holzinger kam währenddessen mit einer Information aufs Stichwort: »Hausmädel könnte übrigens stimmen! Ich war grad in der Vermisstenabteilung. Da liegt eine Anzeige vor. Von einem Herrn ... Soleder. Bei dem ist das Hausmädel abgängig. Seit gestern Abend. Beschreibung wird nachgereicht. Er tippt's grad auf der Schreibmaschin. Mit einem Finger.«

Bei dem Namen Soleder blieb dem Karl einen Augenblick der Mund offen und noch bevor er seine Reaktion bedenken konnte, entschlüpfte ihm schon die Frage: »Von der Musikalienhandlung ... Soleder?«

»Da gibt's eine, stimmt«, sagte der Lederer. »Im Tal, gell?«

Und Herr Grüner, noch ohne Hintergedanken, fragte den Karl: »Warum ... kennen Sie die Leut?«

»Nicht direkt, also ... ich kannte das Geschäft ...«

Dem alten Kriminaler entging nicht, dass es da vielleicht noch mehr geben könnte, was sein Lehrling nur nicht sagen wollte. Und er ließ ihn nicht mehr aus den Augen, bis er nach ein paar endlosen Sekunden in seiner eigenen Verlegenheit zu schmoren begann.

»Ja, bitte weiter, Herr Grandauer, Sie kannten das Geschäft … und jetzt kennen Sie's nicht mehr … oder wie?«

Der Karl versuchte mit Höflichkeit etwas Zeit zu gewinnen, indem er sich von seinem Schreibtischstuhl erhob. Aber sein Chef winkte ab und drängte auf eine Antwort: »Also, wie war das?«

»Es ist schon ziemlich länger her … und es war damals wegen einer Schallplatte. Und ich dachte, die Dame ist die Verkäuferin.«

»Und, was war sie?«

»Die Tochter.«

»Au weh! Kann es sein, dass sie Ihnen als Verkäuferin gut gefallen hätte?«

»Das war ja dann was völlig anderes.« In Karls Antwort schwang ein mühsam gezügelter Trotz mit.

Auch Herr Lederer nickte ihm solidarisch zu und sagte: »Er wird schon seine Gründe gehabt haben, gell, Grandauer!«

»Von Ihnen erwarte ich nichts Revolutionäres, Herr Lederer. Aber ein junges Mannsbild wie der da … kommt aus'm Krieg heim, und hat Anspruch auf den Dank des Vaterlandes! So einer hat auch ein Recht auf Töchter! Und jetzt setzt's euch mit den Herrschaften in Verbindung: Die soll'n a tempo jemand in die Gerichtsmedizin schicken, der das Mädel identifizieren kann.«

Einige Kollegen, die Herrn Grüners Lebensgewohnheiten ein wenig zu kennen glaubten, waren der Meinung, er hätte Allüren. Dabei erzählten sie dann gerne von seiner Vorliebe, nachmittags, wenn die Zeit es ihm erlaubte, einen kleinen Spaziergang vom Präsidium hinüber zum Café Luitpold zu machen, um dort ein Tässchen Kaffee zu konsumieren und ein Stück Prinzregententorte, die hier ihre Geburtsstätte hatte. Er selber wusste für diese Vorliebe, außer dem Vergnügen daran, auch noch eine andere Begründung. Er würde in dem Kaffeepalast nämlich interessante Studien machen, denn dort ließe sich neben der feinen auch die Halbwelt beobachten und belauschen und manche seiner ehemaligen oder zukünftigen Kunden, sowie viel, viel zeitgemäßer Gehirnausfluss. Zum Beispiel, wenn die Damen nebenan von Mode plauderten: »Ja, ja, das trägt man wieder. Knöchellang, ganz hoch geschlossen, an der Taille etwas gerafft und mit diesen dreiviertellangen Ballonärmelchen. Entzückend! Ein bisschen Tracht, ein bisschen Biedermeier ...« Oder wenn sie über die Dienstboten klagten: »Die dummen Luder! Aber jetzt geben sie's ja schon wieder kleiner! Gottlob! Im vergangenen Jahr, wenn man nur Dienstmädchen gesagt hat ... um Gottes willen! ... Da musste man Hausangestellte sagen. Hausangestellte!«

Interessant auch das Pärchen dort, er abgemusterter Leutnant vermutlich und sehr ergriffen: »... oder wenn Ernst Jünger schreibt: Die Gehirne im Blutdurst, Wut und Trunkenheit! Ungeheuer! Das sind doch genau unsere Empfindungen gewesen in der Schlacht!«

Gelegentlich hatte Herr Grüner seinen Kaffee auch im Rauchsalon getrunken, wohin sich konspirative Herrenrunden gerne zurückzogen. Es war nun aber keineswegs so, dass man sich in diesen Runden besonders vorsehen musste, wenn man sich über Angelegenheiten besprach, die zwar gegen das Gesetz verstießen, aber in einem so genannten höheren Sinne durchaus erwünscht waren. Insofern konnte Grüner am Nebentisch unbeanstandet lange Ohren machen, zumal ihn sein gutbürgerliches Aussehen vor dem Verdacht bewahrte, er könnte irgendwelchen vaterlandslosen Kreisen nahe stehen. Worum es den Herren ging, war ein offenes Geheimnis und auch dem Kriminaler nicht mehr ganz unbekannt, obwohl er zu der Zeit noch nicht wissen konnte, dass ihn dieses Thema demnächst von Berufs wegen beschäftigen würde.

»… Die Situation ist doch die, meine Herren: Die Leute werden unsicher, seit die feindliche Kontrollkommission deutschen Waffenbesitz unter Strafe stellt. Kommt hinzu: Ein Denunziantentum widerlichster Sorte! Natürlich weiß ein anständiger Deutscher, was er zu tun hat. Aber weiß er auch immer, wie? Ich erzähl Ihnen ein Beispiel: Kommt neulich so ein braver Kerl zu uns … ein Landwirt … hat drei Kisten Maschinengewehrteile versteckt. Und wo? In der Jauchegrube! Können sie doch wegschmeißen, das Zeug.«

*

Kommissär Holzinger hatte an dem Abend einen Kurs in Kriminaltechnik, Lederer einen Zahnarzttermin und Herr Grüner hatte keine Lust heimzugehen, weil niemand zuhause war. Also übernahm er – auch ein wenig aus Neugier – das Treffen in der Gerichtsmedizin und verurteilte seinen Assistenten mitzukommen.

Der Gedanke, dem Spitzbart dort wieder zu begegnen, schlug sich dem Karl sichtlich auf den Magen, sodass ihn der Chef mit geheuchelter Sorge fragte: »Is Ihnen nicht gut?«

»Ach so, Sie meinen … alles ganz normal, Herr Inspektor …«

Kurz nach sieben Uhr abends – es begann langsam dunkel zu werden – betraten sie das wenig anheimelnde Gebäude in der Nussbaumstraße, in dem die dort aufbewahrten Leichen jeden Anspruch auf einen würdigen, pietätvollen Umgang verloren haben. Hier waren sie nur noch Beweisstücke.

Im bleichen Licht der Deckenlampen standen, am Ende des Korridors, zwei Personen. Der Karl erkannte sie sofort: Vater und Tochter.

»Aha«, flüsterte Herr Grüner, »scheint's sind sie das. Weil Sie auf einmal so seltsam gehen, wie auf lauter Eier!«

Nachdem man sich bekannt gemacht hatte, gab Herr Grüner eine kurze Erklärung ab über Sinn und Zweck, verbunden mit dem üblichen Bedauern. Und währenddessen unternahm der Karl alles, um nur nicht aufzufallen, und sah mit aller Kraft an den beiden Soleders vorbei.

So konnte er gar nicht wahrnehmen, dass auch sie kaum Notiz von ihm nahmen, geschweige denn, dass sie ihn erkannt hätten.

Herr Soleder meinte, dass es doch genügen müsste, wenn er die unangenehme Besichtigung der Leiche alleine vornehmen würde und seine Tochter solange hier heraußen wartete.

Und sie sagte fürsorglich: »Soll ich nicht doch lieber mitgeh'n, Vati?«

Herr Grüner entschied mit einem Augenzwinkern zu seinem verklemmten Assistenten hin: »Der Papa genügt. Und das Fräulein Tochter kann ja derweil Kontakt mit dem Herrn Grandauer aufnehmen. Oder umgekehrt. Dann kommen wir der Sache schon näher.«

Nachdem die beiden Herren in den Leichensaal gegangen waren, ließ sich Fräulein Soleder auf einer nahe stehenden Bank nieder und sagte bedrückt, mehr vor sich hin: »Das wär ja furchtbar.«

Der Karl stand immer noch an derselben Stelle und sagte, um sie zu beruhigen: »Es ist ja noch gar nicht sicher, dass sie es ist.«

»Ich kann mir das auch nicht vorstellen. Sie war ja noch nicht lang bei uns … fünf Wochen vielleicht. Und sie hat eigentlich so … einen sehr guten Eindruck gemacht. Wegen ihrem Freund … weil der in der Nähe von uns wohnt, hat sie die Stellung gewechselt. Und zuvor war sie, glaub ich, auf einem Gut. Außerhalb.«

»Wer der Freund ist, wissen Sie nicht?«

»Keine Ahnung. Am Abend zuvor hat wer angerufen für sie. Ein junger Mann, der Stimme nach. Sehr höflich. Sie hat danach nur gesagt, dass sie noch mal schnell weg müsste … in einer dringenden Angelegenheit.«

»Und da ist sie dann nicht mehr zurückgekommen?«

»Ich hab das auch erst heut Früh gemerkt. Weil sie nicht zur Arbeit kam. Und dann hab ich in ihrer Kammer nachgeschaut. Das Bett war unbenützt … und sie hat nicht gesagt, dass sie über Nacht wegbleibt.«

Eine Situation wie diese war bei seiner Ausbildung in der Technik des Verhörs nicht vorgekommen. Es wurde schon dadurch erschwert, dass er die Zeugin immer nur verstohlen beobachten konnte und jedes Mal ganz schnell wegsehen musste, wenn sie ihre Augen in seine Richtung aufschlug. Aber auch sie war nicht ganz bei der Sache, bis ihr plötzlich einfiel, wo sie diesen Stockfisch schon einmal gesehen hatte: »Sie war'n amal bei uns im Laden, gell?«

Sollte er sich nun darüber freuen, dass sie ihn wenigstens wiedererkannt hat? Lange genug hatte es gebraucht. Jetzt bloß gelassen bleiben. Also fragte er eher erstaunt: »Dass Sie sich das gemerkt haben! Es is ja schon ein halbes Jahr her. Sogar über ein halbes Jahr.«

Fast hätte ihn ihr treuherziger Blick aufgeweicht. Bis sie, und das noch dazu lächelnd, sagte: »Gell! Aber Sie haben ja auch eine Schallplatte fallen lassen. Das passiert nicht so oft. Zum Glück.«

Wieder traf sie damit das Lindenblatt, unter dem seine empfindliche Ehre saß und nur darauf wartete, getroffen zu werden: »Aber ich wollte die Schallplatte ja auch bezahlen, die kaputte. Es hat sich nur … nicht mehr ergeben.«

»Und wieso nicht? Sie sind mir noch immer einen Kaffee schuldig!«

Die Antwort darauf blieb dem Karl vorerst erspart, denn in diesem Moment kamen die Herren wieder heraus und Fräulein Soleder sah ihren Vater fragend an. Der nickte betroffen und sagte noch unter dem Eindruck des Erlebten: »Sie ist es wahrhaftig!« Danach setzte er sich seinen Hut wieder auf und flüsterte ihr zu: »Und das zieht natürlich jetzt einiges nach sich. Ausgerechnet uns muss das passieren! Also … auf das hinauf brauch ich jetzt was.« Und er wendete sich kurz ab und nahm einen Schluck aus seinem Flachmann, den er für alle Fälle immer bei sich hatte.

Herr Grüner hatte sich währenddessen seinen Assistenten beiseite genommen: »Und? Der Sache schon etwas näher gekommen?«

Der Karl fand nicht gleich eine Antwort. Dem Chef genügte auch sein Gestammel und er bestärkte ihn augenzwinkernd: »Grandauer, da bleiben wir dran! Die Sache gefällt mir!« Dann verkündete er an alle gerichtet: »Der Herr Soleder ist so freundlich und lässt uns jetzt anschließend noch einen Blick in ihr Dienstbotenkammerl werfen. Ganz kurz bloß. Nehm ma uns vielleicht miteinander einen Taxameter. Dann geht's schneller.«

Herr Soleder unterbrach seine Betroffenheit noch einmal kurz für die Frage: »Auf Ihre Kosten, darf ich annehmen.«

»Ja, ja, das kann ich dann schon begründen.«

Es war die erste Taxifahrt in Karls Leben. Zu seiner Erleichterung dauerte sie nicht sehr lange. Herzu waren die Kriminaler zu Fuß gekommen. Bei ihrer Rückfahrt saßen sie auf Klappsitzen den Soleders gegenüber. Für Grüner war das kein Problem, die Leute so nahe vor sich zu haben. Im Gegenteil, er verstand es aus der Nähe so ein Gefühl von Vertrautheit zu schaffen. Und ihr Vater wenn nicht daneben gesessen wäre, hätte er dem Fräulein Soleder sicher persönliche Details entlocken können. Aber es sah nicht so aus, als ob er seinem Assistenten eine große Freude damit gemacht hätte. Der Karl hatte die ganze Fahrt lang Mühe, ihren Augen zu entkommen, sobald sich die seinen darin verfangen hatten. Oder sich vom Anblick ihrer Waden loszureißen, diesen schlanken und wohlgeformten, die sich infolge der ausgeleierten Autositze nicht ordentlich bedecken ließen. Und ihren weiblichen Rundungen unter der straff sitzenden Kostümjacke – sie waren ihm seinerzeit im Laden noch gar nicht so aufgefallen – aber jetzt, plötzlich hatten sie eine magische Anziehungskraft. Und nicht einmal dieser ernüchternde Mensch daneben, der Spitzbart, vermochte ihn davon abzulenken. Wieso jetzt? Warum auf einmal diese beunruhigenden Wahrnehmungen, für die es doch nicht mehr die geringste Aussicht auf Erfüllung gab?

Die beiden älteren Herren hatten sich schon von Beginn der Fahrt an in ihren Zigarrenrauch eingehüllt, wobei Herr Soleder seiner blonden Havanna den Vorzug gab und Herr Grüner seiner schwarzen Brasil. Ihr Gespräch, das sich natürlich um das Hausmädel drehte, nahm der Karl nur mit einem Ohr wahr und er beteiligte sich erst daran, als ihn der Chef dazu aufforderte: »Wie war das Sprücherl ... was da auf dem Stückl Packpapier gestanden ist? *Du hast verraten dein Vaterland ...*«

»*... und wurdest gerichtet von schwarzer Hand.*«

Herr Soleder zog die Mundwinkel verächtlich nach unten und schüttelte den Kopf: »Also, was Politisches ... na! Kann ich mir bei der mit dem besten Willen nicht vorstellen. Die ist doch ... sind wir doch amal ehrlich, ein ganz primitives Dotscherl gewesen. Allerdings ...«, dabei rieb er Daumen und Zeigefinger aneinander, was auf Geld hindeuten sollte, »... was das anbelangt, da war sie hellwach!«

Die Tochter schob beschwichtigend ihre Hand unter seinen Arm: »Geh, Vati!«

»Ja, ja, du immer mit deiner romantischen Ader. Die hat's von ihrer Mutter. Aber erinnere dich, Kind: Kaum war sie bei uns, hat sie schon einen Vorschuss verlangt!«

»Weil's zuvor arbeitslos war«, widersprach die Tochter etwas heftiger als sonst. Und der Vater dämpfte auch gleich ihren Vorwitz: »Ja, ja, ja! Jetzt halt dich du amal da raus, Traudchen! Die Herren woll'n ja nicht, dass wir was beschönigen, net. Die woll'n die Wahrheit wissen!«

»Aber die weiß halt manchmal nur der liebe Gott. Und den können wir nicht fragen«, sagte darauf Herr Grüner und blinzelte der Tochter sein Wohlwollen zu. »Am Anfang is ma ja oft dankbar für alles. Und mit a bissl Glück ergibt sich aus hundert Halbwahrheiten auch eine ganze.«

Herr Soleder verstand andere Ansichten, auch wenn sie den seinen widersprachen, gerne so, als ob sie ihn bestätigen würden. Namentlich dann, wenn er sie als Belehrung an seine Angehörigen weitergeben konnte: »Weißt, Traudchen, man muss schon vorher gut überlegen, bevor man was sagt. Und nicht nur so reine Gefühlssachen ... Übrigens, wenn Sie das interessieren sollte, Herr Inspektor ... wir haben nämlich schon einen Haufen so Hausmädel gehabt ... und die dummen Luder ham oft ihr ganzes Geld an ihre Freunderl hingehängt. Ob die den Vorschuss am End nicht auch nur für ihren Kavalier gebraucht hat?!«

»Namen und Adresse von dem Kavalier?«, fragte Herr Grüner, doch sein Assistent nahm den Soleders die Antwort vorweg: »Leider unbekannt. Ich hab das Fräulein schon danach gefragt.«

»Wenn er keinen Dreck am Stecken hat, wird er sich bei uns melden«, sagte Herr Grüner. »Steht ja demnächst daumendick in alle Zeitungen.«

Niemand sollte etwas bemerken vom Ringen seiner widersprüchlichen Gefühle, mit denen der Karl wenig später das Haus im Tal betrat. Durch dasselbe Haustor, durch das er sich damals mit seiner Leberkässemmel zurückgezogen hatte, voller Hoffnungen, bis dieser Spitzbart ihn hinauskomplimentierte aus dem Haus und aus seinen Illusionen – derselbe Spitzbart, der ihn jetzt, ohne ihn wiederzuerkennen, mit händlerhafter Höflichkeit hineinkomplimentierte. Am liebsten hätte der Karl ihm gesagt: Erinnern Sie sich nicht? Ich bin der Herr Garniemand, der es gewagt hat, sich in Ihre Tochter zu verknallen, doch es soll nicht wieder vorkommen.

Fräulein Soleder machte den Vorschlag: »... dass wir vielleicht erst runtergehen in ihr Kammerl ...«

Ihr Vater dagegen, vom eigenen Verlangen getrieben, lockte in den Salon: »... Oder darf ich den Herren erst a

Schnapserl ... oder lieber a Glaserl Bier? Ich hätt auch einen guten Wein!«

Herr Grüner lehnte dankend ab, auch für seinen Lehrling, der sich für solche mehr disziplinarischen Fragen noch keine eigene Meinung erlaubt hätte. Und während sie treppab ins Souterrain gingen, drängte es Herrn Soleder zu einer Erklärung, weshalb sich seine Gattin noch nicht gezeigt haben würde: »Die is nämlich leider verreist mit unserm Herrn Sohn. Aber ich bin ganz froh. Die hätt ja der Schlag getroffen bei der G'schicht!«

Man konnte nicht erwarten, dass sich der ziemlich aufdringlich zur Schau gestellte bürgerliche Wohlstand, der sich schon im Eingangsbereich der solederschen Wohnung besichtigen ließ, bis in die Hausmädchenkammer hinunter fortsetzen würde. Dort hatte man, wie anderswo auch, der Genügsamkeit des Personals Rechnung getragen. Bett, Schrank, Tisch, Stuhl und eine Waschkommode durften in kulturell höher stehenden Häusern erwartet werden. Auch etwas Wandschmuck, nach Möglichkeit mit erbaulichem Inhalt. Hier war es ein gerahmter Öldruck, den Herrn Jesus darstellend, wie er über das Wasser läuft.

»Also bitte ... die hat's doch wunderschön gehabt da herunten«, sagte Herr Soleder und schaute sich selbstzufrieden um; denn oft schien er noch nicht in dem Kammerl gewesen zu sein.

»Da gibt's doch heutzutage noch ganz andre Leute, die froh wären, wenn sie so wohnen täten!«

Der Karl hätte das bestätigen können, aber er hielt sich auch hier lieber im Hintergrund, zumal er bemerkt hatte, dass er damit bei der Traudl gut ankam.

»Bloß, dass ma halt a bissl einen Eindruck kriegt«, sagte Herr Grüner und warf einen Blick in ihre Nachtkästchenschublade: »Aha, da hama schon amal ihr Arbeitsbuch! Anna Kiesgruber, geboren 21. März 1900 ... Den hat's grad noch erlebt, ihren Zwanzigsten, des arme Luder. Dürf ma's schon mitnehmen, des Bücherl?«

»Ja, bittschön. Ich brauch's nimmer.«

»Wir kommen dann sowieso noch amal, mit Durchsuchungsbeschluss.« Und er gab dem Karl das Arbeitsbuch mit dem Hinweis: »Hama gleich die Anschrift von ihre Eltern. Dass ma's verständigen können. Nicht, dass sie's vorher aus der Zeitung erfahren.«

Die Besichtigung der Mädchenkammer war nicht sehr eingehend und brachte auf Anhieb auch keine wesentlichen neuen Erkenntnisse. Anschließend folgte man dem Hausherrn wieder nach oben und gab ihm Gelegenheit, sich selbst noch im Rahmen seiner persönlichen Umgebung zu zeigen. Und die hätte schon so manchen in die Knie zwingen können. Besonders kleinere Beamte, die zwar häufig einen hohen Geltungsanspruch besaßen, selten aber so ein reich geschnitztes, hochpoliertes Mobiliar, auch nicht diese samtenen Portieren und Schabracken oder solche dicken, flauschigen Teppiche und von Kunst und Farben triefenden Gemälde. Ein solcher Pomp zierte eher den erfolgreichen Geschäftsmann. Und weil Herr Grüner dieser Welt gegenüber nicht ganz ohne Vorurteile war, gab er sich, anders als erhofft, fast beleidigend unbeeindruckt. Herr Soleder wartete vergeblich auf eine Gelegenheit, seinen Stolz auf das Erreichte in bescheidene Sätze zu fassen, denn die Fragen kamen von Grüner einfach nicht: Ist das ein echter Lenbach? Wo haben Sie nur diese prächtige Tapete her? Und dieser Teppich! Ein echter Täbris? Noch weniger oder gar nicht waren solche Fragen vom Karl zu erwarten. Der stand nur steif und eingeschüchtert herum, mit dem dummen Gefühl, der Kristalllüster könnte ihm plötzlich auf den Kopf fallen. Oder er könnte über eine der dickbauchigen Bodenvasen stolpern, sobald er sich bewegte.

Er kannte ja solche Verhältnisse wie hier nur von Abbildungen. Oder wenn er sich selber ein Bild gemacht hatte von den Salons umschwärmter, üppiger Damen in langen, weit ausgeschnittenen Kleidern und hochgestellten Gesäßen. Damals, im Fotoatelier seines Lehrherrn hatte seine Fantasie dahingehend schon ein wenig Nahrung erhalten. Aber zuvor und hinterher waren seine Vorstellungen vom ganz normalen Leben in Wohnküchen und wenig benützten guten Stuben entstanden. Dort, wo es immer so einen anheimelnden Stallgeruch gehabt hatte. Das Kreitmeier Haus war dafür die höchste Erfüllung. Herr Grüner konnte Karls Gedanken erraten, als er ihn so, wie ausgestopft, stehen sah. Und der Blick, den er daraufhin mit der Tochter des Hauses wechselte, sagte ihm, dass auch ihr hier manches gegen den Strich gehen würde.

Herr Soleder unterbrach das Schweigen noch einmal mit der Frage: »Nicht doch vielleicht ein Schnapserl ... oder was?«

Und wieder fand er keinen Mittäter und sagte darauf etwas verbittert: »Wie die Herren meinen. Aber ich brauch jetzt was auf das ganze Schlamassl hinauf!«

Der Kriminaler hatte dem Arbeitsbuch der Anna Kiesgruber entnommen, dass sie zuvor auf einem Gut im Dienst war. In der Umgebung von Ebersberg. Bei einem Baron von Treuenthal.

»Sie haben sie also gewissermaßen von dem Baron übernommen«, folgerte Grüner.

»So kann man das nicht sagen«, erwiderte Herr Soleder. »Da lagen etliche Monate dazwischen. Und ich kenne den Herrn Baron auch nur per Renommee. Notabene eine hervorragende Persönlichkeit!«

»Wir haben grad jemand gesucht und sie hat sich gemeldet. Auf unsere Annonce in der Münchner Zeitung«, sagte Fräulein Soleder. Und ihr Papa nützte die Gelegenheit, sich rasch noch einmal ein Stamperl Schnaps zu genehmigen.

»Der Anruf gestern Abend, Fräulein Soleder ... wann kam der?«

»Für die Anna … so um acht, halb neun.«

»Und wie hat sie sich danach verhalten? Aufgeregt oder eher unbeeindruckt?«

»Schon eher … a bissl angespannt. Ich hab halt gedacht, wenn's ihr Freund gewesen ist … sie haben vielleicht irgendeinen Streit miteinander gehabt. Aber bitte, wollen Sie sich nicht setzen!«

»Danke, das nächste Mal dann. Wir seh'n uns bestimmt wieder, Fräulein Soleder«, sagte Herr Grüner und schaute mit einem kupplerischen Lächeln von ihr zu seinem Assistenten. Der hoffte sich aus seiner Verlegenheit zu retten, indem er sich zwang, einen sachlichen Hinweis auch sprachlich noch zu bewältigen: »Wenn ich das vielleicht nochmal … weil das Fräulein Soleder … wie wir in der … also während Sie mit dem Herrn Soleder bei der Leichenbeschau waren … und sie hat dann … das Fräulein Soleder hat mir gegenüber ausgesagt: Der junge Mann sei sehr höflich gewesen. Am Telefon, der …«

»Aha«, unterbrach Herr Grüner und verbot sich aber jeden Anklang an Ironie. »Und warum sollte er nicht?«

»Es ist nur, wenn jemand, also, im Streit … dass er sich dann so beherrschen kann?«

»Sie meinen, dass man so was an der Stimme hört?«

Der Karl wollte eigentlich gar nicht, dass man seinen Hinweis noch lange debattiert. Er bereute es schon, etwas gesagt zu haben. Und der alte Kriminaler erwies sich einmal mehr als väterlicher Freund, der seinem konfusen Schützling dafür auch noch einen guten Abgang verschaffte: »Könnte vielleicht durchaus noch von Bedeutung werden, Ihr Hinweis. Merken, Grandauer! Oder besser: Alles aufschreiben!«

Fräulein Soleder hatte die Herren noch hinausbegleitet und jedem die Hand gegeben. Herr Grüner schüttelte sie lange und mit netten Worten. Dem Karl war es dabei, als ob er an ein Schwachstromkabel gelangt hätte. Das Kribbeln ging ihm durch und durch. Und er hatte sich doch schon abgesichert geglaubt gegen ihre Impulse.

»Und?«, hob Herr Grüner an, als sie schon ein Stück in Richtung Isartor gegangen waren. »Wann nimmt er seine ersten Klavierstunden? Na ja … wenn ihr das Geschäft eines Tages übernehmen wollt, die Traudl und Sie, wär's schon gut, Sie könnten wenigstens so was wie den Flohwalzer spielen.«

Für humorige Anspielungen auf seine Schlappe im Hause Soleder war Karls Seele noch zu wund. »Der hat mich nicht einmal erkannt, der Spitzbart! Und das ist erst ein halbes Jahr her, dass wir uns zuletzt gesehen haben!«

»Sie ihn«, betonte Herr Grüner. »Sie haben ihn geseh'n. Er sieht Sie nur, wenn Sie ihm ein Klavier abkaufen! Von dem können'S was lernen.«

»Da lern ich lieber was von Ihnen, Herr Inspektor.«

»Damit kommen'S auch nicht sehr weit.«

Eigentlich hätte man ja noch am selben Tag die Eltern der Anna verständigen müssen vom Schicksal ihrer Tochter. Aber inzwischen war es fast neun Uhr geworden. Und wie sollte man heute noch dorthin kommen? Nach Deisenhofen. Das Dorf lag etliche Kilometer vom Stadtrand entfernt. Und Dienstwagen gab's jetzt dafür keinen mehr. Vielleicht tat man sogar etwas Gutes, wenn man die Leute noch eine Nacht länger in Frieden schlafen ließ. Also liefen sie das kleine Stück bis zum Isartor nebeneinanderher – nichts ahnend, dass dort ihr Mordfall seinen Anfang genommen hatte. Und dann trennten sich ihre Wege, jeder ging in seine Richtung, jeder ließ müde Hirn und Arme baumeln, denn es gab nichts mehr, was ihre Aufmerksamkeit verlangte. Genug für einen Tag.

Es wäre eigentlich auch nicht die Aufgabe des Abteilungsleiters gewesen. Aber der Fall hatte Grüner von Anfang an gepackt und nicht mehr losgelassen. Denn höchstwahrscheinlich war sein persönlicher Freund, der siebengescheite, junge Staatsanwalt schon ganz richtig gelegen mit seiner Vermutung: Da steckte etwas Politisches dahinter. Womöglich ein Fememord. Das Wortungeheuer begann neuerdings durch ganz Deutschland zu geistern. Von Leuten zum Leben erweckt, die sich die Rettung des Vaterlandes vorgenommen hatten.

»Nach Deisenhofen … wissen'S schon, wie Sie da fahren müssen?«

»Jawohl, Herr Inspektor. Über Grünwald und dann beim Postwirt linksrum.«

»Unsre alten Chauffeure, die haben noch eine solide Orientierung! Wie früher die Fuhrleut. Bei denen ging's auch nur nach Wirtshäusern.«

Es war anderntags am frühen Vormittag, als sie mit einem Kraftwagen der Polizeidirektion in südlicher Richtung unterwegs waren, der alte und der neue Kriminaler.

»Ja, ja, Grandauer, das sind mir immer die liebsten Missionen: Wenn man zu den Angehörigen hin muss und muss ihnen sagen: Bittschön, regen Sie sich nicht auf, aber Ihre Tochter wurde umgebracht.«

Am Ortsrand von Deisenhofen, nahe der Grube, in die jedermann seinen Abfall werfen durfte und wo es bei ungünstigem Wind einen bestialischen Gestank hatte, stand eine Baracke, die, wie es hieß, vor Jahren für Kriegsgefangene aufgestellt worden war. Darin hausten jetzt Annas Eltern mit ihren Kindern. Ursprünglich waren es zehn. Drei starben, ganz normal, an schlimmen Krankheiten. Das hatte aber auch sein Gutes, indem die anderen Kinder somit besser überleben konnten. Und jetzt auf einmal auch die Älteste tot, die Anna. Jetzt, wo es eigentlich gar keinen Vorteil mehr brachte, stand sie doch längst auf eigenen Beinen und aß keinem mehr etwas weg. Der Vater, ein krummer, ausgemergelter Mensch, war schon lange Invalide und vermochte, außer seiner kümmerlichen Rente, nichts mehr zum Überleben der Familie beizutragen. Und die Mutter ging zum Putzen in der

Umgebung, wo es wahrscheinlich genügend Dreck gab, aber zu wenig Geld für dessen Beseitigung.

Herr Grüner hatte reichlich Erfahrung, wie man den Angehörigen solche schmerzlichen Botschaften möglichst schonend nahebrachte. Und er hatte die unterschiedlichsten Reaktionen bei den Betroffenen erlebt. Aber es waren nicht immer die tränenreichen und heftigen, die ihn selber dabei am meisten ergriffen hatten. Eher waren es die vom Schicksal halb totgeprügelten Menschen, solche wie die Kiesgrubers, die auch diesen Schlag unberührt hinnahmen. Sie waren so an das Unglück gewöhnt, dass sie es für eine ganz normale Folgeerscheinung hielten. Auch den Tod ihrer Tochter. Langsam, Wort für Wort kam es aus dem Vater heraus: »Weil sie keine Beständigkeit hat, die Anna. In dem Gutshaus, wo sie zuvor war … da hätt sie bleiben können. Bis in alle Ewigkeit.«

Und die Mutter zeterte leise hinterher: »Schlecht behandelt hätten sie's da. Sagt's.«

»Weil sie keine Beständigkeit hat!«

»Schlecht behandelt! Wegen dem Mannsbild is es gewesen! Wegen dem hat's dort aufgekündigt!«

Mehr über dieses Mannsbild war dann auch von ihnen nicht zu erfahren. Nur seine Verbitterung merkte man dem Vater an: »Mir wissen gar nix. Mir ham sie bloß aufgezogen. Den Nutzen ham die andern g'habt.«

Die Aussagen der Eltern waren besser geeignet, sich ein Bild über sie zu machen als über ihre Tochter. Die Anna hatte bald nach der Volksschule ihre Familie verlassen, um die Hauswirtschaft zu erlernen und später ihr Geld damit zu verdienen. Kaum denkbar allerdings, wie sie auf diesem bescheidenen Lebensweg Gelegenheit gehabt haben sollte, ihr Vaterland zu verraten.

Und doch gab es winzige Hinweise in Grüners Reaktionen, dass die Sache für ihn so undenkbar gar nicht mehr sein würde; als ob es da vielleicht doch einen Zusammenhang geben könnte. Er redete nur nicht darüber. Er forschte aber verstärkt in eine bestimmte Richtung. Dass von den Eltern nicht viel zu erwarten war, hatte kaum überrascht. Und es war auch nicht anzunehmen, dass Eltern und Kinder ihr Wissen untereinander immer ausgetauscht hatten. Also wandte sich Grüner freundlich, fast kumpelhaft an den ältesten Buben, aber auch der brachte den Mund nicht auf. Mehr Erfolg hatte er mit einem der Mädchen, ein aufgeschossener, etwas rachitischer Backfisch mit wachen, neugierigen Äuglein. Bei ihr versuchte es der Kriminaler gleich mit einer Fangfrage: »Da is doch amal wer bei euch heraußen gewesen in der letzten Zeit, der nach der Anna gefragt hat, gell?«

Intuition? Ein paar Tage zuvor war tatsächlich jemand da, der sich nach der Arbeitsstelle von der Anna erkundigt hatte. So ein jüngerer Herr. Und das Mädchen hatte ihm die Anschrift gesagt von dem Musikladen in München.

»Zu was hat er denn die Adresse wissen wollen?«, forschte Grüner weiter.

»Weil er ihr auch eine wüsste, eine Stellung.«

»Und woher hat er die Anschrift von euch gehabt? Er hat euch doch nicht gekannt.«

Das konnte sie ihm auch nicht genau sagen: »Gefragt halt vielleicht. Im Dorf.«

»Und wie hat er ausgeschaut, der jüngere Herr?«

Das Mädchen hob überfragt die Schultern: »Mei ... so halt.«

»Hat er nett ausgeschaut? Freundlich?«

»Schon irgendwie, aber ... nix besonders.«

»Nix Auffallendes ... im Gesicht? Figur?«

»Einen Fuß hat er so a bissl nachgezogen beim Gehen.«

»Gehinkt hat er, meinst? Also, schau, das is doch schon was.«

Der Karl war heilfroh, als er wieder draußen war, wo es auch nicht angenehm roch und wo rundherum nichts zu sehen war, was die Augen hätte erfreuen können. Aber diese Armut an allem, auch an Gefühlen: »Die haben das hingenommen, die Eltern ... da is mir direkt unheimlich geworden.«

»Weil's nicht geweint haben, meinen'S? Leben Sie amal eine Zeit lang so wie die, Grandauer. Dann weinen'S auch nimmer!«

Bevor sie ins Präsidium zurückfuhren, machten sie noch kurz Halt bei der Gendarmeriestation von Deisenhofen, um die ortskundigen Gendarmen in die Fahndung mit einzubinden nach dem jüngeren Herrn, der sich für Annas Arbeitsstelle in München interessiert hatte.

*

Zu Mittag gab es im Kreitmeier Haus oft Sauerkraut, weil das der Max so gerne mochte und weil es ihm bei der Verdauung half. Die war träge geworden seit seiner Beinamputation.

Zum Kraut gab's dann meistens Bratwürstl und die liebte der Student Adolf sehr, sodass man mit seiner Anwesenheit rechnen musste. Er brachte sich auch immer ein juristisches Kompendium mit, in das er sich vergraben konnte, wenn ihm der Schöpt Toni thematisch zu nahe kam. Dieses Mal begann die Luise: »Heut steht's schon in der ›Münchner Neuesten‹! Von dem Hausmädel, was uns der Karl erzählt hat. Wo er selber dabei gewesen ist.«

Und der Max ergänzte sarkastisch: »Die, wo ihr Vaterland verraten hat. Das Luder! An die Franzosen wahrscheinlich!«

Da war sie schon, die erste Gelegenheit für den Bäckergesellen Toni, seinen Gesinnungsfeind Adolf ein wenig zu provozieren: »Oder an die Kommunisten! Und deswegen geschieht's ihr auch recht, dass sie's umgebracht haben! Gell, Adi?«

Der Adolf hob nur kurz ein Auge von seinem Teller und sagte sanft, wie zu einem Irren: »Schwach, Toni, sehr schwach.«

Doch der Max hakte nach: »Und wer, meinst, steckt wirklich dahinter, Adi?«

»Keine Ahnung, woher soll ich das wissen?«

»Der Max hat halt gedacht, du weißt es. Weil du auch Adolf heißt! Wie der, der da dahinter steckt!«, sagte darauf der Toni mit einem scheinheiligen Gesicht. Der Adi hielt nur kurz inne, schluckte dann aber ganz gemächlich den Bissen hinunter, bevor er mit einem Zitat aus der klassischen Literatur konterte:

»Mit der Dummheit, Toni, kämpfen Götter selbst vergebens! Schiller! Falls dir der Name etwas sagt? Denn auf so eine Idee kann nur ein Volldepp kommen! Hitler aber ist keiner! Deshalb würde er auch sein Lebenswerk wegen eines derart läppischen Kocherlmordes niemals in Gefahr bringen! Juristisch.«

»Aber vielleicht ist die gar nicht so groß, die Gefahr? Juristisch!« Das sagte der Max dann noch. Allerdings leider ohne Beachtung; denn die Luise hatte damit gedroht, kein Mittagessen mehr auf den Tisch zu bringen, wenn dabei immer nur gestritten würde.

*

Eigentlich war das repräsentative Amtszimmer des Münchner Polizeipräsidenten mit seinen fein abgestimmten Farben, dem hellen warmen Ton des Kirschbaumholzes mit den dunklen Nussbaumeinlagen, dem noblen Weinrot der Wandbespannung und dem lichten Grün der Vorhänge, rundum dazu angetan, dem Besucher ein Gefühl von Würde und Vertrauen zu vermitteln. Es musste also an etwas anderem gelegen haben, dass sich Herr Grüner seit einiger Zeit außerordentlich ungern und nur, wenn er zitiert wurde, dorthin begab. Dieses Mal ging es um den Stand der Ermittlungen im Fall Anna Kiesgruber. Der Präsident hatte sich – was ungewöhnlich war – schon im Anfangsstadium informieren lassen. Den Anstoß gab vermutlich der Name des Gutsbesitzers Baron von Treuenthal, bei dem die Anna vorher im Dienst war. Ein Zusammenhang war entstanden, nachdem etliche Dorfbewohner von Deisenhofen bei der Einvernahme durch die Gendarmerie ausgesagt hatten, dieser hinkende jüngere Herr, der sich nach Annas Adresse erkundigt hatte, wäre ein Bekannter des Gutsbesitzers und von ihm geschickt. Und da war noch eine Merkwürdigkeit, auf die Grüner den Präsidenten aufmerksam machte: »Er hat überall nach einem Fräulein ›Wieshuber‹ gefragt. Bis eine Kellnerin draufgekommen ist, er meint wahrscheinlich die Kiesgruber.«

»Ja, ja, kenne das Protokoll«, entgegnete der Präsident ungeduldig und sein glattes Gesicht, das bis dahin schmeichlerisch auf seinem Stehkragen ruhte, reckte sich plötzlich beißwütig empor: »Alles Quatsch! Ist doch ein Widerspruch in sich! Der Baron wird ja wohl ihren richtigen Namen kennen! Wenn sie jahrelang bei ihm gearbeitet hat! Ist mir notabene bestens bekannt, Baron von Treuenthal. Absolut integere Persönlichkeit, bei der sich jegliche Überprüfung erübrigt. Jegliche! Sie verstehen, mein Verehrter …«

Grüner hatte seinen Protest schon auf der Zunge gehabt, aber bevor er ihn herausbrachte, hatte sich der Präsident wohlwollend bei ihm untergehakt, um ihn mit weichen Worten zur Türe zu geleiten: »Aber ich will Sie natürlich keineswegs bevormunden. Sie haben Ihre Befugnisse. Wie wohl ich es offen gestanden lieber sähe, wenn Sie Ihre höchst respektablen Fähigkeiten für Aufgaben einsetzen würden, die ich im öffentlichen Interesse für vordringlicher halte!«

Grüner nahm anschließend die Treppen hinauf zu seinem Büro im zweiten Stock, um dabei schon etwas Dampf abzulassen. Dieser hinterhältige Versuch, ihn an die Kandare zu nehmen, hatte ihm gewaltig eingeheizt. Aber das wollte er vorerst noch für sich behalten. Daran, dass er anschließend in das Büro seiner Mitarbeiter hineinstürmte, wie auf Gangsterjagd, hatte sich inzwischen selbst Assistent Grandauer gewöhnt.

»So, Herrschaften, jetzt hab ich erst den richtigen Gusto auf die G'schicht! Und was ist mit dem Kavalier von der Kiesgruber? Hat sich der noch nicht gerührt bei uns?«

»Nichts gehört bis jetzt«, antwortete Kommissär Lederer.

»Schon eigenartig«, fand auch Herr Grüner. »Noch irgendwelche interessanten Details in den Vernehmungsprotokollen aus Deisenhofen?«

Der Karl hatte eines entdeckt, das aber mehr für ihn persönlich als für den Fall von Bedeutung sein könnte: »Alle haben ausgesagt in Deisenhofen: Der jüngere Herr hat sich sehr höflich ausgedrückt.«

Herr Grüner erkannte die Bedeutung dessen nicht gleich: »Und? Was sagt uns das?«

»Weil das Fräulein Soleder das auch gesagt hat. Von dem jungen Mann am Telefon. Dass er sich sehr höflich ausgedrückt hat.«

Der Chef hatte Mühe, ein Schmunzeln zu unterdrücken und die älteren Kollegen wunderten sich etwas, wie viel Anerkennung diese Lappalie fand: »Ausgezeichnet! Weiter so, Grandauer! Und zwar: Sie gehen doch bestimmt nicht ungern nochmal zu den Soleders? Also ... holen Sie sich auf 208 den richterlichen Untersuchungsbeschluss. Liegt vor. Und damit filzen'S das Kammerl von der! Mit wem hat's Kontakt gehabt? Wer ist der Freund? Adressen! Aber das alles nur in Anwesenheit eines Familienmitgliedes. Nach eigener Wahl ... wenn'S geschickt sind!«

Also, dass er nun gerne dorthin gehen würde, das war so nicht richtig. Schon gar nicht alleine; denn das verstieß außerdem gegen die Dienstvorschrift, die man ihm in der Polizeischule beigebracht hatte. Aber hätte er sich weigern können? Vielleicht würde ihm ja auch eine glückliche Fügung den Spitzbart ersparen. Vielleicht gibt sie ihm sogar Gelegenheit, sich vor dessen Tochter als begehrenswerter junger Mann darzustellen, mit der Aussicht auf Verbeamtung, dem sie einen Klavier spielenden Gigolo vorgezogen hatte. Und vielleicht würde es ihr dann leidtun, dass sie ihn nicht nachhaltiger in Betracht gezogen hatte. Aber was soll's? Schwamm drüber! Sie waren eben nicht füreinander bestimmt. Er wäre auch nicht der Mensch gewesen, der sich so verbiegen könnte, dass er in ihren verschnörkelten Goldrahmen passte. Und er war mit einem Mal entschlossen, seinen Auftritt in der Musikalienhandlung als eine Möglichkeit zu begreifen, sich selber die eigene Willenskraft zu beweisen.

*

Es war nun in diesem Herbst 1920 keineswegs so, dass sich die Kunden in der solederschen Musikalienhandlung die Türklinke nacheinander in die Hand gaben. Und die wenigen, die kamen, wollte sich der Prinzipal nicht auch noch entgehen lassen. Deshalb musste sich seine Tochter um den Kriminaler kümmern.

Aber die war nun auch nicht auf seinen Besuch vorbereitet und, von der Hausarbeit weg, in alten Sachen und nicht zurechtgemacht, sodass sie den Karl nur schnell in die Mädchenkammer abschob und dort fürs Erste alleine ließ. Dass diese Abschiebung mehr mit Eitelkeit als Missachtung zu tun haben könnte, wäre dem Karl sicher als Letztes eingefallen. Viel eher überließ er sich dem bitteren Gefühl der Kränkung. Dann sah er – auf dem Öldruck an der Wand – den Herrn Jesus über das Wasser laufen und versuchte, irgendwie eine Verbindung zu sich herzustellen. Aber das misslang. Er erkannte sich eher wieder, als er sich im vergilbten Spiegel über der Waschkommode sah und sein etwas blödes entsagungsvolles Lächeln. Da stieg eine beinahe heitere Wut in ihm auf und er nahm den Parfümzerstäuber von der Kommode, mit dem Ballon am dünnen Gummischlauch und pumpte sich damit eine Duftwolke ins Gesicht. Einiges davon ging in die Augen und das hatte zur Folge, dass ihm der Zerstäuber vor Schrecken aus der Hand und auf den Boden fiel. Als die Traudl gleich darauf eintrat, sah sie den Kriminalbeamten ebenfalls auf dem Fußboden liegend, weil etliche Scherben des zerbrochenen Flakons unter die Waschkommode geraten waren.

»Ich glaub, des machen Sie mit Absicht, gell!«, begann sie in Anspielung auf die zerbrochene Schallplatte.

Aber der Karl hätte wahrscheinlich auch unter normalen Umtänden die Pointe nicht gleich verstanden und stammelte nur verlegen: »Das ist mir leider irgendwie ... völlig unbeabsichtigt ... weil ich dachte ...«

»Macht doch nix ... lassen'S die Scherben ruhig liegen. Die tu ich dann schon weg.«

Noch auf dem Fußboden kauernd, aber schon entspannter, fiel ihm dann auf, dass sie ihre Haare hübscher als zuvor hatte und ein wenig mehr Farbe im Gesicht, und anstatt des hochgeschlossenen braunen Ladenkittels trug sie ein mit Rüschen geschmücktes Blüschen, das oben am Hals ein klein wenig Einblick zuließ in die weibliche Waffenkammer.

»Möchten Sie, dass ich auch zu Ihnen runterkomme auf den Boden?«, fragte sie nun mit einem etwas verwirrenden Lächeln.

Er verneinte treuherzig und suchte unter der Kommode nach einer Erklärung: »Na, na, ich bin nur, weil ich ... hinter der Kommode liegt nämlich eine Postkarte oder was ...«

Die vermeintliche Postkarte brachten sie dann gemeinsam, nachdem sie die Kommode ein Stück abgerückt hatten, zum Vorschein. Es war die Fotografie von einem jungen Soldaten mit starrem, aber zuversichtlichem Blick und zu Füßen die Worte: *Lieb Vaterland magst ruhig sein!*

Die Traudl kannte das Foto. Es steckte immer im Spiegelrahmen über der Waschkommode. Wer der Soldat war, wusste sie nicht. Sie hatte die Anna auch nicht danach gefragt.

»Aber das lässt sich feststellen«, sagte der Karl und gewann merklich an Souveränität. Auf der Rückseite des Bildes stand, wie üblich, Name und Adresse des Fotoateliers.

»Das existiert auch noch. Und normalerweise werden die Negative, also die Platten in dem Fall, für längere Zeit dort aufgehoben. Aber mit Sicherheit gibt es noch die Auftragsbücher.«

Nachdem sie ihn für seinen detektivischen Scharfsinn eher etwas über Gebühr bewundert hatte, fügte er bescheiden hinzu: »Mei … das weiß ich auch bloß, weil ich vorm Krieg in einem Fotoatelier gelernt hab.«

Da war es wieder, was ihr an ihm schon ein paar Mal so angenehm aufgefallen war: diese knabenhaft naive Bescheidenheit. Oder war es nur Unsicherheit? Einerlei. Dafür könnte man ihn sogar gernhaben. Stattdessen fragte sie ihn, beinahe barsch: »Was is jetzt? Soll ich einen Kaffee kochen für uns zwei? Nachdem aus Ihrer Kaffeeeinladung ja doch nichts mehr wird! Oder woll'n Sie da herin erst weiterwurschtln?« Und sie wartete auch nicht lange auf seine Entscheidung, sondern ging voraus und er folgte ihr artig hinauf in die Wohnung.

»Kommen'S mit in die Küche? Oder wäre das eine Zumutung für Sie?«

Erst sagte er nichts und presste die Lippen zusammen, dann, als sie in der solederschen Küche standen, antwortete er ihr und es klang beinahe aufsässig. »Da, wo ich herkomm, sind wir fast immer nur in der Küche gesessen. Und die war nicht halb so groß wie die da«

»Ich kann nix dafür, dass die unsere so groß ist. Für mich könnt's auch kleiner sein«, erwiderte sie, auch etwas widerborstig, wegen seiner überflüssigen Zurechtweisung. Schließlich schob sie ihm einen Stuhl hin, drückte ihm die Kaffeemühle in die Hand und sagte: »Kaffee hat's aber schon gegeben bei Ihnen daheim?«

»Manchmal. Malzkaffee. Mit Zichorie drin.«

»Den hat unsere Mutti auch oft gemacht. Für uns Kinder. Aber einen richtigen Bohnenkaffee mögen'S trotzdem, oder?«

»Lieber sogar«, sagte der Karl mit einem plötzlichen Anflug von Leichtlebigkeit. Und während sie das Kaffeewasser aufsetzte und er, die Mühle zwischen die Knie geklemmt, zu mahlen begann, machten sich seine Augen von ihr los und wanderten über die elfenbeinfarbenen Schleiflackmöbel mit den verschnörkelten Messingbeschlägen und die kupfernen Pudding- und Guglhupfformen darüber und die spiegelblanken Tiegel und Töpfe und was da noch alles hing oder aufgestellt war. Schön ist so was schon auch, dachte sich der Karl im Stillen. Aber was nützt der schönste Hut, wenn er einem nicht passt. Das hatte der Vater immer gesagt, wenn sie als Kinder mit zu großen Wünschen kamen.

»Und warum sind'S eigentlich nicht mehr zu uns in den Laden gekommen ... seit damals?«, fragte die Traudl scheinbar beiläufig und ohne sich umzudrehen. Es dauerte wieder etwas, bis er eine Antwort fand: »Da gab's verschiedene Gründe.«

»Dass Sie länger nicht in München waren ... und was noch?«

Er schwieg verlegen und sie wandte sich nun langsam zu ihm um: »Hat das was mit mir zu tun gehabt?«

Das kam so behutsam und zwingend zugleich, dass er gar nicht anders mehr konnte, als sich zu stellen: »Auch ... vielleicht.«

»Und wieso?«

Er nahm erst einen langen Anlauf, dann stieß er seine Antwort geradezu hervor: »Weil das nicht meine Art ist ... grundsätzlich nicht, dass ich mich in bestehende Verhältnisse einfach so hineindrängle.«

»In was für Verhältnisse?«, fragte sie überrascht.

»Nachdem mir Ihr Vater, wie ich nochmal da gewesen bin damals ... hat er mir das derartig hingerieben: Und übrigens, meine Tochter ist verlobt!«

Beim Anblick seines tragischen Gesichtsausdrucks musste sie sich das Lachen verbeißen: »Und Sie ham ihm das geglaubt?«

»Ja, natürlich.«

»Hätt doch auch sein können, dass er Sie bloß abschrecken wollte? Machen ja Väter manchmal.«

Der Gedanke löste ein ziemliches Durcheinander in Karls Innenleben aus, denn er ließ eine unbestimmte Hoffnung aufkommen und zugleich auch ein Gefühl von Demütigung. Und weil er keine Antwort fand, setzte die Traudl ihr Verhör fort: »Geben Sie immer so schnell auf?«

Auch darauf reagierte er nur mit ungenauen Bewegungen seines Kopfes und seiner Schultern. Sie zeigte ihm ihre linke Hand, fuchtelte, um es noch mehr zu verdeutlichen, vor ihm mit ihren Fingern herum: »Kriminaler, heißt's immer, haben scharfe Augen! Sehen Sie da irgendwo einen Verlobungsring? Und ich habe übrigens auch damals keinen gehabt.«

Seine innere Erstarrung hatte nun ebenfalls Kopf und Schultern erfasst und er war am ehesten mit einem Bettler zu vergleichen, der soeben die Mitteilung bekam, dass er das große Los gewonnen hatte.

»Es hat schon mal jemand gegeben, mit dem mich meine Eltern gern verlobt hätten. Aber der hat sich inzwischen verkrümelt.«

Dem Karl fiel es schwer, sich vorzustellen, dass einer dieses bezaubernde Wesen aus freien Stücken im Stich lassen könnte. Und seine Anteilnahme war fast ehrlich: »Das tut mir sehr leid ... für Sie.«

»Braucht Ihnen nicht leidtun. Ich bin nicht traurig darüber. Bloß mein Vater. Der hätt halt zu gerne einen Offizier in der Familie gehabt – Sie sind nicht zufällig Offizier gewesen?«

Unsicher, ob dieser Wunsch nicht vielleicht doch noch eine Rolle spielen könnte, antwortete er etwas verschämt: »Nein, leider ... nur Unteroffizier.«

»Und adlig ... sind'S auch nicht? Adlig?«

Vorsichtshalber hatte sie die Frage in ein Lächeln verpackt, weil sie schon ahnte, dass er sie sonst ernst nehmen könnte. Aber Karls verletzliche Seele ließ sich auch von ihrem Lächeln nicht beruhigen. Im Gegenteil: »Nein, adlig bin ich überhaupt nicht! Tut mir sehr leid. Mir sind ganz gewöhnliche Leute. Also, ich meine, einfache Leute. Und wir kommen eigentlich vom Land rein. Da is unsre Mutter früher Kellnerin g'wesen und der Vater war ein Dorfgendarm. Damit Sie sich bitte keine verkehrten Vorstellungen von uns machen.«

Seinen betretenen Gesichtsausdruck behielt er auch noch bei, als sie ihm sagte: »Ich wollt Sie ja nicht kränken, Herr Grandauer.« Dann nahm sie ihren Stuhl und rückte damit ein Stück näher zu ihm: »Und ich hab, glaub ich, schon eine ganz richtige Vorstellung von Ihnen. Dass Sie ein sehr ... netter Mensch sind.«

Dieses nichts sagende »nett« war ihm nun kein ausreichender Trost mehr und er zeigte es ihr, indem er sein Gesicht verzog.

»Also gut«, sagte sie, »liebenswürdiger Mensch! Zufrieden?«

Vielleicht sollte er ja nicht gleich zu viel von ihr erwarten, dachte er, und sie stattdessen nach dem jungen Mann fragen, den er damals im Laden Klavier spielen sah: »Ich meine, es geht mich natürlich überhaupt nichts an ... aber weil Ihr Vater gesagt hat, dass Sie verlobt sind, hab ich gedacht, das ist der vielleicht. Oder? So alt wie ich ungefähr. Und so längere Haare und blond, glaub ich. Und so a bissl auffallend angezogen ...«

Wieder hatte sie dieses Lächeln, das er sich nie richtig erklären konnte. Dieses Mal verstand er es als ein Zeichen von Verlegenheit. Auch ihre Frage: »Und Sie wollen wissen, ob es ihn noch gibt?«

Natürlich wollte er das wissen. Aber er wollte es nicht zugeben.

»Ja, es gibt ihn noch. Und ich mag ihn sehr gern. Meistens. Manchmal geht er mir auf die Nerven. Aber wir hängen nun einmal aneinander.«

Der Karl rang daraufhin verzweifelt um menschliche Größe und stammelte: »Das ist ja sehr schön, wenn man an wem hängt.«

»Haben Sie auch Geschwister?«

Der Karl war in dem Moment noch zu gelähmt, um die Frage gleich richtig zu versteh'n: »Ich? Ja … eine Schwester und einen Bruder.«

»Ich hab nur den einen Bruder. Aber der ersetzt manchmal fünf!«

Ganz langsam ließ er die Nachricht in sich aufgeh'n. Derweil rückte die Traudl noch einmal ein Stückchen näher zu ihm hin und streckte ihren Arm aus, um seine Hand zu berühren. Ein wenig nur, aber mit ungeahnter Wirkung. Denn ihre Berührung löste seine Lähmung so vollkommen, dass er auch seine Knie ausließ, zwischen die noch immer die Kaffeemühle eingeklemmt war. Und sie fiel, wie seinerzeit die Schallplatte, auf den Fußboden und verteilte auf ihm ihren Inhalt.

»Also, jetzt glaub ich's aber wirklich!«, sagte die Traudl lachend. »Sie lassen scheint's so lang was fall'n, bis ich Ihnen sag, was Sie gern hör'n woll'n! Stimmt's?!«

Aber bekanntlich ist selbst das Schicksal nicht immer originell und es hatte auch für diesen Fall keine bessere Idee, als wieder den Spitzbart auftreten zu lassen, noch während seine Tochter und der junge Kriminaler auf dem Küchenboden knieten. Und er war darüber gar nicht erfreut: »Was is denn da los? Ich denk, der Durchsuchungsbefehl gilt bloß für das Mädchenzimmer drunten! Also bitte, Traudl, jetzt gehst du amal solang in den Laden und ich kümmer mich um den jungen Mann. Das is ja doch alles sehr eigenartig, was da so vor sich geht!«

*

Im Protokoll über die Inspektion in Anna Kiesgrubers Schlafkammer fanden die Umstände, die zur Auffindung der Fotografie geführt hatten, begreiflicherweise keine Erwähnung. Und Kriminalassistent Grandauer verschwieg sie auch gesprächsweise, konnte allerdings nicht verhindern, dass Herr Grüner aus seinem auffallenden Verhalten Schlüsse zog: »Sehr ungewöhnlich ... dass jemand vom Vollzug eines Durchsuchungsbeschlusses dermaßen beschwingt zurückkommt! Hab ich noch nie erlebt, so was. Aber bitte, wenn es der Aufklärung dient!«

In gewisser Weise schien das dann auch der Fall zu sein, nachdem sich über das Foto ein Mann hatte ermitteln lassen – ein gewisser Erwin Niebler –, der vielleicht der ominöse Freund der Anna gewesen sein könnte. Ominös, weil er sich bis dahin noch immer nicht bei der Polizei gemeldet hatte, und das, obwohl in einigen Zeitungen sogar dazu aufgerufen worden war. Das Automobil mit den drei Kriminalern war nahe der Musikalienhandlung aus der belebten Hauptstraße abgebogen, verließ dann bald auch die Seitenstraße und kurvte in eine enge, schmuddelige Gasse mit schäbigen Mietskasernen. Dort, auf Nummer 18a, war dieser Niebler nach Auskunft des Einwohnermeldeamtes wohnhaft, und der Chauffeur des Polizeiwagens hatte einige Mühe, sein Fahrzeug zwischen Handkarren und einer Menge Gerümpel abzustellen.

Bevor sie ausstiegen, warf Inspektor Grüner noch einmal einen Blick auf das Foto, um sich das Gesicht einzuprägen und er fragte nach dem Schlüssel, den man in der Tasche der Leiche gefunden hatte.

»Eingang rückwärts«, stand auf einem Zettel am Haustor.

»Also, Sie bleiben heraußen, Lederer. Und der Grandauer geht mit mir.«

Eigentlich bestand ja nicht unbedingt Anlass, sich auf eine brenzlige Situation einzustellen. Denn höchstwahrscheinlich war Annas Kavalier nur ein kleiner Schlawiner, der sich nicht gemeldet hatte, weil er sich Scherereien ersparen wollte. Aber manches Mal suggerierte auch die Umgebung – wie hier – so ein ungewisses Gefühl von Bedrohlichkeit.

Den ersten Beweis, dass man auf der richtigen Spur war, lieferte Annas Schlüssel. Er passte ins Schloss der rückwärtigen Haustüre. Aber sie stand ohnehin offen und es gab weder Klingelknöpfe noch Namensschilder. Die ausgetretenen Holzstiegen im Hausflur waren gerade so breit, dass zwei Leute knapp nebeneinander hergehen konnten. Und in allen Stockwerken hing die gleiche Duftwolke wie anderswo in solchen Häusern. Es roch nach Armut. Und die hörte sich auch überall ähnlich an. Dem Karl war das Milieu ja nicht ganz unbekannt. Ebenso Herrn Grüner, denn er fand darin nicht selten seine Kundschaft. Erwin Niebler wohnte ganz oben unterm Dach. Handgeschriebenes Namensschild, keine Türglocke.

»Also dann … neugierig bin ich«, sagte Grüner und klopfte an. Es dauerte eine Weile, bis sich jemand von drinnen bemerkbar machte. Die Türe wurde geöffnet, aber nur einen Spalt, bis die Schließkette spannte. Den Mann im dunklen Flur sah man kaum. Grüner zeigte seine Dienstmarke und erklärte kurz, worum es ging. Dabei fiel den Kriminalern auf, dass sich der Mann seltsam umständlich verhielt und völlig fassungslos war. Als die Wohnungstür ganz geöffnet wurde, erkannten sie einen blassen, etwas ungepflegten Mann mit dunkler Brille, der kaum Ähnlichkeit besaß mit dem jungen Soldaten auf der Fotografie.

Das Fräulein Kiesgruber, das würde er freilich kennen. Gut. Sehr gut. Und man hörte die Angst in seiner Stimme, dass etwas mit ihr geschehen sein könnte.

»Dürfen wir reinkommen?«, fragte Herr Grüner und hielt ihm noch einmal seine Dienstmarke hin. Aber der Mann nahm sie gar nicht zur Kenntnis, ging wortlos in den dunklen Flur zurück und die Kriminaler folgten ihm in die Küche. Herr Grüner hätte es hundertmal lieber mit einem Schlawiner zu tun gehabt, der ihm einen fadenscheinigen Grund liefern würde, warum er nichts von dem Mord in der Zeitung gelesen hätte.

»Kriegsblind?«

Der Mann nickte nur und hockte in sich gesunken auf dem Küchenstuhl, wehrlos den grausamen Bildern ausgeliefert, die auf die Nachricht hin in seinem Kopf entstehen müssten.

»Es tut mir wirklich aufrichtig leid, Herr Niebler. Glauben'S mir das. Aber wir haben uns natürlich Gedanken gemacht, warum sich ihr Freund nicht bei uns meldet. Jetzt wiss ma's.«

In das Schweigen erhob nur der Kanarienvogel seine Stimme. Das hatte etwas Beruhigendes. Und dann sagte Niebler leise und ohne selber wirklich daran zu glauben: »Und kann's nicht doch a Irrtum sein? Dass es vielleicht doch wer anders gewesen is ... und nicht die Anna?«

»Es hilft ja nix, wenn ich Ihnen jetzt Hoffnung mach, Herr Niebler.«

Der blinde Mann fuhr plötzlich auf und wurde laut: »Aber warum? Warum die Anna? So jemand umbringen! Wegen was? Wegen den Waffen?«

Grüner legte die Hand auf seine Schulter und wartete, bis er sich wieder beruhigt hatte: »Sie haben gerade angedeutet ... dass die Anna ein Waffenlager angezeigt hat.«

»Ja. Is doch überall angeschlagen. An alle Plakatsäulen ... dass man die Waffen abgeben muss. Oder stimmt das nicht?«

»Stimmt schon. Offiziell. Aber es gibt halt auch Leute ... und keine geringen ... die sind da anderer Ansicht. Woher hat sie denn das überhaupt gewusst von dem Waffenlager?«

Währenddessen gab der Inspektor seinem Assistenten ein Zeichen, dass er sich Notizen machen sollte, denn dem Niebler war anzusehen, dass er sich bei dem Thema in Wut reden würde: »Auf dem Gut da draußen … wo sie zuvor im Dienst war … bei dem Herrn Baron! Das sind solche Menschen! Die haben sie behandelt wie den letzten Dreck! Und ich hab ihr gesagt, sie soll es machen! Solche Menschen, die gehören angezeigt! Wenn sie in ihrem Haus Kanonen verstecken und Maschinengewehre! Die gehören angezeigt! Weil die so lang keine Ruh geben, bis es wieder losgeht!«

»Und bei wem hat sie denn das angezeigt, das Waffenlager von dem Baron? Wo is sie denn da hingegangen?«

»Das haben wir zuerst auch nicht gewusst«, sagte der Herr Niebler. »An dem Plakat, das die Anna gelesen hat, war eine Ecke abgerissen. Aber sie hat sich Namen und Adresse der Druckerei gemerkt. Die waren auf dem Plakat abgedruckt.«

»Und dort hat sie ihre Anzeige gemacht. In der Druckerei?«

»Ja. Und die haben zu ihr gesagt: Das geht alles in Ordnung. Sie soll bloß mit niemand drüber reden. Weil sie sonst vielleicht Schwierigkeiten kriegt.«

»Hat sie auch nicht … darüber geredet?«

»Bestimmt nicht. Die Anna war sowieso nicht eine, die viel geredet hat.«

Kriminalassistent Grandauer stand die ganze Zeit im Hintergrund. Viel zu notieren gab es ja nicht. So konnte er sich zwischendurch immer wieder seinen Gedanken und Gefühlen hingeben, die ihn auch ganz persönlich mit dieser Geschichte verbunden haben. Wie eng, das wusste nur er. Und bei allem Mitgefühl für die Opfer und Leidtragenden, für den bedauernswerten Menschen, der da vor ihnen auf seinem Stuhl kauerte, war er, der Karl, ja andrerseits sogar ein Gewinner in dem tragischen Spiel von Zufällen und skrupellosen Machenschaften.

»Und an dem Abend, als die Anna den Anruf erhalten hat ... da is sie ja danach noch zu Ihnen gekommen. Hat sie Ihnen irgendwas gesagt, was der Mann von ihr wollte?«

»Er hat nur gesagt, er ist von der Entwaffnungskommission und er will selber mit ihr sprechen, damit sie ihm genau beschreiben kann, wo der Baron die Waffen versteckt hat ... auf dem Gut.«

»Gekannt hat sie den Anrufer nicht?«

»Nein. Ein junger Herr und er wartet auf sie um halb elf Uhr am Isartor. Mit einem Fiatauto.«

*

Die Druckerei, in der die Plakate der Entwaffnungskommission hergestellt wurden, hatte derzeit gut zu tun. Dazu hatte auch die neue nationalsozialistische deutsche Arbeiterpartei beigetragen, die ihre knallroten Veranstaltungsplakate ebenfalls dort herstellen ließ. Inspektor Grüner und mit ihm sein Assistent Grandauer hatten bei ihrem Besuch in der Druckerei nur den Betriebsleiter angetroffen. Der Chef und Inhaber, ein Herr Tatermann, war bei einem Verbandstreffen der Einwohnerwehr. Er gehörte zu den führenden Köpfen dieser patriotischen Vereinigung.

»Da kann er eigentlich dann kein sehr großes Interesse daran haben, dass der Aufruf zur Waffenabgabe auch gewissenhaft befolgt wird!«, sagte Grüner mit seiner nicht immer wohlmeinenden Ironie.

»Das hab ich nicht zu beurteilen«, antwortete der Betriebsleiter und reckte sich wehrhaft.

»Aber erschrocken sind'S schon, wie'S von dem Mord in der Zeitung gelesen haben? Nachdem das Fräulein ja kurz davor bei Ihnen war!«

»Ich habe persönlich nicht mit ihr gesprochen. Und es ist mir auch ein anderer Name von der Dame genannt worden, von dem Hausmädel. Wieshuber.«

»Interessant!« Herr Grüner wechselte einen vielsagenden Blick mit seinem Assistenten.

»Dieses Waffenlager … bei Herrn Baron von Treuenthal, das hat übrigens, nebenbei bemerkt, nichts mit der Einwohnerwehr zu tun«, betonte der Betriebsleiter.

»Sondern?«

»Bedaure. Aber es gibt ja auch noch andere Gruppierungen, die sich der deutschen Sache annehmen.«

»Auf die Gruppierung bin ich neugierig, die auch einen Mord begeht … für die deutsche Sache!«, antwortete Grüner, wohl wissend, dass es für einen Kriminaler nicht immer nützlich sein konnte, Partei zu ergreifen.

Draußen, im Hof der Druckerei, wo die Lieferwagen für den Versand der Plakate standen, klopfte der alte Kriminaler seinem Schüler auf die Schulter und sagte: »Gell, da hat Sie's g'rissen, wie er den Namen Wieshuber genannt hat!«

»Weil der doch auch nach einem Fräulein Wieshuber gefragt hat. Der in dem Dorf. Von dem's g'sagt ham, dass er hinkt.«

Die zwei Männer, die den Kriminalern, als sie im Begriffe waren, den Hof zu verlassen, über den Weg liefen, die hätte man ebenso gut auch übersehen können. Velourshüte, helle Staubmäntel, schätzungsweise Anfang dreißig, wenig einprägsame Gesichter und heftig redend der eine, sodass sich Herr Grüner nach ihm umdrehte und hinterher den Karl fragte: »Ham'S den nicht erkannt, Grandauer? Den mit seim Bürschtl unter der Nas'n?«

»Ich hab jetzt gar nicht so aufgepasst, nein.«

»Der und sein Verein! Die wär'n vielleicht für so was eher zu haben. Für einen Mord im Namen des Vaterlandes! Der Hitler war das.«

»Der Hitler? Den hab ich mir ganz anders vorgestellt. Ich hab gedacht, der is aussehensmäßig …«

»Wie der Schmied von Kochel, gell! Ja, ja, das wär natürlich einfacher, wenn man den Leuten immer gleich anseh'n könnt, zu was sie fähig sind. Hören kann ma's manchmal. Hören! Wenn man hören kann. Also was is …geh ma noch auf a Paar Würschtl mitanander? Ich bin nämlich zurzeit Strohwitwer.«

Der Karl hatte währenddessen im Stillen die Turmuhrschläge von der nahen Ludwigskirche mitgezählt. Es waren deren sieben und das musste ihn beunruhigen, denn er wurde um diese Zeit bereits andernorts erwartet.

»Das is jetzt leider dumm, Herr Inspektor, weil … ich hab nicht gewusst …«

Grüner schmunzelte bis in die Schnurrbartspitzen und sagte: »Aha, hat er noch eine Verabredung?!«

Darauf nickte der Karl diskret und ein wenig stolz.

»Dafür habe ich vollstes Verständnis. Und soll ich raten, mit wem?«

*

Dass es in dem Jahr 1920 gleich drei Bezeichnungen für die Altmünchner Veranstaltung gegeben hatte, nämlich Herbstfest oder kleines Oktoberfest oder Ersatzoktoberfest, das konnte die immer heftiger wuchernden Preise auch nicht vergessen machen. Nicht einmal das Fernbleiben der Landbevölkerung und auswärtiger Touristen ließ jene, ganz spezifische Gemütlichkeit aufkommen, die Münchner sonst empfanden, wenn sie unter sich blieben. Am ehesten profitierten noch die kleinen Fieranten, bei denen sich der biedere Münchner seiner Gattin gegenüber großzügig zeigen konnte, indem er sie für ein Zehnerl auf die Personenwaage steigen ließ. Oder um der Angebeteten für fünfzig Pfennig seine Körperkräfte zu demonstrieren, nach dem Motto: Wer haut ihn, wer schlägt ihn, den Lukas. Vor so ein Gerät ließ sich an diesem Abend auch der Karl locken, vielleicht weil er nicht befürchtete, dass es für die Tochter aus einer Musikalienhandlung solcher Beweise bedurfte.

»Es ist ja sowieso eher ein Trick dabei«, erklärte er ihr nebenher, »indem, dass man genau drauftrifft. Sonst ist es ja eher einfach.«

»Also!«, animierte ihn die Traudl. »Ich lad Sie ein dazu!«

»Na, na, vielen Dank«, wehrte er ab und gab sich solide. »Das kann ich nicht annehmen. Und das is es auch nicht wert, Froin Traudl.«

»Aber mir vielleicht«, sagte sie und ließ ein paar Funken aus ihren Augen springen. Dazu noch ihr verschmitztes Lächeln, dem er schon ein paar Mal nichts entgegenzusetzen hatte. Der Fierant nahm den Entschluss vorweg, drückte dem Karl den Hammer in die Hand und sagte: »Auf geht's, Herr Studienrat! Die Dame möchte doch wissen, ob Sie auch ein Schmalz haben. Bevor, dass sie Ihnen die Hand fürs Leben gibt!«

Dem Karl ging bei den ersten zwei Schlägen viel Kraft dafür verloren, seine Erregung zu unterdrücken. Aber für die Traudl schienen es gerade die Misserfolge zu sein, die ihn ihr noch näher brachten. Und nachdem das Schiffchen auf den dritten Versuch gottlob mit einem Knall oben einschlug, gab ihnen der Fierant noch etwas Allgemeingültiges mit auf den Weg: »Das is beim Lukas wie bei die schönen Frauen. Die kriegt ma auch nicht auf einen Schlag. Da muss ma scho so lang draufhaun, bis's endlich scheppert!«

*

Immer, wenn der Chef den Rauch von seinem Zehnerlstumpen aufsteigen ließ, fiel es dem Kommissär Lederer besonders schwer, sich an das Verbot seines Hausarztes zu halten: Und vorläufig is Schluss mit Zigarren!

Lederer hatte Bereitschaftsdienst an dem Abend. Und Grüner hatte sich seine Würschtl aus der Polizeikantine mitgebracht, weil er daheim nicht so einschichtig herumsitzen wollte: »Gell, da meint ma immer, Wunder was ma alles unternimmt als Strohwitwer! Und dann is's zweimal nix. Übrigens, unser Lehrling is heut auf der Wies'n. Mit seiner Flamme!«

»Weiß er nicht wohin mit'm Geld! Die Mass Bier zwei Mark fünfzig! A Hendl achtundzwanzig Mark! Die sind doch überg'schnappt! Aber vielleicht zahlt ja sie, das Töchterl.«

»Lederer, Lederer, da kann man sich täuschen. Nach allem, was ich g'hört hab, stehen die gar so gut auch nicht mehr da. Die tun halt nur noch so. Die Alten ... 'as Mädel is ja sowieso a ganz a Natürliche.«

»Mögen'S vielleicht ein Schluckerl Johannisbeerwein?«, fragte Lederer nach einer Weile und mehreren stummen Anläufen.

»Von Ihrem Selbergemachten? Da sag ich nicht nein.«

Doch dann kam ein Anruf dazwischen, mit der überraschenden Information, dass man ein Fahrzeug ermitteln konnte, auf das alle bekannten Merkmale zutrafen. Der völlig verdreckte Wagen war am Morgen nach der Tat in der Benz-Garage zur Reparatur abgegeben worden: Kolbenfraß und Ölverlust! Ein Fiat! Eigentümer: Herr Tatermann, Druckereibesitzer!

»Adresse von der Garage? Da wird ja noch jemand dort sein, wenn ich gleich fahr. Und den Wein, Lederer, den trink ma a anders Mal.«

Es dauerte ziemlich lange, bis der Garagenmeister in seinen Hauspantoffeln zum Tor geschlurft war, um den Kriminaler hereinzulassen. Und er war keineswegs beeindruckt oder gar erfreut über den späten Besucher.

»Ich hätt'n gern amal selber ang'schaut, den Wagen von dem Herrn Tatermann«, bat Grüner, ohne gleich ein freundliches Entgegenkommen zu erwarten.

»Anschau'n, anschau'n ... können'S den nimmer bei uns. Der Schafför vom Herrn Tatermann hatt'n ja am selben Tag noch abgeholt, net«, brummte der Garagenmeister unwillig.

»Also, dann beschreiben'S ma'n amal den Wagen. Sind'S so freundlich! Wie hat er ausgeschaut? Ja mei ... ich wär auch lieber in mei'm Bett, das können'S mir glauben.« Grüner war nicht wirklich erbost, weil er die Unbezähmbarkeit des Münchner Grants von sich selber kannte.

»Versaut war er halt vollkommen. Nummernschilder verschmiert. Und hinten drin am Fahrzeugboden ... an Wasserflecken, der so a bissl ... eigenartig ... wie wenn einer neibieselt hätt.«

»Neibieselt? Sauber! Macht er das öfter, der Herr Tatermann?«

»Der Herr Tatermann doch nicht! Sie sind gut«, sagte der Garagenmeister beinahe ehrfürchtig. »Ein Mann wie der! Der hat ja mehr Auto! Und den Fiat, den verleiht er halt oft amal.«

*

Normalerweise wäre es ein Leichtes gewesen, an einem späten Oktoberabend nahe der Theresienwiese einen Sitzplatz in der Trambahn zu ergattern. Doch heuer, in der Wiesnzeit, mussten Traudl und Karl nun ein paar Stationen lang auf der zugigen Plattform stehen.

»Das hab ich schon befürchtet. A bissl später wär's vielleicht weniger voll gewesen«, meinte der Karl und er war immerzu bemüht, seine Flamme gegen die kühle Nachtluft und anlehnungsbedürftige Wies'nheimkehrer zu schützen.

»Mei, aber zu spät wenn ich heimkomm, schneiden's mir halt wieder tagelang Gesichter, weißt. Die sitzen doch jetzt schon im Wohnzimmer und machen sich Sorgen!«

Ein wenig Verzweiflung war auch dabei, so wie sie das sagte, aber kein Hohn. Und der Karl war in seiner Verliebtheit derart in Demut geraten, dass er sogar für den Spitzbart noch Verständnis und gute Worte aufbrachte: »Der will dich halt behüten, dein Vati, dass dir nix passiert. Das is ja auch schön.«

Später fanden sie dann noch Platz im Wageninneren, wo sich die Fahrgäste auf zwei langen Bankreihen einander gegenübersaßen, vor sich hin dösend die meisten, vom Rumpeln und Schaukeln. Blasse, abgeschlaffte Gestalten, zwischen mächtigen Leibern, über denen dicke, bierselige Köpfe baumelten. Und mitten unter ihnen und doch so fern die Traudl und der Karl. *Unvergesslich* stand mit Zucker geschrieben auf dem Lebkuchenherz über ihrem Janker. Er hielt eine Schießbudenblume umklammert, wie damals seine Kerze für die heilige Kommunion. Und wie er so neben ihr saß, ohne sie anzusehen, wurde sein Drang immer stärker zu einem Bekenntnis, und das sollte alles sagen, aber nicht so wie es alle sagen. Es sollte eben ganz was Eigenes sein: »Das war heut Abend ... der schönste Abend ... seit ... eigentlich überhaupt.«

Dafür griff sie dann verlegen nach seiner Hand, um sie gleich wieder auszulassen, und es blieb dabei immer so viel Luft zwischen ihnen, dass die Sehnsucht darin wachsen konnte.

Neuerdings bedauerte er es schon sehr, dass er niemanden hatte, mit dem er offen über sein loderndes Innenleben hätte sprechen können. Mit seiner Schwester vielleicht noch am ehesten, mit dem Max irgendwie doch lieber nicht und mit seinem Bruder Adolf schon gar nicht. Deshalb hätte er seine Schießbudenblume am liebsten verschwinden lassen, nachdem er durchs Türfenster sah, dass in der Schlafkammer noch Licht brannte. Aber das wäre der Traudl gegenüber schof'l gewesen, die immerhin drei Schuss auf ihre Kosten abgeben musste, bis sie die Rose für ihn getroffen hatte.

Der Adi hatte sie dann sowieso nicht wahrgenommen, der legte nur sein Buch aus der Hand und fragte süffisant: »Dem Täter schon auf der Spur, großer Bruder?«

»Noch nicht, aber vielleicht kennst'n du? Die Waschschüssel hätt'st übrigens auch ausleeren können.«

»Hab ich vergessen, entschuldige.«

Der Karl hätte sich auch einen anderen Ausklang für diesen Abend vorstellen können. Etwas mit Musik vielleicht, aber nicht mit einem präpotenten kleinen Bruder und seinem schmutzigen Waschwasser.

Als er dann frisches Wasser holte, hat er sich eine Revanche ausgedacht, und wieder zurück, fragte er beiläufig: »Mit wem, meinst du, dass ich heut beinah zusammengestoßen wär?«

»Du wirst es mir gleich sagen.«

»Mit deinem Hitler! Ich hab den fei direkt überseh'n. Weil er so unscheinbar ist.«

»Interessant daran ist doch nur: Du weißt, mit wem du beinahe zusammengestoßen wärst. Der Hitler wüsste es nicht … großer Bruder!«

Darauf hätte ihm der Karl gerne geantwortet. Aber es fiel ihm nichts ein. Und um die Antwort des kleinen Bruders nicht einfach so stehen zu lassen, flüchtete er sich ins Sachliche und sagte: »Aber vielleicht kannst du mir ja das erklären … wo du doch mit der Einwohnerwehr zu tun hast: Da werden die Leute von Staats wegen bedroht, mit schweren Strafen, wenn sie Waffen besitzen oder andere nicht anzeigen, die Waffen verstecken. Und wenn sie's anzeigen, kann es sein, dass man sie dafür verachtet. Oder umbringt!«

»Wie euer Kocherl, meinst? Also, grundsätzlich: Wenn es so gewesen sein sollte, wie's die Zeitungen darstellen … wäre das eine Schweinerei. Ich bin sehr dafür, dass Verräter bestraft werden. Exemplarisch! Aber über die Jurisdiktion! Von Femegerichten halte ich persönlich gar nichts. Ich weiß, es gibt auch höchst respektable Männer, die haben da weniger Hemmungen, die seh'n das mehr patriotisch als rechtlich. Euer oberster Dienstherr zum Beispiel!«

Das konnte, das wollte der Karl dann doch nicht glauben. Denn die Polizei war ja jetzt sein Verein und ihr Ruf war auch sein Ruf: »Unser Präsident?«

»Wie gesagt, ein höchst respektabler Mann! Und vielleicht lernen wir ja eines Tages alle noch eine andere Rechtsordnung zu begreifen.«

Der Student Adolf Grandauer hatte sich dabei in seinem Bett aufgerichtet und er verströmte etwas Schwärmerisch-Gläubiges, wie es der Karl bei ihm schon früher wahrgenommen hatte, im gemeinsamen Kindergottesdienst. Und so süchtig, wie er sein konnte nach Verehren, so süchtig war er auch nach Verachten: »Diese Herren Franzosen, die wenn man gelassen hätt, die hätten uns auch noch unsere Taschenmesser abgenommen! Und die Hundspeitschen! Dass uns jeder Straßenköter nach Belieben anpinkeln kann! Aber zum Glück, Karli ... zum Glück sind die schon so degeneriert und so korrupt, dass sie uns die Waffen, die's uns vorne herum abnehmen, hinten herum wieder verkaufen! Da gibt es zum Beispiel einen Mann ... hier in München ... das ist gar kein Geheimnis, bei euch drin kennt man ihn auch ... Mitglied der französischen Entwaffnungskommission ... ob er wirklich Franzose ist, weiß kein Schwein ... der verhökert alles! Gewehre, Maschinengewehre, Kanonen! An jeden! Meistbietend! Der lässt sich auch dafür bezahlen, dass er Waffenbesitzer nicht anzeigt! Erpressung nennt man das! Oder er verkauft jemand eine Fuhre MG-Munition und wenn derjenige dann kommt und will sie abholen, stehen plötzlich die Leute von der Ententekommission da und nehmen ihn fest! Siegerjustiz! Oder wie tätest du so was nennen?«

»Mei, Adi ... was soll ich da sagen. Ich bin auch heut leider nimmer so ganz ... sei mir nicht bös. Aber im Moment is bei mir derartig viel los! Und ich brauch meinen Schlaf.«

»Du brauchst deinen Schlaf. Sehr gut. Aber vielleicht denkst du auch amal darüber nach, was unser Volk braucht. Deutschland!«

»Mach ich, Adi. Morgen vielleicht.«

Bevor die Luise morgens um sechs Uhr den Laden aufsperrte, hatte sie den Brüdern schon ihr Frühstück auf den Küchentisch gestellt. Die kamen nie gemeinsam herunter. Als Letzter immer der Adolf, vielleicht, weil sich seine Politik oft erst in der Nacht ereignete. Am Morgen nach dem Wies'nabend war der Karl schon um halb sechs Uhr in der Küche. Er hielt es einfach nicht mehr länger aus, sein Glück für sich zu behalten. Er musste es jemandem erzählen, jemandem, der ihn nicht auslachen würde, von dem keine dummen Bemerkungen zu befürchten sein würden. Aber als er in die Küche kam und sah die Schwester am Herd stehen, blass, übernächtigt, einsilbig, da spürte er: Das war kein guter Augenblick, um sich ihr anzuvertrauen. Die kranke Schwiegermutter hatte sie wieder die halbe Nacht auf Trab gehalten und danach der Max mit seinem Bein. Und vielleicht hätte sie ja auch nicht den richtigen Ton für ihn gefunden. Kurzum, die Luise fühlte sich ausgerechnet an dem Morgen ganz schäbig und es war zu befürchten, dass sie ihm keine dankbare Zuhörerin abgeben würde.

Seinen Weg ins Präsidium nahm er nun wieder durchs Tal, vorbei an der Musikalienhandlung, was er noch vor gar nicht langer Zeit konsequent vermieden hatte. Jetzt blieb er sogar vor den Auslagen stehen, wie jemand, der zur Welt der Musik einen besonderen Zugang hat. Noch waren ja die Rollgitter herabgezogen und niemand zeigte sich im Laden. Das Klavier stand übrigens noch immer da, auf dem damals das kleine Mädchen klimperte. Und das Plakat mit dem Hund vor dem Trichtergrammophon war auch noch da.

Irgendwie fühlte er sich jetzt zu all dem schon ein wenig zugehörig. Gefühlsmäßig.

Der Karl saß noch nicht lange am Schreibtisch, als er zum Chef gerufen wurde. Herr Emanuel Tatermann, Inhaber der Druckerei und einer gut gehenden Holz- und Kohlenhandlung, hatte sich unaufgefordert bei Grüner eingefunden, nachdem er von der Polizeivisite in seinem Betrieb erfahren hatte. Karls Aufgabe war es, jeweils auf Zeichen Zweckdienliches aus dem Gespräch festzuhalten. Dieser Münchner Großbürger im grünen Loden war äußerlich eine durchaus vertrauenswürdige Erscheinung. Das ist vielleicht auch der Grund gewesen, weshalb ihm Grüner anfangs ziemlich vorurteilslos entgegenkam. Er hatte wohl im Stillen ein Faible für Männer mit spürbar arterhaltender Kraft und diesem ganz spezifisch bayerischen Volumen, das Standes- und Vermögensunterschiede ganz natürlich erscheinen ließ.

Allerdings wurde ihm dessen großspuriger Auftritt bald auch zu viel und er musste ihn ein paar Mal daran erinnern, was er eigentlich von ihm wissen wollte: »Ihr Auto, Herr Tatermann, der Fiat mit der Nummer II A …«

Aber der Herr ließ sich in seinem Worterguss nicht unterbrechen: »Na, na, meine Herren, nicht mit uns! Wir werden nicht tatenlos zuschau'n, wie uns der Bolschewik das letzte Hemd vom Leib reißt! Das können's in Russland machen, mit ihre Analphabeten! Aber nicht mit einem Kulturvolk! Dafür sind wir auch bereit zu kämpfen! Ein jeder Einwohnerwehrmann! Mit der Waffe in der Hand! Und darum lassen wir uns die auch von niemandem wegnehmen! Nicht von käuflichen Denunzianten … wie dieser Wieshuber … oder Kiesgruber! Und nicht von gewissenlosen Erfüllungspolitikern!«

Der Karl saß währenddessen im Hintergrund und spürte eine Gänsehaut bei den kämpferischen Gebärden des beleibten, älteren Herrn und er fragte sich, wofür er wohl selber noch einmal bereit zum Kampf wäre. Dabei landete er automatisch bei seiner Traudl. Die Sache ließ sich nur nicht mehr zu Ende denken, denn es gab etwas zu notieren. Herr Tatermann nannte die Namen von zwei Studenten, denen er seinen Fiat im fraglichen Zeitraum überlassen hatte. Es ging um einen Transport von Gewehrteilen. Und Herr Tatermann war auch durchaus einverstanden, wenn die Studenten den Wagen anschließend über Nacht noch behalten würden. Zum Privatgebrauch.

»Durch und durch anständige junge Männer!«, betonte der Druckereibesitzer. »Kriegsteilnehmer! Für die lege ich meine Hand ins Feuer!«

Die beiden Studenten waren schnell ermittelt und sie folgten anstandslos der Aufforderung zur Einvernahme. Zeitlich war ihr Auftreten in der Kriminalabteilung so geplant worden, dass sie von mehreren Personen gesehen werden konnten, die man dafür eigens aus Deisenhofen herbeigeholt hatte. Jene, die damals dem hinkenden jungen Mann begegnet waren, der sich bei ihnen nach einer »Anna Wieshuber« erkundigt hatte. Auch der Karl hatte Gelegenheit, die Studenten zu beobachten, wie sie auffallend gut gelaunt ins Büro kamen, sich ohne lang zu fragen hinsetzten, die Beine aufreizend von sich gestreckt. Für solche Figuren hatte der Karl genügend Vorurteile gesammelt, beim Militär zum Beispiel, wenn er als Rekrut so einem Schnösel von Leutnant die Reitstiefel putzen musste und manches Mal auch bei seinem Bruder, wenn der sich mit seinen juristischen oder politischen Ansichten aufs hohe Ross schwang. Deshalb wäre der Karl beim anschließenden Verhör seinem Chef am liebsten ins Gesicht gesprungen, als der sich diesen arroganten Flegeln gegenüber fast zerlegt hatte, vor lauter Bewunderung und Verständnis für sie. Es hatte also hinterher noch eine Fete stattgefunden an dem besagten Abend, erzählten sie freimütig, und sie hatten dafür auch gleich die Getränke besorgt. Danach hätten sie den Wagen im Hof des Wohnhauses abgestellt.

»Ein Saufgelage!«, wendete Grüner scherzhaft ein. »Is ja keine Schande unter richtigen Männern!«

»Das walte Gott, der Dicke!«, scherzte nun auch einer der Studenten und der andere brüstete sich: »Bis zum Morgengrauen!«

»Fabelhaft! Und keiner von den Saufbrüdern hat schlapp gemacht?«

»Keiner! Eisern!«

»Acht Zeugen!«, sagte Grüner, noch anerkennend lächelnd. Aber plötzlich richtete er sich auf, als wollte er die beiden anspringen und sein Gesicht, das sich vor dem so rund und arglos gab, wurde spitz und ungemütlich: »Und wieso war das Auto dann total versaut und verdreckt? Und wer von den Herren hat hinten hineingebieselt? Oder ist mit dem Auto vielleicht auch noch was anderes transportiert worden als Gewehrteile?«

Etwas aus der Fassung geraten, antwortete der eine: »Von dem haben wir nicht die geringste Ahnung.«

»Von uns jedenfalls nicht«, sagte gleichzeitig der andere.

»Natürlich. Sie waren ja die ganze Nacht auf der Fete!«, wiederholte Grüner.

»Jawohl. Acht Zeugen!«

Der Schock war wohl mehr ein Theatereffekt, als dass er die beiden Studenten nachhaltig hätte beunruhigen können. Gut gelaunt verließen sie das Büro, bestiegen den Paternoster und fuhren damit einmal ganz hinauf und wieder hinunter, zwei kleine Siegfried-Naturen, im Angesicht eines gezähmten Drachens.

Auch die Zeugen aus Deisenhofen hatten nicht weitergeholfen. Es ist schon so ein ähnlicher junger Mann gewesen, sagten sie übereinstimmend. Aber es war keiner von den beiden.

»Sicher alles hieb- und stichfest, was uns die zwei Saufbrüder da aufgetischt haben«, murrte Grüner anschließend bei der Lagebesprechung. »Und vielleicht ham sie's gar nicht amal alle gewusst, was da in der Zwischenzeit noch gelaufen ist. Die zwei Studenten stellen den Fiat im Hof ab. Der

Schlüssel bleibt stecken. Andere kommen, holen sich das Auto, erledigen ihr Geschäft und stellen's danach wieder hin. Mehr Raffinesse dürfen'S von solchen Überzeugungstätern nicht erwarten. Die gingen ja am liebsten her und würden ihre vaterländische Großtat vor aller Augen machen!«

»Dass sie so ein armes Hascherl umbringen?«, sagte der Karl kopfschüttelnd. »Was is denn das für eine Überzeugung? Und was soll das bewirken?«

»Das bewirkt, dass die Leut Angst kriegen. Vor allem die kleinen Leut. Auf das hinauf werden sich manche überlegen, ob sie zum Beispiel so ein Waffenlager anzeigen sollen ... oder lieber nicht. Sonst geht's ihnen vielleicht genauso!«

Kommissär Holzinger hatte inzwischen dafür gesorgt, dass den fünf Zeugen aus Deisenhofen wenigstens die Fahrkosten erstattet wurden. Das war gar nicht so einfach. Er betrat also schon etwas verärgert das Büro und bekam von Grüners Resümee gerade noch so viel mit, dass er daran seine politische Überzeugung festmachen konnte: »Und die, die da dahinterstecken, sind dieselben, die uns voriges Jahr vom roten Terror befreit haben!«

Kommissär Lederer legte seine Stirn in Falten und seufzte: »Mein Gott, jetzt kommt er wieder mit dem daher!«

»Na ja ... gar so Unrecht ...«, sagte Herr Grüner und beließ es bei dieser Andeutung. Dann zerdrückte er den Rest von seinem Zehnerlstumpen, erhob sich und gab den Befehl zum Angriff: »Der ganze Bekanntenkreis wird abgeklappert von der Säuferrunde! Jeder Briefträger wird gefragt, jede Milchfrau! Aber lautlos! Die soll'n ruhig glauben, mir schlafen da herin!«

*

Sollte das Hausmädel der Soleders nach ihrem Tod noch zu Studienzwecken gedient haben – sicher hätte niemand etwas dagegen gehabt. Und endlich gab nun die Pathologie ihre nicht mehr benötigten Teile zur Bestattung frei. Es war ein kühler, regnerischer Herbsttag, Laub raschelte schon unter den Füßen und Frau Soleder konnte ihren Pelzmantel vertragen. Er hob sie auch angemessen hervor aus der Ansammlung kleinbürgerlicher Wollmäntel und man konnte sich denken, dass ihr daran sogar einiges gelegen war. Sie war am Arm ihrer Tochter erschienen und zeigte tiefe Betroffenheit, vielleicht war es auch mehr Erstaunen darüber, wie viele Leute sich bereits vor der Aussegnungshalle eingefunden hatten. Aber das war wohl den Zeitungen zu verdanken, die in dem tragischen Schicksal der Anna Kiesgruber ein zugkräftiges Thema gefunden hatten. Dabei fanden weder die ärmlichen Eltern und Geschwister des Mädchens noch ihr weit abseits stehender blinder Freund besondere Aufmerksamkeit beim neugierigen Friedhofspublikum. Vermutlich hegten einige eher die Hoffnung, es könnte sich, natürlich getarnt in der Maske des Biedermannes, der Mörder unter die Trauergäste gemischt haben. Herr Grüner hatte seinen Assistenten ebenfalls zum Friedhof abgeordnet, auch in Karls Interesse, bot es ihm doch Gelegenheit, der Traudl und eventuell auch deren Mutter zu begegnen.

Zwei breite Frauen mit Einkaufstaschen, die Annas Feuerbestattung in ihr Vormittagsprogramm aufgenommen hatten, gaben ihm Deckung, aus der heraus er Frau Soleder heimlich beobachten konnte. Und dabei hörte er, wie die eine Frau zur anderen sagte: »... Ja, ja, das sind schon die Damen von dem Musikgeschäft. Und die ältere Dame mit dem Pelzmantel ... Sie, das ist ein echter Persianer, gell! Da müssen Sie danach amal, wenn wir reingeh'n, genau darauf Acht geben, was der für eine feine Locke hat!«

Gerne hörte der Karl die Ehrfurcht nicht, mit der die beiden Frauen das Auftreten der Damen Soleder kommentierten. Vor allem, als es die Traudl betraf.

»... und solche höheren Töchter, die haben doch auch ein ganz anderes Auftreten. Wenn eine aus so einer Musikalienhandlung heraus stammt, das sieht man doch sofort, dass da was da ist! Finanziell! Und die haben auch eine ganz andere Bildung genossen. Und lernen Klavierspielen und alles Mögliche. Und da können sich dann die Eltern den Schwiegersohn dafür aussuchen! Und nicht, wie bei unsern Mädeln, dass man froh sein muss, wenn überhaupt einer anbeißt.«

Als Bub hatte der Karl manches Mal davon geträumt, dass sich plötzlich die Erde auftat und er konnte sich vor dem Abgrund nur retten, indem er ganz schnell aufwachte. Aber jetzt war es eher so, als ob er aufgewacht wäre von einem wunderschönen Traum und stand plötzlich vor dem Abgrund. Was hatte er sich eigentlich eingebildet? Dass ihn Traudls Eltern mit offenen Armen aufnehmen würden? Einen Herrn Garniemand mit neunzig Mark plus vier Mark fünfzig Zehrzulage im Monat? Einen, der nicht einmal etwas auf der Mundharmonika spielen konnte, als Schwiegersohn in einer Musikalienhandlung? Und die Traudl ... sie würde vielleicht, wenn es ihn nicht mehr gäbe, eine Zeit lang traurig sein. Schlimmstenfalls. Und dann würde die Frau Mama mit ihr in ein Heilbad reisen, wo zufällig auch ein Geschäftsfreund mit seinem Sohn weilte. Und das Problem wäre auf die bekannte Weise und zu aller Zufriedenheit aus der Welt geschafft. Nur nicht für ihn. Für ihn leider nicht.

Nachdem die Damen Soleder, ohne sich aufzuhalten, in der Aussegnungshalle verschwunden waren, drängten sich die erfahreneren Zuschauer gleich hinterher, wissend, dass die Sitzgelegenheiten nicht für alle reichen würden. Ihnen folgten zögernd, als ob sie nichts damit zu tun hätten, die Eltern und Geschwister, zusammen mit ein paar Leuten aus Deisenhofen und zuletzt, unbeachtet, von einem vertrockneten älteren Fräulein geführt, Annas blinder Freund. Nun stand der Karl alleine vor der Halle, im schäbigen alten Lodenmantel von seinem Vater und er war sogar ein wenig erleichtert, dass er sich nicht vorführen lassen musste und einen artigen Diener machen vor dem Persianer mit der feinen Locke.

Der Karl überschlug kurz sein Taschengeld und entschloss sich für ein kleines Gabelfrühstück in der Gastwirtschaft gegenüber dem Friedhof. Nach den ersten Schritten schon hörte er die Traudl hinter ihm her rufen: »Karl? Du bist ja doch da?« Dann ging sie zu ihm hin und sagte etwas irritiert: »Ich wollt jetzt nur nochmal schnell schau'n … der Mutti hab ich g'sagt, ich muss für kleine Mädchen. Warum gehst'n du schon?«

Der Karl kaute eine Weile verstockt auf seiner Antwort herum: »Ich hab alles erledigt so weit.«

Sie sah ihn verblüfft an und reagierte gereizt: »Aber du wolltest dich doch treffen mit uns, wenn du da bist. Hast du uns zuvor gar nicht geseh'n?« Es sollte so patzig gar nicht klingen, wie es herauskam: »Schon, doch … ganz kurz.«

»Und ich wollte dich der Mutti vorstellen!«

»Das hat sich halt leider nicht ergeben«, sagte er mit leicht tragischem Unterton, weil er seine seelischen Selbstverstümmelungen nicht selten wie Kränkungen durch andere empfand. Und in die steigerte er sich dann noch hinein: »Ich, wie so a kleiner Gasableser … im schäbigen Lodenmantel! Und deine Mutter, elegant, im Pelzmantel! Da hat sie doch ganz andere Ansprüche an die Verehrer von ihrer Tochter! Mit Recht!«

»Ich glaub, du spinnst! Wenn ich dich so mag, muss es ihr auch recht sein. Sie ist doch nicht die Frau Großmogul! Ihr Vati war a Schneider. Also! Und wennst heut nicht willst, dann kannst ja auch einen offiziellen Antrittsbesuch bei uns machen. Am Sonntag nach der Kirche. Aber mit Hut, gell! Oder du lässt es ganz! Blöder Kerl!«

Damit drehte sie sich um, dass der Kies unter ihren Schuhen knirschte, sagte, laut genug, dass er es hören konnte: »Ich weiß gar nicht, warum ich mir das antue!« Und ließ ihn einfach stehen. Und auf einmal wurde dem Karl klar, dass er einen Fehler gemacht hatte. Aber nun war sie weg und er konnte ihr ja nicht nachlaufen. Sein Appetit auf ein Gabelfrühstück war auch dahin. Und sich jetzt verdrücken, ohne noch einmal mit ihr gesprochen zu haben, das wäre wahrscheinlich das Allerdümmste gewesen.

Die Traudl sorgte für eine kleine Abwechslung bei den Trauergästen, als sie sich durch die Stuhlreihen quetschte hin zu ihrer Mutter. Herr Soleder hatte die christliche Aussegnung für das Dienstmädchen finanziell gefördert, wohl auch im Hinblick auf die öffentliche Wahrnehmung. Ein junger Kooperator war eingesprungen und versah sein Amt noch etwas unsicher wie ein Pflichtverteidiger in Sachen: *Lasset die Armen zu mir kommen.* Nachdem der Sarg dann hinter dem Vorhang verschwunden war, ergriffen Mutter und Tochter rasch die Flucht, um keine Beileidsbekundungen auf sich zu ziehen. Draußen, etwas abseits, aber gut zu sehen, stand der Karl, ein wenig breitbeinig und mit durchgedrückten Knien, als hätte er Gegenwind. Sein Lächeln wirkte noch hölzerner und angestrengter als sonst, da es von den Damen nicht erwidert wurde. Frau Soleder, die nichts von seiner Anwesenheit wusste, trug noch Trauer zur Schau und ihre Tochter tat so, als ob sie ihn nicht gesehen hätte, und lenkte die Mutter weiträumig an ihm vorbei. Einen Moment lang hatte der Karl den Mund schon offen, um auf sich aufmerksam zu machen. Aber es kam kein Ton heraus. Noch nicht einmal ein kleines, bitteres Lachen, wie es das Selbstmitleid manches Mal hervorbringt. Erst als die Traudl, schon ein Stück weit entfernt, ihren Regenschirm fallen ließ, entfuhr ihm unbewusst ein kurzer bellender Laut, der nach Schadenfreude klang. Und, wie schlecht inszeniert, richtete sich ihr Blick dann beim Aufheben scheinbar zufällig auf ihn.

»Ach … Karl, du bist auch da?«

Der Karl riss seinen Hut vom Kopf – es war noch der von Harry Liedtke – und stakste zu den Damen hin. Die Traudl stellte ihn artig vor, als ihren netten Verehrer, von dem sie ja schon einiges erzählt hätte. Die Mutter lächelte mehr allgemein und ihr Blick glitt beiläufig über seinen abgetragenen Mantel bis hinunter zu den Schuhen. Daran anknüpfend fragte sie ihn teilnahmsvoll: »Dann haben Sie unsere Anna wohl auch gut gekannt?«

»Nicht direkt persönlich ...«, brachte er gerade noch heraus, dann fuhr die Traudl schon dazwischen: »Mutti! Der Karl ist bei der Kriminalpolizei! Und die untersuchen den Fall! Er war deswegen auch schon ein paar Mal bei uns daheim, wie du verreist warst!«

»Das weiß ich doch, Kind«, antwortete sie gekränkt. »Das geht mich ja schließlich auch etwas an. Und auch, dass das arme Ding wenigstens anständig bestattet wurde. Das lag uns nämlich sehr am Herzen, meinem Gatten und mir, gell, Traudele?«

»Ja, Mutti, sehr«, sagte die Traudl etwas zugespitzt und verdrehte die Augen. Doch der Karl vermied es, sie anzusehen. Ihm war momentan mehr an einer Übereinstimmung mit der Mutter gelegen und er stammelte deshalb zu ihrer Freude: »Das macht auch nicht ein jeder. So jemand kann man suchen ...«

Die Traudl schloss sich übergangslos an: »Und der Karl würde bestimmt auch gerne mal nur so zu uns kommen. Zum Kaffee vielleicht. Gell, Karl?«

»Sehr gerne natürlich ... wenn es deinen Eltern recht ist«, antwortete er und ertappte sich plötzlich dabei, wie ihm die Worte so glatt und abgeschleckt aus dem Mund trieften. Denn in Wahrheit sah er eher dagegen an. Den ganzen Nachmittag eine Kinderstube darstellen, die er gar nicht hatte! Aber das war nun einmal der Eintrittspreis für sein Liebesglück. Und nicht nur das.

»Ach, das wäre ja sehr nett«, süßelte Frau Soleder. »Und ich denke ja auch, dass unser Vati nichts dagegen hat. Aber er will halt immer, dass man ihn vorher fragt.«

*

Schneller als erwartet war man in der Abteilung für Gewaltkriminalität bei der Personenüberprüfung auf eine viel versprechende Biografie gestoßen: Max Linhart, 27 Jahre alt, Privatstudent, Pfarrerssohn aus Augsburg, Eltern gestorben, Leutnant a. D., Eisernes Kreuz Erster Klasse. Nach dem Krieg im Freicorps, im Bayerischen Ordnungsblock und bei der Einwohnerwehr.

»Sehr gut! Ein Mann der Tat!«, folgerte Inspektor Grüner bei der Lektüre des Protokolls.

»Idealist womöglich! Solche sind manchmal auch für Schandtaten brauchbar. Kriegsversehrt ist er ebenfalls! Vielleicht zufällig am Bein?«

Kommissär Lederer ließ sich mit der Antwort einen Augenblick Zeit, um deren Wirkung zu erhöhen. Dann sagte er beinahe genüsslich: »Oberschenkelsteckschuss! Nach Auskunft des Militärversorgungsamts.«

»Gratuliere! Gibt's auch ein Foto von dem Herrn?«

Und wieder zögerte Lederer kurz, bevor er die Aufnahmen von der Polizeibildstelle aus seinem Aktendeckel zog und dem Chef wie eine Trumpfkarte auf den Tisch legte.

»Is er das?«

»Linhart Max, jawohl. Er is nämlich bei uns herin bereits erkennungsdienstlich behandelt worden. Heuer im Sommer. Wegen Waffenschiebereien und so weiter.«

Herr Grüner ließ die Fotos eine Weile auf sich wirken und nickte dabei bedächtig:

»So schaut er also aus, der Herr Leutnant! Schneidiges Bürscherl!«

»Der Holzinger natürlich gleich wieder mit seinen Verallgemeinerungen: Auch so einer wie der junge Leutnant, der voriges Jahr an Eisner erschossen hat.«

»Ja mei, Lederer, … auf das hat ma's ja abgerichtet, dass alles wegputzen, was nicht hineinpasst in ihre Welt. Der Grandauer schon vom Friedhof zurück?«

»Noch nicht, nein.«

»Wenn er kommt, soll er sofort nach Deisenhofen nausfahren! Mit den Fotos! Und er soll jeden fragen, ob das der war, der sich damals nach der ›Anna Wieshuber‹ erkundigt hat!«

Bevor sich der Karl auf den Weg ins Polizeipräsidium machte, hatte er die Damen noch zur Trambahnhaltestelle begleitet. Aber leider hatte es währenddessen wieder zu regnen begonnen, sodass er kaum Gelegenheit fand, sich Traudls Mutter gesprächsweise zu empfehlen. Er winkte den beiden nur noch lange hinterher, in der Hoffnung, damit ein gutes Bild abzugeben.

Verrückt, dachte er, während ihm der Wind den Regen ins Gesicht trieb, verrückt, wie das alles so gelaufen war. In so kurzer Zeit. Vor nicht viel mehr als einer Woche hatte er von seinem Liebestraum Abschied genommen. Für immer. Dann musste erst so ein abscheulicher Mord passieren, dass sie wieder zusammenfanden. Nur für wie lang halt?

»Also, ich weiß halt bloß, Traudele, dass man bei einem Mann schon ein bisserle darauf gehen kann, was er für Schuhe trägt. Und auch wie er sonst angezogen ist.«

»Mutti, bittschön, hör auf! Das tut mir weh!«

Frau Soleder bedeutete ihrer Tochter durch heftiges Blinzeln, dass sie nicht die Aufmerksamkeit der anderen Fahrgäste erregen möge. Und sie zeigte dann allen ein mildes Lächeln, falls jemand in der Trambahn gedacht haben sollte, ihr Kind wüsste sich nicht zu benehmen. Nach einer Weile, in der die Traudl einiges hinunterzuschlucken versucht hatte, kam sie noch mal auf das Thema zurück, leise, beherrscht: »Der Karl würde sich auch gerne schöner anzieh'n. Aber er hat halt nichts anderes. Er is ja erst aus der Gefangenschaft heimgekommen. Und von dem bissl, was er am Anfang verdient, spart er lieber auf ein Fahrrad, sagt er.«

Die Mutter blickte besorgt auf ihre Tochter und flüsterte: »Das is es ja, Kind, was uns Sorgen macht. Du bist doch nun schon in einem Alter, wo man darauf achten muss, ob sich der Mann, an den man sich hängt, eine Frau überhaupt leisten kann. Glaub mir, das bisserle Zucker außen rum, das ist bald abgeschleckt. Und was kommt danach?«

»Es is ja außerdem noch gar nicht gesagt, dass er mich überhaupt heiraten will.«

»Na, also, das wär ja noch schöner! Is noch nicht einmal ein richtiger Beamter! Was bildet sich der denn ein!«

*

Von den fünf Zeugen in Deisenhofen, denen man die Polizeifotos von diesem Max Linhart zeigte, waren drei auf Anhieb sicher, dass es sich dabei um denselben jungen Mann handelte, der sich nach dem Dienstmädchen erkundigt hatte. Unter ihnen auch Annas jüngere Schwester. Und hieß das nicht, der Karl hatte da womöglich das Bild von Annas Mörder in Händen? Oder von dessen Gehilfen. Auf der Hinfahrt erschien ihm das noch ganz unwahrscheinlich. Der junge Mann auf den Fotos sah recht sympathisch aus. Ein Leutnant, Pfarrerssohn, Privatstudent! Aber war er auch ein Mörder? Vor der Rückfahrt gab er das Ergebnis der Befragung dann von der Gendarmeriestation aus telefonisch an seine Abteilung durch. Dort war man darüber weniger überrascht, zu vieles sprach dafür, dass Linhart an der Durchführung der Tat zumindest beteiligt gewesen sein könnte. Aber um das zu beweisen, hätte man ihn erst haben müssen. Grüner kam vom Amtszimmer des Staatsanwaltes, seinem speziellen Freund, der ihm auch in dieser Angelegenheit von Anfang an zur Seite stand. So jedenfalls würde der es nennen. Grüner dagegen hätte gesagt, er wäre ihm von Anfang an nur im Weg gestanden. Nebenan, in Grüners Büro krachte wieder einmal die Tür ins Schloss. Kommissär Lederer hob nur den Kopf und sagte: »Au weh! Is wieder so weit!«

Es dauerte nicht lange, dann betrat der Chef, jetzt scheinbar gelassen, sein Vorzimmer und sagte: »Meine Herren, Sie können heimgehen. Unser Privatstudent ist noch nicht reif! Wir stellen nur einen Hut drunter und warten, bis er uns von selber hineinfällt!«

Lederer schob Herrn Grüner schweigend den Aschenbecher hin und nickte ihm beruhigend zu.

»Na«, sagte Grüner, »gegen so viel Ignoranz helfen meine Stumpen auch nimmer. Es braucht bloß etwas ins Politische geh'n … noch dazu in diese Richtung! Und schon verlier'n unsre Rechtsgelehrten auf einmal ihre ganze Entscheidungsfreudigkeit. Da haben's dann tausend Bedenken. ›Die Verdachtsmomente haben ihn auf Anhieb noch nicht überzeugt‹, sagt er!«

»Wunderbar! Dann wart ma halt so lang, bis er über alle Berge is, der Herr Leutnant!«, knurrte Kommissär Holzinger, der sich um die Chance gebracht sah, seine Abneigung gegen alles Militärische zu befriedigen.

»Dahin is er sicher schon unterwegs, über alle Berge. Nachdem die zwei Saufköpf zum Verhör bei uns herinnen waren, hat er ja gewusst, wie der Hase läuft. Hängen doch alle untereinander zusammen, diese heldenhaften Retter des Vaterlandes!«

»Brauch ich also gar nimmer hingeh'n zu den Leuten, wo er gewohnt hat?«

»Geh'n'S trotzdem hin, Holzinger. Vielleicht hat er was vergessen. Eine Telefonnummer!«

Holzinger nickte. Telefonnummern – vor allem solche, die sich unbemerkt auf die Schreibunterlage durchgedrückt haben – sind oft sehr hilfreich gewesen. Aber was konnte Grüner mit dem Nachsatz gemeint haben: »Eine Nummer von uns herinnen zum Beispiel!«

»Von der Polizeidirektion? Wie des?«, fragte der biedere Lederer ziemlich verdutzt. Während seinem rötlichen Kollegen Holzinger solche Andeutungen auf Anhieb einleuchteten.

Dass der Karl nun schon zum wiederholten Mal selbstständig etwas zur Aufklärung dieses viel beachteten Falles beitragen durfte, konnte doch nicht verhindern, dass er im Zug nach München einschlief.

Dabei, in einem kurzen wirren Traum, war ihm auch Frau Soleder erschienen, im Persianermantel, wie sie ihn Herrn Grüner gegenüber bezichtigte, ihr Dienstmädchen auf dem Gewissen zu haben. Das ging ihm auch noch auf dem Weg vom Bahnhof zum Präsidium durch den Kopf. Schon erstaunlich, dachte er, wie selten ihm, nach nicht einmal zwei Wochen, sein unkorrektes, feiges Verhalten in den Sinn kam. Er hätte ja eigentlich die Leiche schon einen Tag vorher identifizieren können. Er hätte es müssen. Aber immer diese kindische Angst vor Peinlichkeiten. Da hatte er noch manches an sich zu verbessern. Charakterlich. Dazu ermahnte ihn auch bei seinem Eintritt der Leitspruch über dem Hauptportal der Münchner Polizeidirektion: *Nach seinem Sinne leben ist gemein. Der Edle strebt nach Ordnung und Gesetz.*

Aber vielleicht war der Zeitpunkt, zu dem der Karl nun wieder in sein Amt zurückkehrte, nicht der beste, um sich im Sinne dieses Leitspruchs bestärken zu lassen; denn in seiner Abteilung herrschte Hochspannung. In Fragen von Ordnung und Gesetz schien einiges in Unordnung geraten zu sein. Er kam gar nicht zu Wort, der Chef sagte nur: »Nehmen Sie sich einen Stuhl, Grandauer, und hören'S zu! Vielleicht können'S was lernen!«

Dann sagte er zum Holzinger: »Also nochmal: wann is er ausgezogen?«

»Gestern Abend. NachAussage der Zimmerwirtin. Holterdipolter, sagt's. Wegen einer dringenden Familienangelegenheit! Mehr weiß sie leider auch nicht.«

»Eine Familienangelegenheit, jawohl! Die Familie, die kenn ich! Aber dafür hat er's ja noch nicht einmal sehr eilig gehabt, der Herr Privatstudent! Wohl im Vertrauen auf die Dämlichkeit der Polizei. Oder ihre Unterstützung! Und so gesehen kriegen die Worte unseres verehrten Herrn Präsidenten ja direkt etwas Prophetisches! Sagt er doch heut in der Früh zu mir ...«, Grüner hielt einen Moment inne, nahm den Zwicker ab und schaute über alle hinweg, wie wenn er einem Unheil entgegenblickte, dem man nicht mehr entkommen konnte, »differenziertere Betrachtungsweise, mein lieber Grüner ... kann man von uns erwarten. Ein Beamter, der seine Entscheidungen ohne Ansehen höherer Zielsetzung trifft ... der schadet heutzutage auch sich selbst! ... Ohne Ansehen höherer Zielsetzung! So schaut das aus, heutzutage!«

Einen Moment lang hatte es den Zuhörern die Sprache verschlagen und bevor der Holzinger die Situation auf den von ihm zu erwartenden Nenner brachte, betrat Kollege Lederer das Chefbüro. Ohne anzuklopfen! Womit er schon den Kommentar vor die Nachricht stellte; denn so etwas hätte er sich normalerweise nicht erlaubt.

»Er hat doch einen Pass, der Linhart!«

»Gibt's doch gar nicht! In seinem Personalakt ist nichts vermerkt. In der Einwohnerliste auch nicht!«, entgegnete der Holzinger.

»Seit wann hat er den?«, fragte Grüner lauernd, weil er schon etwas ahnte.

»Heut Früh um acht Uhr beantragt ... um elf Uhr hat er ihn abgeholt! Persönlich!«

Holzinger sprang aufgebracht von seinem Stuhl hoch: »In drei Stunden? Das dauert sonst drei Tag, wenn's langt!«

»Der ausführende Beamte sagt, er hat nur auf Anweisung des Amtsleiters gehandelt. Ihm ist das auch komisch vorgekommen.«

»Eine Familienangelegenheit! Eine einzige gottverdammte Sippschaft! Na, na, meine Herren, wenn's amal so weit is ... und man muss zuvor erst fragen: Bittschön, ist der Mord ein Mord? Oder is er vielleicht eine politische Großtat? Und hätten Sie's gern, dass wir ihn aufklären? Oder soll'n wir bloß die Leiche wegschaffen? Das ist der Moment, wo der Grüner die Konsequenzen zieht!«

Wer mit Herrn Grüner zu tun hatte, der kannte seinen Hang zur Theatralik. Aber diesmal hatten seine Mitarbeiter den Eindruck, dass es ihm ernst war.

Der subalterne Lederer versuchte von Anfang an mit vorsichtigen Gesten und Zischlauten Wut und Stimmaufwand seines Chefs zu dämpfen und als dieser sich Hut und Überzieher aus dem Schrank holte, weigerte er sich demonstrativ, ihm in den Mantel zu helfen. Das brachte auch den Karl in Konflikte, der schon herbeigeeilt war. Bloß der Holzinger beteiligte sich daran nicht. Der stieß nur ein aufrichtiges »Meinehochachtung« hervor und machte sein kämpferisches Gesicht, das allerdings nicht viel Furcht verbreiten konnte, denn es war im Grunde eher knabenhaft weich und gutartig.

Der Inspektor hatte die Türklinke schon in der Hand, da drehte er sich noch einmal um und sagte: »Leid tut's mir nur für Sie, Grandauer, dass ich Sie da herein geholt hab. Lassen Sie sich wenigstens in eine andere Abteilung versetzen! Zu die Taschendiebe, Zuhälter, Geldschrankknacker, Wechselreiter! Dort ham Sie's vergleichsweise mit anständigeren Leuten zu tun … als da, wo die Politik mit hineinspielt!«

Und während seine Mannschaft einen letzten Versuch machte, ihn zurückzuhalten, verließ Herr Grüner unbeirrt sein Büro, um draußen vor der Türe bereits, wie von einer Last befreit, tief durchzuschnaufen. Und vielleicht fühlte er auch so etwas wie Stolz, weil sich sein Gesicht jetzt zusehends entspannte. Stolz, kein Opportunist zu sein.

Der Hausdiener sah ihn nur von hinten und machte sich höflich bemerkbar: »Stör ich Ihnen grad, Herr Oberinschpekter?«

»Sie nicht, Dirscherl. Was gibt's?«

»Weil Sie neulich g'sagt haben, Sie wollen was Erhebendes an die Wand über Ihren Schreibtisch. Da hätt ich was g'funden im Lager.«

Dirscherl nahm von seinem Aktenhund einen gerahmten Öldruck, auf den er, was dessen erhebende Wirkung betraf, große Hoffnung setzte.

Zu sehen war ein Matrose, die Hand zum Gruß an der Mütze, alleine, auf einem sinkenden Kriegsschiff.

»Nennt sich ›Der letzte Mann‹. Und hängt auch noch verschiedentlich in andere Büros. Bei der Sitte ham's ihn auch!«

Grüner klopfte ihm wohlwollend auf die Schulter und sagte: »Wunderbar! Den hängen'S auf! Da freut er sich bestimmt drüber ... mein Nachfolger!«

4.

Auch bei den Soleders hatten die vergangenen zweieinhalb Jahre Spuren hinterlassen. Solche, die ins Auge fielen, aber auch solche, die nur ganz versteckte Hinweise lieferten auf peinliche Veränderungen. Man konnte sie zum Beispiel an den Wänden im Salon entdecken, an den Stellen, wo die Tapeten eine Nuance weniger nachgedunkelt waren, weil darauf noch bis vor kurzem Gemälde hingen. Die Hinweise waren auch auf etlichen Fauteuils zu verspüren, wenn sich deren Sprungfedern unangenehm bemerkbar machten oder sich die schadhaften Stellen im Bezug nicht mehr mit Filetdeckchen lückenlos verbergen ließen. Den Soleders war dafür kein Vorwurf zu machen; vieles war hierzulande schadhaft geworden. Aber manches konnte sich aller Schadhaftigkeit zum Trotz noch immer behaupten.

Eigentlich war für diesen Abend geplant, dass der Sohn des Hauses seine neue Freundin auch dem Vater vorstellen sollte. Die Mutter hatte sie schon kurz kennengelernt, in einer Konditorei, wo man sie »zufällig« anzutreffen wusste. Die Veranstaltung brachte dann allerdings nicht ganz den erwünschten Erfolg.

Das Fräulein Kampensi – so hieß Kurts neue Flamme – wich schon rein äußerlich weit von dem ab, was sich Frau Soleder als Umgang für ihren Buben gewünscht hätte, ganz zu schweigen davon, was sie sich unter einer künftigen Schwiegertochter vorstellen konnte. Schon ihr erster Blick verfing sich in Fräulein Kampensis Frisur, einer Kreation nach allerneuester Mode, dem Bubikopf. Und der Kurt kannte dieses Lächeln bei seiner Mutter, mit dem sie ihr Entsetzen verkleidete: »Jetzt seh ich ja so was auch amal aus der Nähe! Was haben denn Ihre Eltern dazu gesagt?«

»Vati sagt nur: Schön is et nich. Aber Hauptsache, du gefällst dir selber damit.«

Frau Soleder verstärkte ihr Lächeln noch, auch etwas geschockt von einer Toleranz, die ihr fremd war: »Da ist er ja sehr großzügig, der Herr Papa. Dann sind Sie wohl gar nicht von hier?«

»Nee, wir sind Berliner.«

»Gell«, sagte Frau Soleder und ihr Lächeln begann zu verkümmern. »Ich hab mir schon so was gedacht.«

Und eigentlich hätte die Herkunft des Fräuleins aus Berlin alleine schon genügt für die ganz normalen bayerischen Vorbehalte. Der Kurt, im Spiel mit den Vorurteilen seiner Mutter geübt, warf ihr nun die Angel mit einem unfehlbaren Blinker hin und sagte: »Ihre Eltern haben nämlich in Berlin auch ein Geschäft. Alte Traditionsfirma! Seit über hundert Jahren!«

Das ließ Frau Soleder aufhorchen: »Ach was!« Und es war gut zu erkennen, dass sie das Fräulein jetzt mit anderen Augen sah: »In welcher Branche, wenn man fragen darf?«

»Hüte. Und allet, wat sich die Herren eben so aufsetzen. Aber es geht gut, sagt Vati.«

Natürlich war nicht ein Geschäft wie das andere und Musikalien stellten zweifellos ein höheres Gut dar als Hüte. Aber man hatte, dessen ungeachtet, sicher auch Gemeinsamkeiten. So gesehen, und weil ein Bubikopf ja nichts Bleibendes sein müsste, schloss die erste Begegnung immerhin ein Wiedersehen nicht aus.

Frau Soleder hatte sich den Abend so vorgestellt, dass ihre Tochter Traudl mit Verlobtem Karl sich das Vergnügen machten, den Bruder Kurt mit Fräulein Kampensi zu einem Gläserle Wein einzuladen. Ganz locker und unverbindlich, auf ein, zwei Stündle vielleicht. Das Fläschele Wein würde sie gerne dafür zur Verfügung stellen und auch ihren Gatten bitten, sich zwanglos hinzuzugesellen. Nun war dieser Abend schon mehr als ein Stündle alt und das Fläschele Wein leer, ohne dass sich der Vater gezeigt hatte. Aber das wurde so richtig nur von Frau Soleder bedauert. An Fräulein Kampensi gerichtet sagte sie: »… er lässt auch ausrichten, Sie möchten halt bitte nicht traurig sein, vielleicht kommt er ja später noch a bisserle rüber.«

»Wir wären natürlich viel weniger traurig, Mama, wenn du uns noch so ein Fläschele stiften würdest!«, warf der Kurt ein und nutzte damit geschickt die Situation.

Insgeheim beneidete der Karl den Schwager in spe um seine Art, anderen etwas hinzureiben. So furchtlos frech und witzig. Aber manchmal schon auch ganz schön unverschämt, und dann war es dem Karl oft selber peinlich.

»Warum, was hat er denn wieder, der Vati?«, fragte die Traudl und auch bei ihr klang es nicht nur nach lauterer Sorge.

»Seine Kopfschmerzen! Er hat doch immer diese furchtbaren Kopfschmerzen.«

»Die hätt ich auch an seiner Stelle«, flapste der Kurt.

»Mein Gott, Bub, du weißt doch, wie viel er im Moment um die Ohren hat, unser armer Vater!«

»Und auf die Ohren! Drum hört er ja auch nie, was man ihm sagt. Gestern haben wir ihm vorgeschlagen, er sollte uns wenigstens die Schallplattenabteilung überlassen. Selbstständig! Einkauf, Verkauf … wie wir das für richtig halten. Keine Reaktion! Eisiges Schweigen!«

»Mein Gott, Kinder, das ist ja auch nicht so einfach, wie ihr euch das vorstellt!«

»Im Ernst, Mutti, wirklich …«, mischte sich die Traudl jetzt ein. »Ich geb dem Kurtl auch nicht immer Recht. Aber das stimmt, was er sagt. Wir stehen ja schließlich im Laden und wissen, was verlangt wird!«

Und obwohl die Mutter Soleder schon ganz kleine Augen machte, weil sich die Ohren leider nicht ebenso zukneifen ließen, legte der Kurt mit bitterem Hohn nach: »Und wenn der Vati sagt, wir müssen das ›Heideröslein‹ verkaufen, weil er zweihundert Stück davon im Keller hat …, aber dieses ›dekadente Negergedudel‹, das führen wir in unserm Laden nicht, dann müssen die Kinderle eben folgen und tun, was der Vati sagt! Aber die Kundschaft, Mama, die folgt ihm nicht! Die Jugend, die ist so unverschämt und hat auf einmal ihren eigenen Geschmack! Ja, wo kämen wir denn da hin?«

Es war wegen der Außenstehenden, als die sie Fräulein Kampensi, aber auch noch immer den Karl empfand, dass ihr die Debatte peinlich wurde: »Also bitte, jetzt tut amal ihr nicht so aufbegehren! Wo ihr wisst, dass sich der Vati nicht wohlfühlt! Der wird das schon alles bedacht haben. Und da muss man halt auch amal a bissl zurückstecken können und abwarten, bis wieder anständige Zeiten kommen! Sagen Sie das nicht auch, Fräulein Kampensi?«

Der Karl hatte schon befürchtet, dass Frau Soleder sich, wie sonst gerne, von ihm Unterstützung erwarten würde. Und er hatte mittlerweile eine Technik entwickelt, wie er sich, ohne Partei zu ergreifen, ihr Wohlwollen erhalten konnte. Dieses Mal blieb ihm die Prüfung jedoch erspart.

»Am besten, du gibst ihr Recht, Sarilein«, sagte indessen der Kurt, »dann lädt sie dich vielleicht auch amal zu ihren Dampfnudeln ein. Die sind eine Notlüge wert.«

»Nee, also, ehrlich Frau Soleder … bei uns zuhause is et ooch nich anders. Bruno, mein Bruder, hat sein janz neuet Weltjefühl und Vati sagt: Solange du deine Beene unter mein Tisch stellst, haste jefälligst zu essen, wat ick bestelle.«

»Gell, das sagt er auch! Also, schaut her! Das ist nämlich in allen anständigen Familien so … dass man das Alter respektiert!« Frau Soleder war froh, dass sie wenigstens ein Mensch verstand.

»Gewonnen, Sari!«, triumphierte der Kurt. »Die Dampfnudeln sind dir sicher!«

Herr Soleder ließ sich auch später nicht mehr blicken, als sich der Karl bereits verabschiedet hatte, um sich in Begleitung seiner Verlobten auf den Heimweg zu machen. Nicht ohne Ermahnungen der Mutter, sich in puncto Vertraulichkeiten in der Öffentlichkeit zurückzuhalten. Dabei dachte sie vermutlich mehr an ihre unberechenbare Tochter als an den biederseriösen Schwiegersohn. Dass der es dann gewesen ist, der schon im Treppenhaus und kaum dass die Türe hinter ihnen zu war, über seine Braut herfiel, hätte ihm wohl niemand zugetraut. Der Traudl missfiel das auch nicht, so schnell wie er die Hand in ihrer Bluse hatte. Früher musste sie ihn immer behutsam dort hindirigieren. War das vielleicht der Wein? Oder hat ihn Kurts kesse Berlinerin so animiert? Viel Zeit verblieb ihnen nicht, sich aneinander, wodurch auch immer angeregt, zu erhitzen. Die Mutter stand garantiert oben am Fenster, um ihnen nachzuschau'n. Für sie gaben sie dann anschließend, als sie hinaus auf die Straße kamen, ein durchaus anständiges, standesgemäßes Bild ab.

»Die is nett, gell, dem Kurtl seine neue Freundin. Tät dir auch gefallen? Oder?«

Der Karl gab sich lieber zurückhaltend in seinem Urteil: »Nett, ja. Doch. Passt gut zu deinem Bruder. Zwei richtige Springginkerl.«

»Aber Sara ist eigentlich bei uns kein normaler Name.«

»In Berlin vielleicht.«

»Ich weiß bloß, vom Vati ein Lieferant, von dem heißt die Frau auch Sara. Und die sind Juden, glaub ich.«

»Schon möglich ...«, sagte der Karl, während ihm die vielen Leute auffielen, die so spät auf der Straße waren. »Da muss irgendwo eine Versammlung gewesen sein ... wo die alle herkommen.«

Die Traudl schüttelte nur den Kopf und war mit ihren Gedanken anderswo: »Unser Mutti! Die is manchmal von einer Ahnungslosigkeit ... das tut richtig weh!«

»Also, ich möcht eigentlich nicht, Schatzerl, dass du mich noch länger begleitest. Kehr lieber wieder um. Wir sehen uns ja morgen.«

»Bis vor zum Isartor noch.«

»Da is scho wieder irgendwas mit dem Hitler gewesen. Gestern auch. Mit Schlägereien und allem. Weiß ich vom Adi.«

»Und wennst was sagst gegen den Vati ... um Gottes willen! Der Vati weiß alles! Der Vati kann alles! Der Vati wird's schon machen. Pleite, ja Pleite wird er machen! Der Kurt sagt's auch. Gestern is schon wieder so ein Brief auf seinem Schreibtisch gelegen. Vom Amtsgericht! Der Kurt hat ihn selber geseh'n. Und der Vati hat ihn schnell verschwinden lassen.«

Eigentlich tat dem Karl diese ganze geschäftliche Misere nur um der Traudl wegen leid. Er hatte sich ja auch vorher nie wirklich von dem solederschen Wohlstand blenden lassen. Nicht jedenfalls, indem er heimlich damit auf seinen Vorteil spekuliert hätte. Diesen Vorwurf konnte ihm keiner machen. Seine Traudl wäre ihm als kleine Verkäuferin ebenso lieb gewesen. Lieber sogar. Bei dem Gedanken blieb er steh'n, fasste sie an der Hand und sagte zu ihr: »Hauptsache ist doch, dass mir uns immer gern haben, Schatz! Mir zwei!«

Da begann sie wieder, wie schon so oft zu schmelzen, legte ihre Arme um ihn und gab ihm einen langen, zärtlichen Kuss. So lange, dass der Karl ein paar Mal vorsorglich die Augen öffnen musste, denn es waren ja noch Leute unterwegs und sein Amt und seine Natur erlaubten ihm keine Selbstvergessenheit: »Man weiß doch immer nie, ob einen nicht wer kennt. Kollegen in Zivil! Die machen dann bloß Bemerkungen. Sind doch alles Spießer, die meisten.«

»Der Kurtl, der schüttelt das alles einfach ab, der dreht sich um und macht, was er will«, sagte die Traudl darauf ein wenig vergrämt.

»Der tut sich natürlich leicht, der feine Herr. Der muss auf nix Rücksicht nehmen. Wie so ein Bohemien. Aber du bist doch auch nicht der Mensch, Traudl, der sich einfach so über alles hinwegsetzt. Zum Beispiel, wie uns die Luise damals angeboten hat, wir soll'n halt dann zu ihnen kommen, wenn wir a bissl mitanander schmusen woll'n. Üben, hat's g'sagt. Üben!«

»Hätt' ich ja. Aber du gleich wieder: Solange wir nicht verheiratet sind, machen sich die Kreitmeiers damit strafbar! Wegen dem blöden Kuppeleiparagrafen!«

»Das ist aber leider so, Traudl, das sind Gesetze!«

»Geh, Schmarrn! Hätt doch niemand wissen müssen!«

»Und auf einmal kommt dann der Adi rein! Oder der Toni! Schlimm genug! Da geh ich doch lieber mit dir in' Englischen Garten.«

»Wunderbar, ja! Wenn's andauernd regnet!«

»Hat ja auch schon manchmal nicht geregnet. Oder?«, sagte der Karl leise und machte ein verwegenes Gesicht: »War das vielleicht nix?!«

Etwas verschämt stupste sie ihn mit dem Ellbogen in die Seite: »Und die Grasflecken sind noch drin in meinem hellen Sommerrock!«

»Jetzt hamas ja bald geschafft, Schatz! Noch eine Woche, dann ist alles erlaubt!«

»Alles auch nicht«, sagte die Traudl und zog ihn am Ärmel von der Straße weg in eine düstere Hofeinfahrt. Dort stellte sie sich in Positur, faltete frömmelnd die Hände und zitierte den Geistlichen Rat in ihrem Brautunterricht: »Und wenn es denn nun sein soll, meine Kinder, und ihr begegnet euch zum ersten Male im Brautgemach ... dann versäumet nicht, zuvor die Lampen zu verlöschen ... damit oich koine nüderen Begierden ...« Eine grobe Stimme im Hinterhof beendete den Vortrag und vertrieb die beiden aus der Einfahrt, noch bevor der Karl seinen niederen Begierden nachgeben konnte. Draußen auf der Straße blieb die Traudl plötzlich wie angenagelt stehen. Ihr Blick hing an einem älteren Herrn, der bedenklich torkelnd die Straße überquerte und mit einem Mal war ihr jede Fröhlichkeit vergangen und sie seufzte leise und traurig: »Mei, Vati! Furchtbar!«

*

Sehr lange hing es nicht in der Abteilung für Gewaltverbrechen, das Bild vom »letzten Mann«. Dann nahm ein gerahmtes Bildnis vom Reichspräsidenten Friedrich Ebert seinen Platz ein, über dem hellen Fleck an der Bürowand, ein Fleck, der noch unter dem Portrait von Bayerns letztem König Ludwig III. entstanden war.

Der Austausch wurde im Übrigen nicht von Grüners vermeintlichem Nachfolger im Amt vorgenommen und auch nicht auf allerhöchsten Wunsch der Polizeidirektion, die zu der Zeit nach allem, was man von ihr wusste, keine ausreichende Ehrfurcht vor dem ehemaligen Bremer Gastwirt Friedrich Ebert gehabt haben dürfte. Der Bildertausch war alleine die Tat von Kommissär Holzinger und sie geschah seinerzeit im Spätherbst 1920 während der Beurlaubung seines Chefs. Dass Herr Grüner seinen Hut für immer an dem Nagel hängen lassen würde, an den er ihn damals nach den dubiosen Machenschaften im Fall Anna Kiesgruber symbolisch und mit großem Theaterdonner hingehängt hatte, das war von seinen Mitarbeitern eigentlich nie so richtig ernst genommen worden. Nach ihren Erfahrungen bedurfte es nur weniger Wochen, in denen er ganztägig seiner ständig vor sich hin kränkelnden Frau ausgeliefert sein würde, bis er mindestens ebenso viele Gründe gefunden hätte, sich seinen alten Hut wieder vom Nagel zu nehmen und aufzusetzen. Und er hatte sie auch bald gefunden, die Gründe. Gute Gründe: »Konsequenzen, ja! Dabei bleibe ich! Die Herrschaften dürfen nicht glauben, dass man zu allem Ja und Amen sagt. Sonst machen sie in Zukunft mit dir, was sie wollen. Aber einfach alles liegen und stehen lassen … das wär genauso falsch. Wohlbedacht, Grandauer! Wohlbedacht! Denn oft warten sie ja bloß drauf, dass man das Handtuch wirft. Dann haben sie wieder einen Gegner weniger. Und den Gefallen tu ich ihnen nicht. Die soll'n noch ihre Freude an mir haben! Wir machen weiter wie gehabt!«

»Die anderen, fürcht ich, auch«, knurrte im Hintergrund Kommissär Holzinger. Aber es hatte ihn keiner gehört. Die Kollegen waren erleichtert, dass alles beim Alten blieb. Auch Herr Grüner war erleichtert, dass ihm sein Rückzieher so gut gelungen war.

Selbst wenn dadurch bei seinen Vorgesetzten der Eindruck entstanden sein sollte, er hätte sich von der Berechtigung dieser so genannten höheren Zielsetzung überzeugen lassen – sollten sie das ruhig denken. Umso ungestörter würde man dann das Lumpengesindel weiter verfolgen können. Jedenfalls wollte es Herr Grüner so wahrhaben und er erhoffte sich dafür die Mitwirkung der Zeit. Aber die Zeit trägt bekanntlich auf beiden Schultern und sie begünstigt nach eigener Laune Erwünschtes und Unerwünschtes. Die folgenden Jahre machten davon keine Ausnahme.

Als die Siegermächte des ersten Weltkriegs 1921 die deutschen Kriegsschulden auf zweihundertsechsundzwanzig Milliarden Goldmark festgeschrieben hatten – was eine Ratenzahlung bis ins Jahr 1963 bedeutet hätte –, da verschenkte die Zeit ihre Gunst vorübergehend der neuen NSDAP mit ihrem »Führer« und Sprachrohr Adolf Hitler. Denn ihm wäre es bei maßvolleren Friedensbedingungen kaum so leicht gelungen, die Massen in seine wütenden Protestveranstaltungen zu locken.

Zugleich, und das kam nun wieder Herrn Grüner zustatten, wurde auf Drängen der Siegermächte in ganz Deutschland mit der Auflösung der Einwohnerwehren begonnen, unter deren schützendem Mantel Gesinnungstäter wie dieser Privatstudent Max Linhart Unterschlupf gefunden hatten. Zum Jahresende schlug sich die Gunst der Zeit erneut auf Grüners Seite; denn ein neuer Polizeipräsident trat sein Amt an, einer, von dem nicht bekannt war, dass er »höhere Zielsetzungen« über das Gesetz stellen würde. Und auch im Bereich der Staatsanwaltschaft kam ein neuer Mann an die Stelle von Grüners jungem Intimfeind. Damit stand der Strafverfolgung des Tatverdächtigen Linhart vorerst nichts mehr im Wege. Sein Aufenthalt im Nachbarland Österreich, wohin er sich im Jahr davor und mit Hilfe des Polizeipräsidiums abgesetzt hatte, war rasch ermittelt worden, er wurde von den Behörden dort festgenommen und in die Untersuchungshaft nach München überstellt. Aber anschließend verbündete sich die Zeit zu allem Übel mit dem Häftling und ließ es nicht zu, auch nach monatelangen Verhören nicht, dass man ihm eine Schuld oder Mitschuld hätte nachweisen können. Daraufhin hob das Volksgericht – in nicht ganz unparteiischer Gerechtigkeit – den Haftbefehl gegen den Privatstudenten wieder auf und überließ ihn seinen Genossen, die sich gemeinsam mit ihm rühmen durften, die Zukunft Deutschlands vielleicht schon ein Stückchen vorweggenommen zu haben.

Während sich Herr Grüner von dieser Schlappe noch immer bis in sein Privatleben hinein verfolgen lassen musste, fand bei seinem Assistenten Grandauer die Verfolgung genau umgekehrt statt. Seine Privatangelegenheiten ließen ihn auch im Büro nicht mehr los. Und jetzt, im Frühjahr 1923, drängten sie zu einem vorläufigen Höhepunkt.

Im Hause Soleder war die Anspannung besonders spürbar, vor allem was das neue Dienstmädchen anging, ein eingeschüchtertes Bauerntrampelchen aus dem Bayerischen Wald. Aber auch die Traudl schusselte öfter als sonst ziellos und konfus durch die Wohnung. Demgegenüber war bei Frau Soleder der Versuch erkennbar, sich in das Unvermeidliche zu fügen und es lieber durch die eigene Haltung so gut es eben ging zu veredeln. Vom Herrn des Hauses war keine Teilnahme zu erwarten; denn er glich schon seit langem einem Menschen, der alle Zugänge zu sich verschlossen hatte und sich verhielt wie ein Gefangener in sich selbst. Gegen eine solche Vereinsamung behalf sich seine Gattin unter anderem, indem sie ein gutes Einvernehmen mit dem katholischen Pfarrherrn ihrer Gemeinde pflegte. Und sie schätzte seinen Rat auch in ganz praktischen Lebensfragen. Vor allem solchen der Ernährung. Der gute Mann war zum Beispiel imstande, ein gutes Dutzend unterschiedlich belegter Brote in sehr kurzer Zeit zu verzehren und zu beurteilen: »Mit solchen belegten Broten ... und verschiedenen Wurst- und Käsesorten ... schön appetitlich angerichtet, mit kleinen Gürkle drauf und Radiesle ... kann man einen Polterabend durchaus festlich gestalten.«

»Gell, das finden Sie auch, Hochwürden. Es muss doch nicht immer weiß Gott was sein«, sagte Frau Soleder und es machte sie jedes Mal glücklich, wenn sie sich in Übereinstimmung mit dem Herrn Geistlichen Rat befand. Sie liebte es geradezu an ihm, wenn sie ihn zum Schmatzen brachte und wenn ihm sein gesegneter Appetit den Schweiß auf die Stirne trieb. »Im Übrigen hat die Metzgerei nebenan eine grobe Leberwurst! A la bonheur!«

»Gell! Die Landleberwurst! Die kaufen wir auch immer. Soll ich schnell amal in der Küche nachschau'n ...?«

»Des Guten genug!«, wehrte der Herr Pfarrer bescheiden ab und lenkte ihre Aufmerksamkeit gekonnt auf sein leeres Weinglas.

»Aber ein Gläserle Wein nehmen Sie schon noch, Hochwürden?«

»Nun, wenn es denn sein soll, sag ich nicht nein. Auf dass der Wein erfreue des Menschen Herz! Lehrt uns schon der Psalmist.«

»Aber dass es halt nur nicht ausartet!«, fügte die Brautmutter hinzu und dachte an den Gatten.

»Ein trauriges Kapitel«, bestätigte er ihr mitfühlend. »Des einen Glück, des andern Leid.« Dann wechselte er rasch das Thema: »Und der Herr Filius ... hat auch schon eine junge Dame ins Haus gebracht?«

Noch unentschieden, wie viel sie von ihrer ehrlichen Meinung preisgeben sollte, sagte sie mit einem leichten Schmollen: »Nichts Festes ... woll'n wir hoffen! Sie kam ihn ein paar Mal besuchen. Man wird ja als Eltern heutzutage kaum noch ... So, wie das früher war, dass sich die Jugend fügen musste ... ist ja alles nicht mehr. Sie kommt einfach ... und ist da!«

Der Pfarrer kannte solche Verhältnisse und nickte lange, dann richtete er seinen Blick nach oben, von wo er immer seine Stärke empfing. Frau Soleder wagte es nun, ihm noch etwas mehr zuzumuten: »Sonst wohnt sie in Schwabing! Möbliert!«

Er schloss für einen Moment betroffen die Augen.

»Gell!«, sagte sie darauf und dann rückte sie auch noch damit heraus: »Und schon wie sie sich kleidet! Und diese fürchterliche Frisur!«

Er hätte jetzt gerne zum Glas gegriffen. Mit Schnaps hätte es vielleicht gepasst. Aber mit Wein machte sich das schlecht. Frau Soleder wiederum fühlte wohl selber, dass sie auch mal etwas Freundlicheres über sie sagen müsste, für den Fall, dass man das Fräulein nicht mehr loswürde: »Ihre Eltern haben ein Hutgeschäft.«

Der Pfarrer schnalzte anerkennend mit der Zunge. Daraufhin war sie bereit, ihm ein letztes Manko zu beichten: »In Berlin. Sie ist eine Berlinerin! Und diese ganze Art ... dieses manchmal so Schnippische! Das mag nicht ein jeder Mensch!«

»Und doch sind alle Gottes Kinder!«, schloss er und war froh, endlich etwas aus dem Schatzkästlein der christlichen Nächstenliebe angebracht zu haben.

»Ach, wenn nur manche nicht so anders wären!«, seufzte Frau Soleder, die schon immer ihre Schwierigkeiten damit hatte, dass vor Gott und der Welt alle Menschen gleich sein sollten. Dagegen hatte allerdings auch ihr Geistlicher Rat seine Bedenken und er sagte: »Ungut wird es erst, wenn sie untereinander heiraten und sind nicht eines Glaubens.«

»Aber wie soll man das den Kindern begreiflich machen, Hochwürden?«, brach es nun aus ihr heraus.

»Ist sie etwa protestantisch?«, fragte er besorgt.

»Nicht einmal, ich glaube eher jüdisch.«

»Ach, na ja ...«, sagte er eher erleichtert, »da würde ich doch meinen ... notfalls ... immer nur notfalls ... ist eine konfessionelle Annäherung unter solchen Umständen oft weniger schwierig und schmerzhaft als im anderen Falle.«

*

Karl Grandauers Aussicht auf eine eigene Wohnung war sehr gering. In München herrschte Wohnungsnot. Die Inflation hatte auch die Bautätigkeit lahm gelegt. Das halbherzige Angebot der Brauteltern, die Kinder nach der Hochzeit vorübergehend bei sich unterzubringen, wurde zur allgemeinen Erleichterung einstweilen zurückgestellt. Für den Karl war die Vorstellung weniger bedrückend, sich noch eine Zeit lang wie bisher durchzubringen. Er hauste ja nicht ungern bei den Kreitmeiers. Freilich, am liebsten hätte er seine Traudl mit zu ihnen genommen. Aber das wollte er ihr nicht zumuten. Zu Übungszwecken, ja. Wenn sich nicht gerade wieder der angehende Jurist einquartiert hatte, der kleine Bruder.

Nur noch ein paar Tage waren es bis zur Hochzeit und der Karl saß spätnachts alleine in der kreitmeierschen

Küche. Luise und Max hatten sich schon zurückgezogen, etwas entkräftet, nachdem sie zum soundsovielten Mal alles mit ihm besprochen hatten, was es im Zusammenhang mit den bevorstehenden Festlichkeiten zu bedenken und zu berücksichtigen gab, zu tun und zu machen und zu besorgen. Eine lange Liste, die mit jeder Besprechung länger wurde.

Dabei überkamen ihn dann schon hin und wieder Zweifel, nicht in die Braut, die stand ihm nach wie vor zweifelsfrei und begehrenswert vor Augen – aber was sonst noch alles an ihr hing! Die Knochenbeilage!

In solchen Momenten und wenn er, wie gerade eben, alleine war, holte er gerne ein abgegriffenes kleines Mäppchen aus seiner Jacke, eine Art Brieftasche. Sie stammte noch aus dem Nachlass seines Vaters und es war nicht anzunehmen, dass dieser darin etwas anderes als seriöse Dokumente mit sich trug. Aber der Sohn verbarg darin unter anderem eine Fotografie von seiner Braut, auf der sie sich in einem unglaublich aufreizenden Badeanzug zeigte, am Starnberger See. Das Foto hatte anfangs zu einem Zerwürfnis geführt, weil sich die Traudl weigerte, den Fotografen zu nennen. Inzwischen war darüber Gras gewachsen, wenn nicht sogar die Ungewissheit den Reiz des Bildes erhöhte. Seit ein paar Tagen hatte der Karl auch ein Goldkettchen mit einem Kreuz in der Brieftasche versteckt, und man konnte sich denken, dass er damit etwas Besonderes beabsichtigte.

Jemand kam mit genagelten Stiefeln die Treppe herauf. Der kleine Bruder. Der Karl ließ schnellstens das Foto verschwinden, mit ihm mochte er den Anblick von den Blößen seiner Braut nicht gerne teilen. Adi war jetzt schon SA-Truppführer geworden, aber seine Uniform wirkte nach wie vor zusammengestopselt und konnte eigentlich nur jemanden beeindrucken, der bereits schlechte Erfahrungen mit der Sturmabteilung gemacht hatte. Obwohl er an diesem Abend nicht danach aussah, als ob er Kampfhandlungen hinter sich hätte, versuchte er seinem etwas blassen, mopsigen Bubengesicht dennoch etwas Kantiges zu geben und wie allzeit bereit auszusehen. Um den großen Bruder nicht gleich zu verprellen, erkundigte er sich erst einmal nach dem Stand der Hochzeitsvorbereitungen und fragte ihn, nicht wirklich interessiert, ob er denn nun schon einen Cut aufgetrieben hätte und passende Schuhe.

»Ich hab überall rumgefragt bei Kollegen … nix!«, erwiderte der Karl resignierend. »Und so was kaufen ist ja absolut unmöglich in der heutigen Zeit! Selbst für anständige Schuhe kannst ein halbes Monatsgehalt hinblättern!«

»Das sind Sorgen!«, spöttelte der Adi, »aber wenn man natürlich in solche Nobelkreise einheiratet!«

»Nobelkreise, ja … von wegen!«

»Schad, dass du heut Abend nicht dabei warst, bei der Versammlung im Bürgerbräu. Da sind etliche Kameraden aus dem Ruhrgebiet unter uns gewesen … die man ausgewiesen hat! Rausgeschmissen! Aus ihrer Heimat! Von heut auf morgen! Ohne alles! Von den Franzosen! Ruhrbesetzung! Hast ja vielleicht auch schon was davon gehört? Und wie die dort aasen, die Franzosen! Wie die Geier!«

Der Karl war so schnell nicht bereit, von seinen eigenen Problemen Abstand zu nehmen und sich angemessen auf das Schicksal der Vertriebenen einzulassen. Er nickte nur etwas überfordert und spielte verlegen mit dem Goldkettchen.

»Und das sind inzwischen weit über Hunderttausend! Und werden immer mehr! Deutsche Menschen! Vertrieben aus ihrem Land!

»Unglaublich, ja …«, bestätigte der Karl und war im Ton wenigstens um Betroffenheit bemüht. Aber dann, nach einer kleinen Pause, versuchte er die Unterhaltung wieder auf Naheliegenderes zu lenken: »Kennst das noch, das Ketterl mit dem Kreuzl?«

»Natürlich. Von unserer Mama«, antwortete der Adolf leicht unwirsch.

»Hat mir die Luise überlassen. Als Hochzeitsgeschenk für die Traudl. Gold! Kann man gar nimmer bezahlen, so was!«

Der Adi holte tief Luft und redete wie zu einem Kranken: »Tu, felix Carolus, nube!«

»Was soll das heißen?«

»Dass d' heiraten sollst endlich. Vielleicht kann man dann mit dir wieder amal über was anderes reden.«

»Ist doch klar, Mensch, dass ich im Moment nicht grad das Ruhrgebiet im Kopf hab!«

»Deutschland, Karli! Deutschland!«

»Deutschland ... mein Gott! Ist sicher auch wichtig, Adi ... aber ich hab noch keine passenden Schuhe!«

Das Hochzeitskleid, das Traudls Eltern für sie vor ein paar Jahren ins Auge gefasst hatten – das war, als ihr noch ein Herr von Sowieso den Hof machte –, dieses Kleid war selbstverständlich ein Modell und sollte den stolzen Betrag von achthundert Mark kosten. Dann trat Karl Grandauer die Nachfolge des Leutnants a. D. an – ein Unteroffizier! – und die Eltern verloren ihr Interesse an Hochzeit und Kleid. Der Nachfolger aber erwies sich als überraschend ausdauernd, sodass nun das Thema Hochzeitskleid wieder aktuell wurde. Hätte Herr Soleder seinerzeit mit kaufmännischem Weitblick das Modellkleid erworben – sozusagen in Reserve –, hätte er sich die halbe Million Mark ersparen können, die er jetzt in einem Kaufhaus hinblättern musste für ein billiges Konfektionskleid, das hinten und vorne nicht passte. Da war es dann ein Glück, dass sich das Fräulein Kampensi, Kurts kesse Berlinerin, für die Änderungen anbot. Sie hatte schneidern gelernt und sich auch ihre eigene Garderobe selber gemacht.

Das wiederum hätte man Frau Soleder besser verschweigen sollen, denn von dieser Garderobe hatte sie ihre eigene Meinung. Und sie ließ die beiden jungen Frauen fortan bei keiner Anprobe mehr aus den Augen, vor allem, wenn es um den Ausschnitt ging. Bei sich mochte das Fräulein Sara ja jedermann Einblick gewähren, wenn ihr das nicht peinlich sein sollte. Sie hatte ja außerdem auch erheblich weniger zu verbergen als ihre Tochter.

Am Tag vor dem Polterabend kam ein Lieferwagen von der Firma Goldmann zur solederschen Musikalienhandlung, um zwei Klaviere und ein Harmonium abzuholen. Sohn Kurt war alleine im Laden und hatte, wie meistens, keine Ahnung von den Abmachungen seines Vaters. Aber die Männer hatten ein Schreiben bei sich, aus dem hervorging, dass ihre Absicht legal war und Herr Soleder senior auch seine Zustimmung dazu erteilt hatte. Von all dem unberührt fand oben in der Wohnung eine letzte Anprobe für das Hochzeitskleid statt und es ging gerade wieder um den leidigen Ausschnitt, als der Kurt mit seiner Hiobsbotschaft in das Damenkränzchen hineinplatzte.

»Wieso hol'n die die ab? Sind die verkauft?«, fragte die Traudl etwas abwesend, weil sie doch momentan von anderen Problemen beherrscht wurde.

»Schmarrn! Die Lieferfirma ist das! Goldmann! Und die holen ihr Zeug zurück, weil's nicht bezahlt ist.«

»Jetzt tu dich amal nicht aufregen, Kurt«, sagte Mutter Soleder und nahm ihren Buben beruhigend an die Hand. »Wenn der Vati da ist, wird er das dann schon alles in Ordnung bringen.«

»Ja, Mama, der bringt immer alles in Ordnung.«

»Aber dürfen die denn das überhaupt? Einfach so!«, bemerkte die Traudl und nützte die Unaufmerksamkeit der Mutter für eine kleine Korrektur am Ausschnitt.

»Einen hätt ich ja niederschlagen können. Aber die waren leider zu zweit«, flapste der Kurt.

Frau Soleder hob entsetzt ihre Hände vors Gesicht: »Allmächtiger Gott im Himmel!«

Fräulein Kampensi nahm die Stecknadeln aus dem Mund

und fauchte ihn an: »Kurtchen! Nu mach sie doch nicht noch wuschiger!«

Und die Traudl fragte sich gleichzeitig: »Für was gibt's denn eigentlich die Polizei?«

»Damit du einen Mann kriegst!«, blaffte der Kurt. »Die mischt sich doch nicht in unsere Geschäftsangelegenheiten, die Polizei.«

»Pscht! Kinder, bitte! Das geht niemand etwas an!« Dabei blickte Frau Soleder beschwörend von einem zum andern. »Es ist mir nämlich schon nicht angenehm, dass der Karl in manches Einblick hat.«

*

Nachdem sich auch auf den Aushang der Polizeidirektion niemand gemeldet hatte, der dem Hochzeiter einen passenden Cut oder dergleichen hätte leihen können, war seine letzte Hoffnung ein Kostüm- oder Frackverleih.

»Also, dann gehn'S jetzt los, bevor die zumachen«, amüsierte sich Herr Grüner. »Weil, in Ihrem schäbigen Kriminalerklüfterl können'S nicht neben einer bildschönen weißen Braut daherkommen! Da bleib ich ja lieber daheim und geb Ihnen wenigstens meinen Sonntagsanzug.«

»Na, na, das wär ja … noch schöner«, sagte der Karl, vergeblich um Gelassenheit bemüht, und schon an der Türe, fiel ihm noch ein: »Übrigens, ich soll Sie auch nochmal fragen, Herr Inspektor … auch im Namen von meiner Schwiegermutter … wegen Ihrer Gattin … und ob sie morgen nicht auch zum Polterabend mitkommen möchte? Hoffentlich.«

»Ja mei, ich hab's Ihnen ja schon gesagt: Der geht's heut so und morgen so …«

Fast war es wieder so wie kurz nach dem Krieg, als sich auch so viele Männer in den besten Jahren auf den Straßen herumtrieben. Und nicht allen sah man es gleich an, was sie dort wollten. Die Zeit totschlagen. Sie war das Einzige, wovon sie genügend hatten. Aber keine Arbeit. Umso erstaunlicher war es, wie viele Automobile durch die Stadt drängelten und Krach und Gestank verbreiteten. Der Karli wurde beinahe auch von so einer protzigen Benzinkutsche angefahren. Und der Fahrer belferte heraus: »Depp, damischer, kannst nicht aufpassen?«

Das hätte sich der Karl nicht einmal von einem Bierkutscher sagen lassen und er ballerte seinerseits reflexartig mit der Faust gegen die Karosserie. Darauf blieb der Wagen mit einem Ruck stehen und ein jüngerer Herr sprang heraus, nobel angezogen, hoch elegant, wie der Besitzer von einem Friseursalon. Und er hatte schon eine neue Unverschämtheit auf den Lippen, als er plötzlich freudig ausrief: »Da wird ja der Hund in der Pfanne verrückt! Der Grandauer Karli! Mensch, kennst mich nimmer?«

Dazu brauchte der Karl tatsächlich etwas länger. Leute in seinem Bekanntenkreis sprangen nicht aus schwarzen Limousinen, traten nicht auf in nachtblauen Zweireihern mit Nadelstreifen und niemals mit einem weißen, um den Hals flatternden Seidenschal. Und keiner von ihnen hatte je solche Mengen Brillantine im Haar. Aber dann stand er auf einmal wieder vor ihm, der einzige, der sich einen solchen Rahmen ergaunert haben könnte: »Der Metzger Willi!« Amtlich mit Namen Willibald Leitner, wie er, in nächster Nähe vom Ostbahnhof aufgewachsen, in der Volksschule sogar ein Jahr lang auf derselben Bank gesessen. Als der Karli aber dann, gleich nach der vierten Klasse, zu einem kurzen Gastspiel in das Wilhelmsgymnasium hinüberwechselte, stand beim Willi von Anfang an fest, dass er dereinst sein Fortkommen nicht durch Geistesgaben finden würde, die ihm eine höhere Schule hätte vermitteln können. Also ging er zu einem Metzger in die Lehre und pflegte nebenher seine kunstgewerblichen Neigungen, die auch in seiner Jugend schon auffällig geworden waren. Die Fotoserie vom Kleiderraub in den Isarauen war dafür ein schönes Beispiel.

»Alter Spezi!« Die Anrede kam dem Willi tief aus dem Herzen und er drückte den steifen Karl dabei fest an seine Brust. »Tausend Jahr hama uns nimmer g'seh'n! Geht's dir aber schon gut, oder?«

»Nicht so gut wie dir, scheint's. Bist du jetzt ein Chauffeur?«

»Ja, ... aber mein eigener!«

Dass es in der gegenwärtigen Misere auch Leute geben würde, die von der Not anderer profitierten, war allgemein bekannt und der Karli fragte also: »Geht's denen so gut, den Metzgern?«

»Manche vielleicht. Aber es gibt interessantere Geschäfte«, antwortete der Willi und blinzelte geheimnisvoll: »Was is, hast a bissl Zeit, dann erzählt ich dir, was ich mach.«

Nun war der Karl ja in Eile, weil er sich noch einen Cut ausleihen wollte und Schuhe kaufen.

»Kaufst dir die halt morgen, deine Schuhe.«

»Morgen kosten's wieder um zehntausend Mark mehr!«

»Na und!«, sagte der Willi unbeeindruckt. »Sind doch bloß Fetzen Papier. Fahr ma zu mir heim. Vielleicht hab ich was Passendes im Fundus. Sonst besorg ich dir, was du brauchst. Nicht verzagen, Willi fragen!« Bis dahin war die Wiedersehensfreude beim Karl eher verhalten, eingedenk der Erfahrungen, die er schon einmal mit dem Willi gemacht hatte und die sich mit seiner jetzigen Berufsauffassung überhaupt nicht mehr vertragen würden. Es war ja, nüchtern betrachtet, auch Willis gegenwärtiges Auftreten nicht gerade Vertrauen erweckend. Wenngleich die vorbehaltlose Herzlichkeit und seine Hilfsbereitschaft ... und vielleicht hatte er sich ja auch in den Jahren verändert. Warum eigentlich nicht? Und wenn er ihm Schuhe besorgen könnte! Günstig! Und sogar einen Cut! Wäre das doch undankbar, einem alten Spezl gegenüber sich zu verschließen. Arrogant wäre das. Und das wollte er ja wirklich nicht sein, der Karl. Also schwang er sich, ohne weitere Widerstände, auf den Beifahrersitz des Automobils und erlebte nun, zwischen Angst und Bewunderung, wie so ein ehemaliges Vorstadtschlankerl eine derart hochkomplizierte Technik meisterte. Elegant rauchend dabei und plaudernd und immer ein passendes Schimpfwort für andere Verkehrsteilnehmer parat. Nur einmal wäre ihm die Kontrolle über das Lenkrad beinahe entglitten. Ganz kurz bloß. Das war, als der Karl erzählte, wie er zur Kripo kam: »Und früher hab ich immer gedacht: Alles, bloß das nicht. Aber da tut man oft gar nicht viel dazu … und auf einmal is man in was drin. Und dann macht man halt so weiter.«

»So ist es«, bestätigte der Willi nachdenklich. »Auf einmal bist in was drin. Und dann machst halt so weiter.«

In der Straße, wo ihre Fahrt endete, hatte jedes Haus zwei Eingänge. Einen normalen, wie man ihn von anderen Häusern auch kannte, und einen Herrschaftseingang. Der war so beschaffen, dass Nichtherrschaften Hemmungen haben mussten, ihn zu betreten. Der Karl jedenfalls hatte sie, während der Willi eintrat, als ob er nie etwas anderes gekannt hätte. Und dabei stammte er aus einer verwahrlosten alten Wanzenburg, deren Haustüre immer aufstehen musste, weil sie sonst aus den Angeln gefallen wäre. Im Inneren, wo man sonst in das Stiegenhaus gelangte, öffnete sich hier, gleich nach dem Herrschaftseingang, ein Marmorsaal, der leicht den Raum für ein halbes Dutzend Wohnungen hergegeben hätte. Dem Karl stand der Mund offen und der Willi sprach es aus: »Gell … wie a Kirch!«

»Und da wohnst du … in dem Haus?«, fragte der Karl fassungslos.

»Wohnen natürlich lauter exklusive Leute herin. Und eine Edelnutte. Aber das weiß ich bloß, weil ich so was kenne. Für die andern ist sie eine Probierdame. Kleider vorführen, verstehst. Führt aber schon was anderes auch vor! Vermutlich.«

Der Karl setzte sein hölzernes Lächeln auf, um nicht den Eindruck zu erwecken, er könnte solche Gegebenheiten nicht mit seinem Weltbild in Einklang bringen. Der Willi indessen lenkte ihn zum offenen Aufzugsschacht und sagte: »Fahr'n ma mit'm Fahrstuhl. Weil, so ein Fahrstuhl ... da bin ich direkt kindisch ... der war schon immer mein Traum. Dass ich einmal so wo wohne mit Fahrstuhl. Und jetzt wohn ich so wo. Aber dafür bist du ein Beamter.«

»Alles kann man nicht haben«, antwortete der Karl, nicht ganz sicher im Moment, wer hier den besseren Teil erwischt hatte.

»Obwohl, deinen Bruder, den Adi, hab ich mir immer eher als Beamten vorstellen können. Was macht'n der eigentlich?«

»Der ist Referendar. Beim Amtsgericht.«

»Na, sag? Der Adi! Ein Streber war er ja schon immer ...«

Derweil war der Fahrstuhl mit großem Gerumpel in der Eingangshalle angekommen. Sie stiegen ein und der Willi bediente ihn wie ein Luftschiffkapitän. Dann grinste er und sagte: »Der Adi! Macht er sich jetzt nimmer in die Hosen beim Gewitter?«

»Der ... hast du eine Ahnung! Der ist der ganz große Truppführer bei den Braunhemden!«

»Von dem ... Ding ... von dem Hitler? Sind da Studierte auch dabei?«

»Nur lauter Gescheite! Wennst den Adi fragst. Und dass ihnen die Zukunft gehört, sagt er.«

»Na, ehrlich? Das weiß ma oft gar nicht, gell. Müsste man direkt auch amal hingehn, wenn die was veranstalten, die Braunhemden.«

Der Karl war ja, was Luxus anging, von den Soleders schon einiges gewöhnt. Aber bei ihnen erschien ihm, anfangs wenigstens, noch ein gewisser Zusammenhang zu bestehen zwischen Stand und Wohlstand. Was er hier zu sehen bekam, das war mit seinem Bewohner nicht mehr in Einklang zu bringen und er wagte es kaum einzutreten.

»Mein Wohnzimmer«, nannte es der Willi. Aber dieser große elegante Raum war kein Zimmer und auch kein Salon, wie er es kannte. So etwas abgehoben Nobles hatte er noch nie in seinem Leben gesehen. Allenfalls, wie er einmal einen kurzen Blick in den Achtung gebietenden Amtsraum des Polizeipräsidenten werfen durfte. Darin aber residierte immerhin ein Präsident, auch wenn er sich nicht nur verdient gemacht haben sollte. Und fürs Erste brachte der Karl nur so viel über die Lippen: »Wie gibt's denn so was?«

Der Willi spürte die Wirkung bei seinem alten Spezi und dass ihm ein kleiner Trost jetzt guttun würde: »Es ist auch viel Glückssache dabei, Karli. Musst dir nix denken.«

Und er beschränkte sich fortan nur noch auf Andeutungen: »Geht natürlich noch weiter ... das Herrenzimmer ... kann man durchgehen durch die Flügeltüren. Aber da bin ich sowieso bloß, wenn ich büromäßig grad irgendwas ...«

Der Karl war ihm zögernd bis zu einer Gruppe schwerer, lederner Klubsessel gefolgt und ließ sich dort widerstrebend nieder, wobei er nur die halbe Sitzfläche in Anspruch nahm. Und während der Willi etwas Trinkbares holen wollte, versuchte er Ordnung in seine Gedanken zu bringen; denn irgendwie war ihm nicht ganz wohl bei der Sache. Vielleicht hatte er ihn ja auch nur hierher gelockt, um sich vor ihm zu produzieren. Und seine großartigen Versprechungen, dass er ihm Schuhe und vielleicht sogar einen Cut besorgen könnte, die würden platzen wie eine Seifenblase.

Der Willi kam mit einer Flasche Schampus zurück und sagte, dass ihm ein alter Spezi das und noch viel mehr wert wäre und er sollte sich nichts dabei denken. Wenigstens konnte der Karl behaupten, dass er so etwas auch schon getrunken hat. In Frankreich. Da war es gar nichts Besonderes. Aber hier und bei der Inflation! Und überhaupt, die Wohnung und alles! »Karli, schau«, offenbarte ihm der Willi seine Geschäftsphilosophie, »eine schlechte Zeit hat auch oft ihr Gutes. Weil der Mensch, sagen wir, er will seine Sorgen vergessen ... und wer will das nicht heutzutage? Also, was tut er? Früher ist er dazu vielleicht lieber in die Kirche gegangen. Auch eine Möglichkeit. Heutzutage geht er ins Kino.«

»Und was machst du dabei?«

»Ausstattung! Sagen wir, dass wer einen Pelzmantel braucht. Morgen hat er ihn! Und wenn ich ihn irgendwo abstauben müsste. Jetzt bloß amal so als Witz gesagt. Es ist ja alles erst im Aufbau begriffen. Aber wir reden danach weiter, Karli. Ich schau jetzt erst schnell amal in meinem Fundus nach, wegen dem Cut und deine Schuhe.« Dann tänzelte er hinaus und ließ den Karl mit all seinen Hoffnungen und Zweifeln zurück.

*

Die Bäckerei Kreitmeier war schon geschlossen, die Regale waren leer, kein Stückchen Brot war übrig geblieben, keine Semmel, nichts. Und die Luise hatte endlich, wie sonst auch um diese Zeit, das Gröbste hinter sich. Jetzt blieb ihr nur noch die Bodenfliesen nass herauszuwischen, den Ladentisch, Vitrinen, Regale sauber zu machen, die Messingklinken blank zu wienern. Dann war endlich Feierabend und sie musste sich nur noch um den Haushalt kümmern und das Abendessen, um ihre kranke Schwiegermutter und darum, was an Schmutzwäsche angefallen war oder auszubessern, zu nähen, zu flicken, zu stopfen. Das Übliche eben. Es war noch Licht im Laden, da klopfte Karls Braut an der Türe, ihre künftige Schwägerin.

»Aber jetzt hätt ich dir beinah nimmer aufgemacht, Traudl. Weil's nämlich Leut gibt, die kommen grundsätzlich nach Ladenschluss daher!«

»Immer noch besser wie bei uns, Luise. Ich glaub, dass keine drei Kunden heut bei uns im Laden waren.«

»Mei, schlimm so was. Und is so ein gutes Geschäft gewesen bei euch.«

Der Traudl stiegen die Tränen in die Augen, aber es war nicht nur aus Traurigkeit, es war auch vor Wut: »Bei jedem, der in unsern Laden reinkommt und schaut a bissl so aus wie ein Gerichtsvollzieher, krieg ich schon Gänsehaut!«

Die Luise hatte sich die Hände an der Schürze abgetrocknet, dann nahm sie die Traudl in den Arm und sagte mitfühlend: »Ich versteh dich schon. Dass er aber auch gar nicht amal mit sich reden lässt!«

»Dann macht er Sachen, Luise ... Sachen! Lässt sich Zeug aufschwätzen! Heimorgeln! Wer kauft denn eine Heimorgel in der heutigen Zeit?«

Die beiden Frauen wurden abgelenkt, weil man vom Hausgang her schon das Geschrei der beiden unversöhnlichen Streithähne, den braunen Adi und den roten Toni, hörte. Es handelte sich offenbar um den ersten Mai, den der Toni für sich reklamierte, nachdem man diesen Tag bei den Linken schon unter dem letzten Monarchen gefeiert hatte. Friedlich! Darauf kam nur Adolfs schrilles Gelächter und seine Auslegung, wonach er und seine Genossen den ersten Mai als einen Tag der Befreiung feiern würden von der bolschewistischen Sauwirtschaft! Und dann kamen sie, bevor sie sich trennten, noch kurz, aber heftig auf Persönliches und der Toni nannte den Adi ein Rindvieh, auch wenn er studiert hätte oder gerade deswegen! Und der Referendar lud den Toni dazu ein, ihn kreuzweise und so weiter.

Der Luise sprangen förmlich die Funken aus den Augen vor Wut: »Die zwei! Der Adi und unser G'sell! Mit ihrer Malefizpolitik immer! Ich möcht's oft zum Teufel hau'n!«

»Bei uns auch«, stöhnte die Traudl. »Der Kurt und der Vati! Wie Hund und Katz!«

»Dreimal is er schon für immer ausgezogen bei uns«, sagte die Luise so laut, dass er es draußen hören konnte. »Und ich bin neugierig, ob er endlich amal wen findet, der's länger mit ihm aushält!«

»Sollte die Rede von mir gewesen sein, Luiserl«, fragte der Adi in aller Liebenswürdigkeit und trat ein. Dann sah er auch die Traudl und ließ die Hacken seiner Stiefel knallen: »Oh! Meine Verehrung, schöne Schwägerin in spe!«

Sein Handkuss kam etwas zu unerwartet und landete im Nichts. Auch ließ ihn die schmucklose Uniform noch kleiner erscheinen, als er in Wirklichkeit war. Aber die Traudl war um Harmonie bemüht und bat ihn: »Und dass halt morgen an unserm Polterabend nicht politisiert wird!«

Adi hob die Schwurhand: »Ich fang nicht an, Traudl. Versprochen!«

»Und dass du halt auch a bissl nett bist zur Sara!«

»Nebbich! Ich bin doch kein Unmensch! Oder, Luise?«

»Schleich dich! Und sing nicht wieder, wennst bei der Nacht heimkommst!«

*

Währenddessen bewegte sich der Karl etwas behindert vor dem Spiegel, in einem Cut, der ihm gut zwei Nummern zu klein war: »A bissl eng vielleicht, bei der Bewegung. Sag selber, Willi?«

»In so was soll man sich ja auch nicht andauernd bewegen. Aber im Ganzen gesehen ... schaut unheimlich gut aus! Den nimmst mit, Karli. Und die passenden Schuhe kriegst du morgen. Kommst halt noch amal schnell her vor euerm Polterabend. Und du kannst dich auch auf mich verlassen. Hundertprozentig!«

Ganz wohl war dem Karl nicht dabei. Es verlangte ihm schon große Glaubensstärke ab, sein Glück zu ergreifen, das himmlische Mächte ausgerechnet in der Gestalt vom Metzger Willi auf ihn angesetzt haben sollten. Der Willi hatte indessen noch eine zweite Flasche Schampus geköpft und dann, wie eine heilige Handlung, sein Grammophon in Gang gesetzt: »Der Grammophon ist für mich das neben dem Kino, wo dem Leben wieder irgendeinen Sinn gibt! Jazz! Amerikanische Musik! Das ist die Freiheit! Da krieg ich derartige Ideen dabei ... unheimlich!«

Auch dem Karl war ein wenig unheimlich geworden, als er den Willy mithilfe der amerikanischen Musik in die Freiheit abheben sah. Und sein einziger Gedanke war, dass er dort nicht seine Schuhe vergessen möge.

Zur selben Zeit tat der Bäckermeister Kreitmeier das, was er schon Wochen zuvor jeden Abend getan hatte, seit die Inflation mehr und mehr ins Galoppieren geraten war. Er hockte in Hemdsärmeln am Wohnzimmertisch, unter der Hängelampe mit den bunten Perlfransen und zählte seine Tageseinnahmen, ordnete und bündelte sie in Haufen von Scheinen, die fast die ganze Tischplatte bedeckten. Die Luise saß mit einem Korb Flickwäsche am Nähtisch und neben ihr hatte sich auch die Traudl niedergelassen. Sie wollte eigentlich hier noch auf ihren Karl warten. Aber jetzt war es schon nach acht. Und daheim gab es noch tausend Sachen zu erledigen und herzurichten für den Polterabend. Zum Friseur musste sie morgen Früh auch noch und die Sara sollte ihr unbedingt noch etwas am Hochzeitskleid richten. Ab und zu schaute die Luise von ihrer Arbeit auf und lächelte ein wenig skeptisch über Traudls possierliche Aufgeregtheit. Sie dachte dabei auch an ihren Bruder und wie der auf die Dauer zurechtkommen würde mit einer verwöhnten höheren Tochter. Die ging nochmals die Vorbereitungen für den kommenden Abend durch: »Und mit den Backwaren, Luise, machen wir es dann so: Da kommt unser Mädchen vorbei und holt das ganze Zeug ab. Das für die Hochzeit auch gleich.«

»Soll's aber unser Handwagerl nehmen. Tragen kann's das nicht alles.«

»Und gleich wieder zurückbringen, das Wagerl!«, warf der Max scheinbar allen Ernstes ein, »weil wir es nämlich künftig für unsere Geldtransporte brauchen.«

»Ja, ja, heut lachen wir drüber«, sagte die Luise. »Aber wenn das so weitergeht …«

»Dann verdienen wir demnächst so unverschämt viel Geld«, folgerte Max, »dass wir unsern Backofen mit dem Geld heizen können. Und dann sparen wir das ganze Holz und die Kohlen und können uns zur Ruhe setzen.«

»Oder ihr kauft euch bei uns eine Heimorgel! Dann hätten wir auch a bissl was davon!«

Als der Karl dann nach neun Uhr endlich ankam, war die Traudl schon auf dem Heimweg ins Tal und der Max über seinem Geldhaufen eingenickt. Nur die Luise war noch wach, um ihrem Bruder die Nudelsuppe aufzuwärmen, die es am Abend gegeben hatte.

*

Es regnete ziemlich heftig am nächsten Tag, aber das war ja kein schlechtes Omen. Der Karl war noch einmal ins Büro gegangen, um sich kurz bei den Kollegen sehen zu lassen. Eigentlich hatte ihm Herr Grüner freigegeben. Aber der große Schritt, den er jetzt vor sich hatte, hob ihn doch etwas aus dem Alltag hervor. Und alle, die ihn kannten, blieben stehen und wünschten ihm Glück und er konnte ja nicht wissen, wann er wieder so viel Aufmerksamkeit finden würde.

Ein Lieferant hatte dem Willi am Vormittag ein Paar Schuhe gebracht. Die passten so gut zu einem Cut wie der Lieferant in einen Kirchenchor. Das waren, wie es in einem Schlager hieß, scheußlich schicke Chevreau-Schuhe. Schon etwas ausgelatscht und schwarz-weiß, als ob er sie einem Mafiaboss ausgezogen hätte.

Der Willi war momentan zu abgelenkt, um den Lieferanten dafür in den Hintern zu treten. Abgelenkt deshalb, weil schon seit einiger Zeit ein Schutzmann vor dem Herrschaftseingang auf und ab ging.

»Wegen der Probierdame wahrscheinlich«, beruhigte sich der Willi.

»Ja, ja«, sagte der Lieferant, »aber ich zieh lieber Leine.« Und er machte sich durch die Hintertüre und über den Lieferanteneingang davon. Irgendwie war jetzt auch der Willi nervös geworden, denn sein Verhältnis zur Polizei war schon von Jugend an gestört. Wenig später kam der Karl, wie verabredet, diesmal zu Fuß und schon nicht mehr so geblendet von der noblen Adresse. Dafür war er viel zu sehr in Unruhe, ob der Willi ihn nicht am Ende mit den Schuhen im Stich gelassen hatte. Den Schutzmann vor dem Herrschaftseingang sah er wohl, jedoch ohne ihn zur Kenntnis zu nehmen. Er ging geradewegs hinein, hastete die Marmortreppen hinauf und war erst erleichtert, als ihm sein alter Spezi öffnete und sagte: »Schuhe hab ich! Kann allerdings sein, dass ich schnell auf einen Sprung weg muss. Lass du dir ruhig Zeit und probier sie derweil.«

Der Karl hängte seinen Regenmantel an die Garderobe und folgte dem Willi in die Wohnhalle.

»Ich hab sie lieber a bissl größer genommen, die Schuhe. Weil, zu klein nützen's dir nämlich gar nix. Und? Was sagst?«

Der Karl fand nicht gleich Worte, schluckte nur trocken, ging auch nicht darauf zu, um sie in die Hand zu nehmen.

»Sind aber genau die, wo man auch beim Film verwendet, für solche Fälle«, erklärte ihm der Willi vorsorglich.

»Und kann man die weißen Stellen vielleicht … dass man die auch schwarz macht?«

»Alles kann man, alles.« Und indem er das sagte, blickte er durchs geschlossene Fenster hinunter auf die Straße.

»Jetzt probier's halt erst amal, Karli … ob's passen. Und dass du's auch amal am Fuß siehst. Wenn die Hose drüber fällt, ist doch die Wirkung wieder eine ganz andere.«

Es klingelte an der Wohnungstüre. Der Karl hatte sich gerade zu den Schuhen hinunter gebückt, sodass er die plötzliche Verfärbung in Willis Gesicht nicht sehen konnte und auch nicht seine gequälte Miene.

»Also, Karli ... ich schau bloß schnell ... weil's geklingelt hat. Tut mir ehrlich leid ...«

Und dabei ging er, scheinbar gelassen, in die Diele hinaus, warf dort noch rasch einen Blick durch den Spion in der Wohnungstüre, riss danach seinen Regenmantel von der Garderobe und ergriff geradezu explosionsartig die Flucht durch den Eingang für Lieferanten. Der Karl war viel zu sehr mit den Schuhen beschäftigt und natürlich auch mit dem Anlass, für die er sie benötigte, als dass er noch irgendein anderes Ereignis in Betracht gezogen hätte. Diese Schuhe waren ihm wirklich viel zu groß. Aber das würde sich ja mit Strümpfen ausgleichen lassen. Dass sie beim Gehen manches Mal so unangenehme Geräusche machten, ließ sich unter Umständen auch hinnehmen. Nicht dagegen ihr halbseidenes, gigerlhaftes Aussehen, mit dem man vielleicht auf der Kinoleinwand Staat machen könnte, aber nicht vor dem Traualtar.

Jetzt klingelte es schon zum dritten Mal. Der Karl beschloss, schon um den Willi nicht zu kränken, die Gigerlschuhe erst einmal an zu lassen, aber weder zum Polterabend noch tags darauf zur Hochzeit zu tragen. Und jetzt wurde wie wild geklingelt und an die Wohnungstüre geklopft. Womöglich hatte der Willi ja nur seine Hausschlüssel vergessen und kam noch einmal zurück. Also ging der Karl, um ihm zu öffnen, in die Diele, rief erst ein paar Mal nach dem Willi, doch plötzlich erstarrte er; draußen forderte jemand ziemlich barsch: »Aufmachen! Kriminalpolizei! Öffnen Sie die Türe!«

Ein letzter verzweifelter Ruf nach dem Willi verkümmerte in Karls Kehle. Er öffnete die Türe. Der Beamte hielt ihm seine Dienstmarke hin und machte im Übrigen keinen Furcht erregenden Eindruck: »Herr Willibald Leitner anwesend?« Dabei musterte er den Karl von oben bis unten und blieb bezeichnenderweise etwas länger an seinen Schuhen hängen. Der uniformierte Polizeibeamte, der hinter ihm stand, wirkte ebenso wenig beunruhigend, schien sogar verlegen zu lächeln. Er war derselbe, der schon den ganzen Vormittag vor dem Haus auf und ab patrouillierte. Der Karl versuchte ihnen begreiflich zu machen, dass der Willi gerade eben noch da war und jetzt nicht mehr. Und dass er keine Ahnung hätte, wohin er gegangen sein könnte. Der Kriminaler zeigte einen Durchsuchungsbefehl und es hätte Karls anbiedernd einladender Geste gar nicht bedurft, denn die Beamten wären auch ohne dies eingetreten.

»Gibt's da irgendwo einen zweiten Ausgang?«

»Angeblich für Lieferanten«, sagte der Karl, jetzt schon kollegial im Ton.

Der Kriminaler nahm den Schutzmann beiseite und zischte ihn an: »Haben Sie das gewusst?«

»Nein.«

»Das hätten'S doch feststellen können! Jetzt schaun'S wenigstens überall nach, ob noch wer in der Wohnung is!«, und an den Karl gewandt sagte er: »Ihren Ausweis, bitte!«

Der Karl hielt den Augenblick für geeignet, sich nun ebenfalls als Kriminaler vorzustellen und bat, seine Dienstmarke aus der Manteltasche holen zu dürfen.

»Die gehört zwar da nicht hinein«, höhnte der Beamte: »Aber bitte, Herr Kollege!«

Überzeugt, den Schaden damit begrenzen zu können, nahm der Karl den Mantel vom Garderobenhaken, griff hinein, stutzte und sagte fast vorwurfsvoll: »Das ist nicht mein Mantel!«

»Hat ja auch niemand behauptet.«

»Das ist wahrscheinlich sein Mantel! Und die Dienstmarke ist in dem anderen … also, in meinem Mantel!«

Der Kriminaler machte nicht den Eindruck, dass er Karls Erklärungen ernst nehmen würde. Er gab ihm lediglich

Gelegenheit, seine Anwesenheit mit scheinbar immer verworreneren Ausreden zu begründen. Währenddessen kam der Schutzmann wieder und meldete, dass er das Warenlager entdeckt hätte.

»Für Sie ja sicher nichts Neues«, sagte der Kriminaler zum Karl und forderte ihn auf, sich anzuschließen. »Nur, damit wir uns nicht aus den Augen verlieren.«

Willis Warenlager glich einem gut bestückten Theaterfundus oder Kostümverleih. Nahezu alles, was Filmproduktionen zur Ausstattung zeitnaher Themen benötigten, war hier vorzufinden oder konnte von hier aus geliefert werden.

»Ich weiß nur ... Filmausstattung«, sagte der Karl eher beeindruckt und noch im Unklaren über einen kriminellen Zusammenhang.

»Kann sein«, sagte der Kriminaler und spazierte an einer Stange mit Pelzmänteln entlang. »Aber zuvor gestohlen! Hehlerware!«

In der Abteilung für Gewaltkriminalität war man eher auf schwerwiegendere Delikte eingestellt als darauf, dass einer ihrer Mitarbeiter in eine Betrugssache verstrickt gewesen sein könnte und dabei auch noch seine Dienstmarke eingebüßt haben sollte. Kommissär Lederer begab sich auf die Nachricht hin selber in das zuständige Polizeirevier, um den vorläufig festgenommenen Kollegen zu identifizieren.

Seiner Braut, die dringend auf ihn gewartet hat, erzählte man am Telefon etwas von einem unerwarteten Spezialeinsatz. Auf solche Auskünfte hin sah die Traudl ihren Karl dann immer gleich auf gefährlicher Verbrecherjagd, was ihm nicht ungelegen kam, wenn sie ihn dafür hinterher umso inniger in die Arme nahm. Kurts kesse Berlinerin sah es nüchterner: »Die werden ’ne Pulle uffjemacht haben, Traudi! Det kannste mir glauben.«

Mit dieser Lebenseinstellung konnte die Sara sogar Kurts Mutter verkraften, die in ihr immer noch ein Verhängnis sah.

»Also, ich bin entsetzt, Traudl, wie die wieder daherkommt, das Mädel! In so einem Aufzug! Wir sind doch nicht in Schwabing!«

»Der Sara ihr Kleid? Das ist doch ganz entzückend, Mutti!«

»Einen Geschmack habt ihr alle, ihr jungen Leut! Fürchterlich!«

Aber Frau Soleder war so einfach nicht von ihrem Kampf gegen den Verfall der guten Sitten abzubringen. Und wenn es ihr in offener Feldschlacht nicht gelingen wollte, dann griff sie auch zu den Mitteln der Diplomatie: »Ich fürchte halt nur, es wird dem Fräulein Sara im Laufe des Abends bestimmt zu kühl werden an den Schultern! Dann gib ihr doch wenigstens deine schöne große Wollstola, Traudele! Dass sie sich die drüber legt.«

»Ach ja, die gibste mir, Traudi. Dann kann deine Mutti den Abend ooch besser jenießen.«

Früher als sonst kam Herr Soleder vom Laden herauf und an seinem unsicheren Gang konnte man erkennen, wie ausgiebig er tagsüber seine Sorgen bekämpft hatte. Die Gattin ließ sogleich alles liegen und stehen und folgte ihm in das Schlafzimmer mit dem schweren dunklen Mobiliar, reich verziert mit allerlei Schnitzwerk wie ein barockes Chorgestühl. Den passenden Anzug für die Abendveranstaltung hatte sie ihm schon bereitgelegt.

»Musst mir halt bitte noch sagen, wegen dem Hemd, dass ich dir das auch rauslege.«

Herr Soleder ließ die Frage offen, blieb, ohne sich ihr zuzuwenden, am Fenster stehen, an das der Wind die Regentropfen trieb.

»Oder magst dich noch a bisserle ausstrecken zuvor? Dann tu ich dir noch schnell dein Bett machen.«

Als hätte er ihr gar nicht zugehört, grummelte er nach einer Weile: »Zigarr'n hab ich keine mehr!«

»Gar keine mehr?«, sagte sie mitfühlend. »Achgottachgott …dann soll dir der Kurtl gleich welche holen, bevor die Läden zumachen.«

»Brauch ich niemand dazu. Ich weiß schon, wo ich die krieg«, murmelte er düster und schicksalsergeben.

Frau Soleder wusste aus vielen Ehejahren, dass es jetzt an der Zeit war, ihn sich selbst zu überlassen, wenn sie es vermeiden wollte, dass er sie dazu aufforderte. Also ging sie leise hinaus, so, als ob sie gar nicht dagewesen wäre. Es gab ja außerdem auch draußen noch so Manchens zu regeln.

Die taktvolle Zurückhaltung von Vorgesetzten und Kollegen, dem Hochzeiter hinterher ihren Spott zu ersparen, dürfte sie größere Anstrengungen gekostet haben, als ihn vorher vom Verdacht einer kriminellen Komplizenschaft reinzuwaschen. Herr Grüner schmunzelte lediglich, als er gegen Abend mit dem Karl aus dem Präsidium in den Regen hinausging: »Ham'S gar keinen Mantel dabei? Ach so … den hat ja jetzt der Filmausstatter!«

Aber schlimmer noch als der Verlust bedrückte den Karl die ungeliebte Bereicherung: »Und ich hätte auch nie im Leben diese Schuh behalten! Wenn ich sie nicht schon angehabt hätte. Und auch nicht den Cut, den ich gestern dummerweise mit heimgenommen habe.«

»Ja, sind'S doch froh! Den ziehen'S morgen an für die Kirche! Und danach werden wir ihn irgendwie unter die Asservate schmuggeln!«

»Aber, glauben Sie mir's, Herr Inspektor … das is mir dermaßen peinlich …«

»Geh, hören'S auf, Grandauer! Die Franzosen marschieren ins Ruhrgebiet ein und nehmen sich unsere Kohlen! Der deutsche Staat unterschlägt unsre Guthaben! Oder glauben Sie, dass mir da jemals noch einen Pfennig wiederseh'n von den ganzen Kriegsanleihen, die wir seinerzeit aus lauter Vaterlandsliebe gezeichnet haben? Und was tun die Bankhäuser? Und die Versicherungsgesellschaften? Und die

Großindustrie? Sanieren sich alle auf Kosten des kleinen Mannes! Und da machen Sie sich in die Hos'n wegen a Paar Schuh!«

*

Die Kreitmeiers hatten schon angekündigt, dass sie nicht von Anfang an dabei sein könnten, weil sich ihre täglichen Verpflichtungen und Aufgaben nicht einfach verschieben ließen. Und danach würden sie ja auch noch ein bisschen Zeit für sich brauchen, um sich für den Abend herzurichten.

Es war aber eher so, dass dem Max himmelangst davor war, von acht Uhr bis spät in die Nacht bei den Soleders herumzuhocken und am nächsten Tag das Gleiche wieder bei der Hochzeit. Die Luise hätte das alles gerne in Kauf genommen und sie hatte auch bereits mit einer Frau aus der Nachbarschaft geredet, die früher, bei den alten Kreitmeiers, schon gelegentlich ausgeholfen hatte. Aber mit dem Max war halt nichts mehr anzufangen, wenn es länger als bis zehn Uhr dauerte und außerhalb seiner vier Wände stattfand. Auf der Fahrt mit der Trambahn, als die Reise ins Tal unausweichlich geworden war und der Max seinen Widerstand aufgegeben hatte, sah er seine Luise an, von der Seite, und er verglich sie mit den Frauen auf der Bank gegenüber. Dabei fiel ihm ein, dass er schon ein saumäßiges Glück mit ihr gehabt hatte. Und das wollte er ihr auch sagen. Aber nicht gerade jetzt.

Die soledersche Fürstengruft – wie der Max deren Behausung nannte –, die kannten die Kreitmeiers ja schon von Karls Verlobung. Und folglich erwarteten sie auch nicht, dass sie sich dort besonders wohlfühlen würden. Womöglich war es ja auch nur das fade Getue der Alten, mit dem sie damals nichts anfangen konnten und der Abend könnte vielleicht doch noch ganz erträglich werden, wenn erst ordentlich gepoltert würde. Als sie ankamen, wurde wenigstens schon geschwoft. Dafür hatte man im Speisezimmer die Teppiche aufgerollt und das Mobiliar beiseite gerückt. Die Musik kam von einem Grammophon, das der Kurt bediente, vorerst noch mit Musik nach dem Geschmack seiner Eltern. Auch Frau Soleder wiegte sich, von Herrn Grüner geführt, hingebungsvoll im Walzertakt, wobei sie immer wieder bedauerte, dass er seine Gattin nicht mitgebracht hatte.

Das Brautpaar hingegen wurde eindeutig von ihr angeführt und er tappste irgendwie mit, in völliger Unkenntnis der richtigen Tanzschritte. Das war von außen besonders schön zu verfolgen, dank Karls unübersehbarer Schuhe. Der Adi war, entgegen allen Befürchtungen, nicht in seiner Uniform erschienen, sondern in einem ordentlichen dunklen Anzug, den er sich eigens von einem ehemaligen Studienfreund ausgeliehen hatte. Und als er seine Schwester entdeckte, flog er geradezu zu ihr hin, um sie zum Tanz aufzufordern.

»Geh, Adi, bittschön, tanz doch mit der Sara, komm!«

»Verstand noch zu ungetrübt!«, bedauerte er. »Aber vielleicht nach dem dritten Glas Wein!«

Im Salon, wo das Büfett aufgebaut war und wo Getränke zur Selbstbedienung standen, hatten sich zwei Herren zurückgezogen, die der Tanzerei weniger abgewinnen konnten. Rundlich der eine, im Talar, Beichtvater und Seelsorger der Gastgeber und von der bewussten Landleberwurst ans Büfett gelockt. Abgewandt und offenbar von sich selber angewidert der andere, der Spitzbart, denn er hatte sich mit Rotwein besudelt. Da kam ihm ein frommer Spruch vom Herrn Pfarrer gerade recht: »Was kann der Schöpfer lieber sehen als fröhliche Geschöpfe? Habe übrigens Ihrer lieben Gattin schon ein großes Lob ausgesprochen. Großes Lob! Diese Landleberwurst! Vom Metzger nebenan! Ich seh ihn zwar nicht oft in der Kirche … aber als Metzger macht er vieles wieder gut.«

Anscheinend war es niemandem aufgefallen, dass sich der Kurt und seine Sara zu irgendeiner Lausbüberei verabredeten, als sich der Geistliche Rat wieder bei den Tänzern zeigte. Die Sara legte daraufhin ihre Wollstola ab, die sie wie ein Zelt umhüllt hatte und ging schulterfrei auf den Pfarrer zu, machte einen artigen Knicks vor ihm und führte ihn auf die Tanzfläche. Der Pfarrer leistete dabei nicht den geringsten Widerstand, im Gegenteil, es schien ihm sogar Vergnügen zu bereiten. Und auch sonst hat niemand an der Veranstaltung Anstoß genommen – bis auf Frau Soleder, für die ihr Sohn das Stück ja offensichtlich inszeniert hatte. Sie entglitt ihrem Tanzpartner förmlich und blieb fassungslos stehen: »Allmächtiger! Also, das kann man doch nicht machen, so was!«

Herr Grüner sah schmunzelnd, wie der füllige Mann vom Start weg in Schwung kam und sagte: »Ja warum denn nicht? Schau'n Sie ihn nur an, was der auf einmal für ein weltliches Leben entfaltet.«

»Nein, was zu weit geht, geht zu weit, Herr Inspektor. Es ist nämlich leider schon was dran, wenn man oft sagt: Sie haben keinen Respekt vor unserem Glauben!«

»Die Berliner?«

»Und die Juden! Die Berliner Juden!«

Indessen hatte die Traudl ihren Bräutigam im Tanz nahe an der Mutter vorbeigelenkt und fragte beiläufig nach dem Vater. Einfach nur so, ohne ihn wirklich zu vermissen.

»Der Vati? Wieso, war er nicht gerade zuvor noch da …?«, antwortete die Mutter.

Das Verlangen nach Herrn Soleder war aber allgemein noch nicht so stark, dass man sich schon ernsthaft nach ihm umgeschaut hätte. Man wusste ja außerdem um seine Abneigung gegen ausgelassene Familienfeiern und auch um seine Enttäuschung über die Partnerwahl seiner Tochter. Erst gegen elf Uhr wurden die Kinder dann ausgeschickt, ihn zu suchen. Für diese Zeit war geplant, dass er eine kleine Rede halten sollte – immer vorausgesetzt natürlich, er wäre dazu noch in der Lage. Gesundheitlich!

Aber vielleicht hatte er ja schon vorher darauf gewartet, dass man sich mehr um seine Anwesenheit bemühte, dass man ihn nicht so einfach sich selbst überließe. Jedenfalls hatte er erst kurz vor elf das Haus verlassen. Man hätte ihn von einem der vorderen Fenster aus sehen können, wie er bei strömendem Regen ohne Schirm, Hut und Mantel hinauslief auf die Straße. Er blieb sogar noch eine Zeit lang vor dem Haus stehen und blickte hinauf zu den beleuchteten Fenstern, aus denen das Grammophon laut zu hören war mit Negermusik, die er so hasste und die er strikte aus seinem Sortiment verbannt hatte. Hätte ihn jemand jetzt aus der Nähe beobachtet, er wäre erschrocken über die bitteren Züge in seinem Gesicht. Züge von Verachtung und Verzweiflung und das Regenwasser rann ihm wie Tränen herunter.

Schon bald nach elf Uhr war alle Hoffnung der Angehörigen und Gäste dahin, den Gastgeber und Brautvater doch noch irgendwo im Haus oder im Laden aufzuspüren. Die Hinweise, dass er ohne jeden Regenschutz weggegangen sein musste, gaben dieser Hoffnung eine Weile Nahrung. Aber langsam wurde allen klar, dass er sich, ohne eine Nachricht zu hinterlassen, davongemacht hatte und nicht wollte, dass man ihn aufhält. Seine Frau klammerte sich, kraft ihrer Naivität, noch immer an die denkbar harmloseste Erklärung, auch als ihr der Geistliche Rat schon seinen Trost für das Unabwendbare anbot: »Die Wege des Herrn sind manches Mal rätselhaft …«

»Aber ich glaub, ich kenne seine Wege, Hochwürden«, fiel sie ihm ins Wort. »Er geht nämlich um die Zeit oft amal in den Augustiner oder ins Torbräu. Und dass er vielleicht nur in Gedanken … er war ja oft schon a bissele sehr vergesslich.«

Alles, auch diese Möglichkeit, so wenig wahrscheinlich sie war, wurde in Betracht gezogen und die jungen Männer waren stundenlang unterwegs, aber sie fanden nirgends einen Hinweis, keine Spur. Herr Soleder blieb verschollen.

»Der Mann hat mir schon von Anfang an nicht gefallen«, sagte Herr Grüner. »Und da war er ja auch schon nicht mehr ganz nüchtern.«

Die Luise war viel zu müde, um sich Schlimmeres vorzustellen: »Vielleicht schlaft er bloß irgendwo seinen Rausch aus. Und morgen is er wieder da, zur Hochzeit.«

»Heute«, brummte der Max nur, ohne die Augen aufzumachen.

»Für die braucht er nicht kommen, fürchte ich … für die Hochzeit!« Herrn Grüner wurde mit einem Mal klar, was mit dem Herrn Soleder geschehen war und man konnte die Absicht in seinem Gesicht erkennen.

Die Luise verstand erst nach einer Weile. »Dass gar nicht heiraten können, meinen'S?«

»Nicht gut, nein. Und das wär ja noch hinzunehmen. Die Jungen tun mir bloß leid. Und seine Frau. Und irgendwie auch er, der Alte. Aber trotzdem hab ich eine Sauwut auf den Mann!«

5.

Der Tag Allerheiligen war seit jeher ein Tag für Blumenhändler und Friedhofsgärtnereien gewesen. 1923 aber hatten sie sich schwergetan, ihren Grabschmuck loszuwerden. Die Deutschen waren zwar zurzeit fast alle mehrfache Billionäre, manche sogar Trillionäre, dafür mussten sie für das armseligste Blumengesteck etliche Milliarden Mark hinblättern. Viele hatten sich deshalb selber etwas zusammengesteckt, ein paar Dachsen zum Beispiel um eine schlichte Haushaltskerze herum, das erfüllte ebenso seinen Zweck. Das Bukett, das Traudls Bruder zum Friedhof mitgebracht hatte, sah ebenfalls nach Heimarbeit aus. Ihm war das weiter nicht peinlich. Eher schon seiner Mutter. Deshalb ging sie mit ihrer Tochter Traudl etwas langsamer hinterher, beide in Schwarz, die alte Dame trug einen passenden Hut und Schleier.

Sie hatten einen ziemlich langen Weg zu ihrer Grabstätte. Und die war auch auf keinem bevorzugten Platz zwischen monumentalen Familiengrüften, es war nur ein schmales Grundstückchen mit einem einfachen, schmucklosen Holzkreuz. Noch nichts Endgültiges. Und auf einem Brettchen stand einstweilen: *August Soleder, ehemals Königlich Bayerischer Hoflieferant – geb. 6.1.1861 – gest. 18.5.1923.*

Ein Spaziergänger war stehen geblieben, las den Namen und wandte sich dann an den Herrn am Grab nebenan, der seine Trauerarbeit offensichtlich schon getan hatte: »Jetzt schau ich grad ... Soleder? Das ist doch der Herr, der von der Großhesseloher Brücke ... heuer im Mai, gell. Ich hab's ja nur in der Zeitung gelesen. Ein Unfall, heißt es, oder?«

Der Herr am Grab schickte seiner Antwort ein langes, mitfühlendes Kopfnicken voraus und gab sich auch in seinen Worten zurückhaltend und pietätvoll: »Heißt es, ja, ja. Und man hat ja auch nicht das Recht, dass man so einem bedauernswerten Menschen irgendeine Absicht nachsagt. Auch nicht seinen Hinterbliebenen, net. Die stehen jetzt nämlich da und müssen zuschau'n, wie alles den Bach hinuntergeht! Alles! Samt und sonders! Dieses wunderbare Geschäft! Musikalien! Solche Leute waren ja auch einen Lebensstandard gewöhnt. Und jetzt liegt der Mann ein halbes Jahr schon da unter der Erde und hat noch nicht einmal einen Grabstein!«

Karl Grandauer hatte Jourdienst an diesem Feiertag und er war darüber gar nicht unglücklich. Sein Elterngrab hatte er tags zuvor schon besucht und sein Beinahe-Schwiegervater war ihm auch durch seinen Aufsehen erregenden Abgang nicht stärker ans Herz gewachsen. Hätte er seinen Weltschmerz und sein Selbstmitleid nicht wenigstens noch ein paar Tage aushalten können? Dann wären sie jetzt verheiratet, der Karl und die Traudl, und er müsste sie nicht immer noch spätestens um elf Uhr nachts daheim abliefern. An dem Zustand würde sich wahrscheinlich auch nicht viel ändern, wenn sich sein Wunschtraum von einer eigenen Wohnung erfüllen sollte. Es war nämlich so, dass seine Schwester, die Luise, vor kurzem im Laden etwas aufgeschnappt hatte aus einem Gespräch von zwei Kunden. Dabei ging es um einen Wohnblock, nicht allzu weit von den Kreitmeiers entfernt, einem Neubau von einer Versicherungsgesellschaft, der nun endlich bezugsfertig geworden war. Die Luise hatte sich sofort für ihren Bruder ins Zeug gelegt und einer der Kunden – er war selber bei der Versicherung tätig – wollte sich auch gerne für den Karl verwenden. Er konnte sich durchaus vorstellen, dass man einen jungen Polizeibeamten mit Familie gerne als Mieter in Betracht ziehen würde.

Der Karl hingegen gab der Sache nicht die geringste Chance, noch dazu, nachdem er gerade eben gelesen hatte, dass in München zur Zeit tausende Wohnungen fehlten. Aber er schickte, dessen ungeachtet, seine Bewerbung ab mit einem Empfehlungsschreiben seines Abteilungsleiters Grüner.

Mit dem Glück pflegte der Karl einen eher furchtsamen Umgang. Er hatte es oft nur von hinten gesehen, wenn er ihm einen besonders freudigen Empfang bereiten wollte. Inzwischen war er aber schon ein paar Mal draußen gewesen, am östlichsten Stadtrand, wo nur noch die Stromleitungen und Schienen der Trambahn an die Stadt erinnerten. Die wenigen Wohnblocks und Häuser standen weit verstreut inmitten von Schafweiden, Wiesen und Feldern, von ein paar Straßen durchzogen und breiten Gehwegen, auf denen Kinder ihre Reifen trieben und Kreisel peitschten. Manchmal fuhr auch ein Auto durch die Gegend und die Leute schauten ihm neugierig nach. Ansonsten wurde das Tempo auf den Straßen mehr von rumpelnden Pferdewagen bestimmt, auf die schon die Spatzen lauerten im Geäst der Chausseebäume.

Der Karl war auch an diesem ersten November, nach seinem Bereitschaftsdienst, wieder hinausgelaufen über die Bogenhauser Brücke, vorbei am Friedensengel und durch die elegante Prinzregentenstraße, immer weiter und weiter, bis dorthin, wo das Wohnen auch für einfachere Leute, solche wie ihn, einigermaßen erschwinglich war. Mit guten Schuhen war es ein Weg von etwas mehr als einer halben Stunde. Aber er hatte ja noch immer als einziges Paar die ausgelatschten Gigerlschuhe aus dem Fundus vom Metzger Willi. Nur unauffälliger waren sie jetzt, nachdem er die weißen Stellen mit Lederlack geschwärzt hatte.

Damals, vor seiner missglückten Hochzeit, hätte er neue Schuhe für wenige Milliarden Mark kaufen können. Zurzeit kosteten die billigsten drei Billionen Mark! Und dabei dürfte es nicht lange bleiben. Vermutlich würde man demnächst schon eine halbe Billion drauflegen müssen. Eigentlich war es geradezu verwegen, in so einer Zeit ernsthaft mit einer Wohnung zu liebäugeln. Aber irgendwie schien selbst das, zumindest in Gedanken, möglich, wenn man sich nur nicht von den Wahnsinnssummen beirren ließ. Als Beamter – auch als kleiner wie der Karl – hatte man ja einigermaßen die Gewähr für eine angepasste Besoldung. Der Dumme war dabei, wer sein Geld nicht schnell genug wieder ausgab. Dabei ging es oft nur um Stunden.

Mit Geld hatte zurzeit auch Karls Braut zu tun – im großen Stil. Das wurde leider notwendig, seit der Liquidator den Geschäftsverkehr der solederschen Musikalienhandlung eingestellt hatte. Auf Empfehlung ihrer ehemaligen Hausbank fand die Traudl wenigstens wieder Arbeit in einer Gelddruckerei, keiner traditionsreichen, in einer durch die Geldschwemme hochgespülten. Einseitig bedruckte Milliardenscheine, die schon der rasante Wertverlust fälschungssicher gemacht hatte.

Nun saß sie acht Stunden täglich an einem langen Packtisch, neben einem Dutzend anderen Frauen und Männern, die alle das Gleiche taten wie sie: Geldscheine zählen, laut vor sich hin und dann bündeln, auf dass sie von gelangweilten Bankboten in Säcken und Körben abtransportiert werden konnten.

Frau Soleder war nun schon Mitte fünfzig und man musste es ihrem Alter zugute halten, wenn sie nicht nur an ihrem persönlichen Schicksal, sondern ganz allgemein auch an der Zeit verzweifelte. Da saß sie in ihrem Salon und nichts mehr war so, wie sie es einmal kannte und liebte. Ein Anblick wie von einem entzauberten Christbaum. Das meiste, was für den Gerichtsvollzieher zu Buche schlug, war abgeholt worden. Die Heizung war kalt. Frau Soleder hatte sich in eine

Decke gehüllt und auf dem Tischchen vor ihr stand eine Schachtel mit alten Fotografien. Quälende Erinnerungen. Und immer wieder verschloss sie die Augen vor der Gegenwart. Und dann sagte sie seufzend: »Achgottachgott … wer hätte sich das träumen lassen … dass es einmal so kommt!«

Ihr Sohn Kurt erschien an der Türe, in einem schäbigen Smoking. Er drehte automatisch am Lichtschalter, weil er die Mutter im Halbdunkel sitzen sah. Aber nichts erfolgte, der Lüster war längst abmontiert: »Saukalt da herin! Frierst du nicht, Mama?«

»Ich frier nicht, Kurtl. Ich hab ja noch meine Wolldecke.«

»Dass'd dich halt nicht erkältest. Ich hol dir dein Strickjackerl …«

Sie nahm seine Hand und ließ ihn spüren, wie warm ihr war: »Dem Vati hab ich früher auch immer seine Finger aufwärmen müssen … weil er immer so kalte Hände gehabt hat als junger Mensch. Gehst du schon weg heut?«

Anstatt zu antworten, schaute der Kurt flüchtig auf seine Armbanduhr und sagte dann beruhigend: »Die Traudl kommt ja bald.«

»Setz dich halt noch a bisserle her zu mir.«

»Fünf Minuten«, sagte er und zog sich einen Stuhl neben sie.

»Ich hab mir grad nochmal die alten Fotografien angeschaut … wie wir alle noch …«

Der Kurt legte den Arm um seine Mutter und sie fing leise an zu schluchzen: »Unsre schöne Wohnung … und alles so schön und gepflegt … und alle sind wir so glücklich gewesen.«

Er nahm ihr behutsam das Foto aus der Hand und legte es mit den anderen in die Schachtel zurück. Und sie jammerte leise vor sich hin wie ein verstörtes Kind:

»Und da hat man gemeint … das geht immer so weiter. Immer so … glücklich und …immer so weiter …«

Er packte sie nun ein wenig burschikoser und gab sich zuversichtlich: »Soll übrigens eine wunderschöne Gegend sein, da wo der Karl die Wohnung kriegt!«

»Ach, geh zu, Kurtl ... das kann man doch gar nicht vergleichen.«

»Und ein sehr gutes Publikum, Mama! Akademiker! Offiziere!«

»Hat er sie denn jetzt wenigstens schon fest, die Wohnung?«, fragte sie und vergaß die Tränen.

»Schaut auf alle Fälle nicht schlecht aus.«

»Und was sollen dann wir machen, Bub ... wenn wir hier raus müssen? Wär sie denn notfalls groß genug für uns alle? Ich meine ... jetzt amal nur unter uns ... mit der Traudl alleine kann er ja unmöglich einzieh'n, solange die zwei nicht verheiratet sind.«

Welche Gründe am Ende den Ausschlag gaben, dass dem Karl kurz darauf die Wohnung tatsächlich zugesprochen wurde, blieb im Dunklen. Aber ein solcher Glücksfall war ihm schon eher zuzutrauen, nachdem er mit gewissen Einschränkungen verbunden war. Das eigentliche Problem war nicht, dass die Wohnung sofort bezogen werden musste, damit der Versicherung keine Mietzahlungen entgingen. Und es war auch weniger die Vorstellung, dass man Traudls Mutter zumindest anbieten müsste, ob sie nicht vorübergehend mit einziehen wollte. Ein kleines Zimmerchen für sie ließe sich ja in Gottes Namen zur Verfügung stellen – vorübergehend, bis sie etwas Passenderes fände. Bliebe noch Traudls Bruder Kurt, der sich zurzeit als Barpianist über Wasser hielt. Ihn als Mitbewohner zu haben, war für den Karl zwar keine sehr angenehme Vorstellung. Aber wer weiß? Noch war ja von einem Zusammenleben sowieso nicht die Rede.

»Es geht mich ja eigentlich nichts an«, sagte Herr Grüner und bedeutete seinem Kriminalassistenten, dass er sich einen Stuhl nehmen sollte und hinsetzen. »Oder ham Sie's eilig?«

»Na, na, vielen Dank«, antwortete der Karl. »Ich wollte bloß nochmal mit der Umzugsfirma … weil, die haben uns ursprünglich erst für den Montag eingeteilt. Aber jetzt hama ausgemacht: Übermorgen, am Freitag. Sonst kostet's ja wieder um so und so viel mehr. Und es wär dann auch am Tag gewesen. Und wir wollten's halt lieber ganz in der Früh. Wenn's noch a bissl dunkel is. Ich meine, Sie kennen ja meine Frau Schwiegermutter in spe.«

Herr Grüner lächelte verständnisvoll: »Damit's keiner sieht, das bissl Zeug, was ihr geblieben ist von der ganzen Pracht!«

Ein Anruf kam dazwischen und der Oberkommissär gab dem Karl zu verstehen, dass er ruhig bleiben könnte. Offenbar ging es um eine Versammlung anderntags am Abend im Bürgerbräukeller, bei der Generalstaatskommissar von Kahr eine Rede halten würde. Und es klang so, als ob sich gewisse Kreise eine nationale Erneuerung wünschten und die sollte von Bayern ausgehen. Beunruhigend konnte das ja dann nicht sein, wenn so etwas von hier ausginge, dachte der Karl. Aber er verstand nicht einmal die Hälfte von dem Gespräch und das Einzige, was er sich selbst momentan wünschte, war, dass sein Umzug in die neue Wohnung reibungslos über die Bühne gehen möge. Eine Bemerkung hatte ihn dann doch kurz aufhorchen lassen, weil dabei auch von einem Umzug die Rede war. Herr Grüner sagte nämlich: »Jetzt ist halt nur die Frage … falls sie nach ihrem Umzug in München gleich weiter bis nach Berlin hinaufmarschieren sollten … hinter wem seiner Fahne her?«

Und danach fiel auch wieder der Name Hitler und dass man ihn zu dieser Veranstaltung gar nicht eingeladen hätte, was Grüner so kommentierte: »Brav! Aber als Heizer ham sie ihn bisher schon brauchen können. Bloß auf die Lokomotive wollen sie ihn nicht mit hinauflassen. Das wird ihm gar nicht gefallen, fürchte ich!«

Herr Grüner lachte noch, nachdem er schon aufgelegt hatte und sagte, mehr vor sich hin: »Der Herr Regierungsrat sucht einen Dummen, der für ihn morgen Abend ins Bürgerbräu geht. Weil er so einen fürchterlichen Schnupfen hat und lieber im Bett bleibt. Recht hat er. Da kann er wenigstens nix falsch machen.«

Der Karl setzte, ahnungslos wie er war, sein hölzernes Lächeln auf, was so aussehen sollte, als habe er die Bemerkung des Chefs verstanden.

Grüner fand nun wieder in seinen privaten, fast väterlichen Ton zurück und fragte mit bedenklich hoch gezogenen Augenbrauen: »Und Sie haben sich das hoffentlich gut überlegt, Grandauer? Rückgängig können'S das so leicht nicht machen, wenn's amal alle drin sind in der Wohnung.«

»Es ist ja nicht für die Dauer, Herr Inspektor. Nur so lange, bis wir für Traudls Mutter was Geeignetes gefunden haben. Und bei ihrem Bruder ist es genauso. Der Kurt wollt ja sogar ... darf man gar nicht laut sagen, mit seiner Sara zusammenziehen! Dann hab ich g'sagt, um des lieben Friedens willen kann er vorerst an meiner Stelle einzieh'n. Die Kreitmeiers lassen mich sowieso nicht gern weg, ham's g'sagt.«

»Ham's g'sagt. Und Ihre Braut, was sagt die dazu? Is die auch so einsichtig?«

»Die Traudl, die weiß das natürlich auch, dass es besser is, wenn wir erst heiraten, bevor wir zusammenzieh'n. Weil sie ja gerade als Frau schief angeschaut wird, wenn sie quasi in wilder Ehe lebt. Sind doch leider überall Spießer. Auch da draußen.«

Herr Grüner schaute seinen Schützling eine Weile schweigend an und was da um seinen Mund herum so zuckte, sah ein wenig nach Spott aus. Als dann der Karl schon auf seinem Stuhl hin- und herzurutschen begann, sagte er zu ihm: »Ist noch gar nicht sehr lange her, Grandauer ... da hab ich von Ihnen gehört: Wir sind doch nicht vier Jahre im Dreck gelegen, dass uns danach jeder Spießer vorschreiben darf, was wir zu tun und zu lassen haben! Oder waren das gar nicht Sie?«

*

Das soledersche Schlafzimmer hatte der Gerichtsvollzieher ungeschoren gelassen. Weniger aus Pietät, eher weil es ihm fraglich erschien, für das finstere Gehölz einen Käufer zu finden. Frau Soleder beließ darin alles so, wie sie es vor bald dreißig Jahren, frisch vermählt, mit ihrem Gatten in Besitz genommen hatte. Herrn Soleders Kleidungsstücke hingen und lagen noch unberührt im Schrank, auch weil sie dem Sohn zu altväterlich waren und dem Karl zu klein. Und leider auch die Schuhe. Selbst wenn es der Witwe nicht leichtgefallen wäre, die Sachen von ihrem Mann an einem anderen sehen zu müssen, jetzt vor dem Umzug wäre sie darüber heilfroh gewesen. Sie hatte ja schon genug zu tun gehabt mit ihrer eigenen Garderobe, gerade war sie damit beschäftigt, ihr Schrankteil auszuräumen. Das ging nicht einfach so hopplahopp. Darin waren ihre schicken Kleider, in den hellen, modischen Farben, die sie nun schon ein halbes Jahr lang nicht mehr in die Hand genommen hatte, vor allem die hellen Kleider, in denen sie sich selber immer am liebsten sah. Sie hielt sie, eines nach dem anderen vor sich hin und drehte sich dabei vor dem Spiegel, Wehmut lag in ihrem Blick und ein Flehen, dass all die feschen Sachen auch nach dem Trauerjahr noch dieselbe Wirkung an ihr vollbrächten.

Währenddessen kam ihre Tochter herein mit einem großen Wäschekorb. »Schau, Mutti, da kannst deine besseren Sachen reinlegen, dann werden's nicht so verdrückt.«

»Ist doch alles egal, Kind. Ob die verdrückt werden oder nicht.«, sagte sie weltfern. »Ich hab sowieso nichts mehr vom Leben zu erwarten.«

»Geh zu, Mutti, sei doch froh, dass wir endlich eine billige Wohnung kriegen! Und der Karl ist so großzügig und überlässt sie uns.«

»Ich weiß es, Kind, ich weiß es. Und deswegen müsst ihr halt auch so vernünftig sein ... gerade weil er ein Beamter ist ..., dass ihr noch nicht unter einem Dach leben könnt miteinander! Solange ihr nicht verheiratet seid!«

»Sagst du!«

»Sagt jeder! Ein jeder Mensch, der etwas auf sich hält, sagt das!«

Die Traudl schloss für einen Moment die Augen und hörte auf eine innere Stimme, die ihr sagte: Lass es! Ihre Mutter hingegen hatte eine solche Stimme nur manches Mal ihrem Gatten gegenüber vernommen. Den Kindern gegenüber fühlte sie sich uneingeschränkt zur Aufklärung verpflichtet: »Ein Beamter kann eben nicht immer so ... wie er möchte. Und dein Karl weiß das auch. Nur, ihr habt da so neumodische Ansichten, der Kurtl und du! Ihr wollt das immer nicht ästimieren!«

An dieser Stelle versagte Traudls innere Stimme. Sie verknüllte das reinseidene Sommerkleid, das sie gerade in der Hand hatte, warf es in den Wäschekorb und schrie auf: »Mutti! Wir haben es ›ästimiert‹ ..., dass unsere Hochzeit ins Wasser gefallen ist ...«, hier blieb ihr der Satz im Hals stecken, der Zweideutigkeit wegen, die sie nicht beabsichtigt hatte. Und auch der Mutter fuhr der Schrecken in die Glieder bei der Vorstellung, was seinerzeit außer der Hochzeit noch ins Wasser gefallen war: »Traudl! Wie kannst du so was sagen!«

»Entschuldige bitte ..., das hab ich nicht so gemeint. Aber es ist doch wahr, Mutti, wir opfern ein ganzes Jahr! Vor lauter Rücksichtnahme!«

»Das tut ihr doch nur dem Vati zuliebe. Dass man im Trauerjahr nicht heiratet.«

»Was hat denn da der Vati davon?«

»Der hat sehr wohl etwas davon … wenn wir ihm sein Angedenken bewahren!«

»Das kann ich auch, wenn ich heirate!«

»Aber anders! Schau, Kind, es soll doch auch ein freudiger Anlass sein, eure Hochzeit. Und wir wollen doch dann alle a bissele fröhlich und festlich sein … in deinem schönen, weißen Brautkleid! So was tut man doch fürs ganze Leben!«

»Für dein Leben, Mutti! Ich will nur, dass wir endlich beisammen sind, der Karl und ich! Und dass wir endlich Kinder haben! Ich bin doch nimmer so jung!«

»Geh zu, du bist doch noch … die Tante Muschi hat ihren Eberhard mit sechsunddreißig Jahren bekommen!«

»Ja, Mutti … ich muss weitermachen …«, sagte die Traudl und ergriff die Flucht. Draußen in der Diele hing nur noch eine Glühbirne von der Decke und gab ein erbärmliches Licht. Überall standen Kartons und Körbe und Kisten. Auf einer ließ sie sich erschöpft nieder und was ihr kaum hörbar über die Lippen kam, klang nicht sehr hoffnungsvoll: »Lieber Gott … wenn das immer so weitergeht!«

Luise Kreitmeier hatte ihre Ladentüre anstandshalber noch nicht zugesperrt, auch nachdem schon seit einer Stunde das Pappschild in der Auslage stand: Brot und Backwaren aus. Manchmal kamen ja noch Stammkunden, denen sie etwas zurückgelegt hatte. Wie jetzt, die alte Hausmeisterin von drüben, wo die Luise aufgewachsen war, die Frau Gschmeißner. Und die war halt jetzt nicht mehr sehr gut auf den Beinen, sodass sie oft eine halbe Stunde gebraucht hat bis hier herüber zur Johanneskirche. Und so kam sie auch an diesem Tag erst spät.

»Und ein Sauwetter wieder! Als ob's gleich zum Schneien anfangen möcht!«

»Ja mei … das Wetter macht was mag. Ihr Mischbrot hab ich Ihnen schon weggelegt, Frau Gschmeißner«, sagte die

Luise und ließ die Ladentüre gleich offen, denn sie erkannte in dem SA-Mann, der gerade angeradelt kam, ihren Bruder Adolf.

»Das is der, wo beim Gericht is, gell?«, fragte die Frau Gschmeißner, die ihn nun ebenfalls bemerkt hatte.

Zu den Kreitmeiers kam der Adi eigentlich nicht so gerne in seiner Uniform und wenn, dann machte er lieber irgendwelche Mätzchen, knallte übertrieben die Hacken zusammen oder veralberte ein wenig den deutschen Gruß. Damit gab er sich, allen Meinungsverschiedenheiten zum Trotz, als einer der Ihren zu erkennen und es war dann auch einfacher, das Bündel Schmutzwäsche abzugeben, das er seiner Schwester meistens mitbrachte. Dieses Mal bezog der Adi sogar die Frau Gschmeißner in seinen Auftrittsschwank mit ein, indem er sie mit einem angedeuteten Handkuss begrüßte. Und die kicherte geschmeichelt, dass er sie überhaupt wieder erkannte, so ein schneidiger junger Mann, wo außerdem auch den Doktortitel besaß!

»Eine Hausmeisterin vergisst man nicht!«, entgegnete der Adi. Und zur Luise sagte er in der Rolle des hilflosen kleinen Bruders: »A bissl was zum Waschen hätt ich wieder. Wennst zufällig dazu kämst.«

Die Luise verdrehte bei dem Wort »zufällig« die Augen und warf das Wäschebündel in einen Korb, worauf die Hausmeisterin erstaunt fragte: »Ach ... wohnt er gar nimmer bei Ihnen?«

»Nein!«, antwortete der Adi selbst und ließ dazu die Stiefelabsätze knallen. »Er hat sich selbstständig gemacht!«

Die Luise nahm den Korb und sagte nur mit einem Blick auf die Wäsche: »Man sieht's!«

Frau Gschmeißner hätte sich gerne noch länger unterhalten, so wie man das ja bei einsamen alten Leuten schon kannte, aber nun wollte die Luise endlich zusperren und schob sie nicht herzlos, aber beherzt hinaus.

Der Max kam dann aus der Backstube herauf und sah den Schwager in seiner Montur, die er von jeher ziemlich lächerlich empfand: »Der Herr Obersturmführer! Und? Was tut sich?«

»Einiges!«, sagte der Adi und ließ erkennen, dass er mehr wusste, als er sagte. Dann setzte er noch etwas Hintergründiges drauf: »Und das kann man nur begrüßen!«

»Wenn du dabei bist, bestimmt. Aber für morgen Abend ham's euch nicht eingeladen. In den Bürgerbräukeller. Hat's geheißen. Stinkt er ihm recht, dem großen Adolf?«

»Wart ma's ab, Max! Aber ich wollt eigentlich nur wegen Karls Umzug … weil ich ihm versprochen hab, dass ich ihm helfe dabei.«

Die Luise schaltete sich ein und sagte: »Der hat zuvor angerufen, der Karl, dass sie jetzt schon am Freitag umzieh'n. Am Neunten.«

»Am Neunten? Da schaut's so aus, als ob ich überhaupt nicht könnte.«

Am darauffolgenden Abend saß Kriminalkommissär Holzinger noch im Büro über den Akten, während Kollege Lederer schon seinen Schreibtisch aufräumte und von diversen Rückständen kleiner Zwischenmahlzeiten reinigte. Und weil ihn zurzeit kein besonderer Fall in seinen Bann zog, nahm er gerne Anteil am Leben des jungen Kollegen Grandauer: »Drei Zimmer! Und ein Kammerl dazu. Wie hätt er denn die möblier'n woll'n? Er selber hat doch nix. Da is es vielleicht ganz gut, wenn er erst amal seine neue Verwandtschaft hineinlässt. So viel wird denen dann in Gottes Namen schon noch verblieben sein, dass sie ihm die Wohnung einrichten können. Was sagst du?«

»Das ist mir ehrlich g'sagt wurscht. Weil's Wichtigeres gibt im Moment. Stinkt nämlich schon wieder einiges zum Himmel! Und bei uns herinnen tun's so, als ob nichts wäre!«, ließ der Holzinger verlauten und verschwand wieder hinter den Akten.

Der Lederer schloss kurz die Augen und atmete laut ein und aus. Dann sagte er beruhigend: »Du wennst bloß was hörst von wegen ... Alles Hirngespinste! Die Versammlung heut Abend im Bürgerbräu ... das sind alles ehrenhafte Staatsmänner und Patrioten. Und da lassen's doch andere gar nicht hinein, Holzinger.«

Der Holzinger fuhr, um sich Luft zu machen, mit zwei Fingern in den Hemdkragen. »Sag amal, bist du wirklich so naiv ... oder stellst dich du bloß so dumm?«

Jetzt kam auch Herr Grüner dazu, schon mit Hut und Mantel: »Meine Herren ... ich ziehe mich ins Privatleben zurück. Sitzung verlief übrigens äußerst friedlich. Besondere Ereignisse scheint man für heute Nacht nicht zu erwarten, polizeilicherseits!«

»Eine einzige Idylle! Nicht einmal in der politischen Abteilung ist noch wer da! Keine Sonderbereitschaft! Nichts!«, giftete sich der Holzinger und er war so verbiestert, dass er die Ironie in den Worten seines Chefs gar nicht mehr heraushörte, als er sagte: »Na, bitte, was woll'n ma mehr? Verläuft doch alles nach Plan!«

»Und die Schutzmannposten melden: Überall Ansammlungen von Hitlerianern! Rund um München! SA-Kampfverbände! Das ganze Gesindel ist unterwegs!«

»Alles offiziell, Herr Holzinger! Angemeldete Versammlungen. Haben mit der Veranstaltung im Bürgerbräu nicht das Geringste zu tun. Heißt es.«

Darauf hielt den Holzinger nichts mehr auf seinem Stuhl, er sprang auf und schnarrte den Chef an: »Und Sie glauben das?!«

»Nein«, antwortete der und es war nicht mehr nur Ironie, jetzt war es Sarkasmus.

Herr Lederer ging in die kleine Pause, die entstanden war, in bester Absicht hinein, um seinen alten Kollegen in Schutz zu nehmen: »Von denen, wenn er halt bloß was hört, der Holzinger, dann geht für ihn immer gleich die Welt unter. Aber mir kennen ihn ja. Gell, Holzinger! Und er meint's ja auch nicht so.« Auf diesen Freundschaftsdienst hin tat Kollege Holzinger das, was ihm am schwersten fiel: Er schwieg.

*

Seit eine Semmel nur für etliche Millionen Mark zu haben war und nun, im November 1923, das Stück schon zehn Milliarden kostete, stand das Bäckerfahrrad der Kreitmeiers meist nutzlos herum; denn bei solchen Verhältnissen hatte man längst damit aufgehört, den Kunden die Semmeln auch noch mit dem Rad ins Haus zu liefern. Der Karl konnte es sich also nehmen, wann immer er wollte und zurzeit tat es ihm gute Dienste.

Auch am Abend des 8. November radelte er nach Dienstschluss durch die Stadt. Es war nasskalt mit ein paar Schneeflocken und in den Seitenstraßen, wo weniger begüterte Leute lebten, war es stockdunkel, weil die Bewohner dort mit Strom sparen mussten. Seine Karbidlampe am Rad flackerte auch nur noch schwach, sodass ihn der Lastwagen gar nicht gleich sehen konnte. Jedenfalls musste der Fahrer scharf bremsen und der Karl auch. Passiert war weiter nichts. Der Fahrer nannte ihn nicht einmal ein Rindvieh oder etwas dergleichen. Er rief nur heraus: »Deutschland erwache!« Und er lachte dabei. Die SA-Männer, die dicht gedrängt hinten auf dem Lastwagen hockten und standen, lachten ebenfalls und einer schwenkte die alte Reichskriegsflagge und rief dem Karl zu: »Aufpassen, Kamerad! Der Feind schläft nicht!«

Es war ein »Stoßtrupp Hitler, München«, so stand es jedenfalls auf dem Plakat an den Seitenplanken des Lasters. Aber etwas besonders Beunruhigendes an diesem Stoßtrupp konnte der Karl auf Anhieb nicht erkennen.

Kurz danach radelte er an einer schier endlosen Menschenschlange vorbei, die sich vor der städtischen Suppenküche gebildet hatte. Der Anblick war ihm schon bekannt, auch die erschreckende Zahl von vierzigtausend Fürsorgeempfängern alleine in München. Und dieser Zustand erschien ihm eher beunruhigend. Weil er Zeit hatte, bis seine Braut mit der Geldzählerei fertig war, fuhr er noch eine Schleife durch ein hell erleuchtetes Viertel der Stadt. Dort, wo vieles, ja fast alles zu haben war, was man nicht unbedingt oder gar nicht zum Leben brauchte. Und dort war auch das Nobelrestaurant mit Bar, in der sein Schwager in spe nachts Klavier spielte. Ihn hätte er zu gerne einmal gesehen. Den arroganten Kurt als Alleinunterhalter für die Schieber und Spekulanten mit ihren Matschakerln! Und wenn sie ihm dann ab und zu ein Bier spendierten! Dem Kurt! Der immer was zu maulen hatte! Ein Tanzbär für die Halbwelt.

Um die Druckerei herum war die Straßenbeleuchtung ebenfalls nicht mehr in Betrieb. Nur aus dem Gebäude selbst fiel etwas Licht und man sah die Angestellten nach dem Schichtwechsel herauskommen – seltsam aufgekratzt im Gegensatz zu sonst.

Auch die Traudl wirkte für den Karl wie beschwipst von dem, was sie offenbar gerade zuvor in der Druckerei erlebt hatte: »Das war ein Auftritt! Wie im Theater. Hitlersoldaten! Stürmen rein! Und so ein junger Dachs – wie der Adi – stellt sich breitbeinig hin und brüllt: Das Geld ist beschlagnahmt!«

Der Karl fragte verblüfft: »War das ein Raubüberfall?«

»Ach wo. Für die nationale Revolution! Ham's g'sagt. Und es gibt auch eine Quittung dafür. Also, wir ham uns halb totgelacht!«

Der Karl konnte sich ihrer Begeisterung nicht so ohne weiteres anschließen, denn die Sache erschien ihm irgendwie nicht rechtmäßig. Aber die Traudl war in ihrer Freude nicht zu bremsen: »Ist doch vollkommen egal. Das lumpige Geld! Sind doch nur Fetzen Papier! Das können's ja wieder nachdrucken. So viel's wollen. Wir haben uns auch bloß so amüsiert ... wir Frauen vor allem ... weil sich unser gestrenger Herr Abteilungsleiter fast in die Hos'n gemacht hätt!«

Vielleicht hätte der Karl die ganze Angelegenheit eher durchschaut, wenn er nicht mit ganz anderen Gedanken vorbelastet gewesen wäre: »Fahr'n ma schnell noch auf einen Sprung in die neue Wohnung naus, Schatzerl? Bissl schmusen! Ich hab den Schlüssel dabei!«

»Ich kann doch die Mutti nicht so lange allein lassen, Karl. Am letzten Abend! Und ich hab auch noch einen Haufen zu tun vorm Umzug.«

Er versuchte es dann noch einmal kurz mimisch, indem er ihr seine Enttäuschung vor Augen führte, aber das mochte sie gar nicht an ihm: »Kindskopf! Und außerdem is es eiskalt in der leeren Wohnung. Jetzt komm – sei g'scheit!«

Damit schwang sie sich auf ihr Fahrrad und fuhr los. Er folgte ihr verdrossen und maulte vor sich hin: »Immer g'scheit! Immer g'scheit! Das ganze Leben lang ...«

Am selben Abend, ziemlich spät, kam der Altgeselle Anton Schöpf mit seinem Handwagerl und drei Säcken Mehl von der Einkaufsgenossenschaft zur Bäckerei Kreitmeier zurück. Die Ausbeute war mager. Den Rest, hieß es, würde er morgen Früh bekommen. Der Max war unten in der Backstube, um den Ofen nachzuheizen und Schwager Karl, der gerade auch erst heimgekommen war, hockte bei ihm. Ein Rest Kaffee war noch für ihn in der Kanne und ein Stück Hefezopf war auch übrig geblieben.

»Was hat'n da so lang gedauert heut, Toni?«, fragte der Max seinen Gesellen.

»Müsst'S amal vorgeh'n zum Rosenheimer Berg!«, antwortete der Toni: »Was da los is! Im Bürgerbräukeller!«

Dass dort irgendetwas stattfinden sollte, war schon allgemein bekannt: Große Reden wieder von großkopferten Herren.

»Die Königstreuen und die Erzkonservativen! Da wärn's jetzt alle beianander. Bloß rauslassen sollt man sie nimmer!«, meinte der Toni und machte ein schlaues Gesicht.

»Werden's halt wieder auf die Preußen schimpfen«, sagte der Max. Aber den Karl interessierte unterdessen nur: »Hoffentlich gehen's uns morgen Früh nicht im Weg um, wenn wir umzieh'n!«

»Glaub ich weniger«, meinte der Toni und feixte dabei: »Weil die Reaktionäre so lang gar nicht durchhalten! Höchstens die andern! Die großen Marschierer. Die sind nämlich auch unterwegs. Zum Bürgerbräu nauf. Und so, wie die daherkommen ...! Deinen Bruder hab ich übrigens auch g'sehn, Karl. Zufällig. Er hat mich nicht g'sehn. Und g'schaut hat er wieder! Zum Fürchten! Mit dem G'sicht werden's ihn vielleicht gar nicht hineinlassen!«

Der Zutritt zu dieser bayerisch patriotischen Großveranstaltung im Bürgerbräusaal hatte sich aber, entgegen mancher Bedenken, auch für ungebetene Gäste als eher problemlos erwiesen. Die SA hätte sich also sicher ersparen können, im Eingangsbereich ein schweres Maschinengewehr aufzubauen, um ihrem Führer nötigenfalls den Auftritt frei zu schießen. Herr von Kahr hatte seine Rede bereits gehalten und danach war im Saal die übliche Unruhe entstanden. Ganz allgemein und weniger der forschen Männer wegen, die sich einen Weg zum Podium bahnten. Ihnen voran schritt Herr Hitler, das Rednerpult im Visier, zu dem er sich dann mit ein paar tänzelnden und von mehreren Anwesenden belächelten Schritten emporschwang. Selbst als er, kaum angekommen, die rechte Hand mit einem Revolver emporriss und daraus einen Schuss gegen den Plafond abgab, erzeugte er nicht bei allen Anwesenden Entsetzen. Dafür war sein Gesamteindruck momentan noch zu kümmerlich. Der Schuss bewirkte zunächst nur, dass etwas Gipsstaub von der Decke herabrieselte und ein paar Kellnerinnen erschreckte, die mit Bier unterwegs waren. Sie flohen instinktiv in einen Garderobenraum und hörten so kaum noch die folgenden markigen Erklärungen des Schützen: »Die nationale Revolution ist ausgebrochen! Der Saal ist von Schwerbewaffneten besetzt! Niemand darf den Saal verlassen!

Die Bayerische Regierung ist abgesetzt! Die Reichsregierung ist abgesetzt! Eine provisorische Reichsregierung ist gegründet! Die Kasernen der Reichswehr und der Landespolizei sind besetzt …«

Vor dem imposanten Hintergrund massenhaft abgelegter Zylinder, Hüte, Militärmützen und den darunter hängenden Mänteln und Überziehern rangen währenddessen die Kellnerinnen mit der Garderobenfrau gemeinsam um Fassung: »Also, na! So was hab ich noch nicht erlebt! Da bist ja deines Lebens nimmer sicher!«

»Leut gibt's! Kommt rein, steigt aufs Podium und schießt in die Luft! Der Dings … wie heißt der denn gleich wieder? Der, wo immer die Reden hält! Ganz bekannt! Mit seinem Barterl, der!«

*

Frau Soleder schlief seit dem Tod ihres Mannes nicht mehr wirklich gut, wachte öfters in der Nacht auf und manches Mal tappte sie, ein wenig irritiert, mit der Hand hinüber auf das leere Bett, weil sie dachte, sie hätte ihn gehört. Herr Soleder hatte ihr früher oft Anlass dazu gegeben, wegen seines zähen Raucherkatarrhs. In der Nacht vor dem Umzug war sie um zwei Uhr noch immer nicht eingeschlafen. Es war kalt im Zimmer und sie saß im wattierten Morgenmantel, die Hände im Schoß, auf ihrem Bett, wie ein Mensch, der auf seine Hinrichtung wartet.

Ihre Tochter war die ganze Zeit schon in der Diele zu hören, wo die Dinge, die ihnen verblieben waren, in Kisten und Kartons verpackt herumstanden und ab und zu steckte sie den Kopf ins Schlafzimmer und sagte: »Versuch's halt nochmal, Mutti! Und wenn's nur ein paar Stunden sind.«

Darauf antwortete die Mutter, nicht jammernd, sondern hadernd: »Ich kann doch jetzt nicht schlafen! Dreißig Jahre haben wir hier gelebt! Da kann ich doch nicht einfach die Augen zumachen und schlafen!«

Draußen, von der anderen Straßenseite herüber, ließen sie ungewöhnliche Geräusche aufhorchen. Ungewöhnlich für diese Uhrzeit. Und schon zehn Minuten zuvor klang es einmal so, als ob ein Lastwagen gebremst hätte. Danach hörte man Nagelstiefel auf dem Pflaster und verhaltene Stimmen. Dann war es wieder still, dann erneut die Stiefel und Stimmen. Die Traudl ging zum Fenster, ihre Mutter folgte ihr zögernd nach. Den Damastvorhang hatten sie ja noch einstweilen hängen lassen und nun schoben sie ihn etwas zur Seite. Ein wenig Schnee war sogar schon liegen geblieben und es war erstaunlich hell auf der Straße. Aus dem Haus gegenüber kamen Leute in Uniform. Und sie zerrten etwas hinaus ... jemanden ... einen Mann und bugsierten ihn auf den Laster. Der Mann schien sich verzweifelt zu wehren. Vergeblich.

»Das ist doch der ... wie heißt er denn? Vom Stadtrat. Der Doktor ...«, stammelte die Traudl.

»Ich weiß schon«, sagte die Mutter. »Der von der Wohnung, wo früher der Militärkassenverwalter drin war.«

»Mein Gott, furchtbar! Wie die mit dem Menschen umgeh'n! Ich kann gar nicht hinschau'n!«

Frau Soleder verschaffte sich etwas Distanz zu dem, was sie sah und meinte: »Wir wissen ja nicht, Kind, was er angestellt hat.«

»Aber wer sind denn die ... die das dürfen? Die sind doch nicht von der Polizei oder so was?«

»Mein Gott … man weiß ja immer viel zu wenig«, schloss die Mutter und wendete sich ab: »Komm jetzt und mach den Vorhang wieder zu. Es geht uns ja nichts an. Der Vati hat den übrigens auch nicht mögen, den Stadtrat. Der Kommunist … hat er immer gesagt. Der kriegt auch noch sein Fett ab. Wenn es einmal anders kommt.«

*

Am Freitag, den 9. November, verließ der Karl das kreitmeiersche Haus schon in aller Herrgottsfrühe. Und es war so ein Wetter, wie man es für einen Umzug am wenigsten brauchen konnte: noch immer nasskalt mit Regen und Schnee. Er hatte sich wieder das Bäckerrad ausgeliehen, weil er an dem Tag viel hin und her musste. Der Laden war noch geschlossen, aber davor standen schon etliche Leute an, geduldig und schweigend. Die Luise hatte ihm einen Henkelsack mitgegeben, in dem Semmeln und Brez'n waren und Brot für die Fuhrleute und alle, die beim Umzug mithalfen.

Ein Schutzmann vom Revier kam gerade angeradelt, als der Karl wegfahren wollte. Sie kannten einander schon und begrüßten sich. Der Schutzmann sollte möglichst alle Plakate abreißen, die in der Nacht überall angeklebt worden waren. Bei den Kreitmeiers an der Hauswand hing auch eines. Der Karl bemerkte es jetzt erst und las, was drauf stand: *Proklamation an das Deutsche Volk! Die Regierung der Novemberverbrecher in Berlin ist heute für abgesetzt erklärt worden. Eine provisorische deutsche Nationalregierung ist gebildet worden. Diese besteht aus General Ludendorff, Adolf Hitler …*

»Ach was!«, sagte der Karl erstaunt. »Ich hab das gar nicht so mitgekriegt. Ich hab nämlich heut einen Umzug, wissen Sie. Ja, und warum müssen Sie die jetzt wieder entfernen, die Plakate?«

Der Schutzmann hob die Schultern, beinahe über beide Ohren, und sagte: »Ja mei ... da wird's schon was gegeben haben, aber man schaut halt als normaler Mensch nie dahinter, was sich die hohen Herren untereinander ausmachen.«

Für die Fahrt mit dem Rad in die Stadt nahm der Karl lieber die Straße über den Gasteigberg hinunter, weil es da fast bis zum Deutschen Museum von selber ging. Dieses Mal war es allerdings nur das halbe Vergnügen, weil ihm von der Ludwigsbrücke her ungewöhnlich viele Leute entgegenkamen, die anscheinend alle zum Bürgerbräukeller hinaufwanderten. Etliche waren in der SA-Uniform, manche nur mit Hakenkreuzarmbinden und einige hatten auch eingerollte Fahnen dabei. Dem Karl fiel auf, dass diese Leute, soweit er sie zu Gesicht bekam, ganz offensichtlich keinerlei Gefühle der Niederlage zur Schau trugen, sie wirkten eher so siegessicher und erwartungsfroh, wie er das ja auch von seinem kleinen Bruder kannte. Nur, weshalb hatte der Schutzmann dann die Plakate mit der Proklamation wieder abgerissen? Sei es gewesen, wie es mochte, in Karls Augen gab es Wichtigeres an diesem 9. November, dem Tag des Umzugs.

Im Tal, hinter dem Isartor dann, wollte er sich kurz davon überzeugen, ob der Umzugswagen schon, wie versprochen, eingetroffen war. Doch als er vor der ehemaligen solederschen Musikalienhandlung vom Rad stieg, war davon nichts zu sehen. Es wäre ja auch sehr verwunderlich gewesen, wahrscheinlich spekulierten die Kerle damit, dass sie für jede Stunde, die sie später anfingen, ein paar Billionen mehr verlangen könnten. Aber eigenartig, jedes Mal, wenn er durch die herabgelassenen Rollgitter in den leer geräumten Laden hineinschaute, kribbelte es ihn immer noch in der Magengrube. Und dann sah er sich wieder, wie damals, in seiner ganzen Schäbigkeit vor dem Ladentisch stehen, aufgewühlt von der Jagd nach einem Traum. Und er sah den Spitzbart dünkelhaft und verächtlich auf ihn herabblicken. Ein Bild, das der Karl auch nach dessen jammervollem Ende nicht aus dem Kopf brachte. Was für ein Absturz! In so kurzer Zeit! Jetzt war er es, der Karl, der Herrn Soleders Hinterbliebenen aus der Patsche helfen musste. Schade eigentlich, dass er das nicht mehr erleben durfte.

Einen Augenblick zögerte der Karl, ob er der Traudl schnell noch guten Morgen sagen sollte, bevor er weiter ins Präsidium fahren würde. Es ging darum, einen Gehaltsvorschuss abzuholen und die Beihilfe für den Umzug. Da durfte nichts dazwischen kommen, denn auch für Umzüge galten Tagespreise. Er hatte schon ein Bein zum Start über den Sattel geschwungen, als der Kurt an der Haustüre erschien und ihm zurief: »Da bist ja, Schwager! Dann kann's endlich losgeh'n. Bloß alles, fürcht ich, bring ma wahrscheinlich nicht auf einmal auf dein Radl drauf. Müsstest halt vielleicht zur Not zweimal fahr'n!«

Es war sowieso nicht der Tag, an dem der Karl in aller Frühe schon entspannt auf Kurts schnoddrige Art reagieren konnte, zumal immer denkbar war, dass hinter seinem blöden Scherz ein leiser Vorwurf lauerte. Also stellte der Karl erst einmal sachlich fest: »Ich habe mit der Umzugsfirma ausgemacht, dass der Wagen vor sieben Uhr da zu sein hat! Mehr kann ich leider nicht tun. Außer dafür bezahlen, natürlich.«

Den Schlusssatz hätte er gerne zurückgenommen und er versuchte ihn wenigstens zu entschärfen, indem er anschließend etwas unmotiviert und künstlich lachte. Und dann übergab er dem Kurt noch den Henkelsack mit den Backwaren, in der Hoffnung, ihn damit zu versöhnen. Doch auf der Fahrt ins Amt hing dem Karl seine Bemerkung noch eine ganze Weile nach. Denn gar so unangebracht, dachte er, war sie ja auch nicht. Manches Mal wurmte es ihn schon gewaltig, mit welcher Großmut sie ihn den Umzug bezahlen ließen und die Wohnung untereinander aufteilten – seine

Wohnung! Die Traudl natürlich ausgenommen. Und alles wegen dieses dämlichen Trauerjahres.

Die Radlstrecke durch die Innenstadt war zu kurz und bot auch keinerlei Anlässe mehr, sich noch einmal gedanklich mit öffentlichen Angelegenheiten zu beschäftigen. Erst als der Karl vor dem Hauptportal des Polizeipräsidiums angekommen war, fiel ihm auf, dass darüber eine regennasse Fahne schlackerte und davor – ganz ungewöhnlich – zwei bewaffnete Posten von der grünen Landespolizei standen. Er musste sich auch vor ihnen ausweisen und wurde belehrt, dass er wohl hinein darf, aber vorläufig nicht mehr heraus. Seine aufgeregten Erklärungen, weshalb er nur kurz hinein und hinterher unbedingt wieder heraus müsste, fanden zwar Verständnis, aber keine Zustimmung. Der Karl war also in der Zwickmühle und er ging hinein.

Schon in der Vorhalle geriet er in ein ameisenhaftes Gewimmel und auch vor der offenen Türe des Rapportsaales hatten sich Kollegen versammelt, um einem Offizier der Landespolizei zuzuhören, der seine Männer instruierte: »... erlässt seine Exzellenz, der Generalstaatskommissar, Ritter von Kahr, den folgenden Aufruf an das Bayerische Volk: Trug und Wortbruch ehrgeiziger Gesellen haben aus einer Kundgebung für Deutschlands nationales Wiedererwachen eine Szene widerwärtiger Vergewaltigung gemacht. Die mir, dem General Lossow und dem Obersten von Seißer mit vorgehaltener Pistole abgepressten Erklärungen sind null und nichtig.

Ein Gelingen des ziel- und planlosen Umsturzversuches hätte Deutschland samt Bayern in den Abgrund gestoßen. An der Treue und dem Pflichtbewusstsein der Reichswehr und der Landespolizei ist der Verrat gescheitert. Auf diese Getreuen gestützt, ruht die vollziehende Gewalt fest in meiner Hand. Die Schuldigen werden rücksichtslos der verdienten Strafe zugeführt. Die NSDAP, die Bünde Oberland und Reichskriegsflagge sind aufgelöst. Unbeirrt durch Unverstand und Tücke werde ich mein deutsches

Ziel verfolgen: Unserem Vaterland die innere Freiheit zu erringen.«

Da lag nun auf einmal wieder, und auch der Karl spürte das, so etwas Erhebendes in der Luft, wie früher, wenn es um das Vaterland ging. Aber eigentlich wollte er sich davon gar nicht mehr anstecken lassen. Ganz klar war ihm die Angelegenheit sowieso noch nicht geworden. Nur, dass es mit der großen Zukunft von Adis Adolf anscheinend doch noch nicht so recht klappen wollte. Wie auch immer, dachte er: Gott gib, dass es wenigstens mit seinem Gehaltsvorschuss klappen möge!

Auf der Treppe traf der Karl mit seinem Chef zusammen, der ihn gleich und nicht ohne Ironie fragte: »So, und jetzt? Sind's herin und kommen nimmer naus!«

»Aber ich brauch das unbedingt, das Geld, Herr Inspektor! Und wenn ich's erst morgen hol, is es vielleicht bloß noch die Hälfte wert!«

»Da habt ihr euch einen Tag ausgesucht für euern Umzug! Hoffentlich kommen die andern nicht auf die gleiche Idee und machen auch einen!«

Im Augenblick hatte der Karl keinen Verstand für die Anspielungen seines Chefs und er eilte, nachdem er sich höflich abgemeldet hatte, in Richtung Gehaltsbüro. Herr Grüner hingegen ließ sich von der allgemeinen Hektik im Haus nicht anstecken und gewährte auch dem Hausdiener Dirscherl, der treppab mit einer nassen Fahne auf ihn zukam, gerne Audienz.

»Herr Inspektor! Ich sag's Ihnen! Heut ist ein Tag! Fahne raus, Fahne rein! Dreimal ham's mich rausgesprengt in der Nacht!«

»Fahne, zu was? Is wer gestorben?« Herr Grüner gab sich erstaunt.

»Ja, das wenn's bloß wär«, sagte der Hausdiener. »Aber es ist politisch! Erst hab ich natürlich die schwarz-rot-gelbe naus. Wie's normal is. Nein, sagt er … die schwarz-weiß-rote will ich hängen seh'n! Aber die hab ich ja erst hersuchen müssen, net. Weil mas doch ausrangiert ham, vor zwei Jahre.«

»Wer hat das g'sagt? Wer?«

Der Hausdiener schaute sich erst vorsichtig um, bevor er flüsterte: »Unser neuer Herr Präsident!«

»Neuer Präsident?! Wer soll denn das sein?!«

»Der Herr Doktor von der Politischen!«

»Der Dr. Frick? Ist Präsident?«

Herr Dirscherl drehte die folgenden Worte erst ein paar Mal im Mund herum, wie ein Bonbon, bevor er sie aussprach: »Gewesen! Nicht sehr lang! Drei Stund! Dann ham's ihn schon wieder … abgelöst!«

Herr Grüner erinnerte sich an keinen Fall, bei dem das Münchner Polizeipräsidium einen Missgriff auf höchster Führungsebene so zügig wieder behoben hatte. Nicht einmal der rasante Wechsel der Münchner Polizeipräsidenten im Revolutionsjahr 1919 war damit vergleichbar. Die Fälle unterschieden sich ja auch sehr in ihrem Charakter und er bezweifelte, ob man über die derzeitigen eines Tages ebenso würde schmunzeln können wie über die damaligen. Über den Wäschevertreter, der immerhin vierzehn Tage amtieren durfte und über den Drogisten, der ihm nachfolgte, bis ihn ein Installateur abgelöst hatte. Sie hatten sich einen Platz in der Polizeigeschichte verdient als die radikalsten Reformer, indem sie Personalakten und Verbrecherkarteien ganz einfach im Innenhof des Präsidiums verbrennen ließen.

*

Im Bäckerladen waren noch die Glühbirnen an, weil es draußen nicht hell werden wollte und es war wie immer rappelvoll. Auch vor dem Laden standen die Kunden bis zum Hauseck an. Waren es sonst vor allem die Brotpreise, worüber sich die Leute noch aufregen konnten, debattierten sie an diesem Morgen über das, was sich angeblich vorne am Rosenheimer Berg abspielte. Einer kam gerade von dort und berichtete: »Menschenmassen! Fahnen! Gesungen ham's! Die SA mit aufgepflanzten Bajonetten! Die marschier'n schon los! Und die Polizei – zum Totlachen! Die ham's einfach entwaffnet! Und durch! Ich kann mir gar nicht vorstellen, wer die noch aufhalten sollte?«

Draußen war plötzlich Geschrei, aber nur, weil sich ein Mann nicht ordentlich hinten angestellt hatte. Er verbreitete ebenfalls Neuigkeiten, aber es hatte den Anschein, dass ihm der Alkohol dabei behilflich war.

»Leut, jetzt kommt die Revolution und Bayern wird frei! Marschier'n schon auf Berlin! Mit dem General Ludendorff an der Spitze!«

Nachdem ihm die Nachricht keine Sympathien einbrachte und die Leute nach wie vor darauf bestanden, dass er sich gefälligst hinten anzustellen hätte, nahm er sich kein Blatt mehr vor den Mund und grölte: »Und mit euch Scheißliberale, da wird am allerersten aufgeräumt! Und mit der ganzen jüdischen Sozisaubande!«

Es waren viel weniger seine politischen Anspielungen, welche die aufgebrachten Hausfrauen reizten, der Kerl gab ihnen einfach Gelegenheit, nach Kräften außer sich zu sein. Das ging so lange weiter, bis der Altgeselle Anton Schöpf herauskam, den Schreihals kurz am Kragen packte und aufs Pflaster warf. Eigentlich wollte er das gar nicht. Er fiel ihm mehr aus der Hand. Und die Luise rief erschreckt aus dem Laden: »Toni! Hör auf!« Da hob der Toni nur bedauernd die Schultern, aber zum Einlenken sah er keinen Grund. Der Saufkopf kam auch bald wieder auf die Beine, torkelte auf die andere Straßenseite und rief, die Faust geballt, herüber: »Ich kenn dich scho! Kommunistenbazi! Du hast auch nimmer lang!«

Auf der Straße vor der ehemaligen Musikalienhandlung stand nun der Möbelwagen mit zwei stämmigen Brauereipferden, die in ihren Futtersäcken malmten.

Möbelpacker schleppten gerade ein Trumm vom Schlafzimmerschrank aus dem Haus und bugsierten es auf ihren Wagen. Danach standen sie erschöpft davor und stöhnten: »Das ist ja der reinste Elefantensarg!«

»Viel ham's nicht, die Leut. Aber das bissl is kaum zum Tragen.«

Der Kurt brachte ein paar leichtere Sachen herunter und stellte sie neben die Haustüre. Hier erwartete ihn der Metzger vom Laden nebenan und drückte ihm etwas Eingewickeltes in die Hand: »Da hab ich a bissl was für die Frau Mutter. Zur Stärkung! Die grobe Landleberwurst. Die mag's doch so gern.«

Frau Soleder bewegte sich derweil durch ihre einstmals noblen Räume wie durch ein Erdbebengebiet. Überall Ruinen und Fluchtgepäck. Aber jetzt hörte man sie kaum noch mit dem Schicksal hadern. Im Trubel haderte sie lieber mit den Menschen um sie herum: »Nein, Traudl, nein! Das ist einfach nicht anständig von ihm! Er lässt uns hier alleine wurschteln und weiß doch genau, was heute für uns alles auf dem Spiel steht.«

Der Traudl war die Erschöpfung anzusehen, nachdem sie sich schon stundenlang gezwungen sah, ihren Bräutigam in Schutz zu nehmen: »Mutti, bittschön ... der kommt so bald er kann! Vielleicht war irgendwas Berufliches. Kann doch sein ...«

»Dann hätt er wenigstens telefonieren können!«

»Wie denn? Wir ham doch keins mehr!«

Die Mutter ging, längst noch nicht versöhnt, an einen der fertig gepackten Kartons und wühlte etwas heraus. »Was suchst du denn da noch, Mutti?«, fragte Traudl beunruhigt.

»Meinen Tafelaufsatz. Vom Vati, den.«

»Zu was? Lass ihn doch drin. Da is er gut aufgehoben.«

»Den will ich aber selber tragen, den Tafelaufsatz! Das war nämlich ein Hochzeitsgeschenk von unserm Vati!«

»Und lässt ihn dir lieber aus der Hand hau'n in der Trambahn!«

Auch wenn kaum noch etwas übrig geblieben war von ihrem Wohlstand: Als Beispiel, wie man durch Sparsamkeit zu ihm gelangt war, taugte er noch immer: »Ich fahr doch nicht mit der Trambahn! Und zahl soundso viele Milliarden für das Stückele Weg da hinaus! So leichtsinnig, wenn wir früher immer gedacht hätten, der Vati und ich ... dann hätten wir es nicht so weit gebracht!«

Die Traudl hatte ihr schnell noch den Tafelaufsatz mit einem Handtuch umwickelt und in ein Einkaufsnetz verpackt. Damit und in ihrer Witwentracht verließ Frau Soleder dann das Haus. Sie war sehr konzentriert auf die zerbrechliche Porzellanschale mit den tanzenden Putti drum herum und eigentlich war sie nur derentwegen beunruhigt über die ungewöhnlich vielen Menschen, die sich entlang der Straße aufgestellt hatten und irgendetwas vom Isartor her zu erwarten schienen. Von dort waren auch schon hochgestimmte Rufe zu hören, sodass Frau Soleder es vorzog, in die nächste Seitenstraße abzubiegen. Dort fühlte sie sich weniger bedroht, dort standen auch Fahrzeuge der Landespolizei und sie fragte einen der Beamten: »Entschuldigen Sie ... ist etwas Besonderes los? Weil hier so viele Polizeiwagen stehen.«

»Nur zur Sicherheit. Aber wenn Sie nicht gerade in die Innenstadt müssen ...«

»Nein, nein, ich muss nur ... wir haben nämlich einen Umzug heute. Und mein angehender Schwiegersohn ist zufällig auch bei der Polizei ... vielleicht kennen Sie ihn ja: Kriminalassistent Grandauer.«

»Nein, leider«, bedauerte der Mann. »Wir sind von Augsburg.«

Er hatte seinen Gehaltsvorschuss bereits in der Tasche und auch die Ausgangssperre im Münchner Polizeipräsidium war schon aufgehoben worden, da saß der Karl noch immer bei Herrn Grüner im Büro und mit ihm Kommissär Holzinger. Man redete über die Ereignisse von gestern, im Bürgerbräukeller und darüber, was man vom Aufmarsch der SA und ihrer Mitläufer zur Stunde wissen konnte. Grüner hatte neuere Informationen von der Polizeidirektion und die waren beunruhigend. An die Landespolizei war Schießbefehl ergangen, falls sich die Marschierer nicht aufhalten ließen.

Der Karl dachte an seinen Bruder. Und er dachte an den Umzug. Seinen Umzug. Dann hörte er von Geschehnissen in der vergangenen Nacht, vom Sturm der SA auf das Regierungsgebäude und von Überfällen und Festnahmen bekannter Politiker und Stadträte. Das ging nicht spurlos an ihm vorbei. Vielleicht war es sogar so, dass er auf das hin etwas nüchterner wurde und weniger kurzsichtig.

»Also …«, sagte Herr Grüner. »Jetzt schaun'S endlich, dass weiterkommen, Grandauer! Und denken'S nicht nur an Ihren Umzug!«

Vielleicht hätte der Karl ja mit dem Fahrrad das Haus im Tal noch erreicht, bevor die Marschkolonne vorbeigekommen wäre. Aber er hatte das Präsidium kaum hinter sich, da platzte ihm der Vorderreifen und so musste er das Rad im Fahrzeughof zurücklassen und zu Fuß weitergehen. Es war nicht nur Sorge um den kleinen Bruder, den er unter den Marschierern wähnte, es war auch eine Portion Wut dabei, die ihn antrieb. Wut nach all dem, was der Karl gerade erfahren hatte. Und das musste der Adi doch auch wissen, wozu diese Leute fähig waren, hinter denen er herlief wie so ein Trottel! Und er, der Karl, war jetzt der, der helfen musste – der große Bruder.

Der Zug war schon über den Marienplatz hinaus und drang weiter vor in Richtung Residenz. Menschenmassen drängten auf beiden Seiten. Sie verstopften Seitenstraßen und Bürgersteige. Manche, die ganz vorne standen, schlossen sich der Kolonne an und liefen mit. Jedenfalls sah es so aus. Und überall spürte man Zustimmung, ja, Begeisterung. Weit mehr als Ärger und Ablehnung. Hüte wurden geschwenkt, man hörte Gesang und Wogen von Hoch- und Heilrufen. Es war fast wieder so erhebend wie damals bei Kriegsbeginn 1914.

Der Karl kämpfte sich verbissen nach vorne, ließ seine Dienstmarke aber in der Tasche, weil die ihm vermutlich mehr Misstrauen als Entgegenkommen eingebracht hätte. Und dann sah er die Fahnen und dahinter schritten Männer mit entschlossenen Mienen. Unter ihnen – kein Zweifel, man kannte ihn ja – der General von Ludendorff, Held des Vaterlandes, Sieger von Tannenberg, oder doch wenigstens der zweite Sieger, solange er sich mit Hindenburg im Nachruhm noch nicht einig war. Neben ihm, etwas unscheinbarer in der Adjustierung und auch nicht ganz so trittsicher wie der General, Herr Hitler. Aber wer an ihn glaubte, der sah ihn so, wie er ihn sehen wollte. Vorneweg schritt auch ein junger Offizier, den man von Zeitungsbildern kennen konnte, als Jagdflieger und Träger des Pour le Mérite – und schritt da nicht auch ein ehemaliger Münchner Polizeipräsident? Jener, der erst vor ein paar Monaten mit seiner zukunftsweisenden Rechtsauffassung gescheitert war? Und womöglich marschierte ja auch der Dienstmädchenmörder mit, der Privatstudent, dem dieser Präsident zur Flucht verholfen hatte.

Der Karl spürte, dass sich zum zweiten Mal an diesem Tag etwas in seiner Magengegend zusammenzog. Und das wurde auch nicht besser, als er die Reichswehrsoldaten sah und die Fähnriche aus der Infanterieschule, adrette junge Männer mit geputzten Stiefeln, keine Duckmäuser und Schieber. Den Leuten um ihn herum waren sie ein Augenschmaus. Etwas weniger vielleicht die SA. Ihr fehlte noch der letzte Schliff, die Tradition. Aber auch sie reckte das

Kinn nach soldatischem Vorbild. Und dann sah er ihn, in ihrer Mitte, mit demselben heroischen Gesichtsausdruck, als gälte es einen Drachen zu töten, den kleinen Bruder! Das war schon in der Residenzstraße, nicht mehr weit von der Feldherrnhalle entfernt.

Ein paar Mal versuchte der Karl, ihn auf sich aufmerksam zu machen. Er rief seinen Namen. Aber nicht laut genug. Eine Dunsthaube aus vaterländischen Gesängen und Freudenkundgebungen lag über allem. Dann schoben sich die hinteren Reihen plötzlich ineinander, wie wenn sich der Zug vorne an der Spitze verlangsamen würde. Und mit einem Mal konnte man erkennen, dass sich ein Trupp der grünen Polizei quer über die Straße und mit Gewehren im Anschlag aufgestellt hatte. Von da an ging alles blitzschnell. Es fielen Schüsse, die ersten Reihen warfen sich mit wenigen Ausnahmen flach auf den Boden, die Zuschauer stoben auseinander und ebenso die Nachzügler. Der Karl behielt den Kopf oben und konnte erkennen, dass auch sein Bruder zusammengekauert, aber unverletzt auf dem Pflaster lag.

Andere krümmten sich, schrien, versuchten aufzustehen und sackten wieder zusammen. Oder sie blieben gleich, so wie sie gefallen waren, regungslos liegen, auch dann noch, als die Polizei das Feuer eingestellt hatte.

Jetzt raffte sich auf, wer dazu noch in der Lage war oder kroch verschreckt, auf allen vieren, in den nächstbesten Hauseingang, nur noch darauf bedacht, sich selber zu retten. Der Karl nützte den Augenblick und sprang unbehindert seinem Bruder entgegen, packte ihn am Arm und zerrte ihn in ein offenes Stiegenhaus. Dort riss er ihm als Erstes das SA-Käppi vom Kopf, zog sich den Mantel aus und stopfte den schlotternden Adolf hinein. Der hatte alles Heroische verloren und stammelte nur weinerlich: »Die ham einfach … neben mir, der war Landgerichtsrat … tot! Einfach erschossen! Die sind solche Schweine!«

»Himmelherrgottsakrament! Tu nimmer lang rum jetzt und schau, dass'd weiterkommst! Meinen Mantel kannst bei der Luise abgeben.«

Während er das sagte, hatte sich der Karl mit einem Blick nach draußen überzeugt, dass der Weg einigermaßen frei war und nun schob er den Adi an die Türe. Der machte wieder seine ängstlichen Kinderaugen, wie früher, wenn er zu ihm ins Bett gekrochen war, weil es gedonnert hatte.

»Gehst du gar nicht mit, Karli?«

»Besser wir gehen getrennt«, sagte der Karl. »Muss ja nicht sein, dass uns wer miteinander sieht.«

Wieder im Freien hätte der Adolf nur ein paar Schritte nach links machen müssen, um zu sehen, wie viele noch in ihrem Blut auf der Straße lagen. Aber er richtete den Kopf wie festgeschraubt geradeaus und verdrückte sich schnell nach rechts zur Theatinerstraße hinüber.

*

Draußen im Osten, wo Neuigkeiten erst ankamen, wenn sie schon etwas älter waren, hatte der andere, der nicht so geschichtsträchtige Umzug sein Ziel allem Anschein nach erreicht.

Das Fuhrwerk war schon halb leer und das, was die Möbelpacker bis dahin ins Haus geschleppt hatten, lieferte den Nachbarn wertvolle Hinweise auf die neuen Mieter. Den besten Überblick hatte wie gewöhnlich der Hausmeister. Und der ließ die Augenbrauen ein paar Mal bewundernd auf- und niederschnellen, bevor er sagte: »... aber vor allem ein Klavier! Schwarz! Und jetzt haben wir bereits fünf Klaviere im Block! Das wirft natürlich schon ein gutes Licht auf Häuser!«

»Und was ham'S sonst noch?«, fragte die Frau, die, auf ein Kissen gelehnt, aus dem Parterrefenster schaute. »Ich hab leider nicht alles mitbekommen.«

»In der Hauptsache ein Schlafzimmer. Ganz dunkel und Nussbaum geschnitzt. Nobel, nobel! Kenn ich nur wenige in dieser Schönheit!«

Das Thema war noch längst nicht erschöpft, als der Briefträger auf seinem Fahrrad mit der Nachmittagspost ankam. Und er brachte, wie so oft, die neuesten Neuigkeiten mit aus der Stadt. Er war vielleicht der kleinste Briefträger in ganz München, aber der größte Dramatiker im Dienste der Post: »Vor der Feldherrnhalle ... hunderte von Tote! Hunderte! Der General Ludendorff, der Adolf Hitler und wie sie alle heißen! Über den Haufen geschossen! Erbarmungslos!«

Die Frauen schlugen die Hände vors Gesicht. Weniger die Personen betreffend als allgemein das Gemetzel. Und der Hausmeister sagte mit gesenkter Stimme: »Mein Gott ... wer schießt denn auf solche Männer?« Darauf riss der Briefträger, um sich etwas Empörtes zu geben, die Augen weit auf und sagte nur: »Unsre Polizei!«

Die Frau am Parterrefenster nickte nachdenklich, bevor sie es aussprach: »Und jetzt kriegen wir auch noch so einen ins Haus!«

Kommissär Lederer war dem Hausdiener Dirscherl zu einem der Westfenster gefolgt, wo man etwas von den Protestkundgebungen mitbekommen konnte. Sie waren spontan an mehreren Plätzen in der Stadt entstanden, bald nachdem die Polizei den Aufmarsch an der Feldherrnhalle gewaltsam beendet hatte. Zuletzt, etwas orgiastisch vielleicht, aber einprägsam in einer Kavallerieattacke mit Lanzenreitern. Der Pulk, der sich draußen vor dem Hauptportal des Polizeipräsidiums gebildet hatte, war nicht so einfach einer bestimmten politischen Richtung oder einer sozialen Schicht zuzuordnen. Es waren allem Anschein nach Münchner Bürger, Arbeiter, Studenten, Männer und Frauen, die ihre Wut nicht etwa gegen die Putschisten hinausschrien – ihre Verbitterung galt im Gegenteil der Polizei und der Regierung. Das ging dem Hausdiener ziemlich nahe und er flüsterte: »Da traut ma sich ja bald gar nimmer laut sagen, dass ma da auch dazugehört … zu die Totengräber … wie's alle schrei'n, die Leut!«

»Es ist halt leider auch eine Persönlichkeit wie der General Ludendorff dabei gewesen«, sagte Kommissär Lederer nachdenklich. »Und auf so jemand, wenn geschossen wird! Das muss man sich amal vorstellen!«

»Nicht zum Ausdenken! Auch wenn er hundertmal ein Preuß ist! Er ist ja auch ein General!«

Kollege Holzinger war währenddessen zu einem Tatort auf dem Marienplatz beordert worden. Dort wurde, im Schatten des weltpolitischen Trubels, ein Schutzmann niedergestochen.

»Und vier hama zuvor an der Feldherrnhalle verlor'n! Kein guter Tag für die Polizei«, sagte Herr Grüner, der gerade von einer Lagebesprechung gekommen war.

»Und wie viele Tote ham die anderen?«, fragte Lederer.

»Von vierzehn weiß ma's. Können aber noch a paar dazu kommen.«

»Dem Ludendorff … is aber nix passiert, hoffentlich?«

»Kann ich Sie beruhigen, Lederer. Der ist im Vertrauen auf seine Unverwundbarkeit erhobenen Hauptes durch das Feuer geschritten und danach ebenso über den menschenleeren Odeonsplatz! Wie nach dem Sieg von Tannenberg!«

Kommissär Lederer nahm es auf wie das gute Ende von einem Märchen und er sagte befriedigt: »Sie haben schon eine besondere Befähigung, solche Männer!«

»Ja, die ham's«, bestätigte Herr Grüner mit einem tiefen Seufzer.

»Beim Hitler geht es mir ja weniger so. Ehrlich g'sagt. Dem fehlt halt leider dieses Gewisse … und bei dem wär's mir auch gar nicht so arg gewesen, wenn's ihn … Aber scheint's hat er es ja auch überlebt?«

»Scheint's, ja. Und untergetaucht. Aber vielleicht geht er ja jetzt wieder heim nach Österreich und probiert's mit denen. Da sind dann zum Glück die Alpen dazwischen.«

Frau Soleder fand in der ganzen Wohnung nirgends ein stilles Eckchen, wo sie sich ungestört hätte ausweinen können. In ihrem künftigen Zimmer waren die zwei Möbelpacker noch damit beschäftigt, die Schlafzimmereinrichtung zusammenzubauen und aufzustellen. Sie hatten sich dafür gegen ein bescheidenes Trinkgeld von einigen hundert Milliarden Mark angeboten. Dass man die alte Dame von diesen Arbeiten ferngehalten hatte, war nur zu ihrem Guten, denn es ging auch dabei naturgemäß etliches zu Bruch. Und noch hatte sie ja an einem anderen Unglück schwer zu nagen.

Alles war gut gegangen. Sie hatte den Tafelaufsatz zu Fuß unbeschadet in die neue Wohnung gebracht, dort auf einem sicheren Platz abgestellt, um später dann, von Zweifeln getrieben, nach einem noch sichereren zu suchen. Den glaubte sie schließlich hoch oben auf einem Büfett gefunden zu haben, und sie bestieg einen Schemel, um hinauf zu gelangen. Der wiederum kippte, worauf ihr der Tafelaufsatz aus den Händen rutschte und somit war alle Mühe vergebens.

»Ach, Mutti, mach dir nichts draus«, tröstete sie ihre Tochter. »Wieder ein Trumm weniger zum Saubermachen!«

»Achgottachgott … es is wie ein Fluch! Seit der Vati tot is.«

»Geh, Mutti, red dir doch nicht dauernd so was ein!«

»Ja, ja, ihr jungen Leut … Ihr seid da schnell fertig mit allem! Aber das sind doch alles Erinnerungen! Ich seh ihn noch, unsern Vati … wie er damals gekommen is zu mir und hat ihn vor mich hingestellt … mit den schönen Wachsäpfele drin. Wo sind die eigentlich hingekommen, die Wachsäpfele?«

»Weißt'as nimmer?«, fragte die Traudl und musste lachen. »Die hat der Kurtl doch damals im Ofen gebraten, wie er noch klein war.«

Die Mutter aber ließ nicht nach in ihrem Leid und sagte: »Ja, ja, da könnt ihr lachen, über so was. Weil ihr das nicht versteht, wie das ist für alte Menschen. Wenn sie zuschau'n müssen, wie langsam alles dahingeht. Was will ich denn noch da? Tut mich doch endlich auch naus auf'n Friedhof!«

»Jetzt hörst aber auf, Mutti! Wegen so einer blöden Schüssel! Und in der Stadt passieren die fürchterlichsten Sachen! Hast doch gehört, was der Karl erzählt hat! Dass er beinah selber umgekommen wär!«

Karls Verwicklung in die Ereignisse an der Feldherrnhalle hatte ihn sichtlich betroffen gemacht, aber doch nicht ganz abgehalten, seine eigene Rolle dabei gegenüber der Traudl und ihrer Mutter noch etwas eindrucksvoller darzustellen. Von seinem angehenden Schwager hatte er dafür allerdings weniger Bewunderung zu erwarten. Das Verhältnis der beiden war ohnehin schwieriger geworden, seit man beschlossen hatte, dass Traudls Bruder an seiner Stelle einziehen würde. Und es wurde natürlich auch nicht besser, als der Karl nun zuschauen durfte, wie der Kurt sich mit Unterstützung der kessen Berlinerin in seiner Wohnung einrichtete. Saras Beteiligung am Umzug war ja bei Frau Soleder von Anfang an auf Ablehnung gestoßen und schon gar, als sie sie dann mit einem Oberbett ihres Sohnes die Stiegen heraufkommen sah. Angemalt und aufgeputzt wie diese modernen Modepüppchen mit ihren dünnen, unbedeckten Beinen und ihren flachen Brüsten. Irgendwie passten ja auch die paar Möbelstücke, die der Kurt in seiner Kammer untergebracht hatte, recht gut zu den beiden. Vor allem die Malereien, die er als Erstes an den Wänden angebracht hatte: Wirres Zeug nach Karls Geschmack, von gehetzten Fantasten, die wahrscheinlich gar nicht richtig malen konnten oder wollten, jedenfalls solchen, die sich für ihre Arbeit nicht genügend Zeit ließen, um sich verständlich zu machen.

Dieser Kurt, so wie er sich gab, und alles um ihn herum waren schon eine Herausforderung für den Karl. Aber manches Mal wünschte er sich insgeheim, er wäre selber ein wenig wie er. So frei und direkt und ungeniert. Dass er den Adolf partout nicht ausstehen konnte, das tat ihm, bei allen Schwierigkeiten, die er selber mit ihm hatte, weh. Aber er war nun einmal sein Bruder und er konnte ihn deshalb doch nicht einfach fallen lassen.

Er war ja auch bereit, Kurts Mutter zu ertragen, ihre verschrobenen Ansichten in Gottes Namen naiv zu nennen. Und vielleicht waren das Adolfs Ansichten ja in gewisser Weise auch. Als er seinem Schwager das so zu erklären versuchte, bekam er nur die lapidare Antwort: »Die Naivität von unsrer Mutter ist manches Mal nervtötend, zugegeben. Aber die von deinem Bruder kann tödliche Folgen haben … wovon du dich heute selber überzeugen konntest, lieber Karl!«

Die Antwort blieb dem Karl erspart. Kurts Freundin kam dazwischen. Sie war schnell zum Postamt gelaufen, um nach Berlin zu telefonieren. Kurt wollte unbedingt wissen, wie Saras Eltern auf den Putschversuch in München reagierten – auf den angedrohten Marsch nach Berlin. »… zu Hause sagen sie: Soll er man kommen, euer Adolf! Und Vati fragt: Is det noch Oktoberfest … oder jehört det schon zum Fasching?«

*

Der Gerichtsreferendar Adolf Grandauer hatte sein möbliertes Zimmer mit Blick auf den Viktualienmarkt erst wieder verlassen, als es schon dunkel wurde. In Zivil jetzt, mit einem biederen Trachtenhut und den Mantel des Bruders über dem Arm. Sein Gang hatte nichts Besitzergreifendes mehr, wie noch zur Mittagszeit beim Anmarsch auf die Feldherrnhalle. Er glich eher dem eines getretenen Hundes, der seine Beute verloren hatte. Der Weg über die Ludwigsbrücke, vorbei am Müllerschen Volksbad und zum Gasteigberg hin, war derselbe, den er am frühen Morgen schon mit einer Schar anderer Leichtgläubiger in umgekehrter Richtung marschiert war. Und nichts davon war jetzt noch zu sehen, keine Spuren von ihrem Auftritt, kein Nachhall mehr von der vielstimmigen Begeisterung. Alles wie gewöhnlich. Und das sollte doch ein großer Tag werden. Der Adolf spürte eine Leere in sich wie nach einem Besäufnis und er sehnte sich zurück in den Rausch.

Der Laden war bereits abgeschlossen, wie er es gehofft hatte, und die Luise legte den Schrubber aus der Hand, um ihn hereinzulassen. Sie hatte schon erfahren, was in der Stadt alles passiert war und der Karl kam auch kurz vorbei auf dem Weg in die Wohnung.

»Und meinst, dass dich jetzt auch suchen von der Polizei?«, fragte die Luise besorgt und zog sicherheitshalber das Rollo hinter dem Schaufenster herunter. Der Adi sah sich nun, auch zur eigenen Beruhigung, lieber unbedeutend und antwortete: »Glaub ich kaum. Ich bin ja eigentlich bloß so … mitgelaufen. Wie andere auch.«

Eine Weile schaute die Luise ihrem kleinen Bruder in seine unruhigen, verschreckten Augen, wie sie das früher auch getan hatte, als sie ihm noch die Mutter ersetzen musste. Und dann packte sie ihn zärtlich im Genick und zog ihn zu sich heran: »Mei, Bua … zu was denn das alles? Jetzt hast so lang studiert auf der Universität! Und bist schon beim Gericht. Und machst immer noch solche Sachen!«

»Wie soll ich dir das erklären, Luiserl. Uns geht's halt um Deutschland!«

»Deutschland … is groß. Weil's immer gleich an ganzen Baum rausreißen müsst's, wenn euch a Ast im Weg is. Also, was is jetzt … bleibst aber schon zum Essen da?«

»Ich muss schau'n, dass ich heimkomm, Luise. Is doch Ausgangssperre heut, ab neun Uhr.«

Draußen, in der äußeren Prinzregentenstraße, war inzwischen Ruhe eingekehrt. Der leere Möbelwagen rumpelte längst stadteinwärts. Auch Traudls Bruder war schon unterwegs in seine Pianobar. Und seine Freundin Sara hatte sich zu einer befreundeten Familie begeben, um mit ihnen den Sabbat zu empfangen. So richtig begeistert war sie davon nicht, aber sie hatte es ihrem Dadele versprechen müssen, nachmittags am Telefon. Nur Frau Soleder werkelte noch unermüdlich in ihrem Zimmer, richtete die Schränke wieder ein mit ihren Sachen und vergaß darüber sogar die Tragödie mit dem Tafelaufsatz. Das hatte vielleicht damit zu tun, dass sie zuvor im Stiegenhaus die junge Frau aus der Nachbarwohnung kennengelernt hatte, gerade als besonders reich geschnitzte Teile ihres Schlafzimmers heraufgetragen wurden. Und von ihnen war die nette Nachbarin derart angetan, dass man sie beim nächsten Mal, schon aus Gründen der Höflichkeit, hereinbitten müsste, um ihr das Schlafzimmer dann im Ganzen vorzuführen.

Im Nebenraum, der später einmal Wohnzimmer werden sollte, stand noch alles Mögliche kreuz und quer, was man aus der alten solederschen Wohnung mitnehmen konnte. Auch das Bett und ein paar helle, wohltuend unverschnörkelte Schleiflackmöbelchen aus Traudls ehemaligem Jungmädchenzimmer. In diesem Nebenraum stand auch der Kachelofen, dem zuzutrauen war, dass er die ganze Wohnung auch bei bissiger Kälte erwärmen würde. Dann, wenn er erst einmal richtig bullerte. Jetzt hörte man von ihm nur ein leises einschläferndes Knistern. Aber auch das hatten sie nicht mehr lange gehört, der Karl und die Traudl, nachdem sie sich, angezogen wie sie waren, erschöpft auf das Bett haben fallen lassen. Dann lockte sie kein anderes Verlangen mehr als das nach Schlaf. Und selbst dieses Verlangen, wie jedes andere, hatte im Nahbereich von Traudls Mutter fast immer ein vorzeitiges Ende gefunden: »Es ist fei schon zehn Uhr, Kinderle! Und der Karl ist doch jetzt auch müd! Morgen ist ja wieder ein Tag!«

Also verließ der Karl, verdrossen, aber folgsam die Wohnung – die ja eigentlich die seine war – und machte sich auf den Heimweg. Es war stockdunkel und kein Mensch auf der Straße. Auch kein Schutzmann, der ihn anmaulen hätte können wegen der Ausgangssperre. Dann hätte er ihm seine Dienstmarke gezeigt und der Schutzmann hätte sich entschuldigt. Kriminaler waren doch immer etwas Besonderes und nicht so ganz durchschaubar.

*

Im Kreitmeierhaus brannte kein Licht mehr. Auch nicht in den Nachbarhäusern. Die meisten Leute in der Gegend mussten ja auch am Samstag arbeiten. Und andere, die keine Arbeit hatten, gingen früh ins Bett, weil es in den Wohnungen kalt war. Ein Hausschlüssel lag wie immer oben auf dem Türrahmen. Der Platz war auch dem Adi und dem Toni bekannt. Und wahrscheinlich der halben Nachbarschaft. Aber passiert war deswegen noch nie etwas.

Der Karl zog sich die Stiefel schon unten im Flur aus und schlich auf Socken die Stiegen hinauf. Auf halbem Weg zu seiner Kammer blieb er stehen und überlegte: Die frische Luft draußen hatte ihn wieder munter gemacht und hungrig. Etwas Essbares war in der Küche immer zu finden und das war für jeden da. Den Kreitmeiers ging es gut und allen anderen, die hier lebten, auch. Oft, wenn er spät in der Nacht vom Dienst kam, war der Karl zuerst in der Küche gelandet. Da hockte dann manchmal schon der Schöpf Toni oder der Adolf und in der ersten Zeit, als sie noch mobiler gewesen war, sogar die alte Frau Kreitmeier, im Nachthemd mit Bettjäckchen und Schlafhaube. Am liebsten hatte sich der Karl ein

Brot geschmiert, dick mit Butter und Salz drauf. Dafür war er schon als kleiner Bub heimlich in der Nacht aus dem Bett gekrochen, wenn er den Wassertopf ausfindig gemacht hatte, in dem die Mutter die Butter lagerte. Woher kam das wohl, dass der Hunger oft besonders groß war nach schlimmen, bedrohlichen oder traurigen Ereignissen? Hatte das vielleicht etwas mit dem viel zitierten Lebenshunger zu tun? Lange saß er noch nicht am Küchentisch, da ging die Türe auf und die Luise schaute herein: »Gell, ich hab doch was gehört!«

Eigentlich gab sie ja auch jetzt noch ein passables Bild ab, im verdrückten, grobwollenen Nachthemd, die Haare gelöst, ein wenig zottelig und ihr Gesicht war müde, unausgeschlafen.

Ihr Max hatte an diesem Tag wieder solche Schmerzen gehabt in dem Bein, das er gar nicht mehr hatte. Und der kleine Bruder ging ihr auch nicht aus dem Kopf mitsamt der furchtbaren Geschichte, die vor der Feldherrenhalle passiert sein musste.

»Da war doch unser Adi auch dabei!«

»Freilich. Der Idiot!«, sagte der Karl. »Aber jetzt kann er sich einen Trachtenanzug machen lassen aus seiner damischen Uniform! Weil sie's verboten ham! Seinen ganzen Verein ham's verboten! Und die Rädelsführer werden strafrechtlich verfolgt!«

»Ja, um Gottes willen! Dass sie dann dem Adi vielleicht auch was anhängen können?«

Der Karl schüttelte den Kopf: »Der Adi … der is ja zum Glück bloß ein ganz kleines Würschtl. Da gibt's ganz andere!«

Wenn die Luise erregt war, konnte sie nicht einfach nur so dasitzen. Dann musste sie etwas tun: »Ich mach uns einen Tee, Karli, gell. Magst schon einen?«

Und während sie am Gasherd hantierte, erzählte er ihr, was er am Vormittag erfahren hatte und es schien, als ob ihm die Tragweite dessen selber erst nach und nach bewusst wurde: »Da sind andere in der Nacht zuvor schon in der Stadt rumgegangen und haben Leute verhaftet! Einfach so! Landtagsabgeordnete … Sozi natürlich! Stadträte! Einen Bürgermeister! Auf Lastwagen verladen und naustransportiert in den Höhenkirchner Forst! Zur Aburteilung! Als Novemberverbrecher! Von einem Nationaltribunal unter dem Vorsitz unseres ehemaligen Polizeipräsidenten! Und der hat sie schon parat gehabt, seine Todesurteile! Fix und fertig! Und die wären binnen drei Stunden zu vollstrecken gewesen, wenn ihre Revolution geklappt hätte.«

»Mein Gott … da läuft es einem gleich eiskalt über den Buckel nunter!«

»Der Mensch, Luise … ich kümmer mich ja sonst nicht viel um Politik … aber wie ich das gehört hab … na! Heut Mittag bei der Feldherrnhalle … da war ich mir noch im Zweifel, ob sie unbedingt hätten schießen müssen. Aber sie haben schießen müssen! Sonst hätten die andern alles über den Haufen gerannt! Da ist eine Brutalität dahinter, Luise … von der macht sich unsereiner gar keinen Begriff!«

»Wie soll man denn das auch? A Mensch, der den ganzen Tag arbeitet …, der hat doch für so was gar keinen Kopf nimmer!«

»Aber jetzt, mein ich, machen's ihm den Garaus. Dem Adi seinem Hitler! Und du kannst'n auch vergessen … weilst immer g'sagt hast, du kannst dir den Namen nicht merken. Unsre Kinder werden nicht amal mehr wissen, dass es ihn geben hat.«

Wenn man in Gegenwart der Luise von Kindern sprach, dann bekam sie immer einen verhärmten Zug um den Mund. Sie hätte halt zu gerne welche gehabt. Aber es sah ganz so aus, als ob der Max nicht nur ein Bein eingebüßt hatte, damals in dem Schlachthaus hinter der Front. Der Karl kannte ihren Kummer, doch es fiel ihm jetzt nichts Gescheiteres ein, um sie zu trösten: »Das wird schon noch, Luiserl. Musst nur Geduld haben.«

Aber die Luise trug den Kummer ja schon lange mit sich herum und hatte inzwischen gelernt, ihn auch gleich wieder abzuschütteln: »Ja, ja, is schon recht. Schau du lieber, dass'd selber welche herbringst!«

Seine Antwort kam etwas gequält: »Kennst doch die Verhältnisse im Moment.«

»Musst dich halt du auch amal durchsetzen! Oder sie nimmt amal selber was in die Hand, deine Traudl. Und nicht immer alles nur du!«

Das sagte sie so, als ob sie persönlich davon betroffen wäre – und sie hatte ja auch nicht ganz Unrecht, dachte der Karl. Nur das, was die Traudl betraf, wollte er nicht unwidersprochen lassen: »Die hat nämlich zur Zeit wirklich viel um die Ohren. Darfst mir glauben.«

»Ich nehm ihr ja nix weg, deiner Traudl. Aber a bissl verwöhnt sind's schon ... sie und ihr Bruder. Das kann man ihnen auch gar nicht verdenken. Wenn man so aufwächst wie die! In so einem reichen Geschäftshaus ... was das amal gewesen is. Die hätten dich doch früher gar nicht angeschaut, Karli. Und uns auch nicht.«

»Die Traudl schon«, verteidigte sie der Karl. Und sich damit. »Doch, doch, Luise ... die Traudl schon. Die is da ganz anders.«

»Du wirst es wissen, Karli. Und ich mag sie ja auch. Aber für manche war's Zeit, dass die der Wind auch amal a bissl angeblasen hat. Und nicht bloß immer die kleinen Leut!«

*

Ein paar Tage später fuhren Kollegen von Karl Grandauer mit einem Haftbefehl in Richtung Süden – hinaus nach Uffing am idyllischen Staffelsee –, nachdem der Münchner Kriminalpolizei bekannt geworden war, dass sich dort der Hauptschuldige an jenen Ereignissen vom 9. November im Landhaus eines guten Freundes verborgen hielt.

Das Unternehmen wäre, hieß es, beinahe noch schiefgegangen; denn als der Gesuchte das Verhaftungskommando anrücken sah, soll er sich seine Pistole an die Schläfe gehalten haben und geschrien: »Das ist das Ende! Mich von diesen Schweinen verhaften lassen – niemals! Lieber tot!«

Ungeachtet der Schmähungen wäre den Polizeibeamten mit einer solchen Konsequenz wenig gedient gewesen, sie hätte ihnen nur Ungelegenheiten eingebracht und Scherereien. Und welcher Umstand den Freitod auch immer verhindert haben mochte – ob es wirklich die Hausfrau und Gattin des guten Freundes gewesen war oder nur eine Ladehemmung –, für die Kriminaler jedenfalls war es ein Glück, dass er noch lebte – und für wen noch, das musste erst die Zukunft zeigen.

Im Polizeipräsidium hatte es wenig Aufsehen erregt, als das Fahrzeug mit dem verhafteten Putschisten in den Hof vor dem Arresthaus einfuhr. Es war der Hausdiener, der zufällig an einem Fenster vorbeikam, von dem aus man in den Hof sehen konnte. Und als er erkannte, wer da, von einem Beamten geführt, aus dem Auto stieg, rief er den Vorbeieilenden im Hausgang zu: »Jetzt bringen's ihn grad! Wenn ihn die Herren noch mal seh'n woll'n … bevor's ihn an die Österreicher zurückgeben?«

Inspektor Grüner und Oberassistent Grandauer waren die ersten, die herbeieilten.

»Tatsächlich, das is er!«, sagte Herr Grüner und der Anblick vom kümmerlichen Rest eines haltlosen Machtmenschen schien ihm ein Gefühl von tiefer Genugtuung zu bereiten.

»War der Tipp also doch richtig!« Der Karl versuchte sich noch in Sarkasmus: »Aber leider sieht man ihn nur von hinten.«

Und Herr Grüner sagte darauf: »Gott sei Dank! Hoffentlich bleibt's so!«

»Wieso ... wer is'n das, den's da abführ'n?«, fragte einer, der dazu kam.

»Der Hitler!«

*

Das Gedächtnis bevorzugt Ereignisse, die man am eigenen Leib verspüren kann oder im eigenen Geldbeutel. Andere Ereignisse müssen oft erst historisch werden, bevor man ihnen nachhaltigere Aufmerksamkeit schenkt. So war vom Schicksal der inhaftierten Putschisten von jenem tragisch-grotesken Marsch auf die Feldherrnhalle bald nur noch in Münchner Studentenkreisen die Rede, wohingegen die Allgemeinheit eine Woche danach bereits von einem neuen Ereignis überrumpelt wurde. Ein Schwindel ohnegleichen war zu Ende gegangen und an seine Stelle trat ein ehrenwerter Bluff. Vom 16. November 1923 an galt bis auf weiteres eine Billion Mark so viel wie eine neue Rentenmark – und mancher Konjunkturritter unter den Geldscheindruckern hatte seine große Zeit mit einem Schlag hinter sich. Die meisten anderen Menschen, die eine erbärmliche Zeit hinter sich hatten, durften allerdings nicht erwarten, dass diese nun ebenso schlagartig vorbei sein würde. Aber es war schon ein Gewinn für sie, wenn man fortan nicht mehr stündlich verloren hatte. Und was, fragten sich viele, würde nun aus den Schiebern und Spekulanten werden? Was aus den Königen der Inflation, wie man sie nannte, und allen jenen, die sich von der Not anderer nicht beirren ließen, die sie sich im Gegenteil zu Nutze machten?

Was sonst, als dass sie auch in Zukunft ihre Nasen wieder ein Stück weiter vorne haben würden. Blieb nur zu hoffen, dass sich der Eigennutz der Tüchtigen und Durchtriebenen auf irgendeine Weise auch für die kleinen Leute rentieren würde.

Was nur wenige für möglich gehalten hatten, verblüffte die Münchner kaum ein Vierteljahr später: Die Stadt erlebte ihren ersten großen Nachkriegsfasching: siebzig Nächte lang bis in die frühen Morgenstunden bei Jazz und Tango und allem, was die neue Rentenmark hergab. Sie hatte damit ihre lokale Bewährungsprobe bestanden; denn endlich kam durch sie auch der Leichtsinn wieder zu seinem Recht. Offiziell sogar. Und wer davon nicht profitieren wollte, der konnte, wenn er die Dinge altmünchnerisch betrachtete, moralisch entrüstet sein und zugleich stolz auf seine unverwüstliche Stadt.

Dann kam der erste April und mit ihm das Ende einer Veranstaltung, bei dem sich die moralische Entrüstung auffallend in Grenzen hielt. Vielleicht auch, weil man nun endlich wieder den Blick ein wenig frei bekommen hatte auf die heitereren Seiten des Daseins. Und der erste April war ja dafür bestens geeignet.

Ein Mann war mit einem Handwagerl zur Infanterie-Kriegsschule in Nymphenburg geschickt worden, um dort einen Sack Hafer für die spanischen Reiter abzuliefern. Aber kurz vor dem Ziel war er in einer ungewöhnlich großen Menschenansammlung stecken geblieben und wurde Zeuge von einer Kundgebung, die ihm sonst sicher entgangen wäre. Auch Karl Grandauer, der wohl zuvor einiges über den Anlass gelesen hatte, aber mehr zufällig hier vorbeigekommen war, blieb verwundert stehen und hörte den frenetischen Jubel, die Hoch- und Heilrufe und das Vivat! Vivat General Ludendorff! Und die Männer rissen ihre Hüte vom Kopf und die wenigen Damen schwenkten Tüchlein.

Eigentlich empfand der Karl aus sich heraus keinen Grund, seinen Hut zu lupfen. Aber der Herr neben ihm strahlte ihn so beglückt an, dass er kurz auch nach seinem Hut griff, bevor er sich verdrückte. Und dabei lief er dann seinem Bruder Adolf in die Hände. Dass man ihn hier antreffen könnte, war allerdings kein Zufall, denn von ihm wusste man, dass er den Prozess gegen die Novemberputschisten aus persönlichem und juristischem Interesse von Anfang an verfolgen würde. Und so durchdrungen und bestärkt hatte man ihn lange nicht mehr gesehen, sodass er sogar auf den höhnischen Unterton verzichtete, den der Karl an ihm nicht ausstehen konnte.

»Also, was sagst jetzt, Karli? Hast schon mitgekriegt, wie der Prozess ausgegangen is?«

»Man hört's ja«, antwortete der Karl nicht sehr beeindruckt.

»Ludendorff ... ein glatter Freispruch! Unantastbar, der Mann! Alles andere ... eine Farce! Hitler ... fünf Jahre Festung! Da lachen ja die Hühner! Wenn du geseh'n hättest, wie sich der Staatsanwalt verzweifelt bemüht hat ... mit geradezu lächerlichem Eifer, um die drei Laienrichter überhaupt zu einem Schuldspruch zu bewegen! Eine einzige Farce! Bis spätestens Weihnachten ist Hitler wieder raus! War ja von vornherein schon klar. Sonst hätte ihn keiner von den dreien verurteilt!«

»Wir werden's erfahren«, sagte der Karl nun etwas gereizt, weil er von der Rechtsprechung hierzulande noch immer eine andere Vorstellung hatte. So konnte das doch nicht gewesen sein. Außer vielleicht im Wunschdenken seines kleinen, großkotzigen Bruders. Jetzt war er ja wieder ganz der alte Kämpfer! Und damals, wie es ernst geworden war, hatte er sich in die Hosen gemacht!

»Glaub mir, Karli, ich bin dabei gewesen«, sagte der Adi stolz. »Sechsundzwanzig Verhandlungstage! Übertitelt: Justitia ... zwischen mühsam unterdrückter Hochachtung für eine über alle Zweifel erhabene vaterländische Gesinnung ... und der beschämenden Aufgabe, einem Staat, der keiner ist, das Gesicht zu wahren, das er nicht hat! Ist übrigens von mir, die Formulierung!«

Der Mann mit dem Handwagerl hatte seinen Hafersack noch immer nicht angebracht und wandte sich nun in seiner Not an die beiden Grandauers: »In der Infanteriekaserne soll ich ihn abgeben. Aber da kommt man ja nirgends durch!«

»Was wolln'S denn da mit dem Hafer?«, fragte der Adolf etwas misstrauisch. »Da hat ein Volksgerichtshof drin getagt, in der Kaserne!«

»Für die spanischen Reiter hat's geheißen.«

»Au weh!«, sagte der Karl, »da hat Sie einer sauber in den April geschickt! Spanische Reiter, lieber Mann, das sind die Holzböcke da vorne ... mit dem Stacheldraht. Straßensperren! Die nennt man Spanische Reiter.«

Da schluckte der Mann ein paar Mal trocken und dann lachte er lauthals über sich selber und zeigte unvermutet menschliche Größe: »Und ich bin so blöd g'wesen und fall auf so was rein!«

Und der Karl tat es ihm gleich, lachte und sagte: »Denken Sie sich nix, Herr Nachbar. Da gibt's andere ... die fallen noch auf was ganz anderes rein!«

Schon ein paar Tage zuvor ließ ein anderes Ereignis aufhorchen, das für manche Leute ebenso unbegreiflich war wie der Ausgang des Hitlerprozesses. Nur, in dem Fall handelte es sich um ein technisches Phänomen und nicht wie im anderen um ein juristisches. Am frühen Abend des 31. März 1924 ging es nämlich um die bayerische Uraufführung der drahtlosen Wellenübertragung. Die wurde zwar andernorts längst praktiziert, was hierzulande auf sich warten ließ, war der Glaube an den seriösen Nutzen. Es lag in der Natur der Sache, dass sich das Publikum nicht am selben Ort befand wie die Veranstalter. Letztere waren oben in der Kuppel des Verkehrsministeriums, wo sie Töne hervorbrachten, aus sich selbst heraus oder aus Musikinstrumenten, die anschließend auf elektrischen Wellen zum Publikum getragen wurden. Und dort bedurfte es nur eines lächerlich kleinen Zauberkästchens, um sie hörbar zu machen.

Das war der Eintritt Bayerns in das Radiozeitalter. Oder wie es in der Festrede hieß: »... in diesem Augenblick treten wir mit einer selbstständigen Sendeanlage aktiv ein in den großen, den Äther durchmessenden Rundfunkverkehr der Welt.

Die deutsche Stunde in Bayern werde den Deutschen nunmehr zur Ehre, dem Lande Bayern zur Förderung der Volkswirtschaft und Kultur, zur Mahnung und zur stolzen Zierde.«

Das war nicht gerade wenig, was es den Deutschen und insbesondere den Bayern werden sollte, ihr Radio. Und es war nicht anzunehmen, dass die Taufpaten dabei schon an alles gedacht hatten, was dereinst noch daraus werden könnte.

Die dreihundertfünfundfünfzig zahlenden Teilnehmer bei der Uraufführung waren ja schon dankbar, wenn sie nicht nur Pfeifen und Prasseln in ihren Kopfhörern hatten. Und wie ein Wunder musste es ihnen erscheinen, wenn sich die Geräusche plötzlich als Schubertlied erkennen ließen oder als »Deutschland, Deutschland über alles«.

Nicht anders empfanden es sicher auch die zahlreichen Schmarotzer, die sich unerlaubt in die Gesellschaft für drahtlose Belehrung und Unterhaltung eingeschlichen hatten. Für sie gab es bereits einen Namen: Schwarzhörer.

Traudls Bruder Kurt war so einer. Ihm wollte es nicht einleuchten, dass man für etwas bezahlen sollte, was man der Luft entnahm. Mit einem Gerät noch dazu, das man sich aus käuflichen Einzelheiten selber zusammengebastelt hatte. Gar nicht zu reden von den fünfzig Metern Antennendraht, die man außen am Haus anzubringen hatte, unter Lebensgefahr womöglich oder zumindest mit dem

Risiko, von fortschrittsfeindlichen Nachbarn verachtet zu werden.

Aber das alles hatte der Kurt gerne in Kauf genommen, um von Anfang an dabei zu sein; denn dass sich mit diesen lächerlichen Zutaten etwas Weltbewegendes, etwas Revolutionäres, das Leben Veränderndes angekündigt hatte, das spürte er irgendwie und es ließ ihn nicht mehr los.

6.

Eines ihrer drei Parterrefenster hatte sich Apollonia Schmaus als Auslage dekoriert. Mit modischen Damenhüten, passend zur Jahreszeit. Sie stellte die Hüte auch selber her. Im Frühherbst 1929 waren Kappen und Topfhüte gefragt. Das Haus lag allerdings in keiner eleganten Gegend – einfache Leute die meisten. Aber inzwischen waren die Verhältnisse ganz allgemein wieder besser geworden und gerade mit Hüten ließ sich das auch für den Einzelnen gut zum Ausdruck bringen. Fräulein Schmaus jedenfalls zeigte sich mit ihren Umsätzen sehr zufrieden. Es gab ja Frauen, die hatten gleich mehrere Hüte. Das ältere Fräulein in der Wohnung direkt über der Hutmacherin besaß mindestens ein Dutzend Modelle von ihr, ohne dass man sie jemals auch nur mit einem davon gesehen hätte.

Doch Apollonias Atelier war nicht der einzige Grund, weshalb sie in der Nachbarschaft so viel Aufmerksamkeit erfuhr. Die galt vielmehr ihrem Lebenswandel, der die Fantasie der Leute anregte. Sie war zwar nicht mehr die Jüngste – einige vermuteten sogar, sie wäre schon an die vierzig –, aber dessen ungeachtet erfreute sie sich noch immer einer viel versprechenden und sehr lebfrischen Weiblichkeit. Der Gemüsehändler von gegenüber nannte sie nur das Fräulein Augenschmaus und er wäre wahrscheinlich gerne so weit gegangen, persönlich in ihrem Atelier aufzukreuzen unter dem Vorwand, er suchte ein Hütchen für seine Gattin. Nur, der Gemüsehändler wusste auch, dass die Apollonia junge Männer bevorzugte, für das, was sich die Alten wie er so erträumten.

Es war ein warmer freundlicher Morgen im Oktober und der Gemüsehändler hatte schon etliche Steigen mit Obst vor dem Laden aufgebaut. Zwei Kundinnen standen davor und trafen in aller Umständlichkeit ihre Wahl, weil sie zugleich auch ein Auge auf der Parterrewohnung vis-a-vis gerichtet hatten. Es war nämlich gerade zuvor ein junger Mann mit Geigenkasten aus der Haustüre gekommen, ein blonder Lockenkopf, den man notabene hier schon einmal gesehen zu haben glaubte. Ein Geiger! Das war doch wieder was für die Schmaus! Der arme Kerl, ausgelaugt wie er aussah und blass! Da mochte man lieber nicht darüber nachdenken müssen, was sie alles mit ihm getrieben hatte. In ihrem Alter! Der Geiger schloss sein Fahrrad auf, das an der Hauswand lehnte, klemmte den Geigenkasten auf dem Gepäckträger fest und wollte schon losfahren, als die Apollonia ein Fenster öffnete und sich zu ihm heraus über das Fensterbrett beugte. Sie hatte ein Tütchen in der Hand, das sie ihm mitgeben wollte, und vielleicht war es auch nicht ungewollt, dass sie ihm dabei noch einmal einen Einblick gewährte auf das, was ihr Morgenmantel nicht ganz verhüllte.

»Da schau, Peterle! Deine Marzipankartoffele hast vergessen!« Und ihre Stimme war süß und weich wie eine Honigbirne. »Damit'st an mich denkst … wenn wir uns jetzt ganz, ganz lang nimmer seh'n!«

Der Geiger verließ die Hutmacherin und begann schon auf den ersten paar Metern an sie zu denken. In seinem jungen glatten Gesicht stand noch der Abglanz wohligster Erschütterungen. Bald konnte er sein Radl dann laufen lassen zur Theresienwiese hinunter, wo sich das Oktoberfest noch vom Rausch der vergangenen Nacht ausschlafen durfte. Und vielleicht lag noch etwas vom Zimtgeruch der gebrannten Mandeln in der Luft, jedenfalls, wie er so an den geschlossenen Buden und Fahrgeschäften entlang radelte, griff er unwillkürlich in seine Rocktasche, nach dem Tütchen mit Marzipankartoffeln. Die passten jetzt wunderbar in seine Stimmung. Er hielt an und stieg vom Rad. Zeit hatte er noch genügend. Dann zählte er die Marzipankugeln in der Tüte und teilte sie durch zwei. Die Hälfte für jetzt, die andere nach dem Konzert. Musiker sind oft, wenn sie nicht gerade genial sind, etwas pedantisch.

*

Auch Traudls Bruder Kurt war um diese Zeit mit dem Fahrrad unterwegs, von Schwabing aus, wo er nahe der Ursula-Kirche schon ein paar Jahre als Zimmerherr logierte. Der Zimmerherr war allerdings nur Tarnung; denn die Besitzerin der Wohnung war seine alte Freundin Sara und dass er bei ihr wohnte, das wollte man Kurts Mutter gegenüber lieber verschweigen. Aber eine gewisse Zurückhaltung dies betreffend war auch mit Rücksicht auf Saras Eltern angebracht, vor allem, solange diese für ihre Tochter die Miete bezahlten. Und unabhängig davon waren selbst in Schwabing so genannte g'schlamperte Verhältnisse verpönt, nur dass sich dort weniger Leute als sonst wo davon beeindrucken ließen.

Der Weg durch die Stadt, den Kurt Soleder radelte, war ihm seit diesem Sommer zur Gewohnheit geworden. Das hatte sich ergeben, nachdem die Gesellschaft für drahtlose Belehrung und Unterhaltung mit ihrer »Deutschen Stunde in Bayern« vom Münchner Verkehrsministerium nur ein paar hundert Meter entfernt in ein eigenes Haus gezogen war – nicht in irgendeines, in das modernste Funkhaus Europas. Dort war nun alles neu und auf dem letzten Stand der Technik und es gab endlich auch genügend

Spielraum für radiobesessene Talente. Und selbst solche, die sich nur dafür hielten, waren vorübergehend nützlich, denn von ihnen konnte man lernen, wie man es nicht machen sollte. Fast alle hatten ja noch zu lernen und Gelegenheit, sich und ihre Ideen auszuprobieren. Die Meister waren rar und die Lehrlinge ungehemmt und begeistert.

Der Sendesaal des Funkhauses war an diesem Morgen für eine Orchesterprobe reserviert. Gehobene Unterhaltungsmusik in kleinerer Besetzung. Alle waren schon anwesend und eingestimmt. Nur einer fehlte. Der zweite Geiger.

»Komisch, der is doch sonst immer pünktlich«, wunderte sich der Orchesterleiter. Aber bis zur Sendung war ja noch Zeit. Man entschloss sich, ohne ihn anzufangen. Mit dem Stimmungspotpourri »Anno dazumal« von Morena. Die Musiker waren noch mit dem Auflegen der Noten beschäftigt, als der Kurt durch die Studiotüre hereinkam und sagte: »Ich mach heut die Ansage. Wenn Sie mir bittschön Ihre Musiktitel aufschreiben in der Reihenfolge.«

Der Orchesterleiter wurde abgelenkt und ebenso seine Musiker, weil hinter dem Kurt ihr zweiter Geiger auftauchte, leichenblass, auf staksigen Beinen und, kaum herinnen, sackte er schwer atmend auf einen Stuhl und stammelte: »Ich weiß gar nicht ... mir is auf einmal derartig ... schlecht. Und schwindlig. Draußen schon. Und ich krieg auch kaum Luft. Aber vielleicht geht's wieder vorbei.«

Dessen konnte man sich eigentlich sicher sein. Ein junger Mensch, nie krank sonst, immer lebenslustig und lebenshungrig. Keine schlimmen Laster, außer, na ja, Weibergeschichten halt. Vielleicht in der Nacht zu viel gegeigt! Daran geht man doch in seinem Alter nicht ein. Was Verkehrtes gegessen oder getrunken wahrscheinlich. Ein Schnapserl drauf und das gibt sich wieder. Soll einer schnell in die Kantine gehen. Was Magenfreundliches. Nur der Kurt war dafür, einen Doktor zu holen.

*

Wenn nicht sehr viel zu tragen war, übernahm Frau Soleder gerne die häuslichen Einkäufe und sie wusste dabei auch das Angenehme mit dem Nützlichen zu verbinden. Gab es doch immer wieder Gelegenheiten, in den Läden die Bekanntschaft von Menschen zu machen, die am Leben anderer Interesse zeigten. Ihnen hatte sie einiges anzubieten. Und am liebsten waren ihr Tage, an denen niemand sonst in der Wohnung war.

Dann konnte sie manches auch gleich optisch belegen: »… und schau'n Sie nur an, wie liebevoll das alles geschnitzt ist! Die Engele und so weiter! Alles Handarbeit! Das sind doch Werte!«

Die Frau, die ihr vom Milchladen herüber gefolgt war, zeigte sich tief beeindruckt und sagte immer wieder: »Mein Gott, ist das schön!«

Worauf Frau Soleder noch etwas ausführlicher wurde: »Es war ein Ausstellungsstück! Mein Gatte hat es damals geseh'n und auf der Stelle gekauft! Das muss her, hat er gesagt! Koste es, was es wolle! So waren die Herren früher. Gell, das wissen Sie auch?«

Die Frau vom Milchladen machte allerdings nicht den Eindruck, als ob sie es auch schon einmal mit solchen Herren zu tun gehabt hätte. Und sie sagte nur: »Mein Gott, ist das schön!«

»Jetzt haben es ja die Kinder. Ich hab es ihnen überlassen. Und manchmal denk ich, ob sie es wohl wirklich ästimieren? Sie reden schon immer wieder davon, dass sie lieber etwas Helleres wollen. Etwas Fröhlicheres! Aber ein Schlafzimmer hat man doch nicht nur, dass man sich darin amüsiert!«

Frau Soleder war schon auf vermeintliche Interessenten hereingefallen, die nach kürzester Zeit genug hatten. Aber die Frau aus dem Milchladen war ein ausgesprochener Glücksfall. Und als sie endlich ihre schwere Einkaufstasche abstellen durfte und im Wohnzimmer Platz nehmen, war sie offen für alles, was man ihr anvertraute.

»... und nachdem die Kinder dann endlich, endlich geheiratet haben ... Sie wollten ja unbedingt warten bis nach dem Trauerjahr! Aus reinem Taktgefühl! Und unser Traudele dann ganz in Weiß ... mit echtem Spitzenbesatz! Und alles war so schön und festlich!

Na ja, und im Jahr darauf kam dann auch schon unser Rudile auf die Welt. Schade, er ist im Kindergarten, sonst hätte ich ihn Ihnen schon vorgestellt. Sein Patenonkel ist übrigens der Chef von meinem Schwiegersohn. Ein Inspektor von der Kriminalpolizei. Ganz bekannter Mann. Hat schon die schwersten Fälle gelöst.«

Die Frau aus dem Milchladen hatte sich, im Sitzen jetzt, mit einem zweiten Satz am Gespräch beteiligt. Er lautete: Nein, was Sie nicht sagen!

»Gell! So kurz hintereinander. Aber sie wollten halt unbedingt gleich noch ein zweites Kind; und dann kam im Jahr darauf schon unser Maxile. Ein goldiges Büble! Er ist nur leider grad mit meiner Tochter beim Kinderarzt.«

An dieser Stelle hörte man von der neuen Gabrielskirche herüber die Zehnuhrschläge und Frau Soleder unterbrach erschreckt: »Allmächtiger, ich muss ja unser Radio aufmachen! Um die Zeit sagt mein Sohn immer etwas an. Er spricht nämlich selber über das Mikrofon. Bestimmt haben Sie ihn schon gehört. Er ist auch ganz bekannt. Kurt Soleder.«

»Nein, was Sie nicht sagen!«

Indessen hatte sich das Gerät hinreichend erwärmt und aus dem Rauschen im Lautsprecher erhob sich die Stimme des Ansagers, etwas entstellt, im Bemühen um eine schöne deutliche Aussprache: »… unser Morgenprogramm beendet und wir kommen wieder um 12 Uhr 45 mit einem Mittagskonzert. Bis dahin verabschiedet sich die Deutsche Stunde in Bayern, auf Wiederhören.«

»Das is er! Jetzt können Sie ihn hören! Das ist mein Sohn, der da spricht! Aber wieder so kurz. So kurz! Dass man gar nicht zur Besinnung kommt. So und so oft hab ich schon zu ihm gesagt: Warum tust du denn nicht a bissl länger sprechen? Die andern sprechen ja auch länger …«

*

Die Musiker hatten ihren jungen Kollegen auf eine Bank vor dem Sendesaal gelegt und als dann der Arzt, den man herbeigerufen hatte, gekommen war, konnte er nur noch seinen Tod feststellen. Über mögliche Ursachen wollte er anfangs nicht spekulieren, riet aber nachdrücklich, die Kriminalpolizei zu verständigen.

Karl Grandauer wollte heute auf sein Mittagessen verzichten, um sich in der Stadt kurz mit seiner Frau zu treffen. Es ging um die Schlafzimmereinrichtung, die sie in einem Möbelgeschäft entdeckt hatte. Und die wollte sie ihm unbedingt zeigen. Schwedische Goldbirke! Hell, modern! Für nur achtzehnhundert Mark! Nur!

»Ja mei, wer kann, der kann«, sagte Herr Holzinger. »Mir ham halt noch das Schlafzimmer von meinen Großeltern.«

»Und mir, noch schlimmer: von meinen Schwiegereltern! Grauenhaft! Ich komm mir oft vor wie in einem Sarg, wenn ich im Bett lieg!«

»Das ist natürlich schlecht in einer jungen Ehe. Bei mir is es egal. Wenn's amal so lange verheiratet sind wie ich … dann versagt auch die schwedische Goldbirke.«

Der Karl war immer etwas peinlich berührt, wenn man auf Bettgewohnheiten anspielte. Andrerseits wollte er auch nicht, dass man ihn für zopfig halten könnte. Also flüchtete er sich in sein hölzernes Lächeln und sagte beinah frivol: »Ach so, na, na ... alles noch einwandfrei! Wär ja gelacht! Aber einfach so mir nix dir nix, achtzehnhundert Mark! Und Schulden? Als Beamter!«

»Unmöglich! Als Beamter ist man flüssig!«, sagte Kommissär Holzinger mit einem subversiven Grinsen und er fügte noch hinzu: »Gibt sogar Beamte, die sind überflüssig.«

Mit seinen Gedanken war der Karl schon wieder beim Schlafzimmer. Zum Glück, denn das wäre so eine Bemerkung gewesen, die er auf sich hätte beziehen können. Beim Holzinger mit seiner spöttischen Art war er sich da sowieso nie ganz sicher.

Draußen auf dem Gang kam ihm der Hausdiener entgegen mit seinem Aktenhund. Auch mit ihm war der Umgang nicht ganz unkompliziert. Der Mann erfreute sich bei etlichen Vorgesetzten großer Beliebtheit und hatte infolgedessen einen Humor entwickelt, mit dem er sich oft unangemessene Aufmerksamkeit verschaffte. Aber es wäre nicht ratsam gewesen, sich einfach darüber hinwegzusetzen, auch nicht, wenn man es eilig hatte.

»Ich sag Ihnen was, Herr Oberassistent ... das, wenn so weitergeht, dann dauert's nimmer lang und es tut einen Schepperer ... und aus is es mit dem schönen Leben!«

»Jaja, da können'S schon Recht haben, Herr Dirscherl. Ich bin bloß leider im Moment ...«

»Unten im Einwohnermeldeamt ... Sie, was ich da alle Tage aus die Papierkörbe raushol! Ganze Wurschtbrote! Semmeln! Bananen! Aber keine faulen, frische!«

»Schweinerei! Ich bin bloß leider im Moment ...«

Der Karl hatte das rettende Stiegenhaus noch nicht erreicht, als ihn Kommissär Holzinger zurückrief: »Grandauer! Nix mit Schlafzimmer! Wir müssen ins neue Funkhaus! Tut mir leid, ich hab niemand anderen.«

Es war wieder so warm geworden in der Stadt, dass der Eismann gut daran getan hatte, seinen Handkarren noch einmal mit Himbeer- und Vanilleeis aufzuladen und damit durch die Sonnenstraße zu ziehen.

»Geh zu, pass halt a bissl auf, Rudi, dass'd dich nicht so volltropfst mit deinem Eis!«, sagte die Frau Grandauer zu ihrem Buben.

Sie war sowieso schon etwas gereizt, nachdem sie bald zwanzig Minuten vergeblich vor den Schaufenstern des Möbelhauses gewartet hatte: »Jetzt glaub ich nimmer, dass er kommt, der Papa.«

Und sie hatte sich extra hübsch angezogen, um ihn freundlich zu stimmen; denn eigentlich war sie die treibende Kraft für ein neues Schlafzimmer. Jetzt stand es ja noch vorne in der Auslage, mit allem, was dazugehörte, Nachtkästchen, Toilettentisch ... vor dem hatte sie sich schon sitzen gesehen, im Morgenmantel, ihre Haare bürstend.

»Schlafen da auch Leut drin, Mama, in dem Schlafzimmer?«

»Kaschperl, das ist doch ein Laden. Da kann man das kaufen, das Schlafzimmer. Tät's dir gefallen?«

Rudis Schönheitssinn war noch nicht dahingehend geweckt, dass ihm dieses Schlafzimmer als besonders wünschenswert erschienen wäre. Zumal er von seiner Oma so oft gehört hatte, wie wunderschön das vorhandene wäre. Aber die Traudl hätte ihn halt gerne als ein zusätzliches Argument benützt, vor allem ihrer Mutter gegenüber. »Möchtest schon gern, dass wir es kaufen, gell, der Papa und die Mama?«

Der Rudi drückte sich vor der Entscheidung, indem er seine Eistüte gefährlich schief hielt. Dann rief er erfreut: »Da kommt der Onkel Adi mit wem!«

Karls Bruder Adolf hatte sein kampfbetontes Erscheinungsbild inzwischen längst abgelegt – ganz im Sinne seines großen Namensvetters –, jetzt gab er sich galant und seriös. Noch etwas dickbackiger war er geworden und man vermisste umso mehr – auf einer Backe wenigstens – den akademischen Schmiss. Als er, noch von weitem, seine Schwägerin erkannte, versagte ihm kurz die Galanterie und er ließ das Fräulein in seiner Begleitung einfach stehen. Vielleicht war es ja auch, weil das Fräulein zu einem nicht geringen Teil aus ihrer Oberweite bestand, wofür dem Adi eine besondere Wertschätzung nachgesagt wurde. Die Traudl versuchte redlich, darüber hinwegzusehen, aber es stand ihr schon bei der Begrüßung der Spott im Gesicht.

»Eine flüchtige Bekanntschaft, sonst nichts!«, dementierte der Adolf sofort. »Die Dame ist Retouchiererin beim Völkischen Beobachter. Von daher gibt es zwischen uns einige Berührungspunkte.«

Die Traudl spitzte genüsslich den Mund, bevor sie antwortete: »Also, ich hätte die jetzt woanders gesehen, die Berührungspunkte.«

Anschließend tauschten sie noch die üblichen Fragen und Nettigkeiten aus und das Bedauern, dass man sich so selten sehen würde und dass sich das unbedingt ändern müsste und liebe Grüße und ruft ihr an oder soll ich ... Dann eilte der Adi seiner Retouchiererin hinterher, die sich inzwischen trotzig davon gemacht hatte.

*

Das Gesicht des toten Geigers auf der Bank vor dem Sendesaal hatte mittlerweile eine kirschrote Färbung angenommen.

»Das würde auch dafür sprechen«, sagte der Doktor, der sich in seiner Diagnose mit dem amtlichen Leichenbeschauer ziemlich einig war. Ein paar von den Musikern standen noch dabei und die beiden Kriminaler Holzinger und Grandauer.

»Man erkennt's ja auch an dem typischen Geruch«, sagte der Amtsarzt und schnupperte dabei an der Leiche: »Bissl so wie Bittermandeln.«

Holzinger versuchte es auch und schüttelte den Kopf: »Kann ich nichts erkennen.«

»Veranlagung. Wir haben sogar Obduzenten in der Gerichtsmedizin, die das nicht riechen.«

Dann war der Karl an der Reihe und meinte: »Doch, schon irgendwie ... eigentlich nicht direkt unangenehm.«

»Auch die Färbung der Leichenflecken ... deutet alles auf Blausäurevergiftung hin«, sagte der Doktor.

Die beiden Musiker machten ihre Aussagen über das wenige, was sie von ihrem Kollegen zu wissen glaubten. Dass er alleine lebte, in Untermiete und aus Niederbayern stammte. Näheres über seine Familie unbekannt. Angeblich war er verlobt mit einem Fräulein Sauerwein. Aber er war auch darüber hinaus dem weiblichen Geschlecht sehr zugetan. Sollte heißen, er hatte auch sonst noch Zugang zu fremden Schlafzimmern gehabt. Bei dem Wort Schlafzimmer zeigte der Karl neuerdings eine nicht immer sachbezogene Aufmerksamkeit. Aber das fiel nicht weiter auf. Kommissär Holzinger ließ ihn den Tascheninhalt des Toten in einem Behälter verstauen. Darunter auch das Tütchen mit den restlichen Marzipankartoffeln. Und einen Augenblick lang schien es, als ob der Karl dabei einen Zusammenhang gerochen hätte mit den Ausdünstungen der Leiche. Es kam dann nur ausgerechnet in dem Moment sein Schwager Kurt dazu und da musste er sich rasch in Szene setzen. Denn er hatte schon lange auf so eine Gelegenheit gewartet, ihm mit seinen läppischen Auftritten im Radio etwas Ernsthafteres aus seinem Berufsleben entgegenzusetzen.

Es war das erste Mal, dass eine Autodroschke vor dem Haus stehen blieb, in dem die Hutmacherin wohnte. Und das geschah etwa zur selben Zeit, als ein Leichenwagen den toten Geiger in die Gerichtsmedizin überführte. Fräulein Schmaus hatte die Droschke schon erwartet und winkte den Chauffeur zu sich herein, damit er ihr beim Tragen half. Währenddessen konnte man im Gemüseladen gegenüber bereits Vermutungen anstellen, was Fräulein Schmaus veranlasst haben könnte, einen Taxameter kommen zu lassen. Auch das ältere Fräulein im Stockwerk über dem Hutsalon stand hinter ihren Stores am Fenster und beobachtete die Szene unten auf der Straße. Dort sah man zuerst den Chauffeur mit zwei großen Koffern herauskommen und hinterher, im Reisekostüm, mit leichtem Handgepäck und frischen Wasserwellen das Fräulein Schmaus – seltsam beschwingt, wie nach einer gelungenen Tat.

*

Vielleicht war es ja mehr die Angst davor, dass es nicht ständig aufwärts gehen könnte, mehr Gerede von angeblichen Krisen in der deutschen Wirtschaft; denn deutlich zu spüren war davon noch nicht viel. Diese ungewohnte, mehr oder weniger berechtigte Zufriedenheit war ja auch nicht in jedermanns Sinne. Und jene Leute, die schon einmal angetreten waren, um Deutschland aus bitterer Not zu retten, die waren ja noch da, sogar offiziell wieder zugelassen nach ihrem Verbot. Ihnen fehlte jetzt nur die Not und die Unzufriedenheit der Menschen, um sie für sich zu gewinnen. Doch danach sah es nicht aus. Die Not war nicht das Kennzeichen der Zeit. Nicht mehr. Und auch wenn sie nicht gerade golden waren, diese zwanziger Jahre, die meisten Leute profitierten von ihnen und wäre es nur im Gefühl einer Hoffnung gewesen.

In der Bäckerei Kreitmeier waren die Segnungen der Zeit an etlichen Verbesserungen und Verschönerungen sichtbar geworden, aber auch daran, dass man jetzt neben den beliebten Brotsorten und diversen Semmeln, von den Raschperl'n bis zu den Eierweckerln, noch eine Menge mehr Feingebäck im Angebot hatte. Und das war eigentlich immer ein gutes Stimmungsbarometer – mit der Einschränkung allerdings, dass es manches Mal auch schon das große Fressen vor der Katastrophe gegeben hatte.

Wenn die Frau Gschmeißner – die alte Hausmeisterin aus Luises Kindertagen – beharrlich im Hintergrund stehen blieb, bis die anderen Kunden alle aus dem Laden waren, dann ging es ihr weniger um die zwei Kaisersemmeln oder was immer sie sonst als Grund für ihren Besuch vorschob, dann wollte sie eigentlich nur reden und ratschen, über alles und alle, die in Gedanken auch ihre Familie geworden waren. Denn eine eigene hatte sie nicht. Und wenn nun auch noch der letzte Spross der Grandauers, der kleine Maxi, an der Hand von Oma Soleder hereinkam, war ihr Glück vollkommen. Und das für die Luise auch.

Das Maxile hatte schon alle Merkmale, an denen ein glückliches, gesundes Kind zu erkennen war. Er war nudeldick und unentwegt hungrig. Die Tante Luise holte auch sogleich ihre feinsten Näschereien hervor und alle sahen sie hingerissen zu, wie sich der Bubi damit anschmierte und voll stopfte.

»Die Backerle! Da möcht ma gleich selber hineinbeißen!«, gluckste die Hausmeisterin begeistert. »Da tut aber die Oma auch immer dafür sorgen, dass er schön fleißig isst!«

»Tut er schön fleißig essen?«, fragte die Frau Gschmeißner nach.

»Fleißig isst er! Sehr fleißig! Und alles!«

»Das ist ein Glück! Sie, ich sag Ihnen, und da gibt's Eltern, heutzutag ... die woll'n das gar nicht mehr!«

»Jaja, da brauchen Sie mir gar nichts erzählen!«, sagte die Oma Soleder leiderfahren und sie schickte ihren Worten einen tiefen Seufzer hinterher.

»Ein Kind ... das muss doch essen! Was werden denn das später amal für Leut?«

*

Der mysteriöse Tod des jungen Musikers beschäftigte die Mitarbeiter des Bayerischen Rundfunks auch noch, nachdem die Kriminaler das Haus verlassen hatten. Aber ihre fantasievollen Auslegungen wurden leider nirgends festgehalten. Kommissär Holzinger war anschließend zurück ins Präsidium gefahren und Oberassistent Grandauer nahm Kontakt mit der Zimmerwirtin auf, über die Adresse, die sie in der Honorarbuchhaltung erfahren hatten.

Die Frau war sehr bestürzt und konnte die Nachricht kaum glauben. Dass er manches Mal über Nacht nicht heimkam, das war nichts Außergewöhnliches. Aber bei seiner Braut wäre er dann bestimmt nicht gewesen. Das hätte der Vater von ihr nie zugelassen.

»Hat er vielleicht noch andere Bräute gehabt?«, fragte der Karl.

»Um das haben wir uns nicht gekümmert. Zu uns hat er sie nicht mit heraufgebracht. Da ist er immer sehr anständig gewesen.«

Die Vermieterin hatte dem Karl auch erlaubt, sich in seinem Zimmer umzuschauen – eher einem Zimmerchen: nett, sauber, aufgeräumt. Bei einem Geigenspieler hätte der Karl eigentlich etwas anderes erwartet. Aber das hatte er ja nun schon oft erlebt, dass die Personen und ihre Verhältnisse nicht mit den Vorstellungen übereinstimmten, die er sich von ihnen gemacht hatte. Ganz korrekt war das zwar nicht – ohne Durchsuchungsbeschluss –, aber bei der Gelegenheit warf er dann auch einen Blick in die Nachttischschublade und fand darin eine Mappe mit Fotografien von mehr oder weniger hübschen Mädchen mit lachenden Gesichtern, bis auf eines, ein etwas dürres Fräulein mit eher kümmerlichem Liebreiz.

»Das ist sie«, sagte die Zimmerwirtin und verdrehte die Augen: »Seine Braut!«

Dann, auf den gnomenhaften Mann neben ihr deutend: »Und das ist ihr Vater. Der ist kürzlich bei uns heroben gewesen und hat mit unserm Zimmerherrn herumkrakeelt …, dass wir gedacht haben, mein Mann und ich: Der arme Kerl! Mit denen hat er sich was aufgehalst!«

Ein heiterer Mensch war Oberkommissär Lederer nie. Aber seit der Tag nun immer näher rückte und immer mehr und mehr zur Gewissheit wurde, wollte ihm kein beglückender Gedanke mehr gelingen an diese wunderbare Geruhsamkeit, die ihm bevorstand.

»… aus und vergessen … und kein Hahn kräht mehr nach dir. Kein Hahn. Bloß gut, dass es alle so geht. Auch die hohen Herren. Ausnahmslos.«

Dabei kramte er aus den hintersten Fächern und Nischen seines Schreibtisches, was sich dorthin verkrochen hatte und er breitete es vor sich aus wie Erinnerungsstücke an ein langes intimes Verhältnis: den Reservekragen, einen Hosenknopf und Kragenknöpferl, Ärmelschoner, Socken, einen Löffel und ein Schnurrbartbürschtl. Auf dem Schreibtisch gegenüber schepperte das Telefon. Lederer begab sich extra pomadig dorthin und hob ab: »Mord, Apparat Holzinger … nein, Lederer … der is noch im Einsatz … ja, ja, ich hab Sie schon erkannt. Der Herr Doktor Pischinger vom Labor. … Der Geiger vom Radio, weiß ich Bescheid, jawohl … diese Marzipankartoffeln, die er in der Tasche gehabt hat, ja … nochmal bitte … Zyanidnachweis … positiv, jawohl … wie heißt das bitte? … Blausäure … Gly… kosit … is mir auch lieber, Herr Doktor. Ich sag ihm nur: Drei bis vier Stück von diesen Marzipankartoffeln, tödlich.«

Noch war der Marzipantod nicht mehr als allenfalls eine Nachricht von fünf Zeilen und es war schon jetzt abzusehen, dass er niemals die Bedeutung eines anderen Falles erlangen würde, der seit Monaten die Öffentlichkeit in München beschäftigte und ebenso die Justiz und nun in diesen Oktobertagen auch wieder die Polizei. In einer Erklärung hieß es: *Der seit Anfang dieses Jahres in Haft befindliche Franz Tausend hat heute im Hauptmünzamt zu München unter Kontrolle des Münzdirektors und mehrerer Wissenschaftler, so wie besonders ausgewählter, erfahrener Polizeibeamten und Rechtspersonen, nach eingehender körperlicher Untersuchung und genauer Durchsuchung der Gerätschaften und Kleidungsstücke erneut sein umstrittenes Verfahren zur Herstellung von Gold aus Blei und sonstigen Zutaten vorgeführt.*

Einer der erfahrenen Polizeibeamten, die an dieser Veranstaltung teilgenommen hatten, war Inspektor Grüner. Und sein erster Bericht, unmittelbar hinterher im Kollegenkreis, war noch sehr persönlich und nicht protokollarisch: »Also bitte, meine Herren, falls jemand von Ihnen Bleisoldaten daheim haben sollte von Ihre Buben … her damit! Der Tausendsassa schmelzt sie ein, mischt a bissl was drunter … Kali, Natrium, Quecksilber … und hokuspokus, fidibus!«

»Sagen Sie bloß, er hat tatsächlich …! Das ist doch wohl nicht Ihr Ernst!«, erregte sich einer der Zuhörer.

»Ich sage damit lediglich, was ich geseh'n habe. Nicht, was ich glaube. Und geseh'n hab ich, am Schluss in dem Schmelztiegel drin … Gold! Ein Bröserl nur, so groß wie ein Mäuseschiss … aber reines Gold! Dem Professor, der neben mir gestanden ist, ein bekannter Chemiker, dem hat's die Augen raus getrieben und er hat nur immer gesagt: Unmöglich, unmöglich!

Und der Direktor vom Münzamt hat die Hände vors Gesicht geschlagen und gesagt: Mir graut vor dem Tag, wo das bekannt wird!«

»Das würde ja auch bedeuten, der Mann wäre imstande, die Weltordnung auf den Kopf zu stellen!«, ließ sich ein anderer vernehmen.

»Ja, ja, das wär schon fast so ..., wenn dabei tatsächlich alles mit rechten Dingen zugegangen wäre. Aber ich glaub's nicht. Trotz aller hochnotpeinlichen Vorbereitungen. Ich halte den Menschen für einen genialen Schwindler. Keinen, dem's bloß ums Geld geht. Schon was Besseres. Obwohl er die Riesensummen, die man ihm geradezu gewaltsam aufgedrängt hat, auch nicht verschmähte. Hat er sich halt noch ein Schloss gekauft, in Südtirol. Und noch eins und noch eins. Damit beweist er ja auch seinen Sinn für grundsolide Kapitalanlagen.

Und wenn'S ihn seh'n ... ausschauen tut er wie ein kleiner Drogist. Und wie er da heut herumlaboriert hat! Wunderbar! Theaterreif! Ein Missionar unter gläubigen Heiden. Und kommt aus armseligsten Verhältnissen. Ein Spenglergeselle. Viel Hirn und Fantasie und einen unbändigen Ehrgeiz. Aber wenig oder gar keine Kenntnisse. Nicht ungefährlich, so eine Mischung. Kommen oft Erlöser und Menschheitsbeglücker dabei heraus. Und in die Politik, wenn er gegangen wäre damit, tät er heut vielleicht im Landtag oder sonst wo sitzen und nicht im Gefängnis. Aber er will mehr! Er will den Stein der Weisen! Den Stoff, um den alle Welt tanzt! Am Golde hängt, zum Golde drängt ... und er hat das Rezept ja auch schon so gut wie fertig im Kopf. Bloß rausbringen tut er es noch nicht ganz. A bisserl dauert's halt leider noch. Und damit ihm seine Geldgeber derweil nicht abspringen, versucht er sie mit kleinen Taschenspielertricks bei der Stange zu halten. Vielleicht holt er die Goldbröserl ja aus einem hohlen Zahn oder weiß der Himmel woher. Die meisten von seinen Anhängern seh'n ja am liebsten sowieso nur das, was sie seh'n woll'n. Seine erleuchteten Gönner! Die haben ihn ja erst so richtig in seinen Größenwahn hineingetrieben.

Und eigentlich gehörten die genauso auf die Anklagebank. Aber man wird sie vermutlich nicht einmal in den Zeugenstand bringen.

Wer von der Hautevolee gibt schon gerne zu, dass ihn ein kleiner Spenglergeselle zum Narren gemacht hat. Der Herr Mannesman vielleicht? Oder die anderen Großkopferten? Allen voran seine Exzellenz, der General Ludendorff? Der wollte das Gold natürlich nur für völkische Belange. Zur Rettung des Vaterlandes. Oder glaubt vielleicht wer, der hätte dabei auch an die Schulden gedacht mit seinem antisemitischen Käseblatt?

Aber auf der anderen Seite ..., wenn also nun nichts daraus werden sollte, aus der völkischen Goldmacherei ... mit wem werden diese Herren in Zukunft dann ihr Geschäft machen ... zur Rettung des Vaterlandes?«

*

Das kleine braune Kästchen, das neuerdings auch bei den Grandauers im Flur hing, war das zweite seiner Art im ganzen Haus. Und es verlieh dem, der es besaß, ein gewisses Ansehen. Dessen ungeachtet fanden aber nur wenige Leute in der Umgebung für sich einen plausiblen Grund, in ihrem häuslichen Dasein jederzeit erreichbar zu sein. Das mochte für einen Kriminaler vielleicht Sinn haben. Die Traudl hatte an dem Nachmittag den Telefonhörer schon ein paar Mal in der Hand gehabt, um in der Schlafzimmerangelegenheit selber mit dem Karl zu reden. Seine Erklärung, warum er nicht zur Verabredung erschienen war, hatte ja leider die Oma entgegengenommen und möglicherweise entstellt wiedergegeben. Aber der Entschluss, ihn in seiner Dienstzeit anzurufen, fiel der Traudl nicht leicht; denn er hatte ihr

Anrufe im Büro nur in ganz dringenden Fällen erlaubt. Nun war das Thema Schlafzimmer für sie ja wirklich sehr dringend geworden, seit sie es tagtäglich und immer wieder mit ihrer Mutter debattieren musste.

»… und dass man da so einfach Knall auf Fall in ein Geschäft hineingeht und kauft ein Schlafzimmer …«

»Es ist doch überhaupt nicht gesagt, dass wir's kaufen, Mutti. Er soll sich's ja nur amal anschau'n, der Karl!«

»Als ob ihr keines hättet! Dabei habt ihr das schönste Schlafzimmer, was man sich überhaupt denken kann! Wem ich es zeige, ein jeder schüttelt bloß den Kopf und sagt: Wie kann man nur!«

»Wir woll'n halt auch amal was Modernes! Mein Gott, dass du das nicht begreifst!«

Wenn der kleine Maxi erschien, wirkte es oftmals wie ein Sonnenstrahl und die Konflikte lösten sich darin scheinbar von selber auf – kurzfristig wenigstens. Gelegentlich aber, wie jetzt, brachte der Maxi einen weiteren Konflikt mit: »Mein Gott, Kind, wie schaust denn du wieder aus? Alles vollgeschmiert mit Schoklad! Von wem hat er'n den schon wieder bekommen, Mutti?«

Frau Soleder ließ sich von ihrer Tochter nicht ins Verhör nehmen und antwortete von höherer Warte: »Weil man es den Menschen nicht verbieten kann, wenn sie das Kind gerne haben. Deshalb hat er ihn, den Schoklad!«

»Und danach hockt er dann wieder ewig lang auf'm Topf und quält sich!«

Darauf nahm die Oma ihren Enkel an der Hand und entzog ihn seiner Mutter: »Komm her, mein Kindele. Die Mama hat halt keine Geduld.«

Und dann, schon etwas entfernt, legte sie nach: »Aber dann muss sie sich halt selber um dich kümmern … und darf nicht unter der Woche in die Stadt schwanzeln! Wenn sie meint, dass wir alles falsch machen, gell, Maxile!«

»Na, na, du bist unschuldig, Mutti!«, rief ihr die Traudl zornig nach. »Der Bub müsste der Gescheitere sein! Nicht du!«

Noch am Nachmittag desselben Tages wurde der Anruf von einem Herrn Sauerwein an die Mordabteilung durchgestellt, wo er zuletzt bei Oberassistent Grandauer landete. Der Anrufer meldete sich im Namen seiner Tochter, die über die Zimmerwirtin vom plötzlichen Tod ihres Verlobten erfahren hatte. Nachdem Kommissär Holzinger für eine andere Aufgabe abgezogen worden war, wurden dem Karl die folgenden Ermittlungen übertragen. Ein paar Stunden später saßen ihm Vater und Tochter gegenüber und er hatte Mühe, dieses seltsame Gespann mit dem jungen, noch im Tod hübschen Lockenkopf in Verbindung zu bringen. Die Fotografie in der Schublade hatte bei ihnen weiß Gott nichts verzerrt.

Das Wort führte der Vater, die Tochter ließ nur den Kopf hängen, wenn sie nicht aufs Stichwort damit nicken sollte. Schwer kam es dem Karl an, sich, wie er es gelernt hatte, nicht von Gefühlen und Vorurteilen leiten zu lassen. Und er versuchte sich bei Herrn Sauerwein alles Mögliche vorzustellen, aber etwas Sympathisches wollte ihm nicht gelingen.

»... es ist ja nicht so, Herr Oberassistent, dass ich nicht selber erschrocken wäre, wie ich das gehört habe von dem Mord. Gell, Mädel, du weißt es.«

Die Tochter nickte und der Karl blickte, stutzig geworden, auf und sagte: »Von Mord ist eigentlich noch nicht die Rede gewesen!«

Währenddessen öffnete Inspektor Grüner die Türe, blickte kurz auf die Besucher und zog sich, bevor Grandauer ihn vorstellen konnte, wieder zurück.

Herr Sauerwein hatte inzwischen Zeit, sich eine Antwort zu überlegen: »Wir haben das nur angenommen, weil wir an die Mordabteilung verwiesen wurden, Sie versteh'n.«

Danach erzählte er ausführlich von dem erschütterten Innenleben seiner Tochter und wie verzweifelt sie an diesem Menschen hing und dass er sie von Anfang an gewarnt hatte: »Alles kannst du uns bringen, Mädel, hab ich zu ihr gesagt ... bloß keinen Musiker! Aber der hat sie ja förmlich ... mit seiner Geigerei! Und da hat man reden können, was man gewollt hätte! Die hätte alles für den gegeben. Katastrophal! Also hat man halt eingewilligt in alles. Sag selber, Herta!«

Und Herta nickte. Jetzt erinnerte sich der Karl ganz plötzlich an Friedlaenders berühmte Kriminalfälle, ein Buch, das er sich seinerzeit in der Polizeischule ausgeliehen und gelesen hatte. Und darin wurde auch ein Vater beschrieben, der aus Eifersucht den Liebhaber seiner Tochter ermordet hatte. In dem Verhör, das der Beamte damals mit ihm führte, fiel auf, dass der Vater ständig andere Personen verdächtig machte. Also fragte der Karl ganz beiläufig: »Und Näheres über andere Personen in seinem Bekanntenkreis ...? Frauen? Wissen Sie nichts?«

»Und ob! Und ob! Da können wir Ihnen einiges erzählen! Von solchen! Weibsstücke, die vor nichts zurückschrecken! Gell, Mädel? Eine Hutmacherin! Das hab ich ja alles erst nachträglich herausgebracht. Die hat ihn vollkommen in ihre Fänge gehabt! Katastrophal! Und ich geh auch noch her ... im guten Glauben ... und kauf eigens ein Schlafzimmer! Für ihre Aussteuer.«

»Ein Schlafzimmer?« Das Wort traf den Karl unvorbereitet und riss ihn für einen Augenblick aus seiner Konzentration: »Was ist das für ein Schlafzimmer? Ich meine ... neu oder ...?«

»Nagelneu! Eiche! Massiv! Wunderbar! Das steht natürlich jetzt auf dem Speicher droben, net! Kann ma ja keinem anständigen Menschen mehr zumuten, dass er sich in so was hineinlegt!« Der Gedanke war dem Karl auch im Hinblick auf Herrn Sauerwein und dessen Tochter nicht angenehm. Und als er das Interview bald darauf beendete, war er ziemlich sicher, dass er den beiden noch nicht alles von Wichtigkeit entlockt hatte. Oder war es vielleicht nur, weil er es nicht ungerne gehabt hätte, sie beim nächsten Mal noch mehr in die Enge zu treiben.

Es begann schon dunkel zu werden, als der Karl das Präsidium verließ. Er hatte vorher noch das Protokoll angefertigt von der Vernehmung der beiden Sauerweins und eigentlich war er noch überhaupt nicht müde. Eher aufgekratzt. Das könnte auch ein wenig an der Selbstständigkeit gelegen haben, mit der man ihn zurzeit handeln ließ. Kurz entschlossen machte er daher noch einen kleinen Schlenker über die Sonnenstraße, um sich das Schlafzimmer anzuschauen, von dem seine Traudl so schwärmte. Das war es also! Da stand es im warmen Licht der Auslage, hell und heiter, neuzeitlich und unverschnörkelt. Keine ernüchternden »Engele« mehr über den Betten, als Zeugen altvorderer Schlafzimmergewohnheiten. Und er sah schon seine schöne Frau dort liegen auf schwedischer Goldbirke, sodass er es plötzlich sehr eilig hatte, um nach Hause zu kommen.

Verglichen mit den üblichen Hindernissen ging der Rückzug der Eheleute in ihren ungeliebten Intimbereich an dem Abend beinahe reibungslos vonstatten. Die Oma war noch immer etwas beleidigt gewesen wegen der Schlafzimmerpläne und man musste diese nur noch einmal kurz erwähnen, auf dass sie sich endgültig in ihr Zimmer zurückzog. Der Rudi litt ohnehin wieder an seinen geschwollenen Mandeln und ließ sich widerstandslos ins Bett bringen und der kleine Maxi hatte sich offensichtlich bei seiner Tante Luise überfressen und schlief, nach qualvoller Entleerung, sofort ein. Er schlief ganz tief, wie man hören konnte, denn sein

Kinderbettchen stand neben dem Bett der Mutter. Das gehörte sich so und es war auch die einzige Möglichkeit, die Oma davon abzuhalten, sich selbst für diese Fürsorge aufzuopfern. Bei einem solchen Nebeneinander aber ließ sich die eheliche Pflicht schwerlich so gestalten, wie die Lust es verlangte. Nicht ohne die geräuschvolle Mitwirkung alter Bettgestelle jedenfalls. Und das war dann auch immer wieder ein Anlass, dass der kleine Maxi aufwachte und ängstlich nach seiner Mama rief.

»Ja, Maxile ... die Mama is schon da. Tu nur schön weiterschlafelen.«

»Jedes Mal! Verfluchtes altes Gelumpe!«, stöhnte der Karl.

»Sag ich ja immer, Karli! Hätt ma bloß schon ein neues Schlafzimmer!«

*

Im Gemüseladen gegenüber von Fräulein Schmausens Hutsalon beobachtete man schon eine Zeit lang einen jungen Mann, der offensichtlich versuchte, in das Haus zu gelangen. Er war weniger wegen seiner Erscheinung aufgefallen als dadurch, dass er sich besonders unauffällig gab.

»Freilich will der zur Schmaus. Zu wem denn sonst?«, folgerte eine Kundin.

»Wird er kein Glück haben«, sagte der Gemüsehändler drauf, nicht ohne Schadenfreude, nachdem er selber schon ein paar Mal bei ihr abgeblitzt war.

»Aha! Jetzt bin ich neugierig. Jetzt kommt er rüber!«

Der junge Mann mit dem Harry-Liedke-Hut war Karl Grandauer und er schaute bei seinem Eintreten in den Gemüseladen in lauter grinsende Gesichter. Bei aller beabsichtigten Tarnung, irgendwie war ihm das auch nicht recht, dass ihm von seiner seriösen Absicht offenbar gar nichts mehr anzusehen war.

»Hätten Sie's gern besucht, gell?«, sagte der Gemüsehändler. »Aber sie is leider verreist, die Froin Schmaus. Mit dem Taxameter abgeholt worden!«

»Und wissen Sie zufällig, wohin?«

»In ein Heilbad«, wusste eine Frau und sie sagte es in einem Ton, als ob die Hutmacherin damit ihre verdiente Strafe erhalten hätte. Etwas Genaueres aber war nicht zu erfahren.

»Vielleicht, dass wer im Haus mehr weiß. Fragen'S doch die Froin Meier über ihr. Die weiß immer alles Mögliche.«

Der Karl war schon halb draußen, als er noch einmal umkehrte und den Leuten im Laden scheinbar beiläufig ein Foto des toten Geigers zeigte. »Kann es sein, dass Sie den Herrn hier schon amal geseh'n haben? Zufällig. Er ist ein Bekannter von mir. Musiker.«

»Warum?«, fragte der Gemüsehändler, jetzt vorsichtig geworden und alle schauten den Karl misstrauisch an. Nur eine Kundin hielt sich nicht mehr zurück und sagte verdutzt: »Das war doch der, der gestern in der Früh von der Schmaus weggeradelt is! Der Blonde mit seinem Geigenkasten! Freilich!«

Aus der Wohnung über der Hutmacherin kam ein süßlicher Geruch, den der Karl eigentlich nicht mochte. Er hatte sich sogar das Wort dafür gemerkt: Patschuli. Sündhaft, hatte sein Vater immer gesagt, weil auch die Tante Franzi danach duftete, die Gattin von Karls Lehrherrn. Und automatisch stellte er sich auch das Fräulein Meier irgendwie so vor, als er an ihrer Tür klingelte. Aber nichts rührte sich. Erst beim zweiten Mal hörte man einen Schlüssel im Schloss und die Türe öffnete sich einen Spalt.

»Ja bitte?«, sagte eine ältere Frauenstimme. Sie klang lauernd und nicht nach Patschuli.

Der Karl nahm den Hut vom Kopf und nannte sein Anliegen. Von drinnen kam erst nichts, dann lauernd die Frage: »Sind Sie von der Polizei?«

Etwas überrumpelt davon antwortete der Karl betont harmlos: »Auch … jawohl. Es ist aber lediglich nur eine … ganz allgemeine Nachfrage.«

Und wieder war eine Pause entstanden, bis sich die Türe öffnete. Jetzt sah er das Fräulein Meier im Ganzen und eigentlich war er auf Anhieb eher gerührt als abgestoßen von dieser kuriosen Erscheinung. Ihr Haar machte den Eindruck, als ob Vögel darin nisten würden und ihr Kleid war streng und züchtig wie das einer Gouvernante, aber über der Brust pfauenhaft aufgeputzt mit Halsketten und Klunkern wie bei einer Wahrsagerin. Ihre Äuglein blitzten und über ihr faltiges Gesicht huschte ein zuckriges Lächeln, als sie sagte: »Bitte, Sie können ruhig bei mir hereinkommen. Ich habe ja nichts zu verbergen.«

Der Flur war düster und mit Krimskrams vollgestopft. Vor allem fielen dem Karl die Damenhüte auf – Mengen von Damenhüten! Was machte die Alte damit? Wofür hatte sie sie? Ihr Wohnzimmer, in das sie ihn führte, war ebenso überladen und nur Weniges hatte, nach Karls Ansicht, einen praktischen Nutzen. Die meisten Gegenstände, die hier herumstanden und -hingen, waren höchstens geeignet, einem alten, allein stehenden Fräulein zur Erbauung zu dienen. In religiöser Hinsicht oder in einer weniger eindeutigen, wie die Darstellung von einem fliehenden Pferd, das ganz deutlich ein Hengst war. Oder der antike Jüngling aus Gips, dem ein solches Kennzeichen abhanden gekommen sein musste.

Fräulein Meier lud den Karl ein, am Wohnzimmertisch Platz zu nehmen und räumte ein paar illustrierte Zeitschriften beiseite, in denen sie anscheinend zuvor geblättert hatte. Und nicht nur das: Sie musste darin mit einem Bleistift die Abbildungen von jungen, hübschen Frauen verkritzelt und verschmiert haben, ausgelöscht. Das machte den Karl nachdenklich. Fräulein Meier zeigte sich beunruhigt über das

Interesse der Polizei für ihre Nachbarin, als sie sagte: »Es wird ihr doch hoffentlich nichts zugestoßen sein, der Fräulein Schmaus?«

Der Karl konnte ihre Bedenken zerstreuen und hoffte, er würde von ihr vielleicht Genaueres über ihren Aufenthalt erfahren: »In einem Heilbad ist sie, hieß es. Sie wissen nicht, wo?«

Rosalinde Meier sah eine Weile schweigend zum Plafond hinauf, bevor sie, anstatt eine Antwort zu geben, eine lange gehegte Ahnung preisgab: »Ja, ja ... alle kriegen sie dann eines Tages ihr Frauenleiden ... und müssen ins Heilbad. Wenn sie gemeint haben, sie können sich alles leisten. Bloß weil sie ein hübsches Larverl haben. Und die Mannsbilder sind so verdorben und laufen ihnen das Haus ein! Aber eines Tages straft sie alle der Himmel! Eines Tages!«

Die Bilanz, die der Karl auf seinem Rückweg ins Präsidium zog, fiel eher mager aus. Ein paar Merkwürdigkeiten vielleicht: Dass der Musiker eine Stunde vor seinem Tod aus der Wohnung von Fräulein Schmaus gekommen war – aber das hieß ja noch nicht, dass er auch die vergifteten Marzipankartoffeln von ihr bekommen hatte. Und dass die Hutmacherin kurz darauf abgereist war? Aber warum nicht? Ob in ein Heilbad – das ließe sich ja ermitteln. Und dann noch diese komische Alte, die Rosalinde Meier – was konnte die mit dem Tod des Geigers zu tun gehabt haben? Sie kannte ihn ja nicht einmal.

Inspektor Grüner hatte sich den Bericht seines Assistenten angehört und sagte scheinbar unbeeindruckt und ganz allgemein: »Ein Mensch, der schießt ... oder er nimmt ein Hackl her, oder ein Messer ... das sind alles Leute, die lassen sich irgendwie ausrechnen. Und die treffen auch meistens den, den sie treffen wollen. Aber die Giftmischer! Sehr oft Weiber! Damen! Und neidische alte Schachteln notabene. Und? Was hama noch?«

»Der Holzinger meinte, dass ich mir den Vater von seiner Braut näher anschau'n sollte ... weil der doch Betriebsleiter ist in einer galvanischen Werkstatt ... und die verwenden dieses Kaliumzyanid in Riesenmengen ... also, diese Blausäure, an der er eingegangen ist, der Musiker.«

»Nur ist halt der so gar nicht der Typus für so was, der Herr Sauerwein. Dann schon eher seine verhutzelte Tochter. Möglicherweise hat ihm die ja die Giftkugeln zugesteckt. Zur Strafe für seine Seitensprünge. Nach der Devise: Wenn ich ihn nicht für mich allein haben kann, kriegt ihn die andere auch nicht. A bissl egoistisch vielleicht, aber hama alles schon gehabt. Oder sie waren gar nicht für ihn bestimmt, sondern für die Nebenbuhlerin und er hat's leider selber verspeist. Alles möglich ... aber nicht sehr wahrscheinlich. Die Schmaus, glaube ich, scheidet sowieso aus. Was hätt die für ein Motiv? Es sei denn, sie hat die Kartofferl von jemand ganz anderem gekriegt und nichts ahnend ihrem G'spusi zugesteckt. Alles denkbar. Auch das, woran man nicht denkt, ist denkbar. Das vor allem. Also, bitte ... dann fangen'S gleich amal damit an, Grandauer!«

Karls Frau verfolgte währenddessen ein anderes Ziel und sie holte sich Verstärkung bei Kurts Berliner Freundin. Die beiden hatten sich vor dem Möbelgeschäft verabredet. Das war für die Sara weiter kein Problem, während die Traudl für spontane Stadtausflüge schon eine möglichst unverfängliche Begründung benötigte, um sich endlose Debatten mit ihrer Mutter zu ersparen. Und dieses Mal sollte es ein Termin beim Frauenarzt gewesen sein, bei dem man nie wissen könnte, wie lange so etwas dauern würde. Das Erste, was Sara sagte, als sie noch draußen vor dem Schaufenster standen, war: »Det is knorke, Traudi! Los komm, det kaufste!«

»Ich? Oh mei! Das tät ich mich ja nicht amal trauen, wenn ich das Geld dafür hätte!«

»Det Geld, was euch fehlt, det leih ick dir. Oder Max gibt es euch. Egal. Aber tu nicht mehr lange rum.«

Nun war das früher in Traudls Elternhaus, auch als sie noch wohlhabend waren, nicht üblich, dass die Frau einfach losging und kaufte. In dieser Größenordnung kaufte nur der Herr des Hauses.

»Weißt, Sara, das kannst du vielleicht mit'm Kurtl machen. Aber mit dem Karl ... unmöglich! Der wär mir zu Tod beleidigt, wenn ich hinter seinem Rücken ... und noch dazu mit geliehenem Geld! Entsetzlich!« Sie ließ sich dann aber doch überreden, in den Laden hineinzugehen, um dort ihren Wunschtraum aus schwedischer Goldbirke wenigstens einmal zu berühren. Der näselnde Verkäufer hatte ihre Schwäche gleich erkannt und machte die Ware zur Glückssache: »Muss Ihnen aber leider ganz offen sagen, gnädige Frau, dass sich für dieses Ausstellungsstück schon mehrere Herrschaften sehr eingehend interessiert haben.«

Darauf fragte die Traudl zaghaft: »Und Sie haben wohl nur dieses eine?«

»So, wie es aussieht ... leider, leider ja, gnädige Frau.«

»Ach ja ... das is jetzt dumm«, hauchte die Traudl und fuhr mit der Hand noch einmal über die goldglänzende Bettlade. Und die Sara flüsterte ihr zur Beruhigung ins Ohr: »Denk dir nüscht, Traudi. Det sagt Vati in seinem Hutladen och zehnmal am Tag.«

Einen kleinen Vorteil konnten unter Umständen auch geschwollene Mandeln haben. Für den Grandauer Rudi zum Beispiel; denn ihretwegen musste er nicht in den ungeliebten Kindergarten und konnte im Bett liegen bleiben, wo sich auf dem dicken Plumeau ideale Bedingungen ergaben für seinen Funken sprühenden Blechtank. Onkel Kurt war auch gerade zu Besuch. Ihn mochte der Rudi eigentlich am liebsten, obwohl er ihm fast nie etwas mitbrachte: »Schau her, Onkel Kurt! Toll! Der is vom Onkel Adi, der Tank! Und der kann überall nauffahr'n! Und schießen, schau! Bum ... bum!«

»Was is jetzt da so toll dabei, dass der schießen kann? Das kann doch jeder Depp.«

Der Rudi ließ die Kanone schweigen, aber ohne wirklich überzeugt worden zu sein. Er wechselte lediglich das Thema: »Der Onkel Adi, der hat jetzt ein Fräulein. Die hat einen dicken Busen. Hat die Mama g'sagt.«

»Wunderbar! Auf den musst du deinen Tank nauffahr'n lassen. Sagst: Tante, das ist ein Hochgebirgstank! Und ich brauch dein Gelände!«

Nachdem die Traudl noch nicht aus der Stadt zurück war, wollte Frau Soleder die Gelegenheit wahrnehmen, das leidige Schlafzimmerthema auch noch einmal ungestört mit ihrem Sohn durchzunehmen. Es war nämlich zuletzt die Idee aufgetaucht, das vorhandene mit den herrlichen Schnitzereien zu verhökern. Kurt schlug die Hände vors Gesicht und sagte:

»Euer wunderschönes Schlafzimmer? Unglaublich!«

»Gell, das sagst du auch, Kurtl.«

»Dass dann vielleicht fremde Leute drin liegen? Eine schreckliche Vorstellung!«

Diese ungewohnte Übereinstimmung mit ihrem Sohn hatte dann doch ihr Misstrauen geweckt und sie bat ihn: »Jetzt red halt amal vernünftig, Kurt. Ich meine ... willst du es denn nicht nehmen? Du musst doch auch amal daran denken ...«

Dabei sträubte sich offensichtlich etwas in ihr, was sie auch sonst lieber, um nicht darunter leiden zu müssen, beiseite schob: »Wenn du schon unbedingt mit dem Mädel beisammen bleiben willst ... ich weiß es ja nicht, ob sie die Richtige für dich ist. Ich weiß es nicht.«

»Und dann?«, flaxte der Kurt. »Mit so einem Schlafzimmer bring ich sie doch überhaupt nicht mehr los, Mama!«

Leid gewohnt nahm die Mutter nun jede Schärfe aus ihrer Stimme: »Kind, das ist doch alles nicht so einfach! Du bist da immer ... alles auf die leichte Schulter! Aber das Mädel ist halt so gar nicht das, was man sich als Mutter ... nein, Kurtl, das ist sie nicht! Sie haben eben leider alle so eine etwas andere Art. Alle!«

»Die Berliner?«

»Auch. Die auch.«

»Oder weil's Juden sind?«

»Mein Gott, auch ja. Leider. Wir haben nie was gegen die Juden gehabt. Nie! Aber unser Vater hat oft gesagt: Vorsicht ... Vorsicht!«

»Derweil haben ihn die Pfaffen beschissen!«

»Kurtl! Ich bitte dich! So kann man das doch nicht sagen! Der Vati hat schon gewusst, was er tut.«

»Ja, Mama, umso schlimmer.«

Warum musste er sich nur immer wieder auf solche Debatten mit ihr einlassen? Früher hatte er ja manchmal sogar ein beinahe sadistisches Bedürfnis gehabt, sie zu reizen. Aber mittlerweile sollte er doch wissen, wie viel Verstand und Einsicht man von ihr erwarten durfte. Und man konnte sie ja dennoch gerne haben. Auf so eine ganz einfache, animalische Weise. Wie ein Haustier. Nein, ganz so schnoddrig und überheblich wollte er es doch nicht seh'n. Aber wie dann?

Der Kurt war zur Erholung ins Wohnzimmer geflohen und hätte gern ein bisschen Klavier gespielt, bis die Schwester aus der Stadt zurück wäre. Da lag aber der kleine Maxi in seinem Laufstall und schlief. Ein träges Kind. Wie kommen sie eigentlich darauf, dass er Ähnlichkeit mit ihm hätte? Jetzt kam auch die Oma herüber und man sah ihr an, dass sie noch etwas loswerden wollte. Nur, das musste sie nun leise sagen, was ihr Schwierigkeiten machte, auch wegen der Zähne: »Es gibt nämlich auch noch andere Leute, Kurtl ... die sind genauso entsetzt! Genauso! Dass du dich an so ein Mädel hängst.«

Schon wieder spürte er, wie ihm der Kragen zu eng wurde: »Sollte es sich dabei vielleicht um den Herrn Doktor Adolf Grandauer handeln, Mama?«

»Leute mit Einblick, Bub!«

»Dieses Arschloch, dieses apokalyptische!«

Er wusste, dass er ihr mit diesem Wort einen Schmerz zufügte. Er wollte es auch.

»Allmächtiger! Kurt, ich bitte dich! Sag nicht solche schrecklichen Sachen! Du weißt nicht, wie du den Mann eines Tages vielleicht brauchst! Wo du jetzt endlich die feste Anstellung hast beim Radio.«

*

Nachdem keine Gefahr in Verzug war und das Ziel auch per Reichsbahn oder Postomnibus zu erreichen gewesen wäre, musste Herr Grüner schon sein ganzes Verhandlungsgeschick aufbieten, um einen Dienstwagen genehmigt zu bekommen nach Heilbrunn hinaus. Vielleicht gab die Autofahrt an so einem milden, sonnigen Oktobertag südwärts in den Isarwinkel sogar den Ausschlag dafür, die Recherchen im Marzipanfall nicht seinem Günstling und Assistenten Grandauer alleine zu überlassen. Das alte Heilbad mit der geschätzten jod- und bromhaltigen Adelheidquelle war nämlich inzwischen über Anmeldescheine als derzeitiger Aufenthaltsort der Hutmacherin ermittelt worden.

Wer das Fräulein Schmaus im Garten ihres Kurhotels beobachtete – und das waren nicht wenige und in der Mehrzahl natürlich Herren –, der suchte bei ihr vergeblich nach Merkmalen irgendeines Leidens. Am allerwenigsten, so wurde vermutet, nach denen eines Frauenleidens. Denn hätte sie sonst ihre weiblichen Eigenschaften so großzügig zur Geltung gebracht? Und es schien ihr ja auch nicht unangenehm gewesen zu sein, wenn sich Damen deshalb von ihr abwandten, während ihr dafür mehrere Herren aus dem gleichen Grund beständig als Kurschatten folgten.

Als die Kriminaler von einer Hotelangestellten zu ihr in den Garten geführt wurden, war sie wieder wie üblich umringt. Herr Grüner nahm sie diskret beiseite und bat sie, ihn ins Haus zu begleiten, wo sie ungestört miteinander reden könnten. Sonst eher Konkurrenten, fühlten sich die Kurschatten jetzt als Gemeinschaft, die man um den Gegenstand ihrer Anbetung gebracht hatte und sie stellten alle möglichen Vermutungen an, was diese beiden fremden Herren dazu berechtigt haben könnte.

»Na, na, von der Versicherung sind die nicht. Die hätten Aktenmappen dabei. Und sie kämen auch nicht zu zweit. Und es geht auch nicht immer der eine hinter dem anderen einher. Ob es nicht doch eher etwas Unangenehmeres ist?«

Das Fräulein Schmaus war zunächst den Herren bedenkenlos gefolgt, blieb aber dann plötzlich stehen und verlangte, ohne keck oder kiebig zu werden, eine Erklärung. Grüner schien das erwartet zu haben und verbuchte es offenbar zu ihren Gunsten. Er sagte ihr, worum es ging und weshalb er nicht vor den anderen mit ihr darüber reden wollte.

Auf die Nachricht vom Tod des jungen Musikers war sie so betroffen, dass sie kein Wort herausbrachte. Der Hotelportier hatte ihnen einen kleinen Nebenraum freigehalten, dorthin zogen sie sich zurück.

»Und Sie haben nichts davon in der Zeitung gelesen?«, fragte Herr Grüner. Sie schüttelte nur den Kopf. Dann sagte sie fast tonlos: »Die hab ich ihm gegeben, die Marzipankartoffeln. Und ich hab's ihm noch … weil er sie vergessen hat … zum Fenster hinaus hab ich sie ihm nachgereicht. Er war ja schon draußen.«

»Sonst hätten Sie's vielleicht selber gegessen.«

Sie schaute ihn mit großen Augen an, aber es schien, als ob sie ihn gar nicht sehen würde.

»Wo ham'S denn die her gehabt, die Giftkugeln? Gekauft?«

Sie sagte, dass sie ein paar Mal schon kleine Päckchen bekommen hätte, mit der Post, und da waren immer solche Marzipankartoffeln drin. Und ein Zettel lag dabei: Von einem dankbaren Kunden ... oder Kundin. Sonst nichts, kein Absender. Und sie hatte sich auch weiter nichts dabei gedacht. Manchmal hatte sie selber welche gegessen, manchmal auch verschenkt. Aber noch nie war etwas passiert. Niemandem.

»Von der Verpackung ham'S nichts mehr? Oder so einen Zettel?«, fragte Grüner. Aber das hatte sie alles längst weggeworfen.

»Jetzt denken'S amal ganz scharf nach, Fräulein Schmaus, wer von Ihrer Kundschaft ... oder von Ihren Bekannten am ehesten zu so was fähig wäre. Das heißt ja deswegen noch lang nicht, dass er's auch war. Sind'S vielleicht verfeindet mit wem? Oder ham'S amal einer ihren Mann ausgespannt?«

Bei letzterem Motiv war ein kleines Zucken um ihren Mund zu bemerken. Und sie formulierte ihre Antwort so, dass sie auch ohne ein Eingeständnis bei der Wahrheit bleiben konnte: »Aber dass mich jemand ... wegen irgend so was ... Na, das kann ich mir nicht vorstellen.«

Der Karl hatte sich bis dahin respektvoll zurückgehalten und lediglich hie und da Notizen gemacht. Aber als es um ihre Kundschaft ging, hatte er dann doch eine vage Eingebung, die er noch loswerden wollte: »Diese alte Dame in der Wohnung über Ihnen ... ist die nicht auch eine Kundin von Ihnen?«

»Die Fräulein Rosa, ja, ja. Aber die is a bissl ... sonderlich. Die hat, glaub ich, schon mindestens zehn Hüte bei mir machen lassen. Und dabei geht sie nirgends wohin ... nur zum Einkaufen.«

»Und Sie würden nicht sagen, dass Ihnen die Dame irgendwie nicht wohlgesinnt ist?«

»Na. Warum? Ich hab der nie was getan. Im Gegenteil. Ich hab ihr sogar immer Prozente gegeben auf ihre Hüte.«

Apollonia Schmaus war noch wie benommen, als sich die Kriminaler von ihr verabschiedeten und sie blieb alleine im Nebenstüberl zurück. Ihre Kurschatten hatten die Szene schon eine Weile von draußen durch die Glastüre beobachtet und liefen wie ertappte Schulbuben auseinander, als die Polizeibeamten herauskamen.

»Mein lieber Herr Gesangverein! Die Frau hat vielleicht eine Ausstrahlung auf die Männerwelt! Ham'S nix g'spürt, Grandauer?«

»Bis jetzt noch nicht, Herr Inspektor. Aber vielleicht kommt's noch.«

»Dann hätt Ihre Frau wenigstens auch a bissl was davon. Aber als Giftmischerin gibt sie für uns leider nicht viel her, die Froin Schmaus. Oder, was sag'n Sie?«

»Glaub ich auch nicht, nein.«

Herr Grüner blieb noch einen Moment unentschlossen vor dem Hotel stehen und sagte dann: »Wie wär's 'n jetzt mit a Paar Weißwürscht? Damit wir nicht ganz ergebnislos hergefahren sind. Ich lad Sie ein.«

Die Herren ließen sich ein Wirtshaus mit eigener Metzgerei empfehlen, weil zu befürchten war, dass der Weißwurst in Kurheimen vermutlich nicht die rechte Aufmerksamkeit zuteil wird. Und während sie kurz darauf ihre Würste artgerecht verspeisten, kam der Karl noch einmal auf die alte Hausbewohnerin zu sprechen, auf das Fräulein Meier. Vielleicht hätte er sie in seinem Bericht doch etwas ausführlicher behandeln sollen? Aber ein Zusammenhang mit dem Tod des Musikers war ihm bislang undenkbar erschienen.

»Und was ich noch so komisch gefunden hab: Dass sie in der Illustrierten, die auf ihrem Tisch lag, die Bilder von wenig bekleideten Damen verkritzelt hat. Richtig verschmiert mit Bleistift.«

»Hab ich aber nicht gelesen in Ihrem Bericht, Grandauer.«

»Ich hab gedacht, das is wahrscheinlich bloß so eine Spinnerei. Unser Rudi hat das auch amal gemacht. In Brehms Tierleben, da hat er den Gorilla verkritzelt. Weil er sich gefürchtet hat vor ihm.«

»Hat er ihn aus der Welt geschafft, den Gorilla! Is doch interessant, Grandauer ... oder?«

*

Frau Soleder war es natürlich aufgefallen, dass ihre Tochter neuerdings das Schlafzimmer gleich nach dem Gebrauch mit besonderer Sorgfalt aufräumte. Dabei kamen auch ihre alten Paradekissen wieder zur Geltung und ein spitzenbesetzter Überwurf. Aber vielleicht waren ihre Jungen da inzwischen doch zur Vernunft gekommen, dann sollte man sie besser gar nicht darauf ansprechen und so tun, als hätte man nichts bemerkt.

An schönen Vormittagen war die Oma regelmäßig unterwegs mit dem kleinen Maxi in seinem Sportwägelchen und das war die Zeit, in der die Traudl schon zweimal Leute empfangen hatte, die ihr von den Kreitmeiers geschickt wurden. Aber die konnten sich dann doch nicht entschließen. Diesmal dagegen kamen die Richtigen. Ein bescheidenes altes Ehepaar, das darauf bestand, im Stiegenhaus schon die Schuhe auszuziehen, und auf Strumpfsocken ins Schlafzimmer tippelte wie in eine Moschee. Darin fassten sie sich an den Händen und blickten ergriffen auf das Mobiliar. Es war eine Liebe auf den ersten Blick, sodass es auch keiner langen Verhandlungen mehr bedurfte. Der alte Herr zog, mit vor Erregung zitternden Fingern, die erwünschten dreihundert neuen Reichsmark aus der Tasche und bedankte sich obendrein. Die Traudl nahm das Geld, gerührt von so viel unverhohlener Freude, und überlegte sogar einen Moment, ob zweihundertfünfzig Mark nicht auch genug gewesen wären. Sie blieb dann aber doch nüchtern, im Hinblick auf ihre eigenen Bedürfnisse.

*

Mitunter kam es schon vor, dass man den bitteren Ernst eines Tötungsdeliktes fast vergessen konnte über die Possenhaftigkeit der Tat oder der Täter. Und auch Herr Grüner ertrug solche Fälle dann leichter als die wirklich tragischen, die blutrünstigen oder erbarmungslos fanatischen.

Fälle wie der mit den todbringenden Marzipankartoffelchen hatten etwas Unwirkliches, fast Märchenhaftes. Nicht für die Betroffenen, für die war es einerlei ob Messer oder Marzipan. Aber für die angestellten oder verbeamteten Bearbeiter des menschlichen Fehlverhaltens.

Es hatte sich also der Chef auch in diesen Fall eingebracht und sein Assistent Karl Grandauer lief wieder nur an der Leine hinterher. Er ermittelte die Herkunft des Papiertütchens, das man mit den restlichen Marzipankartoffeln in der Tasche des toten Musikers gefunden hatte: »Aus dem Sortiment der Papierfabrik Rupp und hergestellt in der Haftanstalt Stadelheim.«

Das waren nach Grüners Erfahrungen vermutlich solche: »... auf denen die Knastbrüder nach dem Zusammenkleben mit ihren nackten Hintern draufhocken! Sauber! Und weiter!«

»Der Kolonialwarenhändler, bei dem die Meier einkauft, verwendet diese Tütchen ebenfalls. Aber das Bittermandelöl stammt nicht von ihm. Das gibt's nur in Apotheken. Und da ist auch eine gleich ein paar Häuser weiter. Hab ich mich dort erkundigt und der Apotheker ist sich sicher, dass die Meier mehrmals so ein Röhrchen mit dem Öl gekauft hat. Gibt's ja ganz offiziell. Als Backzutaten.«

»Damit hätt' sie das ganze Salonorchester ausrotten können!«

»Es ist aber dieses Bittermandelöl noch kein Gift, laut Doktor Pischinger vom Labor. Erst in Verbindung mit der Salzsäure, die der Mensch im Magen hat, wird Blausäure draus. Und die ist tödlich.«

»Ja, ja … a Revolverkugel ist auch erst tödlich, wenn einer abdrückt«, bemerkte Herr Grüner kopfschüttelnd. Und es wollte ihm nicht eingehen, dass man so ein Zeug einfach kaufen konnte wie ein Päckchen Salz.

Ungewöhnliche Fälle verlangen manchmal ungewöhnliche Methoden, auch wenn man unter Umständen dabei den Rahmen des Erlaubten etwas großzügiger auslegen muss. Herr Grüner und sein Assistent Grandauer hatten sich zu einem Sketch verabredet, in dem das Fräulein Rosalinde Meier, ohne es zu wissen, die Hauptrolle spielen sollte. Alles, was man an Requisiten dazu benötigte, war ein Tütchen mit Marzipankartoffeln, jenem gleich, das man in der Rocktasche des Musikers gefunden hatte. Herrn Grüner, dem Urheber der Theatereinlage, war, bei all ihrer Fragwürdigkeit, das Vergnügen daran deutlich anzusehen. Es war der Jagdtrieb des alten Fallenstellers, der sich gegen moralische Bedenken gut abgesichert wusste.

»Da geht's mir schon beinah wie ihm«, sagte er mit einem Blick auf das Bild des greisen Reichspräsidenten von Hindenburg, das jetzt die Wand hinter seinem Schreibtisch schmückte. »Der hat sich damals wahrscheinlich auch keine grauen Haare wachsen lassen, wie er die Russen in die Pontinischen Sümpfe hineingetrieben hat.«

Das Fräulein Meier hatte ihre anfängliche Scheu den beiden Herren gegenüber bald verloren. Das war vor allem Grüners außerordentlicher Jovialität zuzuschreiben, mit der er schon ganz andere Kaliber erfolgreich eingewickelt hatte.

Man sprach über vieles, auch über das Dasein als allein stehender Mensch, wozu Herr Grüner Berührendes beizutragen wusste, nachdem seine Gattin vor bald zwei Jahren von ihm gegangen war. Dieser Beitrag schuf wohl Vertrauen, aber dann genierte er sich plötzlich vor sich selber und lenkte das Gespräch auf das eigentliche Thema, indem er sagte: »Andere greifen in ihrer Einsamkeit vielleicht zur Flasche ... ich nasche lieber. Süßigkeiten sind mein Allheilmittel. Da blühe ich direkt wieder auf!«

»Ja, geh'n'S zu«, sagte sie und echauffierte sich beinahe so, als hätte er ihr einen Antrag gemacht. »Also, das wenn ich gewusst hätte ... hätt ich mir doch extra was her getan zum Anbieten!«

»Das nächste Mal, Fräulein Meier, da melden wir uns dann vorher an.«

»Das müssen Sie mir aber versprechen, meine Herren!«

Anschließend kam die Rede dann allmählich auf Grüners besondere Vorliebe für Hausgemachtes, bei dem man doch wenigstens weiß, was alles drin steckt: »Meine verstorbene Frau, die war ja auf dem Gebiet ... gell, Grandauer?«

»Unglaublich, ja.«

»Was die alles selber gemacht hat ... die Kuchen und Torten ... und die Pralinen!«

»Und das Marzipan, nicht zu vergessen, Herr Inspektor!«, pflichtete der Karl bei.

»Das Marzipan! Besser wie in jedem Laden!«

Einen Augenblick lang schien es, als ob das Fräulein Meier den Atem angehalten hätte. Aber das konnte nur bemerken, wer darauf gewartet hatte.

Und Herr Grüner plauderte scheinbar arglos weiter: »Sie machen aber schon auch ab und zu a bissl was selber, gell?«

Nicht mehr ganz so unbefangen entgegnete sie: »Weniger eigentlich. Durch das, dass ich allein stehend bin ... hat man ja nicht so den Bedarf.«

Sanft im Ausdruck, ließ sie der alte Fuchs jetzt nicht mehr aus den Augen und fragte nach einer Pause: »Marzipankartofferl ... auch nicht?«

Darauf entfuhr ihr beinahe kratzbürstig: »Zu was denn? Ich mag so was gar nicht.« Und sie erhob sich wieselflink und legte ihren ganzen, noch verfügbaren Liebreiz in die Stimme: »Also, jetzt geh ich doch schnell amal in die Küche naus und koch uns ein Tässerle Kaffee.«

»Bleiben'S ruhig da, Froin Meier. Worüber hama uns denn grad so nett unterhalten? Ach ja, Marzipankartofferl! Sie wissen aber schon, wie man die macht, oder?«

»Weiß ich net. Da hab ich keine Ahnung von so was«, antwortete sie, bockig wie ein verzogenes Kind.

»Ham'S auch nie welche gegessen?«

»Kann ich mich net erinnern, nein.«

»Da ham'S fei was versäumt, Froin Meier. Die müssen'S unbedingt amal probier'n!«

Und an den Karl gewandt, fragte er: »Hama's zufällig dabei ... das Tüterl, das die Froin Schmaus bekommen hat? Mit der Post.«

»Hama zufällig, jawohl. Von einer dankbaren Kundin!«, sagte der Karl, zog's aus seiner Jackentasche und gab es ihm. Grüner faltete das Tütchen dann langsam, geradezu genüsslich auf, ohne den Blick von ihr abzuwenden. Sie stand ihm versteinert gegenüber, aber in ihrem Gesicht spielte das ganze groteske Drama von einer verhärmten, gemütskranken alten Frau. Zweifel, wie dieses Drama ausgehen würde, bestanden kaum noch, doch der eindeutigeren Beweisführung wegen wollte Grüner seinen Sketch zu Ende bringen. Und er hielt ihr das Tütchen hin und sagte: »Bitte ... greifen'S ruhig zu. Das is was ganz was Feines! Marzipankartofferl!«

Da versuchte sie sich herauszuwinden, indem sie plötzlich lachte, meckernd wie eine Ziege: »Na, na, ich ess die net, so was mag ich net.«

»Warum denn nicht?«, fragte Grüner und sagte scherzend hinterher: »Ham'S Angst, die sind vergiftet?«

»Da hab ich nix damit zu tun ... mit der Froin Schmaus! Gar nix!«

»Wieso sollte denn auch jemand die Froin Schmaus vergiften woll'n? Also, ich kann mir das nicht vorstell'n.«

Dabei fischte er sich umständlich eine Kugel aus dem Tütchen und hielt es dann dem Karl hin. Der bedankte sich vielmals und nahm sich ebenfalls eine heraus.

»Sind doch tadellos, was sagen Sie, Grandauer?«

»Hätt ich keine Bedenken, Herr Inspektor.«

Das alte Fräulein verfolgte mit weit aufgerissenen Augen jede Bewegung der beiden, so als ließe sich damit das Schlimmste verhindern. Auch die Hände hatten sich ein wenig aus ihrer Erstarrung gelöst und deuteten auf ihren heimlichen Wunsch hin, einzugreifen. Aber ihre moralische Kraft reichte dazu nicht aus.

»Also, kommen'S, Froin Meier ... jetzt setzen Sie sich amal wieder da her«, sagte Grüner und griff ihr mitfühlend unter die Arme: »Und dann erzählen'S uns amal, was Sie mit der Schmaus alles erlebt haben. Is sie wohl a rechtes Luder?«

Da kam es dann nach und nach aus ihr heraus, was so lange schon in ihr gebrodelt hat. Wie ein Vulkanausbruch kam es heraus: »Schlampen sind's! Alle, die jungen Weiber! Wenn sie sich an die Männer hinhängen ... und fassen sich an und tun mit ihnen rum! Einer nach dem andern kommt zu der in die Wohnung. Einer nach'm andern! Und ich muss mir's mit anhorchen ..., wenn sie in ihr'm Schlafzimmer drin sind! Das hört man bis rauf! Bis da rauf! Da muss ich mir jedes Mal die Ohren zuhalten. Weil ich's nimmer mit anhör'n kann. Alle Tage, alle Tage! Ich hab's nimmer aushalten können. Und da hab ich es gemacht. Und der liebe Gott hat's gewusst, warum ...«

Auch der Gemüsehändler konnte sich an keinen Fall erinnern, bei dem ein Automobil schon einmal so lange vor dem Haus gegenüber stand. In der ganzen Straße gab es das noch nicht. Und es war auch keine Autodroschke. Aber ein Chauffeur mit Mütze saß drinnen und las die Zeitung.

Für die Schmaus konnte es nicht gewesen sein. Und wer sonst in dem Haus wohnte, der hat wahrscheinlich noch nie ein Auto von innen gesehen. Unglücklicherweise fiel die Ankunft des Wagens in die Mittagszeit, sodass niemand beobachtet hatte, wer ihm entstiegen war. Aber inzwischen war man vorbereitet, um wenigstens die Rückkehr des Passagiers zu erleben. Die ließ auch nicht mehr lange auf sich warten. Als Erster erschien ein junger Mann mit einem Köfferchen. War der nicht vor ein paar Tagen erst im Gemüseladen und hatte sich nach Fräulein Schmaus erkundigt? Ihm folgte jetzt, zu aller Erstaunen, ausgerechnet das Fräulein Meier, stadtfein zurechtgemacht und heftig geschminkt, mit einem imposanten Topfhut auf, den man noch nie an ihr gesehen hatte. Und neben ihr ging ein älterer Herr, den Arm vertraulich um ihre Schultern gelegt und ihre Schritte behutsam zum Automobil hin lenkend.

Der Chauffeur sprang gleich heraus und öffnete den Wagenschlag. Dann waren sie alle drei sehr bemüht, das alte Fräulein, ohne es zu beschädigen, hineinzubugsieren. Ein Schauspiel, das viele Deutungen zuließ. Die des Gemüsehändlers war so: »Ich glaub ja schon lang, dass man sich in das Fräulein Meier leicht täuschen kann! Weil man immer gedacht hat, sie ist vielleicht a bissl wunderlich. Aber ich glaub, hinter ihr steckt schon mehr dahinter!«

*

Die dickbauchige Korbflasche, mit hausgemachtem Johannisbeerwein, war schon ziemlich am Ende, vom Guglhupf war auch nicht mehr viel übrig geblieben, nachdem die

Kollegen aus den Nebenbüros abgezogen waren; nicht ohne die üblichen guten Wünsche natürlich: »Also, nochmal ... alles, alles Gute, Herr Oberkommissär! Genießen Sie Ihr Leben! Und machen Sie sich bittschön nicht gar so rar bei uns herin. Mir freu'n uns immer, wenn Sie kommen!«

Jetzt war nur noch der Holzinger da und dem war es auch irgendwie ganz komisch zumute. Beinahe, wie wenn seine Frau ihn verlassen würde, an der er ja auch nicht immer nur Freude hatte. Aber fehlen würde sie ihm schon. Sehr.

»Ja, ja, Lederer ... so viele Jahre! Und nicht einmal hat man sich privat kennengelernt. Mit unsern Frauen.«

»Es hat halt nicht soll'n sein. Und zu uns rein ... ins Amt ... da wäre ja die meine sowieso nie gegangen und ich hätt's auch nicht mögen.«

»Es kommt halt oft nichts Gescheites dabei raus.«

»Was is ... a Schluckerl noch, Holzinger! Von meiner Johannisbeere.«

»Die wird uns auch fehlen ... wie so manches.«

»Musst uns halt amal besuchen in meinem Häus'l draußen.«

»Ja, ja ... mach ma schon«, sagte der Holzinger und zeigte ein Lächeln, das man noch nicht oft bei ihm gesehen hatte. Dann hob er sein Glas und prostete dem Kollegen zu: »Auf dein Spezielles! Und lass dich am Arsch lecken! Weil, so wie jetzt, Lederer ... so geht's nimmer lang. Dann steht uns die braune Brühe bis zum Hals. Und dann wird's erst richtig schön bei uns. Dass dir jeder Tag leidtun muss, den du nicht mehr da herin sein darfst!«

»Der Holzinger! Ein alter Schwarzseher is er halt immer!«, sagte der Lederer und musste lachen. »Komm her und nimm noch einen Schluck von meinem Johannisbeerwein. Der is wenigstens schön rot!«

Es waren nicht gerade Gewissensbisse, aber so etwas Ähnliches vielleicht, was Herrn Grüner veranlasst haben könnte, sich noch einmal beim Haftrichter nach dem Befinden von Rosalinde Meier zu erkundigen. Und es überraschte ihn nicht zu hören, dass ihr Geisteszustand sie höchstwahrscheinlich davor bewahren würde, die Konsequenzen aus ihrer Tat in vollem Umfang zu begreifen. Der Haftrichter hatte viel eher den Eindruck, dass sie wie eine Märtyrerin in Sanftmut verklärt den Weg ins Frauengefängnis angetreten hatte.

Im Gang vor seiner Abteilung traf Grüner dann auf den Hausdiener Dirscherl und es fiel ihm von weitem schon ein maliziöses Lächeln bei ihm auf: »Darf ich's Ihnen schnell erzählen, Herr Inspektor? Es is ja eigentlich mehr privat, aber … Ich hab doch einen Schwager. Der is Fensterputzer. Tut aber auch auf Pferdl wetten. Und jetzt kommt's: Spekulieren tut er auch! Mit Aktien! Der Herr Fensterputzer! Mit Aktien! Und muss ganz schön was damit vereinnahmt haben in die letzten Jahre. Weil er immer gesagt hat: Es is eigentlich ein jeder zu bedauern, der wo sich den ganzen Tag abbuckelt für ein lumpiges Gehalt. Hat er natürlich mich damit gemeint! Und, offen g'sagt, gestunken hat er mir schon manchmal, wenn ich g'sehn hab, wie leicht dass sich solche Menschen tun wie er. Und da gibt's ja angeblich mehr davon, heißt es.

Sie, aber gestern hab ich zufällig was im Radio gehört, am Abend … dass es jetzt bald nimmer so weitergeh'n soll mit der Spekuliererei. Weil's sein kann, dass was kommt! Von Amerika! Ham'S das auch schon gehört, Herr Iinspektor?«

»Möglich«, sagte Grüner und lauerte schmunzelnd auf Dirscherls Fazit.

»Ich meine halt, schaden tät's ja vielleicht nix, wenn da amal wirklich was käme. Sagen Sie das nicht auch, Herr Inspektor?«

»Man müsste es halt bloß so einrichten können, dass es nur die erwischt, denen man's wünscht!«

»Ja gell, das wär ideal. Obwohl, man wünscht ja eigentlich niemand was Schlechtes. Bis auf Einzelne vielleicht.«

Das war am Abend des 28. Oktober, einem scheinbar ganz gewöhnlichen Freitag, dem hierzulande kaum anzusehen war, dass er sich vielleicht einmal im Kalendarium hervortun könnte. Wohl war tags zuvor schon die Rede davon, dass auf Finanzmärkten der Vereinigten Staaten Probleme mit Wertpapieren entstanden wären. Aber was hatte ein deutscher Durchschnittsbürger schon auf den Finanzmärkten Amerikas zu suchen? Amerika, das war doch so weit! Und hieß es dagegen nicht immer und immer wieder, die deutsche Wirtschaft wäre nun gesundet und hätte bereits den stolzen Stand von 1913 erreicht? Na also. Herr Grüner allerdings war der Meinung, der Staat machte es wie bei uns die Wies'nwirte: »Die verkaufen den Schaum auch als Bier.«

Wirtschaftliche Gesichtspunkte waren es angeblich auch, dass sich Karl Grandauer am selben Abend noch von seinem Bürostuhl erhob und sagte: »Heut kauf ich es! Man ist ja wirklich der Dumme, wenn man seine schönsten Jahre in alten Schwiegerelternbetten verbringt! Aus lauter Korrektheit! Und andere amüsier'n sich auf Pump! Allen voran der Staat! Der macht ja ebenfalls nix wie Schulden. Wie ein preußischer Major. Jetzt mach ich es genauso und zahl die restlichen 300 Mark einfach ab!«

Warum er ausgerechnet an dem Abend, wo er es eilig hatte, den Paternoster zum Ausgang hinunter nahm, das konnte er sich selber nicht erklären. Aber er war auch nicht bereit, sein Vorhaben noch einmal zu überdenken, nachdem der Aufzug zwischen zwei Stockwerken stehen blieb. Für zehn Minuten nur, doch die fehlten ihm dann. Als er hinkam, war das Möbelgeschäft bereits geschlossen. Wenn das wenigstens die einzige Enttäuschung geblieben wäre.

Doch das Schicksal hatte schon zum nächsten Schlag ausgeholt.

Er hatte nämlich bis dahin noch gar nicht gewusst, wie sehr sein Herz gerade an diesem Schlafzimmer aus schwedischer Goldbirke hing. Erst jetzt spürte er es so richtig, wo auf einem Stückchen weißer Pappe zu lesen war: Verkauft!

Und er hatte sich schon gesehen daheim vor seiner Familie, als ein Mann, der so etwas im Handumdrehen entscheiden konnte und verwirklichen. Wie oft gab es das in dieser Größenordnung? Und es war auch an der Zeit, dass er den solederschen Restbeständen endlich ein eigenes, selbstverdientes Mobiliar gegenüberstellte.

Die ganze Trambahnfahrt über ließ ihn die Enttäuschung nicht los über diese verpatzte Gelegenheit, es insbesondere der Oma zu zeigen, dass auch ein kleiner Beamter wie er das Zeug haben kann zu großen Gesten. Nicht nur ihr über alles erhabene »Gotthabihnselig«. Und vielleicht hätte er andernfalls, als er seine Wohnung betrat, auch darüber hinwegsehen können, dass schon wieder sinnlos die Flurlichter brannten. Und dass es nach Fisch roch.

»Freitag, weißt doch, Herzi. Grüß dich!«, sagte die Traudl und gab ihm, ungewöhnlich aufgekratzt, einen Kuss. Dann zog sie ihn, nachdem er den Mantel abgelegt hat, ins Wohnzimmer.

»Ich hab nämlich eine Überraschung für dich, Schatz!«

»So … ich auch«, brummte er. Doch das ging unter, denn sie zog aus ihrer Bluse drei Hundertmarkscheine und sagte triumphal, um keine Bedenken aufkommen zu lassen: »Ich hab unser Schlafzimmer verkauft! Am Montag wird es abgeholt. Von der Luise a Kundschaft. Die waren gestern da: Gesehen und gekauft. Bloß die Oma weiß noch nichts. Der müssen wir das erst schonend beibringen.«

»Zu was? Das sieht's ja dann«, sagte er gallig, »wenn wir ab nächste Woche auf'm Fußboden schlafen!«

»Wieso? Wir kriegen doch das neue Schlafzimmer!«

»Irrtum!«, sagte er und berichtete von seinem Fehlschlag: »Verkauft!«

»An uns, ja! Weil ich heut Nachmittag selber dort war und hab's perfekt gemacht!«

Schon ahnend, was ihre Tat bei ihm auslösen könnte, sagte sie das in aller heiteren Unschuld so, als wollte sie ihm damit eine Freude machen.

»Du? Hast es perfekt gemacht? Alleine?«

»Mei, Karli, schau ... wir haben doch gesagt, wenn wir das Geld beisammenhaben, dann kauf ma's.«

»Wir! Wir kaufen es! Und nicht du gehst alleine in das Geschäft und kaufst es! Selbstherrlich! Das is ja kein Kochtopf oder so was!«

»Du hättest es doch auch gekauft, oder?«

»Ich habe es aber nicht gekauft!«

»Hätt'st aber!«

»Hätt, hätt, hätt! Ich wäre da um ein Haar in den Laden reingegangen ... von nichts eine Ahnung! Und wär da gestanden ... wie so ein Kaschperl! So, als ob bei uns daheim der Mann ... bloß so daneben herläuft! Wie so ein Prinzgemahl! Ich meine, schließlich bring ich ja das Geld her. Jetzt amal abgeseh'n von den dreihundert Mark für euer altes Schlafzimmer.«

Das war nun so eine Auseinandersetzung, bei der es einfach zum Bild der Frau gehörte, spätestens an dieser Stelle in Tränen auszubrechen. So kannte es die Traudl auch von früher, wenn die Eltern Meinungsverschiedenheiten ausgetragen hatten. Und so war es in Romanen nachzulesen oder wurde von besorgten Müttern an ihre Töchter so weiter empfohlen. Aber die Traudl tat etwas ganz Ungehöriges, sie lachte ihn an und sagte: »Du hast ja vollkommen Recht, Karli. Morgen geh ich noch mal hin und bitte sie, dass sie's zurücknehmen. Und dann soll'n sie es dir verkaufen, weil du kein Prinzgemahl bist. Und auch kein Kaschperl. Recht so?«

Noch während der Karl um eine Antwort rang, kam die Oma von ihrem Besuch bei den Nachbarn wieder und ihr war anzusehen, dass sie von dort Beunruhigendes mitbrachte. Das ließ sich zunächst an der sanften Ergebenheit in ihrer Stimme erkennen: »Ach, da seid ihr ja, Kinder. Und der Karl ist auch schon da.«

»Der ist auch schon da, ja, Oma«, bestätigte er ihr unnötigerweise, aber er ließ damit etwas Säure ab, die sich zuvor bei der Debatte mit seiner Frau gebildet hatte. Die Oma setzte sich mit einem tiefen Seufzer hin und begann: »Also, ich bin noch ganz niedergeschlagen. Ist das nicht fürchterlich? Was da jetzt alles in Amerika drüben los ist! Diese Zusammenbrüche auf der Börse! Die bringen sich ja alle um, die Menschen! Millionen und Abermillionen! Über Nacht! Ganze Bankhäuser! Was sagst denn du dazu, Karl?«

Der Karl hatte eigentlich eher mit ihren Planungen zum bevorstehenden Fest Allerheiligen gerechnet oder zum Volkstrauertag. Auf Weltwirtschaftliches war er nicht vorbereitet: »Ja mei, Oma, was soll man dazu sagen? So ist es eben. Und wir halten es nicht auf.«

»Der Herr Heinrich, der is ja selber bei der Bank und der sieht fei ganz schwarz.«

Die Traudl hatte sich kurz abgewandt, um ihre dreihundert Mark wieder im Mieder verschwinden zu lassen. Dann fragte sie: »Warum, um was geht's 'n eigentlich? Ein Börsenkrach hat's geheißen im Radio.«

Und der Karl, selbst nicht ganz im Bilde, erklärte etwas angewidert: »Weil's alle gedacht ham, das geht ewig so weiter. Dass man aus einer Mark zwei machen kann ... und aus zwei vier. Spekulanten! Nicht unsre Welt!«

»Aber der Herr Heinrich sagt, das kommt auch zu uns. Und dann ... mein Gott, wir haben das ja schon amal miterlebt, Kinder! Unser Vati ... das ist ja erst sechs Jahre her! Und so was ... na! Na, Kinder! Wenn wir dann wieder so dasteh'n und sie zieh'n einem das letzte Hemd aus! Nein ... das mach ich nimmer mit!«

»Also, an dein letztes Hemd, Mutti, da lassen wir niemand hin!«, sagte die Traudl. Und der Karl setzte noch drauf: »Nicht einmal an deinen Persianer ... mit der feinen Locke!«

Aber sein Witz ging irgendwie ins Leere. Er hatte seine Schwiegermutter weder geärgert noch erheitert. Sie saß nur in sich gesunken da und schüttelte den Kopf: »Ach Kinder ... kann's denn nicht amal a bissl länger gut geh'n? Dass man wieder zum Schnaufen kommt!«

Die Traudl legte ihren Arm um sie und sagte aufmunternd: »Es wird schon nicht gar so schlimm werden, Mutti.«

»Mir geht's ja mehr um euch. Ich bin alt. Mein Gott, da kräht doch kein Hahn mehr danach, nach die alten Leut! Kein Hahn!«

Das war nun wieder das alte Klagelied, worüber die beiden eher erleichtert waren, weil es sie von allzu viel Mitgefühl entband. Bis die Mutter plötzlich sagte: »Und was is denn jetzt mit eurem Schlafzimmer? Tut halt endlich amal dazu, bevor es zu spät is! Ich geb euch ja das Geld, das euch fehlt. Was soll ich denn sonst damit anfangen? Hauptsache is doch, ihr seid glücklich und genießt euer Leben!«

7.

Eberhard Stork war schon einmal nahe daran, sein Geschäft mit Beleuchtungskörpern aufzugeben. In den Jahren nach dem Krieg waren Lampen, Lüster und dergleichen wenig gefragt, schon gar nicht in seiner Gegend draußen am westlichen Stadtrand. Erst so um die Mitte der zwanziger Jahre, als Stork auch Radiogeräte und entsprechendes Zubehör in seinen Laden stellte, kam der Handel wieder in Schwung. Dazu hatte dann auch sein jüngerer Bruder, Hans, etwas beitragen können, der sich, wie viele Arbeitslose, Hitlers Sturmabteilung angeschlossen hatte und zum Dank für seine Treue in die Führungsriege aufstieg. Herr Stork wurde daraufhin auch für die Beschallung von Parteiveranstaltungen herangezogen. Eine Mitgliedschaft bei der NSDAP lehnte er allerdings ab, weil ihm ja auch von seiner katholischen Kirchengemeinde geschäftlich viel Gutes widerfuhr.

Natürlich hat sich die Weltwirtschaftskrise, die im Oktober vor zwei Jahren begonnen hatte – an jenem schwarzen Freitag 1929 – in gewisser Weise auch in Herrn Storks Bilanz niedergeschlagen. Und ein Ende dieser Krise war nicht abzusehen. Im Gegenteil, die Misere wuchs sich immer weiter aus: Arbeitslosigkeit, Pleiten, Notverordnungen – der deutsche Staat am Rande des Bankrotts. So war es eben ein Glück, dass er sich früh schon auf das Radiozeitalter eingerichtet hatte, das genau zu dem Zeitpunkt heraufkam, als immer mehr Menschen das Verlangen hatten, dabei zu sein und nicht ausgeschlossen.

An die vier Millionen Teilnehmer gab es jetzt schon in Deutschland, solche, denen vierundzwanzig Reichsmark Jahresbeitrag nicht zu viel waren. Schwarzhörer entzogen sich der Statistik. Sie hatten auch keine Verfolgung zu befürchten, kaum Verachtung. In solchen Krisenzeiten war die Moral strapazierfähiger geworden. Da musste es schon dicker kommen. Und das kam es ja auch oft genug. Herr Stork hatte selber Erfahrungen damit gemacht. Schon zweimal war sein Laden ausgeraubt worden. Und die Polizei erwies sich jedes Mal als machtlos. Der letzte Fall war nun schon bald ein Jahr her und der Radiohändler hatte längst seinen guten Schlaf wieder gefunden. Bis zu dieser Nacht.

Das Schlafzimmer der Storks befand sich im ersten Stock, direkt über dem Laden. Die Schlafzimmertüre war immer einen Spalt offen und hindurch kam ein schwacher Lichtschein von einer Lampe im Flur. Die ließ man an, weil Frau Stork manches Mal im Dunklen unter Angstzuständen litt. Vor einer Weile hatte die Turmuhr der nahen Pfarrkirche vier Uhr geschlagen. Ein paar Stunden Schlaf noch bis zum Aufstehen. Herr Stork lag mit offenen Augen im Bett. Er wirkte nicht sehr entspannt. Vielleicht gingen ihm geschäftliche Probleme durch den Kopf. Seine Frau schlief friedlich neben ihm, mit ruhigen Atemzügen.

Jetzt hörte man etwas von der Straße herauf – wie verhaltene Stimmen – dann Schritte und ein Scheppern, als ob etwas aufs Pflaster gefallen wäre. Und gleich darauf zersplitterte Glas.

Stork schreckte auf und ebenso seine Frau.

»Was war das?«

Er flüsterte: »Schaufenster eingeschlagen!«, sprang aus dem Bett und schlüpfte in Pantoffeln und Bademantel.

»Um Gottes willen, Eberhard, sei vorsichtig! Ruf die Polizei!«

»Mach ich schon! Bleib du liegen!«

Stork war nicht von kräftiger Statur, ein eher schmächtiger Mann. Und wer ihn kannte, hätte von ihm nicht so ein entschlossenes Handeln erwartet. Das Telefon hing unten im Hausgang zwischen Wohnung und Laden. Draußen, vor dem Laden, war es noch stockdunkel. Die Straßenbeleuchtung funktionierte schon lange nicht mehr – es wurde ja überall gespart. Schemenhaft nur konnte man zwei Personen erkennen, die etliches von der Straße aufsammelten, auch ein Fahrrad. Und vor dem Laden, im Rinnstein, erhob sich eine dritte Person, taumelte ein paar Schritte und sackte wieder aufs Pflaster hinunter.

Herr Stork hatte von innen die Ladentüre aufgesperrt und trat zögernd hinaus. Die beiden Personen auf der Straße gingen zu ihm hin und flüsterten ihm etwas zu. Zwei Männer in Zivil mit Karabinern und den Armbinden der Notpolizei. Einer von ihnen sagte dann laut: »Wir haben den Kerl! Er wollte einbrechen bei dir!«

Der andere presste sich die Hand auf ein Auge und stöhnte: »Der hat mir einen derartigen Schlag versetzt, der rabiate Hund! Ich seh nix mehr auf dem Aug!«

Stork schickte ihn ins Haus: »Tu dir gleich was Kaltes drauf, Schorsch! Du weißt ja, hinterm Laden ist ein Ausguss. Und nimm das Handtuch, was da hängt.«

Nun schaltete er auch das Licht im Laden an und daraufhin konnte man sehen, dass die Schaufensterscheibe eingeschlagen war, und man erkannte auch die Blessuren in den Gesichtern der beiden Notpolizisten. Der Mann draußen im Rinnstein machte nur noch ein paar klägliche Versuche, auf die Beine zu kommen und Herr Stork war gar nicht froh über den Anblick, aber er musste ihn hinnehmen, nachdem man ihm sagte: »Leider ging's nicht anders.«

An einem Fenster im Nebenhaus erschien ein Herr, den die Geräusche auf der Straße beunruhigt hatten: »Was ist denn da los, da unten?«

»Schaufenster eingeschlagen und ein Radio rausgeholt!«

»Schon zum zweiten Mal«, ergänzte Herr Stork.

»Die Polizei schon da?«

»Nur die Notpolizei einstweilen. Der Herr Lehrer Kinast und Herr Schirmer. Er ist leider verletzt.«

»Hut ab, meine Herren! Höchste Zeit, dass der Bürger selbst für Ordnung sorgt!«

Der Herr sprach damit vielen aus dem Herzen, auch dem Lehrer Kinast: »Dieser Staat ist ja leider unfähig!«

»Ein Trauerspiel!«, rief der Herr und er hätte es gerne gehabt, wenn mehr Leute ihn gehört hätten. »Abdanken, die Herrschaften! Damit endlich anständige Leute ans Ruder kommen! Deutschland erwache!«

Auch Frau Stork hatte es nicht mehr länger im Bett gehalten. Flüchtig angezogen, erschien sie an der Ladentüre und während sich die Männer noch um Deutschland sorgten, sorgte sie sich um den jungen Mann im Rinnstein: »Dem geht's fei gar nicht gut, Herr Kinast! Woll'n ma nicht lieber einen Doktor holen?«

»Sache der Polizei, Frau Stork. Die wird gleich da sein.«

»Kümmer du dich lieber um den Schirmer«, sagte ihr Mann, »der kann schon nicht mehr aus dem Aug schau'n, so hat er den zugerichtet. Der rabiate Kerl!«

*

Am selben Morgen, wenig später, endete auch bei Familie Grandauer die Nachtruhe. Und das neue Schlafzimmer aus schwedischer Goldbirke vermochte nun, nach zwei Jahren, die verhangenen Blicke auch nicht mehr aufzuhellen. Schlurfend begab man sich hinaus zu den gewohnten Verrichtungen. Natürlich war die Toilette wieder von der Oma besetzt, wie immer, wenn man es eilig hatte. Und es war kalt in der Wohnung. Der Kachelofen war über Nacht ausgegangen und ebenso der Küchenherd. Sohn Rudi taumelte auch schon herum. Er war im Sommer sechs Jahre alt geworden und ging in die erste Klasse. Was ihn jedoch zurzeit viel stärker formte als das kleine Einmaleins, war sein erstes Kinoerlebnis: ein U-Bootfilm. Der hatte unzählige Knaben süchtig gemacht nach heroischen Gefühlen. Um sie wieder aufleben zu lassen, genügte dem Rudi die Waschschüssel; wenn er darin mit der Seifenschale auf Tauchstation ging: »Fluuuten! Torpedo los! Getroffen!« Bis der Vater schließlich das Tauchmanöver unterbrach: »Sag amal, was machst'n du da?!«

»Waschen.«

»Waschen! So. Gib fei Obacht, dassd' nicht nass wirst dabei, gell. Im Nachthemd wäscht sich der!«

»Wenn's immer so kalt is in der Früh.«

»Kalt is es dem Herrn! Eine verwöhnte Gesellschaft! Da wäscht man sich eiskalt ab, von oben bis unten! Dann wird es einem warm!«

Oma Soleder benötigte an diesem Morgen auffallend viel Zeit, um sich für den richtigen Hut zu entscheiden. Ihre Wahl fiel, nicht ohne Selbstzweifel, auf ein eher mondänes Gebilde, etwas Wagenradartiges. Derweil hatte der Karl sein Frühstück beendet und war jetzt aufnahmefähig für die Probleme seiner Schwiegermutter. »Sehr damenhaft ... der Hut, Oma. Sehr!«

»Und ist er nicht irgendwie ... dass er aufgedonnert wirkt?«

»Ich sage nur: damenhaft!«

»Das wäre mir nämlich entsetzlich, Karl ... wenn man denken würde, ich will mich da in aller Früh schon aufdonnern. Für die Kirche.«

Die Traudl war noch damit beschäftigt, dem Gatten die Frühstücksbrote einzupacken.

»Doch nicht mit Käs, Traudl! Bittschön! Ich hab einen Termin im Justizpalast, gleich in der Früh!«

»Tut mir leid, Karl, Wurscht hama keine mehr. Außerdem riecht der kaum, der Käs.«

»Riecht kaum! Von wegen, ja! Der stinkt! Proletarisch!«

Frau Soleder nahm ihr Erscheinungsbild in der Öffentlichkeit durchaus ernst und sie kam noch einmal darauf zurück: »Ich kann ja auch nicht einfach mit einem Kopftuch daherkommen. Wie so eine Arbeiterfrau!«

Ihre Tochter schlug, mit gespieltem Entsetzen, die Hände vors Gesicht: »Um Gottes willen, Mutti, bloß nicht! Was würde denn der Herr Buberl dazu sagen?«

Und der Karl schloss sich an: »Ich kenne ihn zwar nicht, den Herrn Buberl ... leider! Aber so, wie ich ihn mir vorstelle!«

Das Gesicht von der Oma verfärbte sich etwas und ihre wasserblauen Augen traten noch stärker hervor: »Also, da bin ich jetzt wirklich erschüttert! Was ihr mir da ... Ich geh doch nicht in die Kirche wegen dem Herrn Buberl!« Und sie griff schon nach ihrem Hut, ließ ihn dann aber doch auf, weil ihr zu ihrer Entlastung etwas viel Besseres einfiel: »Und außerdem ist der Herr Buberl protestantisch!«

*

Es war meistens um dieselbe Zeit, wenn Kriminalkommissär Grandauer frühmorgens das Haus verließ. Und er war nie der Einzige auf dem schmalen Trampelpfad über die vordere Wiese zur Trambahnhaltestelle der Linie 19. Die Männer im Gänsemarsch auf dem Weg in ihre Ämter und Büros hießen immer nur die »Herren«. Sie waren kleine Angestellte und Beamte und alle hatten sie Mappen und Hüte, schwere Hüte oft aus Velour, die sie ständig voreinander zogen. Das sah dann aus wie ein Balzritual. Einige der Herren kannten sich mit Namen und wenn sie auf die Bahn warten mussten, kamen sie gelegentlich auch ins Gespräch. In diesen Tagen gab es ein Thema von besonderer Delikatesse: ein ominöser Selbstmord in nächster Nachbarschaft.

Das Haus vorne am Prinzregentenplatz war ja allgemein bekannt, weil darin eine viel beachtete und ebenso umstrittene Persönlichkeit wohnte. Nicht alleine, wie man munkelte. Mit seiner Nichte Geli, Tochter von seiner Halbschwester. Blutsmäßig leicht anrüchig, im Falle des Falles. Er selbst wohnte ja abgesehen davon noch immer dort. Und hatte sich nun das Fräulein Geli selber …? Mit seinem Revolver? Oder wie? Und warum und wieso? Dann müsste doch eigentlich der Herr Kommissär Grandauer am ehesten etwas Näheres wissen. Er wird bloß nicht darüber reden dürfen, meinte einer der Herren an der Haltestelle.

Der Karl, dem diese Unterstellung nicht missfiel, reagierte erst mit einem vielsagenden Lächeln, dann antwortete er: »Abgeseh'n davon sind wir von der zuständigen Kripo auch nicht in die Ermittlungen eingeschaltet worden. Ist alles innerhalb der Parteileitung abgewickelt worden. Wir haben die Leiche von der Dame gar nicht zu Gesicht bekommen.«

»Schon merkwürdig«, befanden die Umstehenden. Und einer musste direkt lachen und sagte freiheraus: »Peinlich, peinlich! Auch wenn's vielleicht so war, wie's angeblich gewesen sein soll: Keine gute Werbung für den Onkel Adolf!«

Daraufhin drehte sich ein anderer Herr zu ihnen um, einer mit einem Trachtenhut, dessen Krempe über seinem Nacken herunter gebogen war und der Herr blickte streng in die Runde und sagte, nicht laut, aber eindringlich: »Schämen Sie sich! Über einen Mann wie den Herrn Hitler in einer solchen Weise herzuzieh'n! Das sollte Ihnen eigentlich schon der Anstand verbieten!«

In diesem Moment kam zum Glück die Linie 19 herangerattert, worauf sich die Runde im Nu auflöste und der Herr mit dem Trachtenhut eine ganze Plattform für sich alleine hatte. Der Karl war sogar ganz hinten in den Anhänger gestiegen, aber der Vorfall ließ ihn auch dort nicht gleich wieder los.

Unterdessen hatte auch Frau Soleder das Haus verlassen und folgte der Einladung zur Frühmesse, die sich wie immer um diese Zeit vom Turm der Gabrielskirche weithin kundtat. Auf dem Weg dorthin hatte sie, so gut es ging und ohne dass es auffallen durfte, die andere Straßenseite im Auge. Und dafür wäre ja ihr großer Hut ideal gewesen, wenn ihn nicht ein leichter Gegenwind immer wieder angehoben hätte. Das Manöver hatte den Sinn, einem älteren Herrn, der sich mit seinem Hund regelmäßig vor den Läden dort herumtrieb, ganz zufällig zu begegnen. Einem Oberamtmann a. D. Und kaum hatte sie ihn entdeckt, überquerte sie die Straße, wendete sich ihm aber erst zu, als er ihr zurief: »Oh, guten Morgen, gnädige Frau!«

»Ach, der Herr Buberl!«, sagte sie dann überrascht. »Jetzt hab ich Sie erst gar nicht geseh'n. Guten Morgen.«

»Aber ich habe Sie schon von weitem geseh'n. Schon wie Sie über die Straße gegangen sind, bei der Metzgerei.«

»Haben Sie mich schon geseh'n, ach! Bei der Metzgerei schon. Da haben Sie aber noch ziemlich gute Augen.«

»Unberufen«, sagte Herr Buberl und klopfte sich mit einem kecken Blick an die Stirne: »Auch gehörmäßig! Ich höre noch die kleinste Kleinigkeit!«

»Da haben Sie aber allen Grund, dankbar zu sein. Wenn einer noch alle seine Sinne hat, das ist doch etwas Wunderschönes.«

Der Oberamtmann hätte jetzt gerne noch mehr altersbedrohte Fähigkeiten vorgeführt, aber wenn er erregt war, verloren seine Zähne oft den Halt und traten unnatürlich hervor. Frau Soleder, diesbezüglich selbst leiderfahren, blickte beiseite und sagte: »Ja, und das Hundele ist auch dabei! Da muss das Herrle feilich mit ihm Gassi geh'n, gell?«

»Ganz so ist es nicht, gnädige Frau. Da ist jetzt schon manches Mal das Herrle der treibende Pol!«

Ihr war der Hintersinn seiner Erklärung nicht entgangen, zumal er ihn durch ein kokettes Augenspiel hervorhob. Aber sie ließ es fürs Erste damit bewenden und auf die Orgelpräludien lauschend, die aus der Kirche zu hören waren, sagte sie: »Es beginnt. Ich muss mich beeilen, sonst bekomme ich keinen Platz mehr. Man muss nämlich staunen, wie viele Menschen heutzutage schon in aller Frühe in die Kirche gehen.«

Herr Buberl wollte auf keinen Fall, dass sie ihn für gottlos hielt und sagte bedauernd: »Ja, ja, der Glaube ist sehr wichtig. Absolut. Ich bin nur leider nicht katholisch und habe den Hund dabei.«

»Um Gottes willen, Herr Buberl! Kommt ja gar nicht in Frage. Es soll ein jeder seinen Glauben haben, wie er ihm in die Wiege gelegt wurde.« Und mit einem: »Also dann ...« gab sie ihm die Hand und zu verstehen, dass er sich schon beeilen müsste, falls er ihr noch irgendetwas mitzuteilen hätte.

»Ach ja«, sagte er plötzlich erschrocken: »Und wegen heut Abend? Nicht wahr, Sie kommen doch mit, gnädige Frau?!«

»Heut Abend? Ach wegen dem Theater, meinen Sie. Das hab ich jetzt ganz vergessen gehabt. Können wir vielleicht noch einmal darüber sprechen, nach meiner Morgenandacht?«

Herr Buberl hatte sich vorsorglich schon mit einem Gehstock ausgerüstet, um solchen Anforderungen gewachsen zu sein. Damen wie Adelgunde Soleder hatten nun einmal ihre Kaprizen, das machte sie ja so begehrenswert.

Vor dem Eingang in den Justizpalast schnupperte der Karl noch einmal kurz an seiner Mappe. Es war wegen der Käsebrote und er fand seine Bedenken jetzt lächerlich, wie auch die komische Befangenheit, die ihn jedes Mal in diesem Gebäude überkam. Befangenheit weshalb? Weil sein kleiner Bruder darin als Staatsanwalt amtierte, vielleicht? Der Karl hoffte nur jedes Mal, ihn hier gar nicht zu sehen. Seit Adolfs Gesinnungsgenossen durch die ständig wachsende Not im

Lande neuen Auftrieb bekamen, hing auch dem Adi der braune Hemdzipfel wieder demonstrativ aus der Hose. Eigentlich war der Karl nach seiner eigenen Einschätzung eher ein unpolitischer Mensch. Und jetzt war er manches Mal selber überrascht, wie sich bei ihm, ohne es wirklich begründen zu können, eine instinktive Gegnerschaft herausbildete. Oder war es wegen des kleinen Bruders?

Er hatte die Eingangshalle noch nicht ganz durchschritten, da hörte er schon seine Lache, immer etwas zu laut und darauf angelegt, sich Aufmerksamkeit zu erlachen. Und er kam dann auch sogleich freudig und mit fliegendem Talar auf ihn zu und war wieder nur der nette kleine Bruder, den man doch im Grunde gern haben musste.

»Warum machst dich denn gar so rar?«, fragte der Karl. »Zu die Kreitmeiers kommst auch nimmer, sagt die Luise!«

»Mei, viel Arbeit, Karli! Und was die Kreitmeiers betrifft ... das hat auch andere Gründe.«

»Is er wieder amal nicht deiner Meinung gewesen, der Max?«

»Muss er nicht. Ich bin ja kein Fanatiker, wie du weißt. Aber langsam mach ich mir um den ehrlich Sorgen, um den Max. Mit seiner Sauferei! Das nimmt nämlich jetzt schon bedenkliche Ausmaße an. Und dann wird er dermaßen weltfremd! Ich meine, wenn jemand allen Ernstes behauptet: Hitler ...«

Und schon war er bei seinem Thema und nicht mehr aufzuhalten.

»Ob man den Mann mag oder nicht, aber ihm zu unterstellen, er schrecke vor keiner Gewalt zurück, um ans Ruder zu kommen! Das ist entweder ehrenrührig oder dumm, respektive weltfremd!«

»Bittschön, Adi, lass mich aus! Ich hab jetzt wirklich was anderes im Kopf.«

»Nur so viel noch, Karl: Tatsachen! Jedermann zugänglich! Die Reichstagswahlen voriges Jahr zum Beispiel: Von achthunderttausend Stimmen auf über sechs Millionen! Für Hitler! Auf dem Boden der Legalität! Die Menschen laufen ihm doch scharenweise zu! Freiwillig! Gewalt? Gewalt durch Argumente! Das ja!«

»Also, schau, Adi, dann is ja alles wunderbar, wie's ist.«

»Ist es leider noch nicht, Karl, aber es wird! Bitte grüß mir die Deinen! Auch deine verehrte Frau Schwiegermutter! Ich hab sie ja neulich getroffen in der Stadt.«

»Hat sie mir erzählt, ja. Da hast du sie schwer beeindruckt. Mit deinem Kommentar zur Judenfrage.«

»Ach so, na ja ... sie hat mich gefragt, was ich davon halte, dass der Kurt mit dem Gedanken spielt, seine Sara zu heiraten. Und davon war ich, wie du dir denken kannst, nicht gerade begeistert. Ohne Anseh'n dieser Dame, die ich ja nur flüchtig kenne.«

»Aber die anderen Juden, die kennst du alle?«

»Ich kenne auch die Kommunisten nicht alle. Und lehne sie dennoch ab.«

»Versteh ich noch eher. Die haben so was wie ein Programm, das kann man nachlesen und dann kann man sagen: Das lehne ich ab.«

»Die Juden haben auch ein Programm, Karl. Nur nicht so offen, zum Nachlesen. Das liegt tiefer. Würde ich gerne amal länger mit dir drüber reden. Ernsthaft! Nicht bloß so hopplahopp.«

»Mach ma, mach ma, Adi. Pressiert ja nicht. Der Kurt ist sowieso nicht mehr zu retten. Der hat seine Sara bereits geheiratet. Heimlich! Die Oma weiß es auch noch nicht. Bloß die Traudl und ich.«

»Wieder mal typisch, Kurt!«

*

So richtig hell wollte es auch an diesem Vormittag nicht werden, darum brannten in der Volksschule an der Versaillerstraße noch immer die Gasglühstrümpfe und spendeten, ergänzend zum Unterricht, ein wenig Erleuchtung.

Der Klassenlehrer tat das Seine dazu und mühte sich redlich, den ABC-Schützen Kraft und Reinheit der Selbstlaute nahe zu bringen. Der Lehrplan gab zunächst den Buchstaben A vor in Wort und Schrift und lieferte dafür einprägsame Merksätze. Die schrieb der Lehrer zur Nachahmung gestochen scharf an die Tafel: »Vater am Grab. Hase im Gras.«

Dann ging es um die Aussprache, wobei er die Vokale der Deutlichkeit halber mit seinem ganzen Gesicht veranschaulichte. Das hörte sich dann allerdings infolge einer kleinen Spracheigentümlichkeit so an: »Voter om Grob. Hose im Gros. Und jetzt du, Grondauer! Und immer schön auf das longe O ochten!«

*

Karl Grandauer war kaum wieder im Büro, als ihn der Chef zu sich rief. Es ging um den Einbruch beim Radiohändler Stork, genauer gesagt, um den tödlichen Unglücksfall infolge von Gewaltanwendung. Der angebliche Einbrecher war nämlich noch am Tatort, bald nach dem Eintreffen der örtlichen Polizei, gestorben und die Beamten veranlassten die Einlieferung in die Gerichtsmedizin. Dort befand man, nach der Obduktion: Tod durch zentrale Lähmung. Die Gehirnblutung, hieß es, wurde aber mit großer Wahrscheinlichkeit nicht von den zahlreichen Verletzungen durch Schläge ausgelöst, sondern durch einen unkontrollierten Sturz nach hinten auf harten Boden, Rinnstein oder dergleichen. Irgendwelche Besonderheiten oder Zweifel in die Aussagen der Notpolizisten waren dem Polizeibericht nicht zu entnehmen, was Herrn Grüner naturgemäß misstrauisch machte: »Die haben da halt in der üblichen Weise rumgemurkst, die von dem Polizeirevier da draußen. Aber vielleicht ist die Geschichte ja doch nicht ganz so koscher und das möchte ich gern wissen. Bevor sich die Presse draufstürzt. Handelt sich ja leider um eine Polizeiaktion.«

»Notpolizei!«, entgegnete der Karl etwas verächtlich.

»Aber an uns bleibt's hängen! Ich bin auch kein Freund von so was. Für richtige Polizisten ham's ja leider kein Geld mehr. Uns steht übrigens demnächst auch wieder eine Gehaltskürzung bevor. So schaut's doch aus. Also ... jetzt fahren'S gleich amal naus zu dem Radiohändler. Die zwei Hilfsschandi sind verständigt und kommen auch. Ein Turnlehrer und ein Brauereiangestellter. Steht alles da drin in dem kümmerlichen Bericht. Und nehmen Sie sich unseren abgemusterten Reichswehrler mit, den Herrn Hampl!«

»Muss das sein, Herr Inspektor?!«

»Ich weiß schon, dass Sie ihn nicht mögen. Aber jetzt hama ihn halt amal. Ich hab ihn mir auch nicht ausgesucht.«

Und weil in dem Moment jemand an die Türe klopfte, sagte er noch: »Wenn man den Esel nennt, kommt er g'rennt! Herein!«

Herr Hampl hatte das Pech, dass sein militärischer Schliff gerade hier so wenig Anerkennung fand. Dabei war ganz allgemein zu beobachten, dass soldatische Tugenden wieder an Ansehen gewonnen haben. Sie ließen sich auch sehr wirkungsvoll gegen den Verfall der Ordnung und Moral in Stellung bringen. Und das machte auf viele Menschen Eindruck, die mit den Verhältnissen, so wie sie waren, nicht zurechtkamen. Herr Hampl schlug die Hacken zusammen und meldete: »Befehl ausgeführt, Herr Inspektor! Ein Zäch Ulrich liegt im Register vor. Straffällig wegen mehrfacher Beteiligung an organisiertem Feldfrevel ...«

»Sie können sich wieder entspannen, Herr Hampl. Und Ihre Stiefelabsätze brauchen Sie sich bei uns herin auch nicht ruinieren. Also: Feldfrevel! Ham'S Kartoffeln ausgegraben. Und weiter!«

»Beteiligung an politischen Ausschreitungen! In mehreren Fällen! Widerstand gegen die Staatsgewalt!«

»Von Rechts? Oder von Links? Ich frag nur aus rein praktischen Erwägungen.«

»Kommunist!«, antwortete Hampl und reckte sich in der Überzeugung, dass es schon den Richtigen getroffen hatte.

»Ist mir auch lieber«, sagte Grüner und ließ seinem neuen Adjuvanten kurz das Gefühl der Übereinstimmung, um ihn dann doch zu enttäuschen: »Ein toter Kommunist macht einfach weniger Scherereien als ein toter Hitlerianer. In den höheren Rängen. Verstehen'S mich schon richtig, Herr Hampl, gell?«

Karl Grandauer war unterdessen aufgestanden und sagte, auch um vor Hampl ein wenig Autorität zu demonstrieren: »Einbruch mit Todesfolge heißt es. Für Politik bin ich nicht zuständig.«

»Das hat Ihr Vater früher auch oft g'sagt, Grandauer. Aber damals war das noch möglich. Heut schaut's schon anders aus. Und morgen ... da geht dann vielleicht gar nichts mehr ohne Politik.«

*

Seine Hausaufgaben durfte der Rudi im Wohnzimmer machen. So konnte sein kleiner Bruder, ohne ihn zu stören, noch einmal das Kinderzimmer weihen. Dazu genügten ihm die Klobürste und etwas Leitungswasser. Einweihungen gehörte zu seinen Lieblingsspielen. Er hatte schon so gut wie alles in der Wohnung geweiht. Die Anregung dazu gab ihm ein Weiheakt in seinem Kindergottesdienst. Der ältere Bruder lernte derweil schon für das Leben, indem er die morgendlichen Merksätze mit dem Griffel auf seine Schiefertafel kratzte und er formte auch mimisch die Selbstlaute mit, nach dem Vorbild des Herrn Lehrers.

Die Mutter kam herein: »So … tust schön deine Hausaufgaben machen? Also … lies amal vor!«

Und der Rudi las: »Hose im Gros …«

»Was für a Hose? Hase heißt das! Mit A! Hast doch richtig geschrieben.«

»Aber unser Lehrer hat g'sagt: Hose im Gros!«

»Geh zu, der sagt doch nicht Hose, wenn man Hase schreibt.«

»Hat er aber!«

»Schmarrn! Wirst halt wieder nicht aufgepasst haben!«

Oma Soleder stand am Küchenfenster und blickte weit hinaus ins Unbestimmte. Und man sah sie dabei nachdenken. Es waren bestimmt keine leichten Entscheidungen, die sie zu treffen hatte. Ihr Kopf bewegte sich und ihre Lippen formten ein halbes Nein. Dann ein ganzes.

Die Traudl trat ein: »Hose om Grob! So eine Aussprache bringt der den Kindern bei! Und kann selber nicht normal reden!«

Die Oma war noch nicht fähig, etwas anderes als ihr eigenes Problem wahrzunehmen und sagte nach einer Weile: »Also, Traudele, ich hab mir das jetzt noch einmal überlegt. Ich glaub, ich geh doch nicht mit. Nein! Das schickt sich einfach nicht. Für eine Frau in meinem Alter!«

»Warum denn nicht? Du kannst doch mit dem Herrn Buberl ins Deutsche Theater geh'n!«

»Aber es ist doch mehr … so ein etwas leichtsinniges Stück, wie man hört.«

»Das weiße Rössl? Das ist ein Singspiel, Mutti. Und soll ganz zauberhaft sein. Heiter!«

»Heiter … eben! In der heutigen Zeit! Wo die Menschheit überall am Hungertuch nagt!«

»Mein Gott! Davon wird die Menschheit auch nicht satt … wenn du daheim bleibst! Und alle nagen sie ja nicht. Sonst wär das Theater nicht seit Monaten ausverkauft.«

*

Oft war es noch nicht, dass Kommissär Grandauer, so wie dieses Mal, die Ermittlungen am Tatort selbstständig durchführte. Und es war ihm auch nicht unangenehm, wenn sich dabei, außer den Beteiligten, Neugierige und Zuschauer einfanden, die das Vorhandensein der Kriminalpolizei noch nie erlebt hatten. Das verführte ihn – wenn auch mehr unbewusst – zu einem wirkungsvolleren Auftreten. Herr Hampl, in seiner subalternen Art, war ihm dabei nützlich. Und ebenso der Wachtmeister von der Ortspolizei, der sich vor seinem heimischen Publikum schon dadurch erhoben fühlte, dass er bei so einer Aktion mitwirken durfte.

»Und das Radio, Herr Wachtmeister, warum ist das nicht sofort sichergestellt worden?«, fragte Grandauer.

Darauf erwiderte der Wachtmeister etwas eingeschüchtert: »Also, wir haben das Fahrrad sichergestellt, von dem Einbrecher. Mit seiner Zeitungstasche, wo er dabei gehabt hat …«

Herr Stork schaltete sich ein und sagte, dass er dieses Radio hinterher an sich genommen habe. Und er gab die Stelle vor dem Schaufenster an, wo es gelegen sei. Und auch, dass es nicht ganz kaputt war, wie er hinterher festgestellt habe.

»Was is jetzt mit dem andern Notpolizisten?«, fragte Grandauer ungeduldig. »Wann kommt denn der endlich?«

Turnlehrer Kinast trat näher, im Sportanzug mit Knickerbockerhose, ein Mann, der, wie man erkennen konnte, einen sportlichen Charakter besaß und häufig duschte: »Herr Schirmer ist leider noch in der Augenklinik. Wegen seiner Verletzung, die ihm der Einbrecher zugefügt hat.«

Der Radiohändler bestätigte das und war unaufgefordert bereit, sich für den selbstlosen Einsatz der beiden Notpolizisten zu verbürgen.

»Sie kennen sich ja offenbar alle sehr gut untereinander«, stellte Grandauer, etwas misstrauisch geworden, fest.

»Bestimmte Leute ... das ist hier heraußen doch noch etwas anderes als in der Stadt«, bestätigte Herr Stork.

Dann ging es um den Tathergang und wie man den Täter bei seiner Tat beobachtet haben konnte, bevor er sie begangen hatte: »Der müsste Sie doch auch geseh'n haben, oder wie?«

Lehrer Kinast antwortete mit einem schlauen Lächeln: »Wir sind natürlich bei seinem Erscheinen sofort in Deckung gegangen.«

»Wieso? Sie haben doch noch gar nicht wissen können, dass er einen Einbruch vor hat.«

Darauf kam der Turnlehrer etwas ins Faseln: »Es war auch mehr eine ... Vorsichtsmaßnahme. Zumal bei Herrn Stork schon einmal eingebrochen wurde.«

»Und Sie haben gedacht, das ist jetzt wieder derselbe?!«

»Es war vier Uhr früh. Da ist normalerweise noch niemand unterwegs.«

»Straßenkehrer, Zeitungsträger, Bäcker ... gibt's doch da heraußen auch, oder?«

Herr Hampl hatte währenddessen Straße und Trottoir vor dem Laden auf Gegenstände hin abgesucht, die bei der Schlägerei vielleicht verloren oder in die Brüche gegangen sein könnten. Und er fand auch Zeitungsfetzen, die vermutlich aus der Tasche des angeblichen Einbrechers stammten.

»Ist er dann mit dem Fahrrad direkt vor den Laden gefahren? Oder vorher abgestiegen?«, wollte Grandauer wissen.

»Abgestiegen und das Rad hierher an die Hauswand gelehnt«, sagte der Turnlehrer. Und der Schutzmann bestätigte, dass er es dort auch vorgefunden hätte.

»Und Sie sind auf das hin sofort herübergekommen ...?«

»Nicht sofort«, sagte der Turnlehrer. Er sagte es wie ein Pokerspieler, der einen Royal Flash in der Hand hält: »Nämlich erst, nachdem er die Schaufensterscheibe eingeschlagen hat. Mit einem von den kleinen Pflastersteinen, die dort liegen.«

»Und dann haben Sie entschlossen zugegriffen?«

»Auch noch nicht ganz. Wir haben unser Eingreifen nicht sogleich auf die Scheibe hin ... sondern erst, nachdem der Tatbestand des Diebstahls erkennbar war.«

»Raffiniert! Ham'S ihn richtig reinsausen lassen!«

Der Turnlehrer spürte wohl, dass Grandauers Lächeln nicht Bewunderung meinte. Dafür war sein Blick auch zu verkniffen, als er gleich danach fragte: »Wegen was hätt er denn Ihrer Meinung nach die Scheibe sonst einschlagen soll'n?!«

»Es gibt ja auch Randalierer.«

Und der Wachtmeister pflichtete ihm bei: »Jawohl, haben wir zahlreiche Fälle gehabt. Durch diese politischen Zuspitzungen, leider Gottes.«

»Dieser junge Mann ... der Verstorbene, Zäch heißt er, glaube ich, ... ist der hier auch einschlägig bekannt? Als Unruhestifter.«

Das konnten die Herren alle bestätigen. Und der Wachtmeister kannte sogar Näheres: »Einschlägig bekannt, jawohl. Einer von der ganz scharfen Sorte! Der tut denen ihre Zeitung vertreiben. Von die Linken. Die rote Fahne!«

Assistent Hampl zog zum Beweis ein Exemplar der Zeitung aus der Tasche, die an der Hauswand neben dem Fahrrad lag und er kommentierte es kurz und angewidert: »Ein ganz übles Hetzblatt!«

Im Augenblick war es auf jeden Fall so, dass Karl Grandauer gegen seinen Mitarbeiter Hampl eine tiefere Abneigung empfand als gegen die rote Fahne. Das galt ebenso für den Turnlehrer, den er mit einer Fangfrage gerne etwas aus der Reserve gelockt hätte: »Sind'S vielleicht auf das hin … auf die rote Fahne hin … a bissl härter an den Mann herangegangen? Wäre ja verständlich.«

Aber der Turnlehrer ging ihm nicht auf den Leim: »In keinster Weise! Möchte ich ausdrücklich betonen! Auch für Kamerad Schirmer! Wir haben uns absolut korrekt … Der Einbrecher wurde höflich aufgefordert, uns auf die Polizeistation zu begleiten. Worauf er … wie ein Berserker! Um sich geschlagen … dass wir ihn nur mit Müh und Not … Ich bin Turnlehrer! Und auch der Herr Schirmer ist ja nicht gerade …«

»Hat er wenigstens Handschuhe angehabt?«, fragte Grandauer ganz nebenbei.

»Nichts! Mit bloßen Fäusten!«

»Aber Sie haben schon Handschuhe angehabt?«

»Beide, jawohl.«

»Ich frage mich nur: Warum haben Sie denn den Kerl nicht mit Ihrer Waffe in Schach gehalten? Hätten Sie sich viel ersparen können. Und ihm auch.«

»Man hat ja doch vielleicht gewisse Hemmungen im Umgang mit der Waffe. Ich meine, wir machen das ja mehr aus … wie soll ich mich ausdrücken … aus Patriotismus!«

Der Karl schaute nachdenklich vom Turnlehrer auf den Blutflecken am Rinnstein und sagte: »Schade is bloß, dass der Einbrecher nix mehr davon hat … von Ihrem Patriotismus.« Dann beendete er sein Verhör, ließ sich von Herrn Stork das beinahe gestohlene Radio aushändigen, und zwar so, dass die Fingerabdrücke darauf möglichst nicht verwischt wurden.

*

Der schmale, schlauchartige Laden von Adam Selig befand sich im Parterre einer schäbigen alten Mietskaserne, wo man viel eher einen Flickschuster vermutet hätte oder einen

Pfannenflicker als einen Friseursalon. Darum erlaubte Herr Selig jedem, der außen an seinem Geschäft vorbeiging, einen freien Blick durch das Schaufenster ins Innere auf seine ledergepolsterten Klappstühle und die eleganten Spiegel, die Regale mit seinen Wunder wirkenden Essenzen und natürlich auf sich selbst. Deshalb gab er auch allen seinen Tätigkeiten und Bewegungen einen zusätzlichen tänzerischen Ausdruck. Und nur für den Fall, dass eine Kundin bei der Verwandlung, die er an ihr vornahm, nicht beobachtet werden wollte, setzte er sie hinter einen Vorhang in sein Separée.

Um diesen Platz hatte auch Frau Soleder gebeten, nachdem er sie in ihrer Not gerade noch einschieben konnte. Sie war dann mit der bekannten Verzweiflung gekommen, dass sie sich mit der vorhandenen Haartracht nicht mehr unter die Menschen wagen könnte und bat um eine völlige Erneuerung, die möglichst nicht auffallen sollte, sich aber auch für ganz besondere Anlässe eignen würde und nahezu unbegrenzt haltbar wäre. Mit solchen Wünschen war Herr Selig nicht überfordert. Das war sein tägliches Brot. Insbesondere die unbegrenzte Haltbarkeit war seit neuestem zu seiner Spezialität geworden. Für sie hatte er sich mit einer kostspieligen Apparatur ausgerüstet und war jedes Mal glücklich, wenn er sie in Anwendung bringen durfte. Frau Soleder ließ die anfänglichen Arbeiten auf ihrem Kopf noch relativ sorglos, wenn auch meist mit geschlossenen Augen, über sich ergehen. Von der übel riechenden, beißenden Flüssigkeit, die Herr Selig dann auf den Lockenwicklern ausbrachte, vermochte er sie noch mit heiteren Episoden aus seinem Berufsleben abzulenken. Die letzte Möglichkeit zur Flucht aber verhinderte eine Art Taucherhelm, in dem ein gewaltiger Sturm alle Hilferufe erstickte. Als er ihr den Helm endlich wieder abnahm, war sie zu schwach, um schon etwas zu diesem Anblick zu sagen, den sie sich selbst im Spiegel darbot. Herr Selig hatte nichts anderes erwartet und zupfte zuversichtlich an ihren Lockenwicklern: »Jetzt haben Sie natürlich noch nicht den fertigen Eindruck, gnädige Frau. Aber die Dauerwelle, wenn einmal richtig liegt … das ist ein derartiger Fortschritt, mit dieser neuen Erfindung … da garantiere ich Ihnen, dass kaum mehr eine Dame daran vorbeikommen wird. An der Dauerwelle nicht! Ich bin Fachmann!«

Auch jetzt betrachtete sich Frau Soleder nur mit halbgeöffneten Augen und sagte zaghaft: »Nur, ich bin halt, wissen Sie, Herr Selig, momentan noch a bissele … Es verändert halt doch ziemlich den ganzen Typ, finde ich.«

»Gerade! Gerade, gnädige Frau, weil es Ihrem Typ ausgesprochen schmeichelt. Mit Ihrem schönen, festen Haar, was Sie besitzen.«

»Und ob man halt nicht denkt … in meinem Alter sollte man vielleicht nicht mehr alles mitmachen.«

»Ganz im Gegenteil! Die Dauerwelle ist ja nicht an das Alter gebunden!«

*

Nicht weit vom Radiohändler Stork, auf einem Gelände der Reichsbahn, wohnte der ehemalige Streckenarbeiter Josef Zäch, der Vater des angeblichen Einbrechers. Er war der Ortspolizei lange bekannt, sodass sie ihn auch zur Identifizierung der Leiche seines Sohnes herangezogen hatte. Etwas widerstrebend, aber nachdem er nun schon in der Gegend war, entschloss sich Karl Grandauer zu einem Besuch bei ihm. Nicht, um ihn mit vielen Fragen zu quälen. Vielleicht mochte er ja selber seinem Herzen Luft machen.

Aber Josef Zäch war nicht der Mensch, der sich etwas von der Seele reden konnte. Oder wollte. Und es war ihm keine Verzweiflung anzumerken, nur Verbitterung. In seiner Stimme war kalte Wut und keine Traurigkeit. Sie saßen in seinem Kochzimmer. Das war Küche und Wohnzimmer in einem.

Und eine eiserne Bettstatt stand auch noch darin. Herr Zäch bekam nur eine kleine Invalidenrente. Seine Söhne hatte ihm manches Mal etwas zukommen lassen. Drei waren es.

»Und jetzt sind's alle dahin. Der Große is im Krieg geblieben. Der andere hat sich mit seinem Motorradl derrennt. Und jetzt ... der auch noch.«

Karl spürte, dass sein Gegenüber auf keine Beileidskundgebungen wartete. Er schwieg lieber, bis Herr Zäch mit einem Mal heftig wurde: »Aber dass der Uli eingebrochen hätt! Wegen einem Radio! Im Leben nicht! Mir ham ja einen Radio! Da, schaun'S hin!«

Und wieder entstand eine Pause. Der Karl ließ sich Zeit mit seinen Fragen. Ob der Uli vielleicht die beiden Notpolizisten kannte? Den Turnlehrer Kinast und den anderen. Den Schirmer?

»Kann schon sein. Wenn's von da heraußen sind.«

»Und den Radiohändler Stork?«

Darauf nickte der Zäch eine ganze Weile, wie einer, der sich etwas ins Gedächtnis zurückholt. Und dann sagte er: »Ja, ja ... den kenn ma scho. Von dem ein Bruder, glaub ich ... so ein hoher SA-Mensch ... da hätten's dem Uli damals was anhängen woll'n. Dass er an was schuld war. Bei der Schlägerei in Gauting drüben. Im Januar.«

»Um was is denn da gegangen?«

»Um was? Um was! Der eine gegen den andern! Um Deutschland! Deutschland? Aber ich hab's ihm g'sagt! Amal werden's dich schon neitauchen, Freund!« Dann schlug er plötzlich mit der Faust auf den Tisch und rumpelte auf: »Mit der gottverreckten Politik! Bis alles zu Grund geh! Alles! Muss alles hin werden!«

Auch der Karl war aufgestanden und versuchte ihn zu beruhigen. Aber der alte Mann ließ sich nicht beruhigen und schob den Karl langsam zur Tür hin: »Geh'n'S heim ... ich brauch Sie nicht! Ich brauch niemand. Da hat der Zimmermann das Loch g'macht!«

Einbruch mit Todesfolge, hieß es und für Politik, glaubte der Karl, wäre er nicht zuständig. Aber die Politik hatte sich längst tief in das menschliche Leben gedrängt, um es mehr und mehr zu bestimmen. Und um sich der Politik nicht ganz auszuliefern, würde es wohl oder übel unvermeidlich werden, sie wenigstens zu durchschauen. Das etwa ging dem Karl durch den Kopf auf dem Weg zurück ins Amt. Dort angekommen verschaffte er sich als Erstes alle vorhandenen Polizeiakten und Berichte über die erwähnte Saalschlacht in Gauting und darin bestätigte sich tatsächlich ein Zusammenhang mit dem gegenwärtigen Fall. Ein Hans Stork, SA-Obersturmführer und Bruder des Radiohändlers, wurde bei der Schlägerei durch Messerstiche so schwer verletzt, dass er seither an beiden Beinen gelähmt war. Und diese Tat hatte man zunächst dem Ulrich Zäch angelastet. Nachdem ihm die Schuld aber nicht eindeutig nachzuweisen war, wurde er vom Gericht freigesprochen. Vom Gericht ... aber vielleicht nicht von der SA, folgerte der Karl.

*

Frau Soleder hatte schon auf dem Heimweg mehrere heilige Eide geschworen, den Laden von diesem aufgeblasenen Haarkünstler nie wieder zu betreten. Und sie zog den Kopf so tief es ging in ihren Fuchskragen, damit niemand aus der Nachbarschaft sie erkennen könnte. Der Gedanke an ein öffentliches Auftreten im Deutschen Theater – an diesem Abend noch – lag ihr so ferne wie nie zuvor. Aber ihre Tochter überschüttete sie daheim mit den dicksten Komplimenten, denn sie hatte sich schon auf einen ungestörten Abend mit ihrem Mann gefreut. Endlich wieder einmal ein Abend, an dem sich ihre Mutter nicht unter irgendeinem Vorwand zu ihnen gesellte. Und sie gab noch nicht auf, bis es ihr wenigstens gelungen war, sie vor ihren Kleiderschrank zu locken. Darin fand sich dann auch etwas, das stärker war als ihr Kummer über die Dauerwelle. Der Abend schien gerettet, ihrer sowohl wie auch der ihrer Kinder. Da klingelte es an der Wohnungstüre! Besuch!

Sohn Kurt mit Blumenstrauß und Sara Kampensi. Ausgerechnet jetzt.

»Ach Kurtl, das ist jetzt aber schad! Und das Fräulein Sara ist auch dabei. Ich muss nämlich heut noch ins Theater!«

Die Sara machte ein ziemlich betretenes Gesicht. Und die Traudl kam erschrocken dazu und schüttelte heftig den Kopf, als wollte sie damit etwas verhindern. Nur der Kurt schien den Augenblick zu genießen. Er schaute auf die neue Frisur und sagte: »Mama ... fabelhaft! Jetzt kann kommen, was mag! Mit diesen Locken trotzest du allen Stürmen!«

»Gell, fürchterlich! Fürchterlich! Ich mag mich gar nimmer in den Spiegel schau'n!«

Die Sara machte noch einen zaghaften Versuch, sie aufzurichten: »Ick finde schon, det steht Ihnen, Frau Soleder.«

Dann übernahm der Kurt wieder die Regie, drückte seiner gerührten Mutter den Blumenstrauß in die Hand und sagte feierlich: »Liebe Mama ... es ist an der Zeit, dir deine Schwiegertochter vorzustellen. Die Damen kennen sich ja: Frau Soleder senior – Frau Soleder junior!«

Die Mutter war ja von ihrem Sohn einiges gewöhnt und dachte nicht gleich daran, ihn ernst zu nehmen. Zumal jetzt auch noch die beiden Grandauer Buben herbeitobten, um Onkel Kurt und Tante Sara zu begrüßen. Ehe die Traudl sie wieder abschieben konnte, zischte sie ihren Bruder leise an: »Also Kurt, du bist doch ein solcher Depp!«

Frau Soleder wirkte mehr verwirrt als überrascht und sie begann, noch längst nicht fertig angezogen, nervös an ihrer Bluse zu zupfen: »Wieso, was is denn los, Kinder? Was heißt denn das, Kurtl?«

»Das heißt nur so viel, Mama, dass wir jetzt nicht mehr freiwillig zusammenleben, sondern gezwungenermaßen. Wie es sich gehört.«

»Also, ich versteh das fei immer noch nicht.«

Und so hilflos, wie sie da stand, konnte sie einem fast leidtun. Das meinte auch die Sara, als sie der Traudl zuflüsterte: »Ick hab ihm gesagt, er soll et nich tun.«

Auch der Traudl wurde es zu viel und sie ging beherzt dazwischen: »Sie haben geheiratet! Vergangene Woche! Standesamtlich. Und reg dich bittschön nicht auf, Mutti!«

Der Frau Soleder sackte die Hand, mit der sie eben noch an einem Blusenknopf genestelt hatte, kraftlos hinab. Aber gleich darauf brach ein Wort des Entsetzens aus ihr hervor: »In Berlin?«

»Nein! Siehst, Mama, und alles nur, um dir das zu ersparen! In Schwabing! Unter Ausschluss der Öffentlichkeit! Und aus der Sara, Mama ... machen wir peu a peu eine Klara! Dann können wir auch gemeinsam mit ihr vor den Altar treten!«

Das war nicht das erste Mal, dass ihr der Bruder etwas vermasselt hatte mit seinem bizarren Humor und sie sagte: »War das jetzt notwendig, Kurt? Ich hab dir doch gesagt, die Mutti will heut Abend ins Theater!«

»Is doch wunderbar! Das weiße Rössl! Ein Stück aus dem Leben – Zuaschauung kon i net ... meiner Söl, i net ... wann i net sölber bin dabei ...« –

»Na, na! Unter diesen Umständen geh ich in kein Theater mehr!« Frau Soleder rieb es dem Sohn wie eine Ohrfeige hin: »Das habt ihr mir wieder amal gründlich verdorben!«

Dann drehte sie sich schwungvoll um, schleuderte den Blumenstrauß in eine Ecke und verschwand in ihrem Zimmer.

Die Traudl hatte noch einen vergeblichen Versuch gemacht, sie aufzuhalten und die Sara sagte verärgert: »Mit'm Kopp durch die Wand! Nee, Kurt ... manchmal bist du schon ein solcher Dämlack!«

»Blöd is er! Rücksichtslos!«

»Oder auch nicht«, feixte der Kurt dabei wie ein Lausbub.

»Jetzt ist es halb sieben. Für halb acht hab ich ein Taxi bestellt. Das lässt doch unsre Mama schon aus Sparsamkeitsgründen nicht ungenützt.«

»Aber ick find et trotzdem nicht gut, Kurt.«

»Es war genau richtig so, Sari. Die Mama kann man nicht überzeugen. Nur überrumpeln. Und jetzt lassen wir sie amal noch a bissl vor sich hin jammern. Dann gehen wir zu ihr rein und richten sie wieder auf.«

*

Es war schon am Spätnachmittag abzusehen, dass der Karl nicht zum Abendessen heimkommen würde und er wollte darum seiner Frau nur kurz Bescheid sagen, telefonisch. Ganz kurz nur wollte er das und legte vorsorglich etwas ungeduldig Abweisendes in seine Stimme. Aber es kam wie immer: die Traudl überfiel ihn mit dem neuesten Familienkram, mit Omas Dauerwellentragödie und Kurts pennälerhaftem Auftritt und dem vermasselten weißen Rössl. Und als er endlich eingehängt hatte, da erschien, zu allem Überfluss, auch noch sein Bruder Adolf bei ihm im Büro, obwohl sie sich doch an diesem Morgen im Justizpalast schon einmal getroffen hatten. Sonst sahen sie sich, wenn's hochkam, einmal im Monat. Aber irgendetwas war jetzt anders in seinem Verhalten. Keine großen Worte mehr, kein Imponiergehabe, eher ein wenig bedrückt wirkte er, verlegen. Aber so kannte er ihn ja auch, den kleinen Bruder, wenn er vor dem Gewitter Angst hatte und wollte nicht, dass man es sah.

»Um's kurz zu machen ... und deine Hand darauf, Karl, dass es unter uns bleibt!«

»Kannst dich drauf verlassen«, versprach der Karl und ahnte wohl die Richtung, aus der das Folgende kommen könnte.

»Rein privat!«, betonte der Adolf. »Ich habe von Amts wegen nichts mit der Sache zu tun!«

Der Karl schwieg und zwang den Bruder, die Karten auf den Tisch zu legen.

»Kinast und Schirmer ...«, das kam fast schamhaft und vielleicht war er ja sogar ein wenig rot geworden dabei. Man konnte es nur nicht erkennen in seinem dicken roten Bubengesicht. »Du bearbeitest den Fall, Karl ... hab ich erfahr'n.«

»Brauch ich nicht fragen, woher«, sagte der Karl und um seinen Mund kräuselte sich die spöttische Version seines hölzernen Lächelns.

Adolfs Stimme nahm nun etwas Soldatisches an, etwas Grundanständiges, als er sagte: »Unwichtig. Nur so viel: Zwei absolut integere Männer! Familienväter. Schirmer: vier Kinder. Kinast: zwei. Eines schwer herzkrank! Beide, Kinast und Schirmer, Kriegsteilnehmer. Eisernes Kreuz. Echte Patrioten ...«

»Du, entschuldige, Adi ... das geht mich alles gar nichts an. Mit dem muss sich, wenn schon, der Richter auseinandersetzen. Nicht ich.«

Jetzt rückte der Adi ganz dicht an den großen Bruder heran, als galt es das gleiche Fleisch und Blut zu beschwören: »Karli, ich bitte dich! Mach ma uns doch nichts vor! Es gibt Grenzfälle, in die der persönliche Standpunkt ... eben auch irgendwie ... mit hinein wirkt.«

»Is das so bei dir?«, fragte der Karl zurück und es klang verächtlich. Davon selbst überrascht, lenkte er wieder ein wenig ein: »Also, ich verspreche dir, Adi, dass ich meinen persönlichen Standpunkt dabei völlig draußen lasse.«

»Aber bitte, Karl ... das bleibt unter uns! Ich verlass mich drauf!«

»Kannst du, Adi!«

*

Als der Vorhang aufging im Deutschen Theater und das Publikum eintauchen durfte in das süße Idyll am Wolfgangsee, war man in der Mordabteilung des Münchner Polizeipräsidiums schon ziemlich tief eingetaucht in einen Sumpf des wirklichen Lebens. Bei Auswertung der Fingerabdrücke jedenfalls hatte sich erwiesen, dass der angebliche Einbrecher das Radio nicht in der Hand gehabt haben konnte, sonst hätte man seine Fingerabdrücke darauf gefunden. Und auch die Spuren auf der Straße und vor dem Laden stimmten nicht mit dem Tathergang überein, wie ihn der Turnlehrer geschildert hatte.

Der Inspektor vernahm es mit Genugtuung und wendete sich dann ihrem besonderen Freund Hampl zu, der mit seiner aufdringlichen Beflissenheit meldete: »Herr Schirmer lässt fragen, ob es noch länger dauert? Er hat sehr starke Schmerzen am Auge.«

»Der soll noch a bissl beizen«, meinte Grandauer. »Er kann ja seine Gattin anrufen oder seinen Arzt, wenn er was braucht. Oder seinen Anwalt. Wenn er einen hat.«

Grüner legte sarkastisch nach: »Sagen'S ihm ruhig, es kann spät werden! Und wir täten auch lieber heimgeh'n. Was is'n der überhaupt für einer, der Schirmer? Sie ham ihn ja schon geseh'n, Grandauer.«

»Ein Mordslackel, grob und wehleidig«, sagte der Karl und nachdem der Hampl draußen war, ergänzte er das Bild noch: »Und wenig Hirn. Ich kann mir den auch gut in der SA-Uniform vorstellen.«

Grüner schmunzelte etwas über Grandauers Bekenntnis und sagte: »Da schau her! Aber lassen'S das bloß nicht Ihren Bruder hören!«

Es wurde dann in der Tat noch ein langer Abend, auch für Herrn Hampl, der die Aussagen des Brauereiangestellten Schirmer protokollieren musste. Und diese Arbeit forderte ihm einiges an Selbstverleugnung ab. Anfangs dachte er ja noch, es läge an der dubiosen Art des Verhörs, zu der sich Grüner und Grandauer anscheinend verabredet hatten. Wobei man durchaus hätte zweifeln können, ob sich diese

Art überhaupt noch im Rahmen des Zulässigen befand. Der verletzte Notpolizist mit seinem zugeschwollenen Auge, der da in sich gesunken stundenlang auf einem harten Stuhl hocken musste, er war ja doch zunächst einmal nur als Zeuge geladen worden. Und so, wie die beiden ihn buchstäblich in die Zange nahmen, indem sie ihn dauernd umkreisten mit der Absicht, ihn zu verwirren, wenn nicht gar fertig zu machen, das war in Hampls Augen unangemessen. Er war vielleicht sonst nicht immer so mitfühlend. Aber bei einem alten Kämpfer wie diesem Schirmer: Kriegsteilnehmer, Eisernes Kreuz, Familienvater, vier Kinder, eines schwer herzkrank! Naheliegend, dass sich der Mann immer tiefer in Widersprüche verheddern musste.

»So, Herr Schirmer, und jetzt hör'n ma auf mit dem Kaschperltheater!«, sagte Herr Grüner plötzlich ganz ruhig, beinahe väterlich: »Wir haben Sie über Ihre Rechte aufgeklärt. Und Sie haben sich selber hineingeritten. Raus kommen'S da nimmer! Wolln'S uns jetzt endlich sagen, wie es wirklich war? Oder woll'n Sie's lieber von uns hören? Körperverletzung mit Todesfolge! Das ist kein Pappenstiel, gell! Wer hat sich denn diesen ›Einbruch‹ ausgedacht? Sie?«

Der Mann schüttelte nur den Kopf und sackte noch tiefer in sich hinein.

»Immerhin … man hat eine Schaufensterscheibe geopfert. Für den Anschein der Legalität.«

»Die zahlt die Versicherung«, sagte Grandauer.

»Eben. Wär ja nicht notwendig gewesen! So was wird doch heutzutag wesentlich unkomplizierter erledigt! Sie woll'n was sagen, Herr Schirmer? Bitte!«

»… Es war ja nur, weil der so rabiat geworden ist. Und ich hab auf einmal nix mehr geseh'n. Weil … mir wollten ihn ja bloß a bissl … wie soll ich sagen …«

»Eine Abreibung verpassen«, ergänzte Grüner.

Schirmer nickte und das offene Auge blickte ängstlich und tränte.

»Und damit's besser ausgibt, ham'S ihm auch noch den Einbruch anhängen woll'n! Bei Ihrem Kameraden Stork. Sehr gute Idee! Wer is'n auf die gekommen? Oder macht ma das so … in Ihrem Verein?!«

Schirmer schüttelte halbherzig den Kopf und versuchte, kaum hörbar, seinen Verein herauszuretten. Aber eigentlich ging es ihm doch nur um seinen eigenen Kopf: »Bin ich dann … kommt das dann raus, dass ich das g'sagt hab?«

»Ham'S Angst, dass Ihnen dafür auch eine Abreibung verpasst wird … von Ihrem Verein?«

»Wissen'S, Herr Inspektor … ich hab a Frau und vier Kinder daheim …«

»Das ham'S doch vorher auch gewusst, oder?«, fuhr ihn Grandauer an.

»Ich kann Sie außerdem beruhigen, Herr Schirmer. In der nächsten Zeit passiert Ihnen von der Seite gar nichts. Da sind Sie bei uns auf Nummer sicher!«

*

Gegen elf Uhr nachts war in normalen Zeiten nicht allzu viel los in der Trambahn und der Schaffner hatte kaum Probleme, von einer Plattform zur anderen zu gelangen mit seiner Aufforderung: »Sonst noch jemand ohne Fahrschein?«

Die wenigen Fahrgäste auf den langen Bankreihen einander gegenüber waren im Allgemeinen nicht mehr daran interessiert, ihren Gesichtern den bestmöglichen Ausdruck zu geben. Sie ließen sie einfach hängen.

Anders die beiden älteren Herrschaften in der Wagenmitte, dort wo es von unten her etwas wärmer war: Die Dame im Persianer mit der feinen Locke, sehr stattlich und schon eine Zeit lang in ihren besten Jahren und neben ihr der hagere Herr, der seine Oberbekleidung nicht mehr richtig auszufüllen vermochte und der sich häufig genötigt sah, den schweren Hut aus der Stirne zu schieben, wenn die

Bahn etwas rumpelte. Sie kamen offensichtlich von einem künstlerischen Ereignis und zeigten sich davon noch sehr erfüllt, wenngleich auch kritisch: »Das Stück hatte natürlich schon ein bissele mehr dieses gewisse ... na ja ...«

»Hatte es, durchaus, gnädige Frau, durchaus.«

»Nichts wirklich Tiefes.«

»Mehr Komödie vielleicht«, ergänzte der Herr.

»Aber so, wie sie es gebracht haben! Und dieser ... der das Lied gesungen hat, dass er so schön ist!«

»Köstlich, köstlich! Siegesmund. Der Siegesmund.«

»Und er war dabei doch eher unscheinbar, nicht?«

»Völlig unscheinbar. Völlig.«

»Aber ich glaube, das sollte so sein.«

»Könnte ich mir auch vorstellen, ja, ja.«

Die Dame hob den Blick nun eine Weile versonnen nach oben, dahin wo die Werbetafeln angebracht waren und las im Stillen den Satz: *Der Gehalt macht's.* Dann sagte sie zutiefst zufrieden: »Nein, alles in allem ... ich bin Ihnen für Ihre Einladung wirklich sehr, sehr dankbar, Herr Buberl!«

»Aber ich bitte Sie, gnädige Frau! Ich habe zu danken.«

»Alleine schon, wenn man sieht, wie die Paare sich finden. Auch wenn es bloß eine Komödie ist.«

Da überlief den Oberamtmann ein lange entbehrter Schauer und er fasste ihn in die Worte: »Die Liebe ist eine Himmelsmacht.«

Aber er musste, während er noch sprach, wieder an seinen Hut greifen, weil die Trambahn sehr ruppig am Marienplatz stehen blieb. Ein paar Leute stiegen aus, andere ein.

Die Dame im Persianer schenkte ihnen keine Aufmerksamkeit. Sie seufzte nur ein paar Mal und sagte dann: »Mein Sohn hat sich ja jetzt auch verheiratet. Zu unserer großen Freude.«

»Ihr Herr Sohn, ach was! Ich höre ja immer seinen Namen im Radio.«

»Hören Sie ihn immer, gell. Ja, ja, er wird sehr oft genannt.«

»Und die Frau Schwiegertochter ist wohl auch bei der Kunst?«

»Nicht direkt, nein. Ach, wissen Sie, die hat das ja alles gar nicht nötig. Sie stammt aus einem großen Berliner Geschäftshaus! Herren- und Damenhüte!«

»Donnerwetter! Ja, ja, Berlin ist eine Weltstadt!«

Der Schaffner zog an der Klingelschnur. Die Tram fuhr scharf an. Herr Buberl rückte seinen Hut zurecht und die Dame schwärmte erneut: »Eine sehr feine Familie! Doch, doch. Kann man schon zufrieden sein. Sehr standesgemäß. Und die Kinder haben sich lieb. Was will eine Mutter mehr?«

Sie hatte schon Atem geholt für eine Erklärung, warum sie leider, leider nicht nach Berlin fahren konnte, wo die festliche Hochzeit stattgefunden habe – als sie plötzlich ihren Schwiegersohn Karl erkannte, der sich, ohne irgendetwas um sich herum wahrzunehmen, direkt gegenüber niederließ.

»Ach, das ist ja eine nette Überraschung! Karl! Bist du auch gerade auf dem Heimweg?«

Da musste sich der Karl wohl oder übel noch einmal erheben. Und es erhob sich auch Herr Buberl und Frau Soleder sagte: »Darf ich die Herren bekannt machen ...«

Und die Herren zogen ihre Hüte und suchten mit der anderen Hand irgendwo Halt. Der Karl hatte noch seine Mappe und Herr Buberl hatte Arthrose in den Knien. Man wollte sich lieber auf das Notwendigste beschränken.

»Und hat es dir denn gefallen, Oma? Und auch Ihnen, Herr Oberamtmann?«

»Sehr! Gell, Herr Buberl? Wir haben es gerade gesagt: Ein Erlebnis!«

»Durchaus! Ein Erlebnis, Herr Kommissär. Wunderbar!«

»Aber bitte setzen Sie sich doch, meine Herren!«, bat Frau Soleder.

Und für Herrn Buberl wurde es höchste Zeit, denn er knickte schon bedenklich ein.

»Na, und du, Karl«, sagte sie dann aufgekratzt, »hast doch sicher auch einiges erlebt … an so einem langen Tag.«

Darauf nickte der Karl eine Weile nachdenklich und weil sich der Unterschied ihrer Erlebnisse im Augenblick nicht so einfach erklären ließ, sagte er nur: »Auch, ja … einiges.«

Dann kam der Schaffner von der Plattform herein und rief schon etwas müde: »Sonst noch jemand ohne Fahrschein?«

* * *